HEYNE

Kathy Reichs

Knochenjagd

Roman

Aus dem Amerikanischen
von Klaus Berr

WILHELM HEYNE VERLAG
MÜNCHEN

Die Originalausgabe
BONES ARE FOREVER
erschien bei Scribners, New York

Verlagsgruppe Random House FSC® N001967
Das für dieses Buch verwendete
FSC®-zertifizierte Papier *Holmen Book Cream*
liefert Holmen Paper, Hallstavik, Schweden.

Vollständige deutsche Taschenbuchausgabe 06/2014
Copyright © 2012 der Originalausgabe by Temperance Brennan, L.P.
Copyright © 2012 der deutschsprachigen Ausgabe by
Karl Blessing Verlag, München, in der Verlagsgruppe
Random House GmbH
Copyright © 2014 dieser Ausgabe by Wilhelm Heyne Verlag,
München in der Verlagsgruppe Random House GmbH
Printed in Germany 2014
Umschlaggestaltung: David Hauptmann, Hauptmann &
Kompanie Werbeagentur, Zürich
Satz: Uhl + Massopust, Aalen
Druck und Bindung: GGP Media GmbH, Pößneck

ISBN: 978-3-453-43771-5

www.heyne.de

Für meinen sehr, sehr alten Freund
Bob »Airborne« Abel

1

Die Augen des Babys verblüfften mich. So rund und weiß und so pulsierend vor Bewegung.

Wie der winzige Mund und die Nasenöffnungen.

Ich ignorierte die Madenmassen, schob zwei behandschuhte Finger unter den kleinen Torso und zog sanft eine Schulter nach oben. Kinn und Glieder fest an die Brust gepresst, hob sich das Baby ein wenig.

Mit protestierendem Gesumme stoben Fliegen davon.

Ich prägte mir die Details ein. Zarte Augenbrauen, kaum zu erkennen auf einem Gesicht, das nur schwer als menschlich zu identifizieren war. Aufgeblähter Bauch. Durchscheinende Haut, die sich von perfekten, kleinen Fingern ablöste. Unter Kopf und Hintern lagen Pfützen von einer grün-braunen Flüssigkeit.

Das Baby steckte im Toilettentisch eines Badezimmers, eingeklemmt zwischen der Rückwand und einem verrosteten Abflussrohr, das gekrümmt vom Waschbecken herabführte. Es lag in fötaler Haltung, den Kopf verdreht, das Kinn nach oben ragend.

Es war ein Mädchen. Glänzend grüne Geschosse umschwirrten seinen Körper und alles in seiner Umgebung.

Einen Augenblick lang konnte ich es nur anstarren.

Die wabernd weißen Augen starrten zurück, wie verwirrt über die verzweifelte Notlage ihrer Besitzerin.

Meine Gedanken wanderten zu den letzten Augenblicken des Babys. War es bereits im dunklen Leib der Mutter gestorben, als Opfer einer herzlosen Verdrehung der Doppelhelix? Oder im Kampf ums Überleben, an die schluchzende Brust ihrer Mutter gedrückt? Oder kalt und allein, im Stich gelassen und unfähig, sich Gehör zu verschaffen?

Wie lange dauert es, bis ein Neugeborenes das Leben aufgibt?

Ein Sturzbach der Bilder rauschte durch mein Gehirn. Keuchender Mund. Zappelnde Glieder. Zitternde Händchen.

Zorn und Trauer ballten sich in meinen Eingeweiden zusammen.

Konzentrier dich, Brennan!

Behutsam legte ich die winzige Leiche wieder auf ihren Platz zurück und holte einmal tief Luft. Meine Knie knackten, als ich mich aufrichtete und ein Spiralnotizbuch aus meinem Rucksack zog.

Fakten. Konzentrier dich auf die Fakten.

Auf dem Toilettentisch lagen ein Seifenriegel, ein schmuddeliger Plastikbecher, ein stark angeschlagener Zahnbürstenhalter aus Keramik und eine tote Kakerlake. Das Medizinschränkchen enthielt eine Aspirinflasche mit zwei Tabletten, Wattestäbchen, Nasenspray, Tabletten gegen Verstopfung, Rasierklingen und eine Packung Hühneraugenpflaster. Kein einziges verschreibungspflichtiges Medikament.

Warme Luft, die durch das geöffnete Fenster wehte, ließ das neben der Kommode hängende Toilettenpapier flattern. Mein Blick bewegte sich in diese Richtung. Auf dem Spülkasten stand eine Schachtel mit Papiertüchern. In der Schüssel selbst war ein schleimiges, braunes Oval zu erkennen.

Ich ließ den Blick nach links wandern.

Schlaffe Stoffbahnen hingen am abblätternden Fensterrahmen, ein längst grau gewordener Blumendruck. Die Aussicht durch die schmutzverkrustete Scheibe zeigte eine Petro-Canada-Tankstelle und die Rückseite einer Autowerkstatt.

Seit ich die Wohnung betreten hatte, hatte mein Hirn immer wieder das Wort »gelb« gemeldet. Der schlammverspritzte Stuck auf der Fassade des Gebäudes? Die triste Senffarbe im Treppenhaus? Der abgenutzte maisfarbene Teppich?

Was auch immer. Die grauen Zellen säuselten weiter. *Gelb.*

Ich fächelte mir mit dem Notizbuch Luft zu. Schon jetzt waren meine Haare feucht.

Es war neun Uhr vormittags am Montag, den vierten Juni. Um sieben war ich von einem Anruf von Pierre LaManche geweckt worden, dem Chef der rechtsmedizinischen Abteilung des Laboratoire de sciences judiciaires et de médecine légale in Montreal. LaManche war von Jean-Claude Hubert aus dem Bett geholt worden, dem Chief Coroner der Provinz Quebec. Huberts Weckruf war von einem Beamten der SQ mit dem Namen Louis Bédard gekommen.

Laut LaManche hatte Caporal Bédard das Folgende berichtet:

Etwa gegen zwei Uhr vierzig morgens am Sonntag, den dritten Juni, hatte sich eine siebendundzwanzigjährige Frau namens Amy Roberts im Hôpital Honoré-Mercier vorgestellt und über exzessive Vaginalblutungen geklagt. Dem diensthabenden Notarzt Dr. Arash Kutchemeshgi fiel auf, dass Roberts desorientiert wirkte. Da er Reste der Plazenta und eine Vergrößerung des Uterus feststellte, vermutete er, dass die Frau vor Kurzem entbunden hatte. Als er sie nach einer Schwangerschaft, Geburtswehen oder einem Baby fragte, antwortete Roberts ausweichend. Sie hatte keine Ausweispapiere bei sich.

Kutchemeshgi beschloss, das örtliche Revier der Sûreté du Québec anzurufen.

Etwa gegen drei Uhr zwanzig an diesem Morgen sorgte eine Karambolage von fünf Autos für sieben Krankenwägen vor der Notaufnahme des Hôpital Honoré-Mercier. Als man das Blut schließlich weggewischt hatte, war Kutchemeshgi zu erschöpft, um sich an die Patientin zu erinnern, die vermutlich kurz zuvor entbunden hatte. Zu diesem Zeitpunkt war die Patientin sowieso schon wieder verschwunden.

Gegen vierzehn Uhr fünfzehn an diesem Nachmittag erinnerte sich Kutchemeshgi, erfrischt nach vier Stunden Schlaf, dann doch an die Patientin und rief bei der SQ an.

Ungefähr um siebzehn Uhr zehn fuhr Caporal Bédard zu der Adresse, die Kutchemeshgi Roberts' Aufnahmeformular entnommen hatte. Da auf sein Klopfen niemand reagierte, ging er wieder.

Gegen achtzehn Uhr zwanzig sprach Kutchemeshgi mit der Notaufnahmeschwester Rose Buchanan, die, wie der Arzt, eine Vierundzwanzig-Stunden-Schicht arbeitete und Roberts auch gesehen hatte. Buchanan erinnerte sich, dass Roberts einfach verschwunden war, ohne dem Personal Bescheid zu geben; außerdem meinte sie, sich an einen früheren Besuch Roberts' erinnern zu können.

Etwa gegen zwanzig Uhr recherchierte Kutchemeshgi im Archiv und erfuhr so, dass Amy Roberts schon elf Monate zuvor wegen Vaginalblutungen ins Hôpital Honoré-Mercier gekommen war. Der untersuchende Beamte hatte in ihrem Krankenblatt die Möglichkeit einer kürzlichen Entbindung notiert, aber nichts weiter dazugeschrieben.

Da er befürchtete, dass ein Neugeborenes in Gefahr war, und ihn sein Gewissen plagte, weil er nicht sofort seine Absicht in die Tat umgesetzt und die Behörden informiert hatte, rief er nun noch einmal bei der SQ an.

Etwa gegen dreiundzwanzig Uhr fuhr Caporal Bédard noch einmal zu Roberts' Wohnung. Die Fenster waren dunkel, und wie zuvor kam niemand an die Tür. Diesmal ging Bédard außen um das Gebäude herum. Als er einen Müllcontainer im Hinterhof durchsuchte, entdeckte er ein Knäuel blutiger Handtücher.

Bédard beantragte einen Durchsuchungsbeschluss und rief den Coroner. Sobald der Beschluss am Montagmorgen ausgegeben war, rief Hubert LaManche an. Da er die Auffindung verwester Überreste befürchtete, rief er mich an.

Und deshalb war ich jetzt hier.

An einem wunderschönen Junitag stand ich im Bad einer heruntergekommenen Wohnung im dritten Stock ohne Aufzug, die seit 1953 keinen Malerpinsel mehr gesehen hatte.

Hinter mir lag ein Schlafzimmer. Eine schartige und abgenutzte Frisierkommode stand an der südlichen Wand, ein kaputtes Bein gestützt von einer umgedrehten Bratpfanne. Die Schubladen waren offen und leer. Auf dem Boden lag ein Lattenrost mit Matratze, darum herum schmuddelige Bettwäsche. In einem kleinen Wandschrank befanden sich nur Kleiderbügel und alte Magazine.

Vom Schlafzimmer führte eine Doppelfalttür – der linke Flügel hing schief in seiner Führung – in ein Wohnzimmer, das im Heilsarmeeschick möbliert war. Ein mottenzerfressenes Sofa. Ein Couchtisch mit Brandlöchern von Zigaretten. Ein uralter Fernseher auf einem wackeligen Metalluntersatz. Tisch und Stühle aus Chrom und Resopal.

Die einzige Andeutung von architektonischem Charme verströmte ein flaches Erkerfenster, das auf die Straße hinausging. Eine eingebaute, dreiteilige Holzbank reichte vom Boden bis unter das Fensterbrett.

Eine schmale, billige Küche, die man vom Wohnzimmer aus betrat, teilte sich eine gemeinsame Wand mit dem Schlafzimmer. Als ich zuvor schon einmal kurz hineingeschaut hatte, hatte ich rundliche Küchengeräte gesehen, die mich an meine Kindheit erinnerten. Die Arbeitsflächen waren mit gerissenen Keramikkacheln gefliest, die Fugen geschwärzt von Jahren der Vernachlässigung. Das Spülbecken war tief und rechteckig, nach Art des Farmhausstils, der jetzt wieder in Mode war.

Eine Plastikschüssel auf dem Linoleum neben dem Kühlschrank enthielt eine kleine Menge Wasser. Ich dachte kurz an ein Haustier.

Die gesamte Wohnung hatte nur gut siebzig Quadratmeter. Ein widerlicher Geruch war allgegenwärtig, faulig und säuerlich, wie eine verschimmelnde Grapefruit. Der Großteil des Gestanks kam von dem verschütteten Unrat vor dem Küchenmülleimer. Ein anderer Teil kam aus dem Bad.

Ein Uniformierter bewachte die einzige Tür der Wohnung, die jetzt offen stand, orangefarbenes Absperrband mit dem SQ-Logo und der Beschriftung *Accès interdit-Sûreté du Quebec. Info-Crime* klebte kreuz und quer im Rahmen. Auf dem Namensschild des Beamten stand Tirone.

Tirone war Anfang dreißig, ein fett gewordener, muskulöser Kerl mit strohblonden Haaren, eisengrauen Augen und einer offensichtlich sehr empfindlichen Nase. Auf seiner Oberlippe glänzte Wick VapoRub.

LaManche stand neben dem Erkerfenster und unterhielt sich mit Gilles Pomier, einem Autopsietechniker des LSJML. Beide machten ein finsteres Gesicht und sprachen gedämpft.

Ich brauchte die Unterhaltung gar nicht zu hören. Als forensische Anthropologin hatte ich schon mehr Todesschauplätze bearbeitet, als mir lieb war. Mein Spezialgebiet sind die Verwesten, die Verbrannten, die Mumifizierten, die Verstümmelten und skelettierte menschliche Überreste.

Ich wusste, wer alles mit Höchstgeschwindigkeit zu uns unterwegs war. Service de l'identité judiciaire, Division des scènes de crime, Quebecs Version von CSI. Bald würde die Wohnung wimmeln vor Spezialisten, die nichts anderes im Sinn hatten, als jeden Fingerabdruck, jede Hautzelle, jeden Blutspritzer und jede Wimper in dieser schmuddeligen, kleinen Wohnung zu finden und einzusammeln.

Mein Blick wanderte wieder zu dem Toilettentisch. Wieder zog sich mein Magen zusammen.

Ich wusste, was diesem Baby bevorstand. Der Angriff auf seine Person hatte eben erst begonnen. Die Kleine würde zu einer Fallnummer werden, man würde an ihr materielle Indizien sichern und bewerten. Ihr zarter Körper würde gewogen und vermessen werden. Man würde ihr Brust und Schädel öffnen, ihr Hirn und Organe entnehmen, sie in Scheiben schneiden und unter dem Mikroskop untersuchen. Man würde ihr Knochenproben für eine DNS-Untersuchung entnehmen. Man würde ihr Blut und Glaskörperflüssigkeit für eine toxikologische Untersuchung abzapfen.

Die Toten sind machtlos, aber diejenigen, die möglicherweise durch die Untaten anderer sterben, erleiden noch weitere Würdelosigkeiten. Ihr Tod wird zur Schau gestellt als Beweismittel, das von Labor zu Labor, von Schreibtisch zu Schreibtisch wandert. Spurensicherungstechniker, forensische Experten, Polizisten, Anwälte, Richter, Juroren. Ich weiß, dass solche Verletzungen der persönlichen Würde notwendig sind für die Rechtsprechung. Dennoch hasse ich sie. Auch wenn ich ein Teil davon bin.

Diesem Opfer würde man wenigstens die Grausamkeiten ersparen, die die Strafverfolgungsmaschinerie für erwachsene Opfer vorsieht – die öffentliche Zurschaustellung ihres Lebens. Wie viel trank sie? Was trug sie? Wen hasste sie? Hier würde das nicht passieren. Dieses kleine Mädchen hatte noch kein Leben gehabt, das man unters Mikroskop legen konnte. Für sie würde es nie einen ersten Zahn, nie einen Schulabschlussball, nie einen fragwürdigen BH geben.

Mit wütendem Finger blätterte ich in meinem Notizbuch eine neue Seite auf.

Ruhe sanft, meine Kleine. Ich werde dich behüten.

Ich notierte mir eben etwas, als eine unerwartete Stimme an mein Ohr drang. Ich drehte mich um. Durch die schiefe Schlafzimmertür sah ich eine vertraute Gestalt.

Schlank und langbeinig. Kräftige Kinnpartie. Sandblonde Haare. Sie wissen schon, was ich meine.

Für mich ist das ein Bild mit einer langen Geschichte.

Lieutenant-détective Andrew Ryan, Section des crimes contre la personne, Sûreté du Québec.

Ryan ist Beamter des Morddezernats. Im Verlauf der Jahre habe ich viel Zeit mit ihm verbracht. Inner- und außerhalb des Labors.

Das Außerhalb war vorbei. Was aber nicht hieß, dass der Kerl nicht immer noch verdammt heiß war.

Ryan hatte sich zu LaManche und Pomier gestellt.

Ich klemmte meinen Kuli in die Spiralbindung, klappte das Buch zu und ging ins Wohnzimmer.

Pomier begrüßte mich. LaManche hob seinen Hundeblick, sagte aber nichts.

»Dr. Brennan.« Ryan war rein geschäftsmäßig. So hatten wir das auch in unseren guten Zeiten immer gehalten. *Vor allem* in den guten Zeiten.

»Detective.« Ich zog meine Handschuhe aus.

»Also, Temperance.« La Manche ist der einzige Mensch auf Erden, der die formelle Version meines Namens benutzt. In seinem steifen, korrekten Französisch klingt es so, dass es sich mit »La France« reimt. »Wie lange ist dieser kleine Mensch schon tot?«

LaManche ist seit über vierzig Jahren forensischer Pathologe und hat keinen Grund, mich nach meiner Meinung zum postmortalen Intervall zu fragen. Es ist eine Taktik, die er benutzt, um Kollegen das Gefühl zu geben, sie seien ihm ebenbürtig. Nur wenige sind es allerdings tatsächlich.

»Die ersten Fliegen kamen wahrscheinlich zwischen einer und drei Stunden nach dem Todeseintritt an und legten ihre Eier ab. Das Schlüpfen könnte also bereits zwölf Stunden nach der Eiablage begonnen haben.«

»In diesem Bad ist es ziemlich warm«, sagte Pomier.

»Neunundzwanzig Grad Celsius. In der Nacht war es wahrscheinlich kühler.«

»Also deuten die Maden in Augen, Nase und Mund auf ein minimales PMI zwischen dreizehn und fünfzehn Stunden hin …«

»Ja«, sagte ich. »Allerdings sind einige Fliegenspezies nach Einbruch der Dunkelheit inaktiv. Ein Entomologe sollte bestimmen, welche Arten präsent sind und in welchem Entwicklungsstadium sie sich befinden.«

Durchs offene Fenster hörte ich in der Ferne eine Sirene jaulen.

»Die Leichenstarre ist maximal ausgeprägt«, fügte ich hinzu, hauptsächlich Ryan zuliebe. Die beiden anderen wussten das. »Das passt also zum vermuteten Intervall.«

Als Leichenstarre bezeichnet man die Versteifung in der Muskulatur eines Leichnams aufgrund chemischer Veränderungen. Der Zustand ist vorübergehend, er beginnt ungefähr drei Stunden nach Eintritt des Todes, erreicht nach ungefähr zwölf Stunden seinen Höhepunkt und verschwindet etwa siebenundzwanzig Stunden nach dem Tod wieder völlig.

LaManche nickte bedrückt. »Womit wir auf einen möglichen Todeszeitpunkt irgendwo zwischen sechs und neun gestern Abend kommen.«

»Die Mutter kam gestern Morgen ungefähr um zwei Uhr vierzig ins Krankenhaus«, sagte Ryan.

Einen Augenblick lang sagte niemand etwas. Die Implikation war zu traurig. Es konnte sein, dass das Baby noch bis zu fünfzehn Stunden nach seiner Geburt gelebt hatte.

Abgelegt in der Kommode? Ohne wenigstens eine Decke oder ein Handtuch? Erneut schob ich den Zorn beiseite.

»Ich bin fertig«, sagte ich zu Pomier. »Sie können die Leiche einpacken.«

Er nickte, rührte sich aber nicht.

»Wo ist die Mutter?«, fragte ich Ryan.

»Wie's aussieht, hat sie sich aus dem Staub gemacht. Bédard sucht gerade den Hausbesitzer und befragt dann die Nachbarn.«

Draußen wurde die Sirene lauter.

»Der Wandschrank und die Wäschekommode sind leer«, sagte ich. »Im Bad sind noch ein paar persönliche Sachen. Keine Zahnbürste oder Zahnpasta, kein Deo.«

»Sie nehmen also an, dass diese herzlose Schlampe durchaus auf Körperhygiene geachtet hat.«

Ich schaute Pomier an, weil mich seine Verbitterung über-

16

raschte. Dann fiel es mir wieder ein. Pomier und seine Frau hatten versucht, eine Familie zu gründen. Vor vier Monaten hatte sie zum zweiten Mal eine Fehlgeburt erlitten.

Die Sirene verkündete ihre Ankunft in der Straße und ging dann aus. Türen krachten. Stimmen riefen auf Französisch. Andere antworteten. Stiefel klapperten auf der Eisentreppe, die vom Bürgersteig in den ersten Stock führte.

Kurz darauf duckten sich zwei Männer unter dem Absperrband hindurch. Ich kannte sie beide: Alex Gioretti und Jacques Demers.

Hinter Gioretti und Demers folgte ein SQ Corporal, von dem ich annahm, dass es Bédard war. Seine Augen waren klein und dunkel hinter einer Drahtgestellbrille. Sein Gesicht war fleckig vor Aufregung. Oder Erschöpfung. Ich schätzte ihn auf Mitte vierzig.

LaManche, Pomier und ich sahen zu, wie Ryan zu den Neuankömmlingen ging. Worte wurde gewechselt, dann öffneten Gioretti und Demers ihre Ausrüstungs- und Kamerakoffer.

Mit angespanntem Gesicht schob LaManche eine Manschette hoch und schaute auf seine Uhr.

»Stressiger Tag?«, fragte ich.

»Fünf Autopsien. Dr. Ayers ist nicht da.«

»Wenn Sie lieber ins Labor zurückwollen, dann bleibe ich sehr gerne.«

»Vielleicht ist es das Beste.«

Für den Fall, dass noch mehr Leichen gefunden werden. Das brauchte ich nicht zu sagen.

Aus Erfahrung wusste ich, dass es ein langer Vormittag werden würde. Als LaManche gegangen war, schaute ich mich nach einer Sitzgelegenheit um.

Zwei Tage zuvor hatte ich einen Artikel über den Artenreichtum der Fauna gelesen, die Sofas bevölkerte. Kopfläuse. Bettwanzen. Flöhe. Milben. Das zerlumpte Sofa und sein Ungeziefer machten mich nicht an. Ich entschied mich für die Fensterbank.

Zwanzig Minuten später hatte ich meine Aufzeichnungen abgeschlossen. Als ich den Kopf hob, pinselte Demers eben Fingerabdruckpulver auf den Küchenherd. Ein regelmäßiges Aufblitzen verriet mir, das Gioretti im Bad Fotos schoss. Ryan und Bédard waren nirgends zu sehen.

Ich schaute zum Fenster hinaus. Pomier lehnte rauchend an einem Baum. Ryans Jeep stand neben meinem Mazda und dem Spurensicherungstransporter am Bordstein. Zwei Limousinen ebenfalls. Eine hatte das CTV-Logo auf der Fahrerseite. Auf der anderen stand *Le Courrier de Saint-Hyacinthe*.

Die Medien hatten Blut gewittert.

Als ich mich wieder umdrehte, wackelte das Brett unter meinem Hintern leicht. Ich senkte den Kopf und entdeckte parallel zur Fensterwand einen Spalt.

Diente der Mittelteil der Bank als Stauraum? Ich stand auf und kauerte mich hin, um unter der Sitzfläche nachzuschauen.

Die Sitzfläche ragte leicht über den Kasten darunter hinaus. Mit meinem Stift drückte ich von unten dagegen. Die Sitzfläche hob sich und klappte gegen das Fensterbrett.

Der Geruch von Staub und Schimmel stieg aus der dunklen Höhlung auf.

Ich spähte in die Schatten.

Und sah, was ich befürchtet hatte.

2

Das zweite Baby war in ein Handtuch gewickelt. Blut oder Verwesungsflüssigkeit hatte braune Blüten auf dem gelben Frottee ausgebreitet.

Der verhüllte, kleine Leichnam lag in einer hinteren Ecke des Sitzkastens, umgeben von einem rissigen und von der Sonne ausgebleichten Baseballhandschuh, einem kaputten Tennisschläger, einem luftlosen Basketball und mehreren Paaren abgetragener Turnschuhe. Staub und tote Insekten vervollständigten das Bild.

Das Schädeldach des winzigen Kopfs war an einem Ende des Bündels sichtbar, die verschlungenen Nähte weit, wie bei einem Neugeborenen zu erwarten. Der membrandünne Knochen war mit einem feinen Flaum wie bestäubt.

Ich schloss die Augen. Sah noch ein Babygesicht. Dunkles Fleisch, das erstaunlich blaue Augen umgab. Eingesunkene Pausbäckchen, die jetzt zarte Knochen straff umspannten.

»O nein«, sagte irgendjemand.

Ich öffnete die Lider und schaute auf die Straße hinaus. Ein Leichenwagen stand jetzt bei den Fahrzeugen am Bordstein. Die Reporter standen vor ihren Autos und unterhielten sich.

Ein Windhauch durch das Fliegengitter fühlte sich warm auf meinem Gesicht an. Vielleicht war es aber auch das adrenalinsatte Blut, das meine Wangen rötete.

»*Avez-vous quelque chose?*« Haben Sie etwas?

Ich drehte mich um. Demers schaute, den Pinsel mit dem schwarzen Pulver erhoben, in meine Richtung. Ich begriff, dass das »O nein« von meinen eigenen Lippen gekommen war.

Ich nickte nur, weil meine Stimme versagte.

Demers rief Gioretti und kam dann zu mir. Nachdem er das Baby sehr lange angestarrt hatte, zog er sein Handy vom Gürtel und tippte eine Nummer. »Mal sehen, ob wir einen Hund bekommen.«

Kurz darauf kam Gioretti zu uns. Sein Blick fiel auf die offene Fensterbank. »Tabernouche.«

Nachdem er einen Fallmarker aufgestellt hatte, fing Gioretti an, Fotos aus verschiedenen Winkeln und Entfernungen zu schießen.

Ich ging ein paar Schritte weg, um LaManche anzurufen. Er gab die Anweisungen, die ich erwartet hatte. Die Überreste so wenig wie möglich bewegen. Die Augen offen halten.

Zwanzig Minuten später war Gioretti mit den Foto- und Videoaufnahmen fertig. Demers hatte den Sitzkasten und seinen Inhalt bestäubt.

Während ich mir Latexhandschuhe überstreifte, breitete Demers einen Leichensack neben den auf dem Boden abgelegten Schuhen und Sportgeräten aus. Sein Unterkiefer verkrampfte sich, als er den Reißverschluss aufzog.

Ich streckte beide Hände in den Kasten und hob unser zweites, kleines Opfer behutsam heraus. Anhand des Gewichts und des Fehlens von Geruch nahm ich an, dass die Überreste mumifiziert waren.

Mit beiden Händen legte ich das Bündel in den Leichensack. Wie das Baby aus dem Toilettentisch, das jetzt neben dem Sofa lag, sah es in dem Erwachsenensack mitleiderregend winzig aus.

Während Demers mir mit einer Stablampe leuchtete, fischte ich mit einer Pinzette ein halbes Dutzend Knochen aus dem Sitzkasten. Jeder war kleiner als ein Daumennagel. Drei Fingerknochen. Zwei Mittelhandknochen. Ein Wirbelkörper.

Nachdem ich die einzelnen Knochen in einem Plastikröhrchen verstaut hatte, schrieb ich Fallnummer, Datum und meine Initialen mit einem Filzstift darauf. Dann steckte ich den Behälter unter eine Ecke des fleckigen, gelben Bündels.

Demers und ich sahen schweigend zu, wie Gioretti letzte Aufnahmen machte. Draußen auf der Straße knallte eine Autotür, dann noch eine. Auf der Treppe waren Schritte zu hören.

Gioretti schaute mich fragend an. Ich nickte.

Gioretti hatte eben den Reißverschluss des Sacks zugezogen, die Ecken umgeschlagen und festgezurrt, als Pomier wieder auftauchte. Bei ihm war eine Frau mit einem Border-Collie. Die Frau hieß Madeleine Caron. Den Collie nannte man Pepper.

Leichenhunde sind auf den Geruch von verfaulendem, menschlichem Fleisch abgerichtet, und deshalb finden sie versteckte Leichen, wie Infrarotsysteme Wärmequellen ausmachen können. Ein wirklich guter Schnüffler findet den ehemaligen Liegeplatz einer Leiche auch noch lange, nachdem sie entfernt wurde. Aber diese Hunde des Todes sind so unterschiedlich wie ihre Führer. Manche sind gut, andere miserabel, und wieder andere völlige Reinfälle.

Ich freute mich sehr, dieses Paar zu sehen. Beide spielten in der Oberklasse.

Die latexumhüllten Hände vom Körper abgestreckt, ging ich zu Caron. Pepper beobachtete mich mit großen Karamellaugen.

»Nette Wohnung«, sagte Caron.

»Ein Palast. Hat Pomier Sie ins Bild gesetzt?«

Caron nickte.

»Bis jetzt haben wir zwei. Eine aus dem Bad, eine aus dem Sitzkasten im Fenster.« Ich deutete mit dem Daumen über die

Schulter. »Ich werde sie gleich für den Transport freigeben. Wenn die Leichensäcke weg sind, können Sie sofort mit Pepper rumgehen und sehen, ob irgendwas seine Neugier weckt.«

»Okay.«

»In der Küche ist Müll.«

»Wenn das Zeug nicht menschlich ist, interessiert es sie auch nicht.«

Zuerst führte Caron Pepper zu den Stellen, wo die Babys versteckt worden waren. Manche Hunde sind so trainiert, dass sie durch Bellen Alarm schlagen, andere, indem sie sich setzen oder auf den Boden legen. Pepper war ein Sitzer. An beiden Stellen hockte er sich auf die Hinterläufe und jaulte. Jedes Mal kraulte Caron die Ohren des Hundes und sagte: »Braves Mädchen.« Dann griff sie an sein Halsband und löste die Leine.

Nachdem sie sich durch Küche und Wohnzimmer geschnüffelt hatte, tapste Pepper ins Schlafzimmer. Caron und ich folgten mit höflichem Abstand.

Nichts bei der Kommode. Beim Bett ein leichtes Zögern. Dann erstarrte der Hund. Machte noch einen Schritt. Blieb stehen, eine Vorderpfote zehn Zentimeter über dem Boden.

»Braves Mädchen«, sagte Caron leise.

Die Schnauze von einer Seite zur anderen bewegend, kroch Pepper durchs Zimmer. An der offenen Schranktür hob sie die Schnauze und blähte die Nüstern.

Nach fünf Sekunden des Witterns setzte sich Pepper, drehte den Kopf in unsere Richtung und jaulte.

»Braves Mädchen«, sagte Caron. »Platz.«

Den Blick starr auf die Führerin gerichtet, ließ Pepper sich auf den Bauch sinken.

»Scheiße«, sagte Caron.

»Was ist?«

Caron und ich drehten uns um. Keiner hatte gehört, dass Ryan hinter uns getreten war.

»Sie hat was gefunden«, sagte Caron.

»Wie oft liegt sie richtig?«

»Oft.«

»Hat sie sonst irgendwo angeschlagen?«

Caron und ich schüttelten den Kopf.

»Hat sie je danebengelegen?«

»Bis jetzt nicht.« Carons Stimme klang angespannt. »Ich führe sie hier drinnen noch einmal rum und bringe sie dann raus.«

»Bitte sagen Sie dem Leichenwagenfahrer, dass er warten soll«, sagte ich. »Und sagen Sie Pomier Bescheid. Er wird die Überreste in die Leichenhalle begleiten.«

»Okay.«

Während Caron Pepper hinausführte, gingen Ryan und ich zum Wandschrank.

Der Hohlraum maß nicht mehr als einen mal eineinhalb Meter. Ich zog an einer Kette, um die nackte Birne oben an der Nischendecke anzuschalten.

Auf einer Eisenstange hingen Kleiderbügel von der soliden, jahrzehntealten Machart. Sie waren auf eine Seite geschoben worden, von Demers, wie ich annahm.

Über der Stange verlief ein Regalbrett über die gesamte Schrankbreite. Eine Ansammlung von Magazinen war auf den Schlafzimmerboden geräumt worden. Wie das Regalbrett, die Stange und der Türknauf waren sie bedeckt mit Demers' Fingerabdruckpulver.

Ryan und ich entdeckten den Lüftungsschacht gleichzeitig. Er war an der Decke, ungefähr in der Mitte des Schranks. Als unsere Blicke sich trafen, erschien Gioretti in der Tür.

»Haben Sie hier drinnen schon fotografiert?«, fragte ich.

Gioretti nickte.

»Wir brauchen eine Leiter und eine Schlangenhalskamera.«

Während wir warteten, berichtete Ryan mir, was er über den Vermieter in Erfahrung gebracht hatte. »Stephan Paxton.« Er wechselte ins Englische. »Der Kerl wird sich wohl schwertun mit einem Harvard-Abschluss.«

»Soll heißen?«

»Er hat das Hirnschmalz einer Motte. Keine Ahnung, wie er sich drei Gebäude unter den Nagel reißen konnte.« Ryan schüttelte den Kopf. »Die Mieterin hier ist Alma Rogers. Paxton sagt, sie zahlt bar, normalerweise drei oder vier Monate im Voraus. Und das seit mindestens drei Jahren.«

»Rogers hat im Krankenhaus also einen Decknamen verwendet?«

»Oder hier. Aber es ist dasselbe Mädchen. Paxtons Personenbeschreibung entspricht der des Notarztes.«

»Hat sie ihre tatsächliche Adresse angegeben?«

»Anscheinend.«

Ich fand das merkwürdig, ging aber nicht weiter darauf ein. »Gibt es einen Mietvertrag?«

»Rogers zog mit einem Kerl namens Smith hier ein. Paxton glaubt, dass Smith am Anfang etwas unterschrieben haben könnte, aber er hat's nicht so mit der Buchhaltung. Sagt, dass die Barzahlung im Voraus für ihn Mietvertrag genug war.«

»Arbeitet Rogers?«

»Paxton hat keine Ahnung.«

»Smith?«

Ryan zuckte die Achseln.

»Was ist mit den Nachbarn?«

»Bédard ist immer noch auf Tour.«

In diesem Augenblick traf die Ausrüstung ein. Während Demers die Leiter aufstellte, verband Gioretti ein Gerät, das ein bisschen aussah wie eine Rohrreinigungsspirale, mit einem tragbaren Festplattenrekorder. Er drückte auf einen Knopf, und der Monitor sprang an.

Während Ryan die Leiter festhielt, stieg Demers hinauf und testete das Gitter mit einem Finger. Es wackelte ein wenig, Putz rieselte von der Decke.

Demers zog einen Schraubenzieher aus seinem Gürtel. Ein paar Umdrehungen, und die Schrauben fielen herunter. Noch mehr Putz rieselte uns entgegen, als er das Gitter löste und nach unten gab. Er schob sich eine Maske über den Mund und griff dann mit einer Hand in das dunkle Rechteck an der Decke. Mit offener Handfläche tastete er behutsam herum. »Da ist ein Balken.«

Ich hielt den Atem an, während sein Arm sich in alle Richtungen bewegte.

»Isoliermaterial.« Schließlich schüttelte Demers den Kopf. »Ich brauche die Kamera.«

Gioretti hielt ihm das schlangenartige Gerät hin. An der Spitze hatte es einen Glasfaser-Bildsensor mit einer Linse, deren Durchmesser weniger als vier Millimeter betrug. Die winzige Kamera würde Bilder vom Inneren der Wand aufnehmen, die wir in Echtzeit betrachten konnten.

Demers drückte auf einen Knopf, und ein heller Strahl schoss in die Dunkelheit. Nachdem Demers die Krümmung der Spirale angepasst hatte, schob er die Schlange in die Öffnung. Auf dem Monitor unten bei uns erschien ein unscharfes, graues Bild.

»Wir haben Empfang.« Gioretti drehte an einer Wählscheibe, und aus dem unscharfen, grauen Streifen wurde ein Holzbalken. Unter dem Balken war etwas, das aussah wie altmodische Wurmstein-Isolierung.

»Dürfte ein Deckenträger sein«, sagte Ryan.

Auf dem Monitor sahen wir zu, wie die Kamera nach rechts am Balken entlangwanderte.

»Versuchen Sie's in die andere Richtung«, sagte Ryan. »Sie müssten auf einen Wandbolzen und einen Dachbalken stoßen.«

Demers änderte die Richtung.

Ryan hatte recht. Einen knappen Meter hinter dem linken Ende des Lüftungsschachts traf ein Schrägbalken auf den Deckenträger.

Im V oberhalb des Deckenträgers klemmte ein Bündel, eingewickelt in ein Handtuch.

»Scheiße«, sagte Gioretti.

Neunzig Minuten später war die Decke des Wandschranks verschwunden, und das dritte Baby lag in seinem Zwei-sechzig-mal-eins-fünfzig-Sack.

Zum Glück fanden wir auf dem kleinen Dachboden keine weiteren Babys.

Und Pepper hatte außerhalb des Gebäudes nicht angeschlagen.

Im Leichenwagen lagen jetzt nebeneinander drei Leichensäcke, jeder mit einer mitleiderregend kleinen Ausbuchtung in der Mitte.

Ein Stückchen weiter unten machten sich die Journalisten fast in die Hose. Aber sie bewahrten Abstand. Ich fragte mich, was Ryan ihnen wohl angedroht hatte, um sie in Schach zu halten.

Ich stand an der hinteren Stoßstange des Leichenwagens.

Ich hatte meinen Overall ausgezogen, und die Sonne schien mir warm auf Schultern und Kopf.

Obwohl es schon nach zwei war und ich seit Tagesanbruch nichts gegessen hatte, hatte ich keinen Appetit. Ich starrte nur weiter die drei Säcke an und zerbrach mir den Kopf über die Frau, die das getan hatte. Bereute sie den Mord an ihren Neugeborenen? Oder lebte sie einfach ihr Leben weiter, ohne sich große Gedanken über die Monstrosität ihrer Verbrechen zu machen?

Immer wieder drängten sich mir Bilder aus meiner Vergangenheit auf. Ungebeten. Ungewollt.

Mein kleiner Bruder Kevin starb mit drei Jahren an Leukämie. Ich durfte damals Kevins Leiche nicht sehen. Für meinen achtjährigen Verstand wirkte sein Tod irgendwie unwirklich. An einem Tag war er noch bei uns, am nächsten nicht mehr.

Auf kindliche Art hatte ich verstanden, dass Kevin krank war, dass sein Leben bald zu Ende sein würde. Doch als es dann passierte, war ich völlig verstört. Man hätte mir erlauben müssen, mich von ihm zu verabschieden.

Ein Stückchen weiter oben an der Straße sprach Ryan mit Bédard. Schon wieder.

Bis jetzt hatte der Corporal berichtet, dass die Nachbarnbefragung nur eine Person ergeben hatte, die Alma Rogers je gesehen hatte. Die betagte Witwe Robertina Hurteau wohnte im Gebäude gegenüber und beobachtete durch ihre Wohnzimmerjalousie sehr genau, was auf der Straße vor sich ging.

Die alte Frau beschrieb die Nachbarin von gegenüber als *ordinaire*. Sie konnte sich nicht erinnern, wann sie Rogers das letzte Mal ihre Wohnung betreten oder verlassen gesehen hatte. Gelegentlich hatte sie sie mit einem Mann gesehen, aber nie mit einem Baby. Der Mann war *barbu*.

Was war mit einem Hund?, fragte ich mich. Oder war es eine Katze? Hat irgendjemand danach gefragt? Das verschwundene Haustier ließ mir keine Ruhe. Wo war es? Hatte Roberts/ Rogers es mitgenommen? Hatte sie es ausgesetzt oder getötet, wie sie ihren eigenen Nachwuchs getötet hatte?

Drei tote Babys, und ich machte mir Gedanken über ein verschwundenes Haustier. Das muss man sich mal vorstellen.

Du bist irgendwo da draußen, dachte ich. Amy Roberts/Alma Rogers. Unbemerkt unterwegs. In einem Auto? In einem Bus oder Zug? Allein? Mit dem Vater ihrer armen, toten Kinder? Mit einem davon? Wie viele Väter gab es überhaupt?

Ich hoffte, dass Ryan neue Informationen mitbringen würde.

Demers und Gioretti packten ihre Ausrüstung zusammen. Während ich untätig zuschaute, fuhr hinter ihrem Transporter ein grüner Kia an den Bordstein. Die Fahrertür ging auf, und ein Mann wuchtete sich heraus. Er trug Jeans und ein Unterhemd, das viel zu viel Fleisch preisgab. Das Haar war glatt, das Gesicht gerötet und fleckig über einem ungepflegten Bart.

Den Arm auf die Fahrertür gestützt, schaute der Mann sich die Fahrzeuge am Straßenrand an. Dann drehte er sich um und setzte sich wieder hinters Steuer.

Mein erschöpftes Hirn spuckte eine Übersetzung aus.

Barbu.

Bärtig.

Ich wollte eben Ryan rufen.

Doch der sprintete schon den Bürgersteig hoch.

3

Ryan erreichte den Kia, als der Fahrer eben die Tür zuknallte. Er griff durchs offene Fenster und riss den Schlüssel aus der Zündung.

Aus ein paar Metern Entfernung hörte ich: »Was soll der Scheiß?«

Bédard kam dazu, als Ryan dem Kerl eben seine Marke zeigte.

»Was soll der Scheiß?«

Der Fahrer sprach Englisch. Mit einem sehr beschränkten Wortschatz.

»Bewegung!« Ryan riss am Türgriff.

»Was soll —«

»Jetzt!«

Füße in Sandalen schwangen heraus, gefolgt von einem belugawalgroßen Körper.

Während Bédard seine Glock zog, drehte Ryan Beluga um, drückte ihn gegen den Kia, trat seine Beine auseinander und durchsuchte ihn.

»Hey! Wollen Sie mir nicht erst ein paar Drinks spendieren?«

Ryan lachte nicht über Belugas Witz.

Aus der Gesäßtasche des Mannes zog Ryan eine Segeltuchbrieftasche. Nachdem er sich versichert hatte, dass der Mann unbewaffnet war, trat er einen Schritt zurück und durchsuchte die Brieftasche. Bédard stand breitbeinig da, die Waffe mit beiden Händen auf Beluga gerichtet.

»Umdrehen und die Hände oben halten.«

Beluga gehorchte sofort.

»Ralph Trees?« Ryan schaute von einer Plastikkarte hoch,

von der ich annahm, dass sie der Führerschein des Mannes war.

Mürrisch schweigend stand Beluga da, die Hände immer noch über dem Kopf. Haare krochen von seinen Achselhöhlen seitlich an seinem Brustkorb entlang.

»Sind Sie Ralph Trees?«

Beluga antwortete immer noch nichts.

Ryan griff hinter sich und zog Handschellen vom Gürtel.

»Was soll der Scheiß?« Beluga spreizte seine fleischigen Finger. »Okay. Okay. Aber es heißt Rocky, nicht Ralph.«

»Was wollen Sie hier?«

»Was wollen *Sie* hier?«

»Sie sind ja wirklich ein witziges Kerlchen, Rocky.«

»Wie wär's, wenn Sie Dirty Harry da drüben sagen, er soll seine Knarre runternehmen?«

Ryan nickte Bédard zu. Der Corporal ließ die Waffe sinken, steckte sie aber nicht in den Halfter.

Ryan wandte sich wieder an Trees und wedelte mit dem Führerschein. Trees murmelte etwas, das ich nicht verstand.

Ich ging auf das Trio zu. Sie achteten nicht auf mich.

Aus der Nähe konnte ich sehen, dass Trees' Augen von winzigen, roten Äderchen durchzogen waren. Ich schätzte seine Größe auf eins neunzig, sein Gewicht auf ungefähr einhundertsechzig Kilo. Zwischen seiner Unterlippe und dem oberen Rand seines Kinnbarts hatte er ein umgedrehtes Lächeln tätowiert, das nur aus Zähnen bestand. Klasse.

»Ich bin hier, um meine Lady zu besuchen. Beim letzten Mal war das noch kein Verbrechen.«

»Mord ist eins.«

»Von was zum Teufel reden Sie denn?«

»Wer ist Ihre Freundin?«

»Sie ist nicht meine Freundin.«

»Nerven Sie mich nicht, Rocky.«

»Schauen Sie, ich vögel sie, wenn ich geil bin. Das heißt aber nicht, dass ich ihr am Valentinstag Pralinen schicke.«

Ryan schaute ihn nur an.

»Alva Rodriguez.« Die blutunterlaufenen Augen flackerten von Ryan zu Bédard und wieder zurück. »Geht's darum? Hat jemand Alva umgebracht?«

»Wann haben Sie Ms. Rodriguez zum letzten Mal gesehen oder mit ihr gesprochen?«

»Scheiße, das weiß ich nicht. Vor zwei, drei Wochen vielleicht.«

»Strengen Sie sich ein bisschen mehr an.«

»Das ist Belästigung.«

»Beschweren Sie sich.«

Trees' Blick wanderte zu mir. »Wer ist die Tussi?«

»Konzentrieren Sie sich nur auf mich.«

»Das ist doch Blödsinn.«

»Wann hatten Sie zum letzten Mal Kontakt mit Ms. Rodriguez?«

Trees tat so, als würde er über die Frage nachdenken. Seine nervösen Augen und die Schweißperlen am Haaransatz deuteten darauf hin, dass seine Großmäuligkeit nur aufgesetzt war. »Donnerstag vor zwei Wochen. Nein, Mittwoch. Kam eben von einer Fahrt nach Calgary zurück.«

»Warum Calgary?«

»Ich übernehme manchmal Ferntransporte für meinen Schwager.«

»Wo ist Ms. Rodriguez jetzt?«

»Mann, kann ich die Arme runternehmen?«

»Nein.«

31

»Woher soll ich denn das wissen? Sie meldet sich nicht bei mir ab. Wie gesagt, ich komme vorbei, schieb 'ne Nummer und mach dann wieder mein eigenes Ding.«

»Bezahlen Sie für diese kleinen Treffen?«

»Ich? Das soll wohl ein Witz sein.« Sein öliges Grinsen weckte bei mir das Verlangen nach einer sehr heißen Dusche. »Ich bring der Schlampe 'ne Flasche, sie bedankt sich bei mir. Wissen Sie, was ich meine?«

»Bringen Sie ihr auch ein bisschen Koks mit?«

»Ich hab's nicht so mit dem Zeug. Nur Schnaps.«

»Wissen Sie was, Rocky? Ich glaube, Sie lügen mich an. Wenn ich Sie mir so anschaue, sehe ich einen Kerl, der ganz gern mal 'ne Nase nimmt. Was würden Sie sagen, wenn ich mir Ihr lustiges, kleines Auto da ein bisschen genauer ansehe?«

»Das dürfen Sie nicht.«

»Was meinen Sie, Corporal Bédard?« Ryans Blick blieb auf Trees. »Meinen Sie, wir dürfen das?«

»Wir dürfen das.«

Ryan gab Bédard den Führerschein. »Überprüfen Sie doch mal unseren Romeo hier, mal sehen, ob er eine interessante Vorgeschichte hat.«

Bédard steckte seine Waffe in den Halfter und ging zu seinem Streifenwagen. Während er Trees' Namen durchs System laufen ließ, warteten Ryan und ich schweigend. Wie die meisten Menschen unter Stress hatte Trees das Bedürfnis, diese Stille zu füllen. »Hören Sie, ich sage Ihnen alles, was ich weiß. Nämlich so gut wie gar nichts. Alva und ich haben unsere Zeit nicht mit Reden verbracht.«

»Wo arbeitet Ms. Rodriguez?«, fragte Ryan.

»Sie hören mir nicht zu.«

»Hat sie ein regelmäßiges Einkommen? Geld für die Miete?«

Trees zuckte die Achseln — so gut er das mit erhobenen Händen konnte.

»Haben Sie sie vielleicht auf den Strich geschickt, Rocky? Sie auf Koks gebracht, damit sie da ist, wenn Sie 'ne schnelle Nummer brauchen? Ist das das Ding, von dem Sie reden? Lassen Sie außer Rodriguez auch andere Frauen für sich anschaffen?«

»Auf gar keinen Fall. Ich habe auf sie aufgepasst. Alva ist nicht gerade das, was man ein Genie nennen würde.«

Ryan warf ihm nun in schneller Folge eine Frage nach der anderen hin und wechselte immer wieder das Thema, um Trees zu verunsichern. »Wissen Sie, ob sie außer Rodriguez noch einen anderen Namen benutzt?«

Trees schüttelte den Kopf.

»Wo lebte sie, bevor sie hierherkam?«

»Sie ist Mexikanerin, okay? Eine von denen.«

»Wie kommen Sie darauf?«

»Der Name. Und sie hatte so einen Akzent. Nicht Französisch. Ich dachte, dass es Mexikanisch ist. Mir war's egal.«

»Ist ja rührend, wie unvoreingenommen Sie sind.«

Trees verdrehte die Augen. Seine Unterarme knickten langsam ein, hingen wie totes Gewicht an seinen erhobenen Ellbogen.

»Sind Sie der Vater der Babys?«

»Was?«

»Haben Sie ihr bei der Ermordung geholfen?«

»Bei welcher Ermordung?«

»Haben Sie die Musik lauter gedreht, damit Sie ihr Weinen nicht hören müssen?«

»Sind Sie verrückt?«

»Oder hat sie die Babys allein umgebracht, weil Sie es ihr gesagt haben?«

Trees' Blick schnellte von Ryan zu seinem Auto und wieder zurück. Ich fragte mich, ob er sich aus dem Staub machen wollte.

»Drei, Rocky. Drei Neugeborene. Im Augenblick unterwegs in die Leichenhalle.«

»Sie haben sie doch nicht mehr alle. Alva war nicht schwanger. Ist nicht schwanger. Wo zum Teufel ist sie?« Trees vergaß, dass er die Hände oben behalten sollte. Er schlug sich mit beiden Handflächen auf die Brust. »Was wollen Sie eigentlich von mir?«

»Wir glauben, dass Ms. Rodriguez am Sonntagmorgen entbunden hat.« Ryan deutete mit dem Kopf zu der Wohnung im dritten Stock, in der wir unseren Tag zugebracht hatten. »Wir haben ein Baby unter dem Waschbecken im Bad gefunden. Und zwei andere versteckt in der Wohnung.«

»O Gott.« Trees wich die Farbe aus den Wangen, sodass seine Nase wie ein Leuchtturm aus dem narbigen Grau herausragte. »Ich weiß nichts davon, dass Alva schwanger war.«

»Wie kann das sein, Rocky? Wo Sie doch ihr so treu sorgender Beschützer sind.«

»Alva ist, wissen Sie, schwer. Trägt weite Kleidung. Sieht aus wie ein verdammtes Zelt auf Beinen.«

»Denken Sie sich nichts. Die DNS wird all diese unangenehmen Vaterschaftsfragen klären. Wenn Sie der Daddy sind, können Sie ihnen Blumen aufs Grab legen.«

»Hören Sie, ich sag's Ihnen doch. Ich weiß nicht, wo sie herkommt. Ich weiß nicht, wo Sie hingegangen sein könnte. Ich weiß von ihr nur —«

»Ja. Sie sind ein echter Romantiker. Wo haben Sie beide sich kennengelernt?«

»In einer Bar.«

»Wann?«

»Vor zwei, vielleicht drei Jahren.«

»Wo waren Sie seit Samstag?«

Trees' Gesicht hellte sich auf, als spürte er einen Hoffnungs-schimmer. »Ich bin rüber nach Kamloops gefahren. Da können Sie meinen Schwager fragen.«

»Da können Sie sich drauf verlassen.«

»Kann ich mir was aus dem Auto holen?«

Ryan nickte einmal. »Aber keine Tricks.«

Trees griff auf den Rücksitz des Kia, zog einige Papiere unter einer Tüte von Kentucky Fried Chicken hervor und gab sie Ryan. »Das Oberste ist ein Flyer von der Firma meines Schwagers. Das Grüne ist mein Arbeitsauftrag. Schauen Sie aufs Datum. Ich war in Kamloops.«

Ryan zitierte aus dem Werbezettel. »›Haben Sie's hier? Wollen Sie's dort? Wir bewegen es schnell‹. Reinste Poesie.«

Trees entging der Sarkasmus. »Ja. Phil kann sehr gut mit Wörtern und so.«

»Phil sieht aus wie ein Stinktier.«

»Hey, da kann er nichts dafür. Er ist schon so auf die Welt gekommen.«

Ryan überflog den Arbeitsauftrag und gab die beiden Blätter dann mir. Da mich seine Bemerkung neugierig gemacht hatte, schaute ich mir den Flyer an.

Ein glücklicher Fahrer, von dem ich annahm, dass es Phil war, saß lächelnd und winkend hinter dem Steuer eines Last-wagens. Seine Haare waren schwarz und straff nach hinten gekämmt. Ein weißer Halbmond verlief von der Stirn übers Schädeldach.

Bédard kam wieder zu uns. Schüttelte den Kopf.

Ryan spreizte die Beine und schaute Trees an, als würde er

Alternativen abwägen. Dann: »Ich sage Ihnen jetzt, was Sie tun werden. Sie gehen mit Corporal Bédard mit. Sie schreiben Ihre Kontaktdaten und die Ihres Schwagers auf und auch die von allen Leuten, die Ihre Aussage bestätigen können. Schreiben können Sie doch, oder, Rocky?«

»Sie sind hier der Witzbold.«

»Und so richtig ausgelassen, wenn ich ein Handschuhfach durchsuche.«

»Okay. Okay.« Er hob beschwichtigend die Hände.

»Sie schreiben alles auf, was Ihnen zu Alva Rodriguez einfällt. Bis hin zum letzten Mal, als sie auf die Klospülung drückte. Kapiert?«

Trees nickte.

Ryan schaute mich mit hochgezogenen Augenbrauen an.

»Hat Alva einen Hund oder eine Katze?«, fragte ich.

»Einen Hund.«

»Was für einen?«

»Na, einen Hund eben.« Die Frage schien das Genie zu verwirren.

»Groß? Klein? Lange Ohren? Braun? Weiß?«

»Eine kleiner, grauer Kläffer. Scheißt überallhin.«

»Wie heißt der Hund?«

»Das weiß doch ich nicht.«

»Wenn Alva weggehen würde, würde sie dann den Hund mitnehmen?«

»Das weiß doch ich nicht.«

Ryan warf mir einen fragenden Blick zu, sagte aber nichts. Zu Trees jedoch sagte er: »Gehen Sie jetzt, Rocky. Und graben Sie wirklich tief.«

Während Trees Bédard zu seinem Streifenwagen folgte, ging Ryan mit mir zu meinem Auto.

»Was denkst du?«, fragte ich.

»Der Kerl würde nicht mal mit GPS seinen eigenen Arsch finden. Hat sich wahrscheinlich das Hirn weggesoffen.«

»Glaubst du, er nimmt Drogen?«

Ryan schnitt eine Grimasse, die nur »Soll das ein Witz sein?« heißen konnte.

»Für mich klang er aufrichtig schockiert, als du mit den Babys angefangen hast.«

»Vielleicht«, sagte Ryan. »Aber ich werde diesem Wichser auf die Pelle rücken wie Flöhe einem Hund.«

»Irgendwas Neues über Roberts?«

»Demers glaubt nicht, dass er irgendwelche brauchbaren Abdrücke hat. Diejenigen, die er abgenommen hat, müssen erst noch bearbeitet werden. Wenn Roberts nicht im System ist, ist das sowieso eine Sackgasse. Der Vermieter zahlte für Strom und Wasser. Es gibt kein Telefon. Keine Papierspur irgendeiner Art. Wenn Mama ausgeflogen ist, dürfte es eine Weile dauern, sie zu finden.«

»Und das Baby kann uns auch nicht helfen.«

Wie sich zeigen sollte, hatte ich mich da sehr getäuscht.

4

Am nächsten Morgen fuhr ich zwanzig Minuten lang die schmalen Straßen von Hochelaga-Maisonneuve ab, einem Arbeiterviertel östlich von *centre-ville*. Ich kam an eisernen Fassadentreppen vorbei, die zu den Wohnungen im ersten Stock führten, an Gemischtwarenläden, einer Schule, einem kleinen Park. Doch um acht Uhr morgens an einem Dienstag im Juni war nirgendwo ein Parkplatz zu finden.

Davon will ich lieber gar nicht erst anfangen. Man braucht schon ein Diplom in Bauwesen, um zu begreifen, wo Parken in Montreal legal ist, und das Glück eines Lottogewinners, um einen freien Platz zu finden.

Auf meiner fünften Runde durch die Parthenais fuhr einen halben Block vor mir ein Mini Cooper heraus. Ich schoss vorwärts und schaffte es mit viel Kurbeln und Fluchen, meinen Mazda in die Lücke zu zwängen.

Die Uhr auf dem Armaturenbrett zeigte 8:39. Klasse. Die Morgenbesprechung würde in ungefähr sechs Minuten beginnen.

Nachdem ich Laptop und Handtasche vom Rücksitz geangelt hatte, stieg ich aus und begutachtete mein Werk. Zehn Zentimeter vorne, zwanzig hinten. Nicht schlecht.

Stolz auf meine Leistung ging ich auf den dreizehnstöckigen Koloss aus Glas und Stahl zu, den man erst kürzlich in Édifice Wilfrid-Derome umbenannt hatte, zu Ehren von Quebecs berühmtem Pionier der Kriminalistik. Berühmt nach Quebecer Maßstäben. In forensischen Kreisen.

Während ich den Bürgersteig entlangeilte, sah ich das T-förmige, schwarze Monster das ganze Viertel überragen. Irgendwie wirkte der düstere Bau vor dem fröhlichen, blauen Himmel verkehrt.

Altgediente nennen das Wilfrid-Derome immer noch das QPP- oder das SQ-Gebäude. Quebec Provincial Police auf Englisch und Sûreté du Québec auf Französisch. Liegt nahe. Seit Jahrzehnten beansprucht die Provinzpolizei einen Großteil der Nutzfläche.

Aber die Polizisten sind nicht die Einzigen im Gebäude. Das Laboratoire de sciences judiciaires et de médecine légale, Quebecs kombiniertes rechtsmedizinisches und forensisches

Institut, belegt die oberen beiden Stockwerke. Das Bureau du Coroner ist im elften. Die Leichenhalle und die Autopsiesäle sind im Keller. Gott sei Dank sind alle auf engem Raum versammelt. Macht den Job in mancher Hinsicht leichter, in anderer allerdings auch schwerer. Ryans Büro liegt nur acht Stockwerke unter meinem.

In der Lobby zog ich meinen Ausweis über das Lesegerät, ebenso am Aufzug, am Eingang zum zwölften Stock und an den Glastüren, die in den rechtsmedizinischen Flügel führten. Um dreiviertel neun war es noch relativ ruhig auf dem Gang.

Ich kam an den Fenstern vorbei, die sich in Mikrobiologie-, Histologie- und Pathologielabore öffneten, und sah Männer und Frauen in weißen Mänteln, die an Mikrotomen, Schreibtischen und Spülbecken arbeiteten. Einige winkten oder schickten mir stumme Grüße durch die Scheiben. Ich erwiderte ihr *bonjour* und eilte in mein Büro, weil ich keine Lust auf eine Unterhaltung hatte. Ich hasse es, spät dran zu sein.

Ich hatte kaum meinen Laptop auf den Schreibtisch gestellt und meine Handtasche verstaut, als das Telefon klingelte. LaManche wollte mit der Besprechung anfangen.

Als ich in den Konferenzraum kam, saßen nur der Chef und ein weiterer Pathologe, Jean Pelletier, am Tisch. Beide richteten sich halb auf, wie ältere Männer es tun, wenn eine Frau den Raum betritt.

LaManche fragte mich, was noch passiert war, nachdem er die Wohnung in Saint-Hyacinthe verlassen hatte. Während ich ihm das Wichtigste mitteilte, hörte Pelletier schweigend zu. Er ist ein kleiner, kompakter Mann mit grauen Haaren und Tränensäcken unter den Augen so groß wie Welse. Obwohl LaManche untergeben, war Pelletier schon ein ganzes Jahrzehnt am Institut, als der Chef dort anfing.

»Ich werde mit der Autopsie anfangen, sobald wir mit der Besprechung fertig sind«, sagte LaManche in seinem perfekten Sorbonne-Französisch zu mir. »Wenn von den anderen Babys nur noch Knochen übrig sind, wie Sie vermuten, werde ich Ihnen diese Fälle zuweisen.«

Ich nickte. Ich wusste bereits, dass es so kommen würde.

Als ich Pelletier seufzen hörte, schaute ich in seine Richtung.

»So traurig.« Pelletiers nach jahrzehntelangem Gauloises-Konsum gelb verfärbte Finger trommelten auf die Tischplatte. »So furchtbar, furchtbar traurig.«

In diesem Augenblick kamen Marcel Morin und Emily Santangelo dazu. Ebenfalls Pathologen. *Bonjour* und *comment ça va* machten die Runde. Nachdem LaManche Kopien der heutigen Tagesordnung verteilt hatte, begann er, die Fälle zu erläutern und zuzuweisen.

In Longueuil war eine neunundreißigjährige Frau tot und eingewickelt in den Plastiksack einer chemischen Reinigung aufgefunden worden. Man vermutete Alkoholvergiftung.

Unter der Pont des Îles auf der Île Sainte-Hélène war eine Männerleiche angespült worden.

Eine dreiundvierzigjährige Frau war von ihrem Mann nach einem Streit um die Fernbedienung erschlagen worden. Die vierzehnjährige Tochter des Paares hatte die Polizei von Dorval gerufen.

Ein vierundachtzigjähriger Farmer war tot und mit einer Schusswunde in dem Haus aufgefunden worden, das er mit seinem zweiundachtzigjährigen Bruder in Saint-Augustin teilte.

»Wo ist der Bruder?«, fragte Santangelo.

»Haltet mich für verrückt, aber ich vermute, dass die SQ

gerade über genau diese Frage nachdenkt.« Pelletiers Gebiss klapperte beim Sprechen.

Den Babys aus Saint-Hyacinthe waren die LSJML-Fallnummern 49276, 49277 und 49278 zugewiesen worden.

»Detective Ryan versucht, die Mutter ausfindig zu machen?« LaManche betonte das eher als Frage denn als Feststellung.

»Ja«, sagte ich. »Aber er hat kaum Anhaltspunkte, deshalb könnte es einige Zeit dauern.«

»Monsieur Ryan ist ein Mann vieler Talente.« Obwohl Pelletier das mit ausdrucksloser Miene sagte, ließ ich mich nicht täuschen. Der alte Knabe wusste, dass Ryan und ich mal ein Thema gewesen waren, und er neckte sehr gerne. Doch ich biss nicht an.

Santangelo bekam die Wasserleiche und das Opfer im Plastiksack. Die Erschlagene ging an Pelletier, der Tote mit Schusswunde an Morin. Während die Fälle verteilt wurden, schrieb LaManche die entsprechenden Namenskürzel auf das Deckblatt der jeweiligen Akte. Pe. Sa. Mo.

La kam auf die Akte LSJML-49276, das Neugeborene aus dem Toilettentisch. Br kam auf die Akten LSJML-49277 und LSJML-49278, die Babys aus der Fensterbank und vom Dachboden.

Nach der Besprechung kehrte ich in mein Büro zurück, zog zwei Fallformulare aus meinem Plastikregal und hängte sie in Klemmbügel in Aktendeckeln. Jeder von uns benutzte eine andere Farbe. Pink ist Marc Bergeron, der Odontologe. Grün ist Jean Pelletier. LaManche benutzt rot. Ein sonnengelber Umschlag bedeutet Anthropologie.

Als ich nach einem Stift suchte, sah ich das rote Licht auf meinem Telefon blinken.

Und spürte ein winziges Kribbeln. *Ryan?*

Mein Gott, Brennan. Es ist vorbei.

Ich ließ mich in meinen Sessel plumpsen, hob den Hörer ab und gab meine Mailbox- und Codenummern ein.

Ein Journalist vom *Le Courrier de Saint-Hyacinthe.*

Ein Journalist von *Allô Police.*

Nachdem ich die Nachrichten gelöscht hatte, ging ich in den Damenumkleideraum, zog Laborkluft an und trat aus der gerichtsmedizinischen Abteilung in einen Seitenkorridor, der am Sekretariat der Bibliothek vorbeiführte. An seinem Ende befand sich ein Aufzug, der einen speziellen Sicherheitscode verlangte.

Als die Tür aufging, trat ich hinein und drückte einen Knopf, der mich zur Leichenhalle bringen würde. Es gab nur noch zwei andere Möglichkeiten: Bureau du Coroner und LSJML.

Unten folgte ich einem Gang nach links und einem nach rechts zu einer santorinblauen Tür mit der Aufschrift *Entrée interdite,* Zutritt verboten. Ich zog meine Karte über das Lesegerät und ging einen weiteren langen Gang entlang, der sich über die gesamte Breite des Gebäudes erstreckte.

Linker Hand lagen ein Röntgenraum und vier Autopsiesäle, drei mit Einzeltischen, einer mit einem Paar. Rechts an der Wand befanden sich Trockengestelle für durchweichte Kleidung, Regale für Beweisstücke und persönliche Habe, die bei Leichen sichergestellt wurden, Computerarbeitsplätze sowie Wannen und Karren auf Rädern für den Transport von Proben nach oben in die Labore.

Durch kleine Fenster in den Türen sah ich, dass Santangelo und Morin eben mit ihren äußerlichen Untersuchungen in den Räumen eins und zwei begannen. Jeder Pathologe hatte einen Polizeifotografen und einen Autopsietechniker, auch *diener* genannt, bei sich.

Gilles Pomier und ein Techniker namens Roy Robitaille arrangierten im großen Autopsiesaal Instrumente. Sie würden Pelletier und LaManche assistieren.

Ich ging weiter zu Nummer vier, einem Raum mit einer speziellen Lüftung für Verweste, Wasserleichen, mumifizierte Leichen und andere Stinker. Meine Fälle eben.

Wie jeder Autopsieraum hatte auch Nummer vier eine Doppeltür zu einem Leichenhallenabteil. In dem Abteil befanden sich Kühlfächer für jeweils eine Bahre.

Ich warf mein Klemmbrett auf eine Arbeitsfläche, zog eine Plastikschürze aus einer Schublade, Handschuhe und Maske aus einer anderen, und legte alles an. Dann ging ich durch die Doppeltür.

Ich entdeckte die Karten mit meinen Fallnummern LSJML-49277 und LSJML-49278. Beide hingen an derselben Tür.

Tote Babys brauchen so wenig Platz, dachte ich.

Beide Karten trugen dieselbe traurige Bezeichnung. *Ossements d'enfant.* Babyknochen. *Inconnu.* Unbekannt.

Ein Bild aus der Vergangenheit. Ich wiege Kevin in meinen Armen und habe Angst, ihn zu drücken, seine spröden, kleinen Knochen zu zerbrechen, seinem milchig weißen Fleisch noch mehr blaue Flecken zuzufügen.

Umringt von kaltem Edelstahl spürte ich noch immer das Federgewicht meines Bruders an meiner Brust, hörte das sanfte Auf und Ab seines Atems, erinnerte mich an den Duft aus Kleinejungenschweiß und Babyshampoo.

Schüttel es ab, Brennan. Mach deine Arbeit.

Ich zog am Griff, und die Tür ging auf. Kalte Luft zischte heraus und brachte den Geruch von gekühltem Tod mit sich.

Zwei zusammengefaltete Leichensäcke lagen nebeneinander auf der obersten Ablage einer Rollbahre. Ich löste die Bremse mit der Schuhspitze und zog den Karren heraus.

Als ich rücklings wieder durch die Doppeltür stieß, arrangierte Lisa auf einer seitlichen Arbeitsfläche die Instrumente. Gemeinsam manövrierten wir die Bahre parallel zu einem im Boden verschraubten Edelstahltisch mitten im Raum.

»SIJ ist heute knapp an Personal.« Da Lisa üben will, spricht sie mit mir meistens Englisch. »Wir werden uns mit LaManche einen Fotografen teilen müssen.«

»Ist okay. Wir schießen unsere eigenen Fotos.«

Lisa, inzwischen etwas über vierzig, ist seit ihrer Abschlussprüfung mit neunzehn ein *diener*. Sie ist intelligent und kenntnisreich, hat so geschickte Hände wie ein Chirurg und ist mit Abstand die beste Autopsietechnikerin am LSJML.

Lisa ist außerdem der Liebling jedes Polizisten in Quebec. Ich vermute, das hat, neben ihren Fähigkeiten und ihrem sonnigen Gemüt, mit den blonden Haaren und der beträchtlichen Körbchengröße zu tun.

»Sie sehen so klein aus.« Mit trauriger Miene starrte Lisa die Säcke an.

»Wir machen ein paar Fotos, bevor wir sie rausholen.«

Während Lisa eine Fallkarte ausfüllte und die Nikon überprüfte, gab ich die entsprechenden Informationen ins erste meiner Fallformulare ein.

Name: *Inconnu.* Geburtsdatum: leer. Nummer vom Laboratoire de sciences judiciaires et de médecine légale: 49277. Leichenhallennummer: 589. Polizeiliche Fallnummer: 43729. Pathologe: Pierre LaManche. Coroner: Jean-Claude Hubert. Ermittler: Andrew Ryan, Section des crimes contre la personne, Sûreté du Québec.

Während ich das Datum einfügte und mit dem Formular für das Baby vom Dachboden begann, schoss Lisa Fotos von den beiden schwarzen Säcken. Dann streifte sie sich Handschuhe über, zog eine Plastikplane aus einer Schublade unter der Arbeitsfläche, breitete sie über den Autopsietisch und schaute mich fragend an.

»Machen Sie die Reißverschlüsse auf«, sagte ich.

Die zusammengerollten Handtücher waren so wie in meiner Erinnerung, eins grün, eins gelb, beide braunfleckig von den Flüssigkeiten des Todes. Mit beiden Händen legte sie die Bündel auf den Tisch. Ich machte Notizen, während sie fotografierte.

»Wir fangen mit dem Baby aus der Fensterbank an.« Ich deutete auf das gelbe Bündel.

Mit den Fingerspitzen löste Lisa behutsam die äußere Handtuchschicht und klappte sie zurück. Dann drehte sie das Bündel seitwärts, sodass der Inhalt zum Vorschein kam.

Ein menschliches Baby ist eine sehr kleine Biomasse. Wo wenig Körperfett vorhanden ist, kann es nach dem Tod zu Mumifizierung anstelle von Verwesung kommen. Genau das war hier der Fall.

Die kleine Leiche war stark zusammengepresst, der Kopf nach unten gedrückt, Arme und Beine gebeugt und übereinandergelegt. Vertrocknete Haut, Muskelgewebe und Bänder umhüllten Brustkorb, Bauch und Glieder und spannten sich über die zarten Gesichtsknochen. Die leeren Augenhöhlen enthielten etwas, das aussah wie verschrumpelte Weintrauben.

Lisa griff eben nach der Nikon, als Pomier den Kopf durch die Tür streckte und sich an mich wandte. »LaManche hat eine Frage.«

»Jetzt?« Leicht verärgert.

Pomier nickte.

Ich wollte zwar unbedingt mit der Untersuchung anfangen, wusste aber auch, dass der Chef mich nie mit irgendetwas Trivialem belästigen würde.

»Fotografieren Sie aus jedem Winkel, Nah- und Übersichtsaufnahmen«, sagte ich zu Lisa. »Und dann bitte einen vollen Satz Röntgenaufnahmen.«

»Die Knochen werden alle übereinanderliegen. Dagegen kann ich nichts tun.«

»Maßnehmen anhand der Röntgenaufnahmen könnte sich als unmöglich erweisen. Aber versuchen Sie alles. Falls ich noch nicht zurück bin, bis Sie fertig sind, dann wickeln Sie bitte das zweite Baby aus und fotografieren Sie es. Bei irgendwelchen Fragen wissen Sie ja, wo Sie mich finden.«

Lisa nickte.

»Gehen wir«, sagte ich zu Pomier.

Jede Leichenhalle hat ihre eigene Geruchsmischung, manchmal nur schwach, manchmal überwältigend, aber immer wahrnehmbar. Diese Gerüche sind schon so lange Teil meines Lebens, dass ich manchmal davon träume.

Aus dem Wasser geborgene Leichen stinken mit am schlimmsten. Im Gang überlagerte der Gestank von Santangelos Ertrunkenem die allgegenwärtigen Gerüche von Desinfektionsmittel und Raumspray.

Das Prügelopfer lag auf dem entfernten Tisch in Raum drei. Das Gesicht der Frau war angeschwollen und verzerrt, die linke Seite lila verfärbt aufgrund von Leichenflecken, das postmortale Absacken des Blutes in die Unterseite der Leiche.

Robitaille war mit den Haaren der Frau beschäftigt, er suchte ihren Schädel abschnittsweise ab. Pelletier untersuchte die Zehen.

LaManche und eine SIJ-Fotografin standen an dem anderen Tisch. Sie war sehr groß und sehr blass. Auf dem Namensschild an ihrer Bluse stand S. Tannenbaum. Ich kannte sie nicht.

Den dritten Anwesenden allerdings schon. Andrew Ryan.

Als wir an den Tisch traten, legte LaManche die rechte Hand des Babys eben wieder an dessen Seite, hob dann die linke und untersuchte sie. Er sagte nichts, machte keine Notizen.

Ich wusste, worauf die Gedanken meines Chefs gerichtet waren. Keine Abwehrverletzungen. Natürlich nicht. Das Kleinkind war viel zu hilflos, um sich zu verteidigen, und die Todesursache war höchstwahrscheinlich kein Schlag gewesen. Es hätte also nicht einmal eine Reflexreaktion gegeben.

Eins fiel mir sofort auf. Jeder im Raum arbeitete leise, man sprach gedämpft und nur, wenn eine Frage gestellt oder eine Anweisung gegeben wurde. Keine Witze. Keine blöden Bemerkungen. Nichts von dem respektlosen Humor, der sonst bei Tatortbesichtigungen und Autopsien manchmal die Spannung löste.

Das Baby, das nackt auf dem kalten Edelstahl lag, sah viel zu verletzlich aus.

»Temperance. Vielen Dank.« LaManches Augen sahen über der Maske müde und traurig aus. »Das Kind misst in der Länge siebenunddreißig Zentimeter.«

Haase-Formel: In den letzten fünf Monaten der Schwangerschaft ergibt die Fötuslänge in Zentimetern geteilt durch fünf den Schwangerschaftsmonat. Ich rechnete schnell nach.

»Sie ist klein für ein voll ausgetragenes Baby.«

»Oui. Schädeldach-Rumpf-Länge. Querdurchmesser des Kopfes. Jedes Maß. Der Detective und ich haben uns gefragt, wie genau Sie das Alter bestimmen können.«

Ich wusste, was LaManche wollte. Ein Fötus wird ab dem siebten Schwangerschaftsmonat als lebensfähig betrachtet. Bei einer früheren Geburt ist ein Überleben möglich, ohne medizinische Intervention allerdings unwahrscheinlich.

»Für den Fall, dass Sie keine Anomalien finden, aber die Mutter behauptet, das Baby wäre zu früh und tot geboren worden.«

»Das ist dann die übliche Geschichte. Das Kind war schon tot, ich bin in Panik geraten und habe die Leiche versteckt.« Ryans Unterkiefer arbeitete. »Ohne Zeugen und Beweise für das Gegenteil sind solche Fälle verdammt schwer zu verfolgen.«

Ich überlegte einen Augenblick. »Ich habe mir das Baby vom Dachboden noch nicht angeschaut, aber das aus der Fensterbank ist vertrocknet und verdreht. Das Gewebe ist so zusammengebacken, dass es schwer sein wird, die Knochen auszulösen, ohne sie zu beschädigen. Und Standard-Röntgenaufnahmen werden wegen der Überlagerung von Knochen und Gewebe wenig nützen. Ich glaube, die beste Vorgehensweise bei den mumifizierten Überresten dürfte eine MSCT sein.«

Vier verständnislose Blicke.

»*Multislice computed tomography.* Oder auch Mehrschicht-Computertomografie. Ich würde vorschlagen, wir wenden sie bei diesem Baby an. Auf diese Weise kann ich das Skelett vermessen und begutachten, obwohl es noch von Bindegewebe zusammengehalten wird. Ein großer Vorteil der MSCT ist, dass sie eine isotopische Darstellung errechnet und die anatomische Realität nicht verzerrt. Ich kann die langen Knochen in 2-D-Rekonstruktionen errechnen und bekomme direkt und ohne Anwendung eines Korrekturfaktors eine anatomische Länge. Zuerst sollten wir uns die Scans ansehen, dann können Sie mit der normalen Autopsie fortfahren.«

Während ich das sagte, wanderte mein Blick zu dem winzigen Mädchen auf dem Tisch. Sie war abgepinselt, aber noch nicht mit Wasser besprüht worden.

»Kann nicht schaden.« LaManche schaute zu Pomier. »Das Personal in St. Mary's hat uns schon öfter ausgeholfen. Rufen Sie in der Radiologie an. Fragen Sie, ob wir ihren Scanner benutzen dürfen.«

Vor lauter Hast, die Anweisung auszuführen, drehte Pomier sich zu schnell um. Sein Fuß stieß gegen ein Rollrad eines fahrbaren Strahlers, der dicht an ein Ende des Tisches geschoben worden war. Das Gestell wackelte. Ryan griff nach der Querstange, an der die Halogenlampe hing, und stabilisierte das Ding wieder.

Während das Licht tanzte, registrierten meine Augen etwas, das mein Gehirn nicht verarbeiten konnte.

Was?

»Beweg das Licht noch mal«, sagte ich und beugte mich über das Baby.

Ryan tat es.

Ja. Da. Genau an der Stelle, wo der Hals des Babys in die Schulter überging. Weniger ein Fleck als ein Fehlen von Leuchtkraft, eine stumpfe Stelle im Vergleich zur umgebenden Haut.

Ich wagte es kaum, mir Hoffnungen zu machen, während ich zur Arbeitsfläche ging. Ich schnappte mir eine Handlupe und betrachtete dann die Unregelmäßigkeit durch die Linse.

»Schauen Sie sich das an«, sagte ich.

»*Câlisse*«, flüsterte LaManche.

»Was denkst du? Fingerabdruck?« Ryan sprach so tonlos, dass ich mich fragte, ob er Zweifel hatte oder einfach nur objektiv sein wollte.

»Schwarzlicht?«, fragte Pomier.

»Bitte«, sagte ich.

»Ich hole das Pulver«, sagte Tannenbaum.

Beide Techniker gingen und kamen kurz darauf zurück. Pomier trug Schutzbrillen und eine schwarze Kiste mit einem Griff obendrauf und einer flexiblen Rute, die an einem Ende herausragte.

»Können wir es für ein paar Minuten dunkel machen?«, rief ich zu Pelletier hinüber.

»Kein Problem. Madame muss sowieso zum Röntgen.«

Während ich auf die entsprechende Stelle deutete, stäubte Tannenbaum ein leuchtend orangefarbenes Pulver auf den Halsansatz des Babys.

Pomier steckte das CrimeScope CS-16-500 ein, eine Lichtquelle, die Wellenlängen von Infrarot bis Ultraviolett liefern kann. Danach verteilte er orange gefärbte Plastikbrillen. LaManche, Ryan, Tannenbaum und ich setzten sie auf.

»Fertig?«, fragte Pomier.

LaManche nickte.

Pomier schaltete die Deckenbeleuchtung aus, setzte seine Brille auf, drehte an ein paar Reglern des CrimeScope und brachte die Rute dann über dem Baby in Stellung.

Langsam kroch das Licht über die blassen, kleinen Füße. Es erforschte die Hügel und Täler der perfekten Zehen, die Knie, die Lenden, den Bauch. Erhellte die Vertiefung, aus der die verschrumpelte Nabelschnur hing.

Hier und dort leuchteten Fädchen auf wie stromführende Drähte. Haare? Fasern? Vielleicht aufschlussreich, vielleicht nicht. Ich fasste jedes mit einer Pinzette und steckte es in ein Plastikröhrchen.

Schließlich traf der Strahl die sanft geschwungene Kurve zwischen Hals und rechter Schulter des Babys. Pomier drehte einen Regler, um zum unteren Ende des grünen Spektrums zurückzukehren, und verstärkte die Wellenlänge dann langsam wieder.

Und da war es. Ein aus konzentrischen Schleifen und Wirbeln zusammengesetztes Oval.

Wie beugten uns alle darüber.

»*Bonjour*«, sagte Pomier in die Dunkelheit.

»O Mann.«

Ryans Stimme an meinem Ohr machte mir Geruchsnoten bewusst, die eindeutig nicht einer Leichenhalle zuzuordnen waren. Bay-Rum-Aftershave, gestärkte Baumwolle, ein Hauch Männerschweiß.

Da ich mich unbehaglich fühlte, richtete ich mich auf. »Wegen der weichen und fein strukturierten Haut ist es bei einem Kleinkind einfacher, einen latenten Abdruck zu bekommen, als bei einem Erwachsenen«, sagte ich steif.

Ich hörte Klappern und wusste, dass Tannenbaum einen orangefarbenen Filter auf das Objektiv ihrer Digitalkamera steckte. Wir alle warteten, während eine lange Serie von Klickgeräuschen zu hören war. Die nächste Geräuschfolge sagte mir, dass sie ein Klebeband benutzte, um den Fingerabdruck abzunehmen.

»*Je l'ai*«, sagte sie nach ein paar Minuten. »Ich hab ihn.«

Wir arbeiteten noch eine ganze halbe Stunde in der Dunkelheit, aber unsere Bemühungen ergaben sonst nichts von Interesse. Dennoch waren wir alle sehr aufgeregt.

Pomier schaltete das Licht wieder an und ging dann, um im St. Mary's Hospital wegen des CT-Scanners anzurufen.

Tannenbaum eilte davon, um ihre Beute durchs CPIC, das Canadian Police Information Center, laufen zu lassen. Wie das amerikanische AFIS, das Automated Fingerprint Identification System, fungiert das CPIC als Datenbank für Fingerabdrücke und andere für polizeiliche Ermittlungen wesentliche Informationen.

LaManche fuhr mit seiner äußerlichen Untersuchung des Babys fort. Ryan ging nach oben, um mögliche Rückmeldungen auf die Anfragen abzurufen, die er über Amy Roberts/ Alma Rogers/Alva Rodriguez und Ralph Trees in Umlauf gebracht hatte.

Als ich in den Autopsieraum vier zurückkehrte, hatte Lisa sowohl LSJML-49277 wie LSJML-49278 bereits komplett abfotografiert. Außerdem hatte sie Röntgenaufnahmen von Ersterem auf Lichtkästen gesteckt.

Eher pessimistisch schaute ich mir die Aufnahmen an. Ich hatte recht. Das Baby aus der Fensterbank war so fest zusammengepresst, dass das Überlappen der Knochen eine Begutachtung schwierig und ein Maßnehmen unmöglich machte. Frustriert ging ich zum Tisch, wo LSJML-49278 auf seinem jetzt aufgewickelten Handtuch lag.

Von dem Baby vom Dachboden waren nur noch Knochen und Fragmente vertrockneter Bänder übrig. Lisa hatte einige Knochen so arrangiert, dass sie eine winzige Person ergaben. Das meiste lag jedoch auf dem schmuddelig grünen Frotteetuch.

Es überraschte mich nicht, dass sie nicht mehr hatte identifizieren können. Bei einem Neugeborenen sind die Schädelknochen unfertig und noch nicht verschmolzen. Die Wirbelbögen sind noch von den kleinen Wirbelkörpern getrennt. Jede Beckenhälfte besteht aus drei unverbundenen Teilen. Die Röhrenknochen sind amorphe Schäfte ohne die anatomischen Details und die Gelenkoberflächen, die Oberschenkelknochen, Wadenbein, Oberarmknochen, Elle und Speiche unterscheidbar machen. Dasselbe gilt für die winzigen Knochen von Händen und Füßen.

Unterm Strich heißt das: Die meisten Menschen würden ein fötales Skelett nicht erkennen, wenn sie es vor sich liegen hätten. Auch mit einer Ausbildung in juveniler Osteologie kann eine Klassifikation bestimmter Elemente schwierig sein.

Ich schaute auf die Uhr. Es ging bereits auf elf zu.

»Das wird jetzt eine Weile dauern«, sagte ich zu Lisa. »Falls Sie was anderes zu erledigen haben, ich kann auch ganz gut alleine arbeiten.«

Sie wirkte kurz unentschlossen, sagte dann aber: »Rufen Sie mich an, wenn Sie mich brauchen.«

Ich fing damit an, den Schädel so zu arrangieren, dass die Einzelteile aussahen wie eine explodierte Rosenblüte. Stirn-, Scheitel-, Keil-, Schläfen- und Hinterhauptssegmente. Während ich sortierte, untersuchte ich die Details.

Das Hinterhauptsbein bildet den hinteren Teil und die Basis des Schädels. Bei einem Fötus besteht es aus vier Stücken. Die *pars squama* ist der obere, gerundete Teil. Die paarig angeordnete *pars lateralis* und die einzelne *pars basilaris* liegen darunter, sie umgeben das *foramen magnum,* das Loch, durch das das Rückenmark zum Gehirn gelangt.

Mit einer Schublehre maß ich die kräftige, kleine *pars basilaris.* Das Segment war breiter als lang, was das Schwangerschaftsalter des Babys auf etwa sieben Monate festsetzte.

Ich klemmte die linke *pars lateralis* zwischen die Mess-Schenkel und las den Wert ab. Sie war länger als die *pars basilaris*. Das erhöhte das Schwangerschaftsalter auf acht Monate.

Dann nahm ich mir den flachen, gezackten Teil des Schläfenbeins vor, den Teil, der die rechte Seite des Babyschädels gebildet hatte. Ein zarter Knochenring, die *pars tympanica*, war verschmolzen mit einer Öffnung, die ich als Gehörgang identifizierte.

Die Verschmelzung dieses Rings erhöhte das Schwangerschaftsalter noch einmal auf neun Monate.

Nun konzentrierte ich mich auf die Gesichtsknochen. Die Oberkiefer- und Jochbeinteile, das Siebbein, die Nasen- und Gaumenknochen, das Gaumenbein, die dünnen Knochenplättchen der *conchae nasales* aus dem Naseninneren. Den Unterkiefer.

Bis zu ungefähr einem Jahr nach der Geburt ist der menschliche Unterkiefer entlang der Mittellinie noch nicht verschmolzen. Als ich die beiden Hälften untersuchte, erkannte ich tief in den Höhlen winzige Zähnchen. Keine Überraschung. Zahnknospen erscheinen zwischen der neunten und der elften Woche im Mutterleib. Obwohl ich einige schon fast ausgebildete Kronen sehen konnte, würde ich Röntgenaufnahmen brauchen, um die Zahnentwicklung beurteilen zu können.

Nach dem Schädel konzentrierte ich mich auf das restliche Skelett, maß die Arm- und Beinknochen und verglich die Werte mit einer standardisierten Tabelle. Jeder Messwert stützte das von der Schädelentwicklung vorgegebene Schwangerschaftsalter.

Da ich über das Alter nun alles herausgefunden hatte, was möglich war, fing ich behutsam an, vertrocknetes Gewebe von den winzigen Knochen zu lösen.

Gegen Mittag schaute Pomier vorbei, um zu berichten, dass das St. Mary's uns ab einundzwanzig Uhr einen Scanner zur Verfügung stellen würde. Ein Radiologe namens Leclerc würde uns in der Lobby abholen.

Dr. Leclerc drängte auf Diskretion. Lebende Patienten. Tote Babys. Ich wusste genau, was er meinte.

Alle halbe Stunde schaute Lisa vorbei. Jedes Mal sagte ich ihr, dass ich allein sehr gut zurechtkäme.

Das stimmte auch. Ich traute den Gefühlen nicht, die in mir herumwirbelten. Immer wieder Bilder von Kevin. Trauer um diese Babys. Wut auf die Frau, die sie umgebracht hatte. Da war ich lieber allein.

Um eins war ich mit den Knochen fertig. Mein Magen knurrte, und in meiner Stirn machten sich Kopfschmerzen breit. Ich wusste, ich sollte eine Pause machen und etwas essen. Konnte es nicht. Ich fühlte mich fast gezwungen, so viel wie nur irgend möglich in Erfahrung zu bringen, bevor ich diese Babys in ihre dunkle, kalte Höhle zurückschob.

Ich stellte mir einen Hocker vor das Seziermikroskop und begann die mühevolle Arbeit, jeden Knochen unter Vergrößerung zu untersuchen. Millimeter um Millimeter inspizierte ich jeden Schaft, jede Meta- und Epiphyse, jede Kerbe, jedes Loch und jede Grube und suchte nach Hinweisen auf Krankheit, Fehlbildung oder Verletzung.

Kurz nach drei rief Ryan an, um mir zu berichten, dass Ralph »Rocky« Trees als Erwachsener polizeilich noch nicht aktenkundig war, als Jugendlicher allerdings schon. Die Akte war zwar geschlossen, Ryan hatte aber Zugriff beantragt.

Rockys Geschichte stimmte. Er übernahm gelegentlich Fahrten für seinen Schwager, Philippe »Phil« Fast. Sein Schwager hatte eine kleine Transportfirma mit ein paar Lkws und einem

Lagerhaus. Vom vergangenen Dienstagmorgen bis zum späten Sonntagnachmittag war Trees nicht in Saint-Hyacinthe gewesen. Für die Vorstellung, Rocky könnte eine Freundin haben, hatte Phil nur Hohn übrig.

Das war's. Kein Gruß. Kein »Wie geht's?«. Kein Abschied.

Um zwanzig vor fünf war mein Magen sauer, mein Kopf eine Trommel, und mein Rücken brannte. Aber ich hatte meine Untersuchung abgeschlossen. Leider enthielt mein Formular kaum Informationen.

Geschlecht: *unbekannt.*

Es gibt Studien, die behaupten, dass Kiefer- oder Beckenform oder Unterschiede im Knochenwachstum des postkranialen Skeletts Hinweise auf das Geschlecht eines Fötus oder eines Neugeborenen liefern können. Ich bin nicht überzeugt.

Rasse: *unbekannt.*

Obwohl eine breite, flache Nasenbrücke und breite Wangenknochen auf nichteuropäischen Einfluss hinwiesen, war die Abstammung unmöglich zu verifizieren.

Angeborene Anomalien: *keine.*

Pathologische Befunde: *keine.*

Verletzungen: *keine.*

Alter: *voll ausgetragener Fötus.*

So wenig zu sagen. So ein kurzes Leben.

Meine Stimmung war zwar schon im Keller, doch sie sank noch tiefer.

Anstatt Lisa oder Tannenbaum zu rufen, schoss ich eine letzte Fotoserie selbst. Dann legte ich die Knochen in eine kleine Plastikwanne und schrieb LSJML-49278 auf den Deckel und eine Seitenwand.

Mit roboterhaften Bewegungen stellte ich die Wanne auf die Rollbahre und schob sie durch die Doppeltür in die Leichenhalle. »Mach's gut, Kleiner«, sagte ich leise, als die Tür ins Schloss fiel.

Ich wickelte eben LSJML-49277 in Blisterfolie, als das Telefon klingelte. Da ich keine Lust hatte, zu reden oder auch nur höflich zu sein, ignorierte ich es.

Ich legte das Baby aus der Fensterbank in eine quadratische Plastikwanne, stopfte sie mit noch mehr Blisterfolie aus und schrieb die Fallnummer auf die Außenseite. Dann füllte ich ein Beweismitteltransfer-Formular aus und unterschrieb es. Da das mumifizierte Baby die Leichenhalle mit mir verlassen würde, musste die Kontrollkette aufrechterhalten werden.

Danach wandte ich mich den Handtüchern zu.

Wie die Fädchen, die ich von LaManches Toilettentischbaby gezupft hatte, würden die Handtücher an die Spezialisten für Haare und Fasern geschickt werden, vielleicht auch in die biologische Abteilung oder zu einem DNS-Test. Das konnte nützlich sein, musste es aber nicht.

Ich steckte das Handtuch vom Dachboden in eine Plastiktüte, verschloss sie, schrieb die relevanten Informationen auf das Etikett und stellte die Tüte seitlich auf die Arbeitsfläche.

Als ich das Handtuch aus der Fensterbank in die Hand nahm, fiel etwas mit einem Geräusch wie ein winziger Bohnensack auf den Edelstahl. Neugierig hob ich das Ding auf.

Zwischen meinen behandschuhten Finger lag ein kleiner Samtbeutel mit einer Kordel zum Zuziehen. Ich zog den Beutel auf. Drinnen war etwas, das aussah wie grober Kies. Ich schüttete mir etwas davon auf die Hand. In der Mischung waren einige grüne Steinchen von höchstens ein paar Zentimetern Durchmesser.

»Wow. Was für ein Durchbruch!« Mein Sarkasmus verhallte ungehört in dem leeren Raum.

Nachdem ich ein paar Fotos geschossen hatte, steckte ich den Fund in ein Röhrchen und packte ihn zusammen mit dem gelben Handtuch in eine zweite Beweismitteltüte. Dann rief ich Lisa an.

Keine Antwort.

Ich schaute auf die Uhr. Zehn nach sechs. Natürlich war sie nicht mehr da. Kein Mensch war mehr da.

Ich spürte in mir eine Schwere vom Atomgewicht von Uran, als ich die Wanne mit dem Baby aus der Fensterbank in die Kühlkammer neben Autopsieraum drei trug und auf die Bahre neben das Baby aus dem Toilettentisch stellte, das jetzt verpackt und versiegelt in seinem eigenen Behälter lag. Dann schleppte ich mich zum Aufzug.

Der Keller war verlassen. Der zwölfte Stock ebenfalls. Im Gebäude summte die gespenstische Feierabendstille, die man nur an verlassenen Arbeitsstätten findet.

Am Schreibtisch in meinem Labor hinterließ ich Lisa die telefonische Nachricht, dass sie die Tüten mit den Handtüchern an die Abteilung für Spurenmaterial weiterleiten solle. Als ich den Hörer auflegte, wanderte mein Blick zu der Fensterfront über meinem Schreibtisch.

Ein Dutzend Stockwerke unter mir konnte ich die Dächer von Wohnblöcken, Kirchtürme und grüne Flecken sehen, von denen ich wusste, dass sie Gärten waren. In der Entfernung erhob sich das Maison de Radio-Canada wie ein gigantischer Backsteinzylinder am Boulevard René-Lévesque. Dahinter gähnte, sogar jetzt im Juni noch, grau und abschreckend der St. Lawrence.

Hinter den schwarzen Trägern der Pont Champlain schnitten die Wolkenkratzer von *centre-ville* scharfe Silhouetten in die frühsommerliche Abenddämmerung. Ich erkannte Place

Ville-Marie, Complexe Desjardins, das Centre Mont-Royal, das Marriott Château Champlain.

Die Straßen, die ich heute Morgen auf der Suche nach einem Parkplatz abgefahren hatte, waren jetzt verstopft vom Verkehr. Eltern auf der Heimfahrt in die Vorstädte, um mit der Familie zu Abend zu essen und mit den Kindern Hausaufgaben zu machen, Liebende, die zu abendlichen Rendezvous eilten, Nachtschichtarbeiter, die sich zu Stechuhren schleppten, auf denen die Zeit einfach nicht vergehen wollte.

Wie oft waren Ryan und ich früher gemeinsam vom Wilfrid-Derome weggefahren, hatten über Opfer, Verdächtige und andere Aspekte eines Falls gesprochen. Mit Leuten, die mir nahestehen, aber mit der Arbeit nichts zu tun haben, kann ich über solche Dinge nicht sprechen – mit Pete, Katy, Harry, meiner besten Freundin Anne. Ich kann ihnen nicht sagen, was ich in einem Müllcontainer liegen oder in einem flachen Grab verbuddelt gesehen habe. Kann das geronnene Blut, die aufgeblähte Leiche, die wimmelnden Maden nicht beschreiben. Mir fehlte jemand, mit dem ich reden konnte, der mich verstand. Dank Ryan hatte ich mir mein inneres Gleichgewicht bewahren können. Mein Mitgefühl.

Ich fragte mich, warum Ryan im Augenblick so kühl war. Ja, wir hatten nie offen über unsere Gefühle gesprochen, hatten unser Innerstes immer für uns behalten. Auch in den guten Zeiten.

Natürlich, das Abschlachten von Unschuldigen entrüstete ihn. Frauen. Kinder. Senioren. Das wusste ich. Aber seine augenblickliche Übellaunigkeit wirkte anders. Als ginge es um mehr als mich. Um mehr als tote Babys.

Sei's drum. Er würde es mir schon sagen, wenn er so weit war. Oder auch nicht.

Während ich mich umzog, beschloss ich, daheim zu Abend zu essen, bevor ich ins St. Mary's fuhr.

Dann fiel es mir wieder ein.

»Verdammt.«

Ich hasse es, Lebensmittel einzukaufen. Irrational, aber so ist es eben. Jede Ausrede ist mir recht, um nicht in den Supermarkt gehen zu müssen. Und dann bezahle ich dafür. Wie heute Abend. Seit meiner Ankunft in Montreal vor zwei Tagen hatte ich noch keine Lebensmittel eingekauft.

Während ich meine verschmutzte Kluft in einen Sondermüllcontainer warf, drehte ein weiterer Gedanke an meinem Melancholieregler.

Bei meinem Abflug aus Charlotte erholte sich Birdie eben von einer Harnröhreninfektion. Da ich wusste, dass er Fliegen hasste, und das Gefühl hatte, dass die Reise seiner schwachen Blase nicht guttun könnte, hatte ich ihn in Dixie gelassen. Der Kater hatte nicht im Geringsten protestiert.

Tiefkühl-Abendessen. Allein.

Während ich den Korridor entlangging, sackte meine Stimmung vollends in die Tiefe. Ich überlegte eben, ob ich mir aus einem Restaurant etwas mitnehmen sollte, als ich durchs Fenster eine Gestalt in meinem Büro bemerkte.

Ich erstarrte. Dann erkannte ich ihn.

Ryan. Der Ziffern in sein Handy tippte.

Um halb sieben? Was sollte das?

Ryan drehte sich um, als ich durch die Tür trat. Bevor ich den Mund aufmachen konnte, sagte er: »Wir haben sie.«

»Amy Roberts und so weiter?«

Ryan nickte.

»Und?«

»Du wirst es nicht glauben.«

6

»Ihr wirklicher Name ist Annaliese Ruben. Sie wurde zweimal wegen Prostitution aufgegriffen, einmal 2005, dann noch mal 2008. Beide Verhaftungen fanden in Edmonton statt. Beim ersten Mal bekam sie Bewährung. Beim zweiten Mal erschien sie nicht zu ihrem Gerichtstermin.«

Ryan gab mir drei Ausdrucke.

Der erste war ein Treffer bei der Fingerabdrucksuche. Ich überblätterte den Teil mit den Übereinstimmungen und las nur die körperliche Beschreibung. Annaliese Ruben hatte schwarze Haare, braune Augen, war eins zweiundfünfzig groß und wog achtundachtzig Kilo.

Der zweite Ausdruck war Rubens Vorstrafenregister. Der dritte zeigte ihr neuestes Polizeifoto, das man mithilfe ihrer Kennnummer im Fingerabdrucksystem zutage gefördert hatte. Es zeigte eine Frau mit einem Vollmondgesicht und wirren, dunklen Haaren, die dringend einen Friseur nötig hatten.

Ich gab ihm die Blätter zurück. »Könnte eine Schilddrüsenüberfunktion haben.«

»Ach ja?«

»Die Glupschaugen. Könnte aber auch die Beleuchtung sein. Verbrecherfotos zeigen ja nicht gerade die Schokoladenseite.«

»Die Polizei von Edmonton sagt, dass die Adresse, die Ruben nach ihrer zweiten Verhaftung angegeben hatte, sich als verlassenes Lagerhaus erwies. Seit 2008 hatte sie keinen Kontakt mehr mit ihr, und sie weiß auch nichts über ihren gegenwärtigen Aufenthaltsort.«

Ryan steckte sein iPhone in die Tasche und stemmte die

Hände in die Hüften. Seine Bewegungen wirkten steif, Schultern und Kiefermuskulatur angespannt. Vertraute Zeichen. Der Fall machte ihm zu schaffen.

Aber da war noch mehr. Eine Härte in Ryans Augen, die ich zuvor noch nicht gesehen hatte.

Ich wollte ihn fragen, ob etwas los sei, sagen, dass ich da sei, wenn er reden wolle. Ich tat es nicht. Wartete einfach.

»Kennst du das Project KARE?« Ryan buchstabierte das Akronym.

»Ist das nicht eine Sondereinheit der RCMP, die eingerichtet wurde, um Tod und Verschwinden von Frauen in und um Edmonton zu untersuchen? Soweit ich weiß, hat es eine ganze Reihe solcher Fälle gegeben.«

»Das ist eine Untertreibung. Aber im Wesentlichen hast du recht. Sie hat den Auftrag, Verbrecher zu fangen, die für HRMP-Morde verantwortlich sind.«

»*High-risk missing persons.*« Personen also, die aus einem hochriskanten Umfeld verschwunden waren.

»Ja.« Ryan bemühte sich um eine neutrale Klangfarbe in seiner Stimme.

»Hauptsächlich also solche, die mit Prostitution und Drogen zu tun haben?« Ich ahnte, wohin das führen würde.

»Ja.«

»Annaliese Ruben steht auf der Liste des Project KARE?«

»Seit 2009.«

»Wer hat sie als vermisst gemeldet?«

»Eine andere Prostituierte.«

Das überraschte mich. »Sexarbeiterinnen machen doch normalerweise einen Bogen um Polizisten.«

»Wie wahr. Aber die Nutten in Edmonton haben wirklich eine Heidenangst.«

»Wurde denn nicht jemand für diese Morde verhaftet?«

»Thomas Svekla. Ein ganz übler Kunde. Zweier Morde angeklagt, verurteilt für einen.« Ryan schüttelte angewidert den Kopf. »Er hat sein Opfer in eine Eishockeytasche gestopft und sie von High Level nach Fort Saskatchewan gefahren.«

»Wenigstens hat man ihn geschnappt.«

»Es heißt, dass es mehr als einen Täter gibt.«

»Dann kann's also sein, dass irgendwo noch so ein Ungeheuer frei herumläuft?«

»Eins oder mehrere.«

Ryans Augen wirkten dunkel und besorgt. Und zu intensiv blau, um echt zu sein.

»Aber wenn Annaliese Ruben letzten Sonntag in Saint-Hyacinthe entbunden hat, dann lebt sie offensichtlich noch«, sagte ich.

»Und ermordet Babys.«

»Das wissen wir nicht.«

»Wer außer der Mutter würde hintereinander drei Neugeborene töten? Und warum ist sie verschwunden?«

»Was hast du jetzt vor?«

»Ralph Trees das Foto vorlegen. Mal sehen, ob diese Ruben unsere Amy Roberts/Alma Rogers/Alva Rodriguez ist.«

»Und dann?«

»Sie finden und einbuchten.«

Ich entschied mich für Pad Thai aus dem Bangkok im Le Faubourg an der Rue Sainte-Catherine. Die Schlange war kurz, und ich war spät dran.

Im Gründungsjahr 1924 war das St. Mary's Hospital nicht mehr als eine Fünfundvierzig-Betten-Geschichte im Shaugnessy House, das jetzt das Canadian Center for Architecture

63

ist. Ein Jahrzehnt später zog es um in die Avenue Lacombe im Viertel Côte-des-Neiges, von *centre-ville* aus gesehen hinter dem Berg. Heute ist das alte Mädchen eine sich über viele Trakte erstreckende Institution mit 316 Patientenbetten und einem Personal, das in Forschung und Lehre aktiv ist.

Parken war ähnlich schwierig wie heute Morgen. Um zehn vor neun löste sich endlich ein Auto aus der Bordsteinschlange an der Rue Jean-Brillant. Ich schoss in die Lücke, packte meine Sachen und rannte los.

In der Gegend war für neun Uhr abends an einem Dienstag noch erstaunlich viel los. Autos füllten die Straßen, Fußgänger trotteten über die Bürgersteige – Einkäufer mit Plastiktaschen in den Händen; Krankenbesucher auf dem Heimweg; Studenten mit Rucksäcken von der Université de Montréal oder dem Collège Notre-Dame.

St. Mary's gehört nicht zu Quebecs architektonischen Juwelen. Das Hauptgebäude ist ein vielgeschossiger Beton- und Backsteinkasten mit einem burgähnlichen Turm in der Mitte. Ich schlängelte mich zum Eingang und schob mich durch die Glastüren.

Die Lobby war so gut wie verlassen. Ein alter Mann saß mit ausgestreckten Beinen da, das Kinn auf der Brust, und schnarchte leise. Eine erschöpft aussehende Frau schob einen Kinderwagen endlos im Kreis herum. Zwei Pfleger diskutierten über die gedruckte Anweisung eines Arztes oder eine Speisekarte oder ein Rezept für Linsensuppe.

LaManche stand am hinteren Ende der Lobby vor einer Aufzugbatterie. Pomier stand, Henkeltaschen in den Händen, neben ihm. Bei ihnen war ein großer Mann mit Drahtgestellbrille, Dr. Leclerc, wie ich vermutete.

Als ich zu dem Trio kam, spreizte Leclerc die Beine und

verschränkte die Arme vor der Brust, sodass er eher aussah wie ein Türsteher als ein Arzt.

»Wie viele denn noch?« Leclercs Französisch klang nach steinernen Wasserspeiern und *arrondissements*. Ich vermutete, dass er nicht aus dieser Weltgegend kam.

»Jetzt sind wir komplett«, sagte LaManche.

»Ich muss um äußerste Diskretion bitten.«

»Natürlich.«

Leclerc schüttelte den Kopf und schüttelte ihn weiter, während er mehrmals den Aufzugsknopf drückte. Als endlich eine Tür aufging, trat ich als Erste ein und ging ganz nach hinten. Während wir nach oben fuhren, schaute ich mir unseren Gastgeber näher an.

Leclercs dünne, braune Haare waren militärisch präzise gescheitelt. Sein Labormantel war blendend weiß, seine Khakis so scharf gebügelt, dass man sich daran hätte schneiden können. Ich vermutete, dass Flexibilität nicht gerade seine Stärke war.

Als die Tür aufging, führte Leclerc uns einen hochglanzgefliesten Korridor entlang zu einem Röntgenraum, der an den im LSJML erinnerte. Ein Unterschied: Im Wilfrid-Derome gab es keine Umkleidekabinen. Unsere Patienten kamen und gingen nackt.

Durch ein Fenster sah ich eine Frau neben einer Maschine sitzen, die aussah wie ein großer, quadratischer Donut mit einer schmalen Pritsche, die aus dem Loch herausragte. Da sie Laborkluft trug, nahm ich an, dass sie Radiologieschwester oder Technikerin war.

»Mrs. Tong wird Ihnen assistieren. Ich habe ihr« – Leclercs rechter Mundwinkel zuckte, als er nach dem richtigen Wort suchte – »die Situation erklärt.«

Als Leclerc an das Glas klopfte, hob Mrs. Tong den Kopf. Während sie aufstand, ihr Magazin weglegte und zu der Tür kam, die uns von dem Untersuchungsraum trennte, redete Leclerc weiter.

»Ich habe Mrs. Tong autorisiert, Ganzkörper-MSCTs von beiden Objekten zu machen. Jeder Axial-Scan wird mit einer Kollimation von sechzehn mal dreiviertel Millimetern durchgeführt. Das Gerät ist eine Sensation-16-Einheit. Ich habe Mrs. Tong angewiesen, zwei Filter zu benutzen, einen für die Knochen- und einen für die Bindegewebsanalyse.«

Leclercs Vortrag war so steif, dass er klang wie vom Band. »Mrs. Tong ist bereit, auch nach Ende ihrer Schicht hierzubleiben. Bitte halten Sie sie nicht länger auf als nötig. Bitte folgen Sie ihren Anweisungen.«

»Ach du meine Güte. Ich helfe doch sehr gerne.« Mrs. Tong lächelte herzlich. »Ich habe keine Kinder, die zu Hause auf mich warten. Und heute Abend auch keine Kirche. Also eigentlich —«

»Vielen Dank.«

Das Lächeln der Frau verlosch unter dem eisigen Blick ihres Chefs.

Leclerc wandte sich an LaManche. »Wer wird die Objekte betreuen?«

LaManche verdrehte die Augen in meine Richtung. Ich nickte.

»Der hat ja mal 'nen Stock im Arsch«, flüsterte Pomier, als er mir die Beutel gab.

Drei Augenpaare folgten Mrs. Tong und mir in das Untersuchungszimmer. Sie fing an zu reden, kaum dass die Tür ins Schloss gefallen war.

»Ich nenne das Ding Felix the Cat.« Sie deutete auf den

Scanner. »Sie wissen schon, von CAT, wie das früher hieß. Computerassistierte Tomografie. Ist kindisch, ich weiß. Aber viele Patienten sind nervös wie die Seuche, wenn sie in eine große, surrende Kiste geschoben werden. Wenn das Ding wie eine Comicfigur heißt, ist es für viele einfacher.«

»Mrs. Tong —«

»Was ist das, ein Dinner bei der Queen? Nennen Sie mich Opaline. Sie wissen, wie Felix funktioniert?« Während sie redete, drehte sie an Reglern und drückte auf Knöpfe.

»Soweit ich weiß —«

»Ist keine Zauberei. Der alte Knabe benutzt einen Computer und ein sich drehendes Röntgengerät, um Querschnittsbilder von Organen und Körperteilen zu erzeugen. Ich rede von Schnittbildern mit einer Detailschärfe, da fliegt Ihnen das Blech weg.«

Es war offensichtlich, dass Opaline Tong gerne redete. Oder wegen der toten Babys verdammt nervös war. Sie mied meinen Blick, als ich die erste Wanne öffnete.

»Das T in ›CT‹ steht für Tomografie. Sie wissen, was das heißt?«

»Abschnittsweise Darstellung mittels durchdringender Wellen.« Ich legte die winzige Mumie mit der Bezeichnung LSJML-49277 mit dem Gesicht nach oben auf die Pritsche und sicherte sie, indem ich die Haltegurte zuzog.

»Okay. Sie sind 'ne Schlaue.«

Opaline drückte auf einen Knopf, um die Pritsche erst in die Röhre zu fahren und dann im Loch auf und ab zu bewegen. Als das Baby die richtige Position hatte, trat sie zur Seite und klopfte auf den Donut.

»Der eigentliche Scanner ist der runde, sich drehende Rahmen. Er hat auf der einen Seite eine Röntgenröhre und auf der anderen einen Detektor, der ein bisschen aussieht wie eine Banane. Der Drehrahmen bewegt die Röntgenröhre und den Detektor um den kleinen Kerl hier, so dass ein fächerförmiges Bündel von Röntgenstrahlen entsteht. Der Detektor wird Schnappschüsse machen, die man Profile nennt. Normalerweise tausend pro Umdrehung. Also bekommen wir mit jeder vollständigen Umdrehung eine Querschnittsdarstellung des durchleuchteten Körperabschnitts.«

Opaline klang nun nicht mehr ganz so wie eine freundliche Kindergärtnerin.

»Mit einem digitalgeometrischen Programm wird der Computer, ausgehend von den um die Rotationsachse geschossenen zweidimensionalen Bildern, eine dreidimensionale Darstellung erzeugen. Verstanden?«

»Ja. Vielen Dank.«

»Bereit?«

Ich nickte.

»Dann gehen wir's an.«

Dreiundvierzig Minuten später standen wir alle im Vorzimmer hinter Mrs. Tong, die am Monitor saß und tippte. Während sie Befehle eingab, erklärte sie, wie die vom Scanner produzierten Bilder mithilfe einer »Fensterung« genannten Prozedur so bearbeitet werden, dass Körperstrukturen anhand ihrer Fähigkeit, Röntgenstrahlen zu blockieren oder durchzulassen, dargestellt werden. Sie sagte, dass früher nur Darstellungen in der axialen oder transversalen Ebene, also rechtwinklig zur Längsachse des Körpers, möglich waren, dass moderne Scanner es aber gestatteten, aus den umformatierten Daten Bilder entlang verschiedener Ebenen zu erzeugen, und eben auch volumetrische – also dreidimensionale – Darstellungen.

Zuerst hatten wir uns die zweidimensionalen Bilder angeschaut, die, so Mrs. Tong, mithilfe von MPR, multiplanarer Rekonstruktion, erzeugt worden waren. Schnitt um Schnitt hatten wir uns vom Kopf des Fensterbankbabys zu den Zehen bewegt und Bilder interpretiert, die ein bisschen aussahen wie von Miró gemalt.

Wir hatten festgestellt, dass der Schädel aufgrund des Einbrechens beider Scheitelbeine deformiert war. Wir hatten gesehen, dass die Gehörgänge deutlich ausgebildet waren, dass die winzigen Knöchelchen – Hammer, Amboss und Steigbügel – im Mittelohr vorhanden waren. Leclerc hatte uns die Schnecke und den Vorhof des Innenohrs gezeigt, das verzweigte Segment des Gesichtsnervenkanals, die Pyramidenbahn und andere anatomische Merkmale.

Ich hatte die *pars squama* und die *pars basilaris* des Hinterhauptsbeins und die Länge der Oberschenkel- und Schienbeinschäfte vermessen.

Wir waren alle einer Meinung. Der Fötus war voll ausgetragen.

»Jetzt dreidimensional?«, fragte Mrs. Tong.

»Ja«, sagte Leclerc.

»Diese Bilder werden mit der Volume-Rendering-Technik und im maximalen Intensitätsmodus erzeugt«, sagte Mrs. Tong.

Kein Miró mehr. Das Baby erschien in detailgenauen Abstufungen von Grau und Weiß, leicht geneigt, die winzigen Ärmchen v-förmig vor dem Körper wie Flügel.

Mit dem Finger deutete Leclerc auf das Offensichtliche. »Reste der Gehirnhälften, Kleinhirn, Varolsbrücke, das Nachhirn – Rückenmark.« Sein Finger bewegte sich vom Schädel zum Brustkorb. »Speiseröhre, Luftröhre, Lungenflügel. Das ist das Herz, die einzelnen Kammern kann ich allerdings nicht erkennen.« Er deutete auf den Bauch. »Da ist der Magen, die Leber. Die restlichen Organe sind nicht mehr zu erkennen.«

»Ist das ein Penis?« Pomiers Stimme klang heiser.

»Ja.«

»Ich sehe keine skelettalen Fehlbildungen oder Verletzungen«, sagte ich.

Leclerc und LaManche stimmten mir zu und unterhielten sich dann über einige anatomische Charakteristika.

Ich hörte nicht wirklich zu. Wie gebannt starrte ich auf einen strahlenundurchlässigen Fleck in der Luftröhre, der vom darüber liegenden, winzigen Unterkiefer zum Teil verdeckt wurde.

»Was ist denn das?«

7

LaManche nickte, als hätte ich eine Frage beantwortet, nicht gestellt. Offensichtlich hatte er es auch gesehen.

»Mir ist das vorher schon aufgefallen, und ich dachte, der Schatten ist ein Artefakt«, sagte Leclerc. »Jetzt bin ich mir nicht mehr so sicher.«

»Können Sie diesen Bereich irgendwie noch deutlicher darstellen?«

Mrs. Tong schaltete wieder auf zweidimensionale Abbildung, und wir schauten uns den Hals des Babys scheibchenweise an. Es brachte nicht viel. Die strahlenundurchlässige Stelle schien sich in der Luft- oder der Speiseröhre zu befinden. Darüber hinaus war nicht mehr viel zu erkennen.

»Vielleicht Staub oder Sedimente, die im Verlauf der Verwesung durch den Mund eingedrungen sind«, meinte LaManche.

»Vielleicht.« Ich glaubte es nicht. Das Weiß des Flecks war intensiv, was auf einen Feststoff hindeutete.

Eine ganze Minute starrten wir alle den Monitor an. Dann traf ich eine Entscheidung. »Kann ich mir ein Skalpell und eine Zange leihen?«

»Natürlich.« Leclerc eilte davon, kam Augenblicke später zurück und gab mir die Instrumente.

Während die anderen zusahen, ging ich in den Röntgenraum zurück, zog Gummihandschuhe aus einem Spender und streifte sie über.

Verzeih mir, Kleiner.

Ich fixierte das Baby mit der linken Hand und zog mit der rechten die Skalpellklinge über den verschrumpelten Hals.

Das papierene Gewebe sprang mit einem leise platzenden Geräusch auf. Ich legte das Skalpell weg und schob die Zange in die Öffnung. Nach etwa zwei Zentimetern traf sie auf Widerstand.

Ich öffnete die Zange, schloss sie wieder und zog sanft. Das Objekt rührte sich nicht.

Kaum atmend, öffnete ich die Zange weiter, schob sie tiefer hinein und zog noch einmal.

Der Fremdkörper löste sich von der Luftröhrenwand und rutschte mit einem trocken kratzenden Geräusch nach oben. Millimeter um Millimeter zog ich ihn vorsichtig durch den Schnitt und ließ ihn auf meine Handfläche fallen.

Schmutzig weiß. Gazeartig und zerknüllt.

Ich zupfte mit der Zange an einem Ende. Eine filmige Schicht hob sich ab und zeigte eine Perforierung.

Heilige Maria Mutter Gottes.

In meinem Hirn blitzte ein Bild auf, zu entsetzlich, um es sich auszumalen.

Einen Augenblick lang konnte ich nur dastehen, kämpfte gegen das Eis in meiner Brust und das Brennen hinter meinen Lidern an.

Als ich die Fassung wiedergefunden hatte, schaute ich noch einmal auf das Baby hinunter.

Es tut mir so leid. So sehr, sehr leid.

Ein tiefer Atemzug, dann kehrte ich zu den anderen hinter der Scheibe zurück.

Wortlos öffnete ich die Hand und zeigte ihnen das grässliche Ding. Alle starrten bestürzt.

LaManche fand die Sprache als Erster wieder. »Zusammengeknülltes Toilettenpapier.«

Ich konnte nur nicken.

»Dem Kind in die Kehle geschoben, um die Atmung zu blockieren.«

»Oder es vom Weinen abzuhalten.«

Das war zu viel für Mrs. Tong. Sie fing an zu weinen. Kein heftiges, blubberndes Schluchzen, sondern ein leises Wimmern, fast wie ein Schluckauf. Während die anderen nur dastanden, legte ich ihr die Hand auf die Schulter.

Sie drehte den Kopf und schaute mich an. »Jemand hat diesen kleinen Engel mit Absicht getötet?«

Mein Blick war Antwort genug.

Mit leiser und sachlicher Stimme sagte ich zu LaManche: »Detective Ryan wird das wissen wollen.«

»Ja. Bitte geben Sie diese Information an ihn weiter.«

Während ich durch die Tür eilte, fragte Leclerc Mrs. Tong, ob sie nach Hause gehen wolle.

»Im Leben nicht.«

Der Gang war verlassen. Ich ignorierte das Handyverbot im Krankenhaus und blätterte zu Ryans Privatnummer in mei-

nem iPhone. Sein Handy tutete und schaltete dann auf Voicemail.

Verdammt.

Ich hinterließ eine Nachricht. »Ruf mich zurück. Es ist
wichtig.«

Ich schaute auf meine Uhr. Zehn nach elf.

Ich ging zum Ende des Gangs. Das Krankenhaus war eine
Geisterstadt.

Ich kehrte in den Untersuchungsraum zurück. Schaute
noch einmal auf die Uhr.

Vierzehn nach elf.

Wo zum Teufel steckte er?

Ich wollte schon aufgeben, als Ryan endlich zurückrief. Ich
kam sofort zur Sache. »Mindestens zwei der Babys waren voll
ausgetragen. Vom dritten wissen wir es in Kürze.«

»Irgendwelche medizinischen Probleme?«

»Nein. Das Baby aus der Fensterbank ist ein Junge.« Dann
erzählte ich ihm von dem zerknüllten Toilettenpapier.

Einen langen Augenblick hörte ich nur Hintergrundgeräu-
sche in der Leitung. Stimmen. Das Klirren von Gläsern.

»Ist das alles?« Kurz angebunden. Ryan hatte ebenso mit
seinen Gefühlen zu kämpfen wie ich.

»Wir scannen jetzt das Baby aus dem Toilettentisch.«

Ich wartete auf eine Reaktion, doch es kam keine.

»Irgendwas Neues bei dir?«

»Trees hat das Polizeifoto identifiziert. Der Notarzt und der
Vermieter ebenfalls. Die Frau im Krankenhaus war Ruben,
und Ruben hat auch in der Wohnung in Saint-Hyacinthe gelebt. Paxton sagt –«

»Der Hausbesitzer.«

»Ja. Paxton sagt jetzt, dass er ursprünglich an Smith vermietet hätte. Dann war Smith plötzlich von der Bildfläche verschwunden. Aber solange Rogers brav die Kohle abgeliefert hat, brauchte er keine Fragen zu stellen.«

»Was Neues aus Edmonton?«

»Der RCMP-Beamte, mit dem ich heute Morgen gesprochen habe, kommt heute Nacht in Montreal an. Wir treffen uns morgen früh.«

Normalerweise hätte Ryan mich zu diesem Treffen eingeladen. Es war ja auch mein Fall. Er tat es nicht.

»Wann?«, fragte ich.

»Um acht.«

»Ich versuche, vorbeizukommen.«

Im Röntgenraum war der Scan von LSJML-49276 bereits abgeschlossen, und alle standen wieder vor dem Computer. Mrs. Tongs Augen sahen verquollen aus, das Gesicht war nach dem Weinen fleckig.

Das Bild auf dem Monitor war in 2-D, ein Achsenschnitt in Brusthöhe. Leclerc redete. »In den großen Bronchien und in der Speiseröhre ist Luft vorhanden. Beide Lungenflügel scheinen belüftet zu sein.«

Mrs. Tong tippte etwas, um Darstellungen des Bauchraums auf den Bildschirm zu holen.

Leclerc führte seinen Monolog fort. »Luft im Bauch.«

»Das Baby hat also geatmet und geschluckt«, sagte Pomier.

»Vielleicht.« LaManches hängende Augen wirkten müde in seinem schlaffen Gesicht. »Luft kann auch aufgrund der Verwesung vorhanden sein. Bei der Autopsie werden wir Proben für einen toxikologischen Test entnehmen.«

LaManche musste das nicht ausführen. Ich wusste, dass eingeatmete Luft hohe Anteile von Stickstoff und ein wenig Sauerstoff enthalten würde, während das bei der Verwesung entstandene Gas vorwiegend aus Methan bestehen würde.

Ich wusste auch, dass bei der Entfernung des Brustkorbs nach dem Y-Schnitt ein Aufblähen des Lungenparenchyms auf Luft in den Flügeln hindeuten würde. Und dass belüftete Lungenflügel, wenn man sie in Wasser oder Formaldehyd legte, schwammen.

Mrs. Tong musste von alldem nichts hören.

Wir untersuchten das kleine Mädchen, wie wir den mumifizierten Jungen untersucht hatten. Ich vermaß ihre Röhrenknochen und die Basis des Hinterhauptsbeins. Wir alle begutachteten den Reifungs- und Allgemeinzustand des Skeletts.

Und kamen zum selben, traurigen Schluss.

LSJML-49276 war ein voll ausgetragenes, weibliches Kleinkind, das keine Fehlbildungen oder Verletzungen zeigte.

Um zwanzig vor zwei verstauten wir die Babys wieder in ihren Wannen und Beuteln, damit Pomier sie zurück in die Leichenhalle bringen konnte.

Um zehn nach zwei war ich zu Hause. Und fünf Minuten später eingeschlafen.

Kirchenglocken weckten mich unsanft. Ich wischte mein iPhone auf den Boden, um das Bimmeln zu stoppen.

Die Ziffern auf dem Display zeigten sieben Uhr.

Ich versuchte, mich zu erinnern, warum ich den Wecker gestellt hatte.

Ryan. Edmonton. RCMP. Genau.

Groggy schleppte ich mich ins Bad, zum Schrank, in die Küche. In der Anrichte fand ich sehr alte Frosted Flakes, im Kühlschrank gemahlenen Kaffee. Die Kombination half ein bisschen. Aber wenn ich weniger als fünf Stunden geschlafen habe, bewirken Koffein und Zucker nicht besonders viel.

Dreißig Minuten später zog ich meinen Ausweis über das Lesegerät im Wilfrid-Derome. Okay. Früh aufstehen hat auch seine Vorteile. Parken war ein Kinderspiel.

Nachdem ich meine Handtasche im Büro abgestellt hatte, fuhr ich in den vierten Stock und trat durch eine Tür mit der Aufschrift *Section des crimes contre la personne.*

Der Bereitschaftssaal hatte ungefähr ein Dutzend Tische. Auf jedem lagen die üblichen Polizistenutensilien – Handy, Aktendeckel, überquellende Eingangs- und Ausgangskörbe. Trophäen und Souvenirs, halb ausgetrunkene Kaffeebecher.

Rechts davon waren das Büro des Dezernatsleiters und ein Kopierraum. Links führte eine Tür zu den Verhörzimmern.

Es waren nur wenige Detectives anwesend, diejenigen, die Spuren telefonisch oder am Computer verfolgten, und einer in einem Anzug, von dem ich annahm, dass er in Kürze einen Gerichtstermin hatte.

»Hey, Rochette, ist heute Dienstag?«, fragte eine Stimme hinter mir. Ein Detective namens Chestang. »Heißt das Rosenknospen?«

»Heute ist Mittwoch.« Wie Chestang sprach auch Rochette mir zuliebe laut und deutlich. »Rote Punkte.«

Diese Neckerei hatte ihren Ursprung in einem brisanten Vorfall, bei dem man mich aus einem Feuer gezogen und mit dem Hintern nach oben abgelegt hatte. Mein Leopardenmusterslip hatte fröhlich in die Welt gegrinst. Obwohl das schon einige Jahre her war, taugte es immer noch für einen Witz.

Ich ging kommentarlos weiter.

Ryan saß mit einer Hinterbacke auf seinem Schreibtisch. Ihm gegenüber saß ein Mann. Keine Hose mit gelben Nahtstreifen, kein graues Hemd, ich nahm aber trotzdem an, dass es der Mountie aus Edmonton war.

Und nein. Er trug auch keine rote Uniformjacke, keine Reithose, keinen Stetson. Diese Uniform ist für zeremonielle Zwecke reserviert.

Ein Wort über die Royal Canadian Mounted Police, RCMP, oder Gendarmerie royale du Canada, GRC. Alle Welt nennt sie Mounties. Intern bezeichnen sie sich selber als die Truppe. Es geht doch nichts über ausgeprägtes Gemeinschaftsgefühl.

Die RCMP ist insofern einzigartig, als sie auf nationaler, provinzieller und kommunaler Ebene agiert und somit Polizeieinheiten in ganz Kanada und, unter Vertrag, in drei Territorien, acht Provinzen, mehr als 190 Kommunen, 184 indigenen Gemeinden und drei internationalen Flughäfen stellt.

Während die beiden bevölkerungsreichsten Provinzen, Ontario und Quebec, eigene Polizeieinheiten haben, die Ontario Provincial Police und die Sûreté du Québec, sind alle anderen bis zu einem gewissen Grad auf die RCMP angewiesen. In drei Territorien, Yukon, Nunavut und Northwest, sind die Mounties die einzigen Akteure.

Verwirrend? Um die Sache noch komplizierter zu machen, haben einige Großstädte, wie etwa Edmonton, Toronto und Montreal, ihre eigenen kommunalen Polizeitruppen.

Denken Sie nur an FBI, Bundesstaatspolizei, Sheriff's Department und Stadtpolizei. Auch nicht viel einfacher.

Ryans Besucher saß mit dem Rücken zu mir, die Ellbogen auf den Armlehnen des Schreibtischstuhls. Graue Schläfen deuteten eine gewisse Erfahrung an.

Hatte Ryan nicht gesagt, der Kerl sei Sergeant? Das hieß, die Truppe hatte ihn nicht auf die Karriereüberholspur des OCDP, des Officer Candidate Development Program, geschickt. Ich fragte mich, ob er wohl schon das Ende seiner Möglichkeiten erreicht hatte. Und ob er, wie viele Beamte ohne Offizierspatent, einen Hass gegen die »Weißhemden«, also die Kollegen im Offiziersrang, entwickelt hatte.

Wie auch immer. Im Hauptquartier in Ottawa oder in größeren Divisionszentralen mochte ein Sergeant zwar nicht viel hermachen, im normalen Dienst vor Ort war das jedoch ein durchaus ehrbarer Rang.

Warum schaute Ryan den Kerl dann an wie Kotze auf dem Bürgersteig?

Ich ging ein paar Schritte näher und betrachtete ihn genauer. Der Sergeant war von durchschnittlicher Größe, aber kräftig gebaut, Arme und Brust spannten sein Hemd erheblich.

Ryan sagte etwas, das ich nicht verstand. Sein Besucher erwiderte etwas und hob den Kopf, sodass sein Kinn sich nach vorne und nach oben bewegte.

Diese merkwürdige Geste aktivierte einen Zellhaufen in meinem Hirn, in dem eine Erinnerung abgespeichert war.

Ich stockte kurz. Unmöglich.

Der Sergeant streckte den Arm aus und stellte einen Styroporbecher auf Ryans Schreibtisch. Kurz war seine linke Hand zu sehen.

Mein Puls schnellte aus dem messbaren Bereich.

8

Im ersten Moment dachte ich an Rückzug. Flucht nach oben in mein Büro. Aber meine Kontrollzentren funkten bereits Begriffe wie »professionell« und »erwachsen«.

Sergeant Oliver Isaac Hasty. Abgesehen von tiefen Lach-fältchen und der Sache mit den grauen Schläfen hatte er sich kein bisschen verändert. Das Kinn immer noch straff und fest. Kein Gramm Fett zu viel.

Ollie war damals Corporal und für einen Kurs eine Zeit lang an die FBI Academy in Quantico abgestellt gewesen. Ver-haltensforschung oder dergleichen. Ich leitete damals einen Workshop für Special Agents in Sachen Leichenbergung.

Ollie und ich trafen uns beim Bier im Boardroom. Er war Kanadier. Ich dachte zu der Zeit über ein Angebot nach, am LSJML in Montreal als externe Beraterin zu arbeiten. Die ganze Woche lang hatte er mir Einsichten in meine merk-würdigen Nachbarn im Norden gewährt.

Die Chemie zwischen uns war prickelnd, das kann man nicht leugnen. Ollies Selbsteinschätzung war allerdings eher abstoßend. Um welches Thema es auch ging, Ollie war immer der Experte, und alle anderen wussten wenig.

Nach dem Workshop fuhr ich zurück nach North Caro-lina, zwar mit frustrierter Libido, aber mit intaktem Selbst-wertgefühl. Als auch sein Training zu Ende war, kam er mich in Charlotte besuchen. Ohne Einladung. In Ollies Welt waren Zurückweisungen nicht vorgesehen.

Meine Ehe war eben erst implodiert, und ich war nach Petes Betrug immer noch am Boden zerstört. Und lebte zum ersten Mal seit zwei Jahrzehnten allein.

Durstige Demnächst-Geschiedene. Muskulöser Mountie. Dem Eros kann man nur eine gewisse Zeit die kalte Schul-ter zeigen. Obwohl ich nicht gerade versessen auf Ollie war, ließen wir eine gute Woche lang mit unseren Spielchen die Wände wackeln.

Und was ist passiert?, fragen Sie.

Ollie war neunundzwanzig. Ich war, na ja, ein kleines bisschen älter. Ich lebte in Dixie. Er lebte in Alberta, verdammt weit weg. Weder er noch ich wollte was Festes, also wurden auch keine künftigen Treffen geplant.

Eine Weile noch kurze Briefe und Telefonate, dann schlief die Sache, wie vorauszusehen, einfach ein.

Und jetzt saß er hier. Direkt gegenüber dem Spieler Nummer zwei auf meiner kurzen Liste nachehelicher Liebhaber.

Als sie Schritte hörten, schauten beide Männer in meine Richtung.

»Dr. Brennan.« Ollie stand auf und breitete die Hände aus. An seiner Linken fehlte der Großteil des Ringfingers.

»Sergeant Hasty.« Ich ignorierte die Einladung zur Umarmung und streckte die Hand aus. Während wir uns die Hände schüttelten, versuchte ich mich zu erinnern, wie er den Finger verloren hatte. Merkwürdig, aber so funktioniert mein Hirn eben.

»Ich sehe, Sie kennen einander bereits.« Ryan blieb auf seinem halben Hintern sitzen.

»Dr. Brennan und ich haben uns in Quantico kennengelernt.« Ollies schimmernd braune Augen blickten unverwandt in meine. »Wann war das?«

»Schon sehr lange her.« Ich zwang mich, nicht zu erröten.

»Schön«, sagte Ryan. »Wollen wir über Annaliese Ruben sprechen?«

Während ich mich an Ollie vorbeischob und auf einen Stuhl links von ihm setzte, fragte ich mich, was Ryan wusste. War unser längst vergangenes Techtelmechtel in ihre Gespräche über Annaliese Ruben eingeflossen? So krass würde Ollie sicher nicht sein.

War Ollies Geschichte mit mir der Grund dafür, dass Ryan

zurzeit so kühl war? Lächerlich. Die Sache war eine mehr oder weniger einmalige Episode gewesen, und zu der Zeit, als ich nach Montreal kam, bereits ein uralter Hut. Und Ryan und ich hatten vor über einem Jahr den Stöpsel aus unserer Beziehung gezogen. Er konnte doch nicht so kindisch sein, mir ein Abenteuer vorzuwerfen, das schon lange vorbei war, als wir uns kennenlernten. Oder doch? Außerdem, wenn er es wusste, hätte er es erst vor Kurzem erfahren, und die Eisbergnummer zog er schon länger durch.

»Legen wir los«, sagte Ollie.

»Wie wär's, wenn Sie damit anfangen, warum Sie hier sind«, sagte Ryan.

»Aus zwei Gründen. Erstens besteht noch ein Haftbefehl für Ruben. Sie sagen, sie ist hier in Quebec. Zweitens ist Ruben eine Hochrisikoperson, die in meinem Zuständigkeitsbereich verschwunden ist. Als Mitglied der Sondereinheit des Project KARE habe ich allen Hinweisen auf Vermisste nachzugehen, die diesem Profil entsprechen.«

Ohne auf eine Antwort zu warten, öffnete Ollie die Messingschließen seines Aktenkoffers, zog einen Ordner heraus und schlug ihn auf. Ich sah, dass der Ordner nur zwei magere Seiten enthielt.

Ein bestürzender Gedanke. War Annaliese Rubens Verschwinden überhaupt untersucht worden? Hatte man es ernst genommen?

»Die Vermisstenanzeige stammte von einer Person, die einfach in unser Revier marschiert kam«, setzte Ollie an. »Susan Forex, Straßenname Foxy.«

»Merkwürdiges Verhalten für eine Prostituierte.«

»Foxy ist ein merkwürdiges Mädchen.«

»Sie kennen sie?«

»O ja. Dass Foxy sich meldete, war nicht ganz so merkwürdig. Die Damen in Edmonton habe alle eine Mordsangst.«

»Teufel oder Beelzebub. Entweder die Polizei oder ein Durchgeknallter.«

Ollie nickte. »Ein Frischling namens Gerard nahm Forex' Aussage auf. Forex behauptete, Ruben hätte in ihrem Haus ein Zimmer gehabt. Laut dem schriftlichen Protokoll hätte Ruben einen Termin mit einem Kunden gehabt, den sie als sehr spendierfreudig beschrieb. Der Treffpunkt sollte das Days Inn in der Innenstadt sein.«

Ollie zitierte die relevanten Informationen aus der Akte.

»Ruben kam nie mehr nach Hause. Nach vier Monaten beschloss Foxy, ihr Verschwinden zu melden.«

»Hat eine ganze Weile gedauert, bis sie sich Sorgen gemacht hat«, sagte Ryan.

»Wie lange wohnten die beiden zusammen?«, fragte ich.

»Ein halbes Jahr vielleicht.«

»Ist irgendjemand der Sache nachgegangen?«

»Da gab's nicht viel nachzugehen. Die Leute von der Straße wechseln ihre Adressen wie wir die Socken. Und die meisten halten bei der Polizei den Mund. Eine Prostituierte namens Monique Santofer lebte zu der Zeit ebenfalls bei Forex. Beide wurden befragt, und ein paar andere auch noch. Keine wusste irgendwas.«

Ryan und ich sagten nichts. Wir kannten beide die Realität.

Nach diesen Befragungen hatte die Akte wahrscheinlich im Büro der Detectives die Runde gemacht, doch bei keinem hatten irgendwelche Alarmglocken geklingelt. Von dort aus war sie an eine zentralisierte Vermisstenabteilung gegangen, in der viel zu wenige Detectives für die unglaublich große Zahl von Personen verantwortlich waren, die jedes Jahr verschwanden. Schließlich lag sie begraben in einem Stapel ähnlicher Akten.

Aber glücklicherweise hatte sie irgendwie den Weg ins Project KARE gefunden.

»Was glauben Sie, warum Forex sich die Mühe gemacht hat?«

»Edmonton ist für diese Frauen ein Schlachtfeld. Viele sind so verängstigt, dass sie freiwillig DNS-Proben abgehen, damit ihre Leichen identifiziert werden können, wenn sie ermordet werden.«

»Ist es wirklich so schlimm?«

»Seit 1983 wurden mindestens zwanzig Frauen ermordet. Und noch mehr sind verschwunden, vielleicht tot. Und Sie wissen, dass dieses Arschloch Pickton immer noch in den Köpfen der Leute herumspukt.«

Ollie meinte Robert William »Willie« Pickton, einen Schweinefarmer aus Port Coquitlam, British Columbia, der für den Mord an sechs Frauen verurteilt wurde und dem noch zwanzig weitere zur Last gelegt wurden. Viele von Picktons Opfern waren Prostituierte und Drogensüchtige aus dem Ostteil Vancouvers gewesen.

Ich hatte den Fall nicht bearbeitet, Kollegen allerdings schon. Die Ausgrabungen hatten 2002 begonnen, nachdem auf Picktons Grundstück Überreste entdeckt worden waren. Die Medien drehten völlig durch, und das Gericht verhängte eine absolute Nachrichtensperre. Die Gerüchteküche brodelte. Angeblich waren die Leichen irgendwo zum Verwesen deponiert, an die Schweine verfüttert oder zermahlen und mit dem Schweinefleisch von der Farm vermischt worden.

Erst als der Prozess begann, kamen Details ans Tageslicht. Hände und Füße, die in gespaltenen Schädeln steckten, Überreste, die man einfach auf den Müll geworfen oder in der Nähe des Schlachthauses verbuddelt hatte, blutfleckige Frauenkleidung in Picktons Wohnwagen.

Unerklärlicherweise befand eine Jury Pickton des heimtückischen Mordes nicht schuldig, nur des Totschlags von sechs Frauen. Er wurde zu einer lebenslangen Freiheitsstrafe verurteilt, ohne die Möglichkeit der Begnadigung nach fünfundzwanzig Jahren – die Höchststrafe, die das kanadische Gesetz für Totschlag zulässt.

Bei geschätzten Kosten von 70 Millionen Dollar war der Pickton-Fall die teuerste Serienmörderermittlung in der kanadischen Geschichte. 2010 wurden die restlichen zwanzig Mordanklagen fallen gelassen, was weitere Prozesse gegen ihn unmöglich machte. Die Staatsanwälte kamen offensichtlich zu dem Schluss, dass nach Picktons Verurteilung zur maximal möglichen Höchststrafe weitere Ausgaben nicht mehr zu rechtfertigen waren.

Eine traurige Fußnote. Als die Informationssperre 2010 aufgehoben wurde, erfuhr die Öffentlichkeit, dass Pickton bereits 1997 nach einem Messerangriff auf eine Sexarbeiterin wegen versuchten Mordes angeklagt worden war. Kleidung und Gummistiefel, die er bei seiner Verhaftung getragen hatte, lagen sieben Jahre lang vergessen in einem Lagerraum der RCMP. Als sie 2004 untersucht wurden, fand man auf ihnen DNS von zwei der in Vancouver vermissten Frauen.

Zu spät für eine ganze Bootsladung Opfer.

Ollies Stimme holte mich in die Gegenwart zurück.

»– nicht nur in Vancouver. Am ganzen Highway 16 in British Columbia sind Frauen verschwunden oder als Leichen wieder aufgetaucht. Wissen Sie, wie man diese Strecke jetzt nennt? Den Highway der Tränen. Inzwischen gibt es Websites und Magazine nur zu diesem Thema. Und die RCMP hat die Liste der Vermissten erweitert und das Gebiet, in dem sie den Mörder vermuten. Wer weiß, wie viele andere Opfer noch irgendwo da draußen im Straßengraben liegen?« In Ollies Stimme schwang sowohl Frustration wie Mitleid mit.

»Deshalb Project KARE«, sagte ich.

»Ich bin seit zwei Jahren bei der Sondereinheit. Wir tun alles, um diesen Abschaum aufzuspüren und hinter Gitter zu bringen.«

»Das ist eine RCMP-Initiative, richtig?«

»Jetzt nicht mehr. In Alberta haben wir gesagt, genug ist genug. Neben den Leuten aus den RCMP-Abteilungen für Schwerverbrechen in Edmonton und Calgary gehören zu der Sondereinheit inzwischen auch Ermittler aus dem Edmonton Police Department und anderen zuständigen Behörden. Diese Frauen brauchen Schutz. Diese Bestien müssen gestoppt werden.«

Wie die toten Babys Ryan verstörten, so betrübte Ollie das Abschlachten dieser Frauen vom Rand der Gesellschaft. Ich erinnerte mich, dass ich dieses Mitleid in seiner Stimme schon vor Jahren gehört hatte. Das war eins der wenigen Dinge gewesen, die ich an ihm gemocht hatte.

»Aber wie's aussieht, ist Ruben kein Opfer«, sagte ich.

»Erzählen Sie, was Sie wissen.« Ollie holte Stift und Notizblock aus seinem Aktenkoffer.

Ich hörte zu, während Ryan die Fakten aufzählte. Amy Roberts' Besuch in der Notaufnahme. Die von Alma Roberts benutzte Wohnung in Saint-Hyacinthe. Ralph Trees' Freundin, Alva Rodriguez. Die Babys. Der Fingerabdruck. Der CPIC-Treffer für Annaliese Ruben.

»Und jetzt ist Ruben vom Radar verschwunden«, schloss Ollie.

»Ja«, sagte Ryan.

»Glauben Sie, sie hat die Gegend verlassen?«

»Wir haben am Flughafen, auf Bahnhöfen, an Bushaltestellen und bei Leihwagenfirmen nachgefragt. Nichts. Dasselbe mit Taxis.«

»Sie haben die Filme der Überwachungskameras im Krankenhaus sichergestellt?«

»Sie kam und ging zu Fuß. Kam aus der Richtung ihrer Wohnung, die weniger als eine Meile entfernt liegt. Ging in dieselbe Richtung wieder weg.«

»Was ist mit Geschäften oder Bibliotheken in der Gegend, Orte, wo man sie sonst noch hätte aufnehmen können?«

»Nichts.«

»Hat Ruben vor Ort Freunde oder Verwandte?«

»Abgesehen von Trees, dem Vermieter und einer neugierigen Nachbarin scheint keiner zu wissen, dass sie überhaupt existiert.«

»Sie arbeitete nicht auf der Straße?«

»Soweit die Leute wissen, nein, aber irgendein Einkommen muss sie ja gehabt haben.«

»Das bedeutet, sie wurde in Quebec noch nicht verhaftet.«

»Nein. Vielleicht hat die Lektion in Alberta ja was gebracht.«

»Haben Sie mögliche Decknamen überprüft?«

Ryan schaute ihn nur an.

»Das Edmonton PD hat Ruben zweimal wegen Straßenprostitution verhaftet«, sagte Ollie. »Gleich nach der zweiten Verhaftung ist sie verschwunden.«

»Das war 2008«, sagte ich.

»Passt zu den Zeitangaben des Vermieters«, sagte Ryan. »Paxton gibt an, Ruben und ein Kerl namens Smith wären vor ungefähr drei Jahren eingezogen.«

»Hatte er Kontaktdaten für Smith?«

»Nicht mal einen Vornamen.«

»Was hat er erzählt?«

»Dass sie großartige Mieter waren. Beschwerten sich nicht über die Rohre. Zahlten bar und im Voraus.«

»Wo ist Smith jetzt?«

»Verschwunden.«

»Suchen Sie nach ihm?«

»Daran habe ich noch gar nicht gedacht.«

Ryans Sarkasmus ließ Ollies untere Lider leicht zucken. »Hat Smith einen Job? Ein Auto? Ein Handy?«

»Wenn Sie nach Smith, Vorname unbekannt, Alter unbekannt, körperliche Beschreibung nicht verfügbar, suchen wollen, tun Sie sich keinen Zwang an.« Ryan deutete mit der Hand auf eins der Computerterminals hinter sich.

Angespanntes Schweigen trat ein. Ich durchbrach es.

»Glauben Sie, Smith könnte der spendierfreudige Stecher sein, den Ruben im Days Inn treffen wollte? Vielleicht überredete er sie dazu, mit ihm in den Osten zu fahren.«

»Schön von ihr, dass sie ihren besorgten Mitbewohnerinnen zu Hause ein paar Zeilen hat zukommen lassen.« Ryan schüttelte angewidert den Kopf.

»Hat Forex diesen Kunden je gesehen?«

»Nein.«

»Wo sind Forex und Santofer jetzt?«

»Santofer hat sich letztes Jahr eine Überdosis gesetzt, die können wir also abhaken. Forex lebt immer noch unter derselben Adresse. Ihr gehört das Haus.«

»Lassen Sie es überwachen?«, fragte Ryan.

»Daran habe ich noch gar nicht gedacht.« Ollie schoss Ryans Sarkasmus volley zurück.

»Irgendeinen Grund zu der Vermutung, dass Ruben nach Alberta zurückgekehrt sein könnte?«, fragte ich. »Vielleicht ist das ihr Muster. Die Stadt verlassen, wenn ihr das Pflaster zu heiß wird. In Edmonton kennt sie Leute. Dort hat sie sich sicher gefühlt.«

»Klar.« Ryan schnaubte. »Sie ist mit ihrem Porsche Boxster ohne Kennzeichen nach Westen gefahren. Oder hat sich eine Limousine samt Fahrer gemietet und sich quer durchs Land kutschieren lassen.«

»Sie hätte auch per Anhalter fahren können«, erwiderte ich angespannt. Ryans Haltung ging mir auch auf die Nerven.

»Falls ja, dann kriegen wir sie. Jeder Polizist in Kanada hat ihr Foto.«

»Sie hat einen Hund.« Warum zum Teufel kam ich eigentlich immer wieder darauf zurück?

»Die Leute hitchhiken auch mit Haustieren.« Ollie schaute Ryan mit hartem Blick an.

Ryan sprach, ohne zu lächeln. »Die Reise mit Charley.«

»Steinbeck ist nicht per Anhalter gefahren«, blaffte ich. »Er hatte einen Wohnwagen.«

Ollie schaute von Ryan zu mir, er registrierte einen Unterton, den er nicht verstand und nicht mochte. Er wollte eben etwas sagen, als das Handy an seinem Gürtel summte. Er griff danach und schaute auf die Anruferkennung. »Ich muss da rangehen«, sagte er und stand auf.

Ryan deutete mit dem Arm zu den Verhörzimmern.

Ollie ging um den Schreibtisch herum und verschwand durch die erste Tür.

Angespannte Sekunden verstrichen, in denen Ryan seine Schuhe anstarrte. Schließlich hielt ich es nicht länger aus. »Haben Sie ein Problem mit mir, Detective?«

Ryan stand vom Tisch auf und ging ein paar Schritte weg. Kam dann zurück. Schließlich sagte er: »Wir sollten diesen Fall abschließen.«

Ich öffnete eben den Mund, um zu fragen, was er meinte, als Ollie zurückkam. Seine Miene deutete gute Nachrichten an. »Kann sein, dass du den Nagel auf den Kopf getroffen hast, Tempe.«

Ryan zuckte zusammen, als er meinen Vornamen aus Ollies Mund hörte.

»Sie ist in Edmonton«, fuhr Ollie fort.

»Ruben?« Ich war verblüfft.

»Wurden eben in einem Tim Hortons Coffeeshop ein paar Meilen östlich der Innenstadt gesehen. Die Bude ist ungefähr einen Kilometer von der TransCanada entfernt.«

»Und jetzt?«

»Und jetzt steigt die Party in *meiner* Stadt.«

9

»Ich lasse uns die Flüge buchen.« Ollie wandte sich mir zu. »Kannst du um elf am Flughafen sein?«

»Ich?« Ich versuchte erst gar nicht, meine Überraschung zu verbergen.

»Ruben hat in Edmonton auch als Hure gearbeitet. Glaubst du, ihre Mutterinstikte waren im Westen besser?«

»Der Medical Examiner vor Ort hat doch auch Experten, auf die er zurückgreifen kann.«

»Das Büro hat gewisse Probleme.«

»Die SQ wird ihre Auslagen nicht übernehmen«, sagte Ryan.

»Die RCMP schon. Ich gebe sie als zeitweilige Mitarbeiter an. ZM. Ziviles Mitglied.«

»Ich weiß, was das bedeutet.« Ryan schenkte Ollie ein Lächeln ohne eine Spur von Herzlichkeit.

»Also.« Ollies Blick ruhte auf mir. »Bist du dabei?«

In meinem Hirn blitzten Bilder von wimmelnden Augen, winzigen, mumifizierten Händen, zusammengeknülltem Toilettenpapier auf. Ich schaute auf die Uhr und nickte dann.

»Wenn Sie nicht wegkönnen, Detective, verstehe ich das«, sagte Ollie, ohne Ryan anzusehen.

»Man sieht sich am Flughafen«, erwiderte Ryan.

Ich hatte keine neuen Anthropologiefälle auf meinem Schreibtisch. Nachdem ich meine modifizierten Pläne mit La-Manche abgesprochen hatte, machte ich mich auf den Weg.

Ich öffnete eben die Wohnungstür, als mein iPhone klingelte. Der Mittagsflug war voll, man hatte uns auf den um ein Uhr umgebucht. Die zusätzliche Stunde nutzte ich, um zu duschen, meine Bordkarte auszudrucken und einen Höflichkeitsanruf beim ME in Edmonton zu tätigen. Er dankte mir und sagte, sein Institut stehe zu meiner Verfügung, wenn ich es brauchte.

Um zwanzig nach zwölf traf ich mich mit Ryan und Ollie am Gate des Pierre Elliott Trudeau. Der Flug Air Canada 413 wurde als verspätet angezeigt. Die neue Abflugzeit war 13:15. Ich setzte kein großes Vertrauen in diese Schätzung. Die Frau am Schalter sagte, es gebe ein technisches Problem. Ach ja.

Um dreiviertel vier starteten wir schließlich. Was bedeutete, dass wir in Toronto unseren Anschlussflug verpassten. Zum Glück ging der nächste Flieger nach Edmonton um fünf. Nach einem Sprint durch den Flughafen schafften wir ihn gerade noch. Die Freuden des modernen Flugverkehrs.

Ryan hat viele Qualitäten – Intelligenz, Witz, Freundlichkeit, Großzügigkeit. Als Reisebegleiter ist er eine gottverdammte Nervensäge.

Ollies Anwesenheit trug auch nicht zu Ryans Laune bei. Vielleicht lag es auch an mir. Oder am *croque-monsieur,* das er in der Cafeteria gegessen hatte. Die Atmosphäre in unserer kleinen Truppe war so freundlich wie bei einer Drogenrazzia.

Nach der Landung bot Ollie an, uns zu fahren, aber Ryan bestand auf einem Mietwagen. Ollie meinte, ich solle vielleicht besser mit ihm fahren, aber mir erschien es diplomatischer, bei Ryan zu bleiben.

Ohne Reservierung dauerte die Mietprozedur über eine Stunde. Ich fragte nicht, warum.

Edmonton ist Kanadas Antwort auf Omaha. Solide, unscheinbar und umgeben von einer ganzen Menge Nichts. Ein Ort, der einen über festes Schuhwerk nachdenken lässt.

Auf dem Weg zur Zentrale der K Division der RCMP sahen wir eine ganze Menge von der Stadt. Zuerst versuchte ich, Ryan anhand der GPS-Karten auf meinem Handy zu dirigieren. Ryan achtete nicht darauf und hielt sich folglich auch nicht daran. Schließlich gab ich es auf und konzentrierte mich auf die Welt, die an meinem Fenster vorbeizog. Die Aussicht war enorm backsteinlastig.

Es war zwanzig vor neun, als wir endlich auf die 109th Street einbogen. Mein Magen jammerte. Ich hätte es Ryan gleichtun und auch ein Sandwich essen sollen. Ich ignorierte das Grummeln.

Nachdem wir einem Portier von beinahe todbringender Strenge unsere Ausweise gezeigt und unser Ziel erklärt hatten, erhielten Detective Sonnenschein und ich Ansteckausweise, die mit einem sehr großen T gekennzeichnet waren. Während

wir uns ausgesprochen temporär und wenig vertrauenswür-
dig fühlten, folgten wir einem Corporal zu einem Aufzug und
fuhren schweigend nach oben. Vor einer Bürotür mit der Aufschrift Project KARE gab unser Begleiter uns zu verstehen,
dass wir jetzt allein weitergehen durften.

Ryan öffnete die Tür und hielt sie für mich auf. Ich achtete
sehr darauf, das er vorausging.

Die Räumlichkeit sah sehr ähnlich aus wie Ryans Laden
im Wilfrid-Derome. Bei der RCMP hätte man sie nie Bereitschaftssaal genannt. Dies hier war ein Büro. Egal. Wie die
Verbrechen, die ihre Existenz erst nötig machen, verströmen
solche Orte eine deprimierende Uniformität, wo sie sich auch
befinden. Die gleichen Eingangskörbe, der gleiche elende Kaffee, die gleichen Souvenirs.

Um zehn Uhr abends war der Saal verlassen.

Ollies Schreibtisch stand etwas seitlich. Er saß dahinter und
hatte sich einen Hörer zwischen Schulter und Ohr geklemmt.
Als er die Tür hörte, hob er den Kopf und winkte uns zu sich.
Während wir auf ihn zugingen, zog Ollie mit dem Fuß einen
Stuhl neben den, der bereits vor seinem Tisch stand. Er sah
nicht glücklich aus. Ryan und ich setzten uns.

Ollies Beitrag zu dem Telefongespräch bestand aus Stak-
katofragen. »Wann? Wo?« Schließlich: »Scheiße. Bleiben Sie
dran.«

Dann knallte er den Hörer auf.

»Wir haben sie verloren.«

Ryan und ich warteten auf eine Erklärung.

»Ruben hing ungefähr bis Mittag in dem Tim Hortons
rum. Dann ging sie ins Northlands.«

»Was ist das Northlands?«

»Schätze, man könnte es einen Unterhaltungskomplex nen-

nen. Sportveranstaltungen, Pferderennen, Rodeos, Spielauto-
maten, Verkaufsmessen.«

»Modernes Opium für die Massen.«

»Hübsche Formulierung.«

Ich erinnerte mich. Ollie mochte Pferderennen und Rodeos.

»Das beste Pflaster für das Sexgewerbe«, sagte Ryan.

»Ein problematisches Pflaster.« Angespannt. Ollie drückte
immer wieder auf den Knopf des Kugelschreibers in seinen
Fingern. Mit hektischem Klicken traf die Minenspitze die
Schreibunterlage. »Ruben schlief fast den ganzen Nachmit-
tag auf einer Bank im Borden Park. Um fünf ging sie zu dem
Donut-Laden zurück. Um sieben ging sie zum Rexall Place.«

»Warum wurde sie nicht verhaftet?«

»Das war nicht der Befehl.«

Ryan wollte schon wieder sticheln. Ich fiel ihm ins Wort.
»Was ist dieser Rexall Place?«

Ollie schaute mich an und reckte dann das Kinn, wie es
typisch für ihn war. »Hallo? Die Edmonton Oilers?«

»Ein Sportstadion.« Ryan sagte es völlig tonlos.

»Und manchmal eine Konzerthalle. Heute Abend spielt
Nickelback.«

»Und dort haben Ihre Jungs sie verloren?«

»Ich vermute, ich kann mich nicht so recht verständlich
machen, Detective. Nickelback ist eine Band aus Alberta. Da
wimmelt es von Tausenden von Menschen.«

»Jemandem in einer Menschenmenge auf den Fersen bleiben, das ist die ganz hohe Schule«, sagte Ryan.

»Wir finden sie wieder.« Frostig.

»Schneller, als Sie sie verloren haben?«

Ollies Finger erstarrte über dem Kuli.

Ich warf Ryan einen scharfen Blick zu. »Klingt, als wollte Ruben mit jemandem Kontakt aufnehmen«, sagte ich.

»Wahrscheinlich«, pflichtete Ollie mir bei.

»Susan Forex?«

»Ich warte auf Nachricht, wo sie sich befindet.«

»Hatte Ruben einen Zuhälter?«, fragte Ryan.

»Einen verqueren kleinen Wichser namens Ronnie Scarborough. Nennt sich Scar, wie die Narbe. Der Kerl hat den Charme einer verschmutzten Nadel.«

»Soll heißen?«

»Er ist hässlich, er ist gewalttätig, und ihm brennt sehr schnell die Sicherung durch.«

»Üble Kombination.«

»Scarboroughs Spitzname kommt nicht von seinem Nachnamen. Er hat einmal einem Mädchen eine Narbe von der Größe meiner Hand verpasst. Mit einem heißen Schüreisen.«

»Glauben Sie, Ruben könnte versuchen, mit ihm in Kontakt zu treten?«, fragte ich.

»Ich glaube, sie würde es zuerst bei Forex probieren. Aber wer weiß.«

»Und was jetzt?«, fragte ich keinen von beiden im Speziellen.

»Jetzt warten wir, bis meine Jungs Ruben aufgespürt haben. Ich habe im Best Western zwei Zimmer gebucht. Das ist ungefähr einen Block von hier entfernt. Wollen Sie gleich einchecken oder erst noch was essen?«

»Ich bin am Verhungern«, sagte ich.

»Gourmet oder billig?«

»Schnell.«

»Sind Burger okay?«

»Perfekt.«

Um halb elf hatte der Burger Express nur noch zwei andere Gäste: einen alten Zausel, der sein Essen möglicherweise erbettelt hatte, und einen Teenager mit einem Rucksack und nicht sichtbaren Augen.

Der Junge hinter der Verkaufstheke sah aus, als wäre er aus einer Entzugsklinik geflohen. Fleckige Zähne. Strähnige Haare. Entsetzliche Akne.

Minderte meinen Appetit kein bisschen. Ich bestellte den Mastodon-Burger. Oder wie der Koloss sonst hieß. Zwiebelringe. Diet Coke.

Beim Essen berichtete uns Ollie, was es über Susan Forex zu wissen gab. »Nachdem sie Ruben als vermisst gemeldet hatte, wurde sie zweimal aufgegriffen. Einmal im Rahmen einer allgemeinen Razzia – da kam sie noch davon. Einmal wegen Straßenprostitution – das brachte ihr ein Jahr auf Bewährung.«

»Und dann gleich zurück auf die Straße.« Ryan klang angewidert.

»So was in der Richtung.« Ollies Ton hätte Erbsen einfrieren können.

»Schätze, ihr fehlten die ganzen Empfänge und Galerieeröffnungen.«

»Forex ist anders als die meisten Mädchen auf dem Strich.«

»Soll heißen?«

»Vergessen Sie's.«

Ryan wandte sich mir zu. »Kaffee?«

»Nein, danke.«

Ich bedauerte meine Menüauswahl bereits. Und das Tempo, mit dem ich das verdammte Ding verdrückt hatte.

Ryan ging weg, um sich Koffein zu besorgen. Oder um sich eine anzustecken. Obwohl er die Zigaretten vor einem Jahr aufgegeben hatte, roch ich in letzter Zeit wieder Rauch in seiner Kleidung und seinen Haaren. Das zusammen mit seiner untypischen Verdrießlichkeit bedeutete, dass er sehr, sehr nervös war.

Wir schoben eben schmuddeliges Einwickelpapier in fettfleckige Tüten, als Ollies Handy summte. Während er den Anruf entgegennahm, ging ich zu einem überquellenden Abfalleimer und stopfte unseren beträchtlichen Beitrag in die Sammlung.

Als ich in die Sitznische zurückkehrte, sah Ollie aus wie ein Junge, der sein entlaufenes Hündchen nach sehr langer Suche wiedergefunden hat.

»Forex ist in einer Bar drüben in der Nähe des Coliseum.«

»Ist Ruben bei ihr?«

»Sie ist allein. Und sie arbeitet.«

»Was meinst du … Überraschungsbesuch?«

»Wenn wir während der Arbeitszeit vorbeischauen, ist sie vielleicht gesprächiger.«

Wir grinsten beide, dann ging ich auf die Tür zu. Auf halbem Weg spürte ich eine Hand an meinem Arm. Ich drehte mich um.

Ollie machte ein Gesicht, wie Männer es haben, wenn sie gleich den Macho spielen.

»Denkst du oft an« – er deutete von seiner Brust zu meiner – »uns?«

»Nie.«

»Natürlich tust du das.«

»Es gab kein« – ich malte Anführungszeichen in die Luft – »uns.«

»Wir hatten doch eine verdammt gute Zeit.«

»Du warst ein ziemliches Arschloch.«

»Ich war jung.«

»Und jetzt bist du ein weiser, alter Mann.«

»Menschen ändern sich.«

»Hast du eine Freundin, Ollie?«

»Im Augenblick nicht.«

»Warum nicht?«

»Habe die Richtige noch nicht gefunden.«

»Die Liebe deines Lebens.«

Ollie zuckte die Achseln.

»Wir sollten gehen«, sagte ich.

»Ich will Detective Du-mich-auch nicht warten lassen.«

»Was soll jetzt das heißen?«

»Der Kerl ist nicht die beste Gesellschaft.«

»Du provozierst ihn absichtlich.«

»Er ist ein Arschloch.«

»Ollie.« Ich durchbohrte ihn mit einem Blick, der ihm sagte, dass ich es ernst meinte. »Hast du mit Detective Ryan über« – ich ahmte seine Geste nach – »uns gesprochen?«

»Vielleicht habe ich erwähnt, dass ich dich kenne.« Das Flackern in seinen Augen verriet mir alles.

»Du prinzipienloser Mistkerl.«

Bevor ich etwas dagegen tun konnte, zog Ollie mich an sich und drückte mich an seine Brust. »Wenn wir diesen Fall abgeschlossen haben, dann wirst du mich wollen, das weißt du«, flüsterte er mir ins Ohr.

Ich drückte mit beiden Handflächen gegen seine Brust und löste mich von ihm. »Da wird nichts draus.«

Dann wirbelte ich angewidert herum.

Ryan wartete vor der Tür und starrte durch die Fensterscheibe. Im grellen Neonlicht wirkte sein Gesicht müde und eingefallen.

Scheiße. Scheiße. Scheiße.

Da ich nicht wusste, wie viel er gesehen hatte, zeigte ich ihm den hochgereckten Daumen und grinste breit. Gute Nachrichten.

Als Ryan in den Schatten trat, wirkte sein Gesicht so straff gespannt, als wäre es auf die Knochen gemalt.

10

Ollie saß am Steuer, ich auf dem Beifahrersitz. Ryan saß hinten.

Leichter Regen hatte eingesetzt. Während wir durch die Stadt fuhren, glitt ein Kaleidoskop aus verwischten Farben und Schatten an meinem Fenster vorbei. Die Wischer pendelten wie langsame Metronome über die Windschutzscheibe.

Nach zehn Minuten bog Ollie in eine Straße ein, an der sich Bars, Stripclubs und Fast-Food-Läden drängten, alle hell erleuchtet und geöffnet. Neonsplitter funkelten auf dem Bürgersteig und spritzten auf Schilder, Autos und Taxis.

Ein paar kleine Geschäfte wetteiferten um die beste Position: ein Autoteilehändler, eine Pfandleihe, ein Schnapsladen. Die Fenster waren dunkel und vergittert.

Einige Männer in Sweatshirts und Windjacken bewegten sich, die Köpfe gesenkt, die Schultern hochgezogen, in beide Richtungen. Hier und dort standen Raucher in Eingängen und ertrugen Wind und Nässe für ihre nächste Nikotindosis.

Vor einem zweistöckigen Backsteinbau mit der Aufschrift *XXX Adult Store* auf der einen Seite fuhr Ollie an den Bordstein. Neben der weltgrößten Sammlung von Filmen und Fotos bot der Laden auch vierundzwanzig Stunden am Tag und sieben Tage die Woche Peepshows für fünfundzwanzig Cent pro Minute an.

»Hier findet man, was das Herz begehrt, wenn man es bezahlen kann.« Ollie deutete auf das schmuddelige Panorama um uns herum. »Drogen. Frauen. Jungs. Waffen. Wenn man einen Auftragskiller braucht, findet man den wahrscheinlich auch.«

»Was ist mit Susan Forex?«

»Mal sehen.«

Ollie drückte auf eine Schnellwahltaste seines Handys und hielt sich das Gerät ans Ohr.

Am anderen Ende hörte ich eine Stimme, verstand aber die Worte nicht.

»Vor dem Pornoladen«, sagte Ollie nach ein paar Sekunden.

Pause.

»Wie lange?«

Pause.

»Irgendwas über Ruben?«

Pause.

»Rufen Sie an, sobald Sie was wissen.«

Er klappte das Handy zu und sagte: »Wir haben Glück. Die Dame hat keinen sehr einträglichen Abend.«

Wir stiegen aus. Während Ollie das Auto mit der Fernbedienung verriegelte, zog ich mir eine Jacke an, die ich aus meinem Bordkoffer gezogen hatte.

Die Luft roch nach frittiertem Essen, Benzin und feuchtem Beton. Gedämpfte Musik drang aus einem Gebäude rechts von uns, wurde lauter, als ein Gast auf die Straße trat, und dann wieder leiser, als die Tür ins Schloss fiel.

Ollie führte uns fünfzig Meter nach Norden zu einem Stuckkasten, dessen Schild ihn als Cowboy-Lounge identifizierte. Das Neon-Cowgirl darüber trug nichts als einen Zehn-Gallonen-Hut.

»Ich übernehme das Reden.« Ollie richtete das an Ryan. »Sie kennt mich. Ich bin weniger bedrohlich.«

Ryan sagte nichts.

»Ist das okay für Sie, Detective?«

»Das ist okay für mich, Sergeant.«

Ollie trat ein. Ich folgte. Ryan bildete die Nachhut. Wenige Schritte nach dem Eingang blieben wir stehen.

Der Geruch war das Erste, was mich traf, eine giftige Mischung aus schalem Bier, Zigarettenrauch, Marihuana und menschlichem Schweiß. Der Gestank beschäftigte meine Nase, während meine Augen sich an das Halbdunkel gewöhnten.

Links drang das Klacken von Billardkugeln aus dem mit einer Saloontür abgetrennten Nebenraum. Die Bar war direkt vor uns, ein geschnitzter Holztresen mit einem reich verzierten Spiegel dahinter und Hockern davor.

In der Mitte der Bar zapfte ein Mann im Holzfällerhemd Bier aus einem Hahn mit langem Pumpgriff. Er hatte Muttermale im Gesicht und nervöse Augen, die eine Nanosekunde auf uns ruhten und dann weiterwanderten.

In der rechten Hälfte des Raums stand rund ein Dutzend bunt zusammengewürfelte Tische. Gerahmte Poster bedeckten die Wände um sie herum – Gene Autry, John Wayne, Cisco Kid.

Willie Nelson jaulte aus einer Musikbox hinter den Tischen. Daneben stand ein Pianola, der Deckel gesprungen, das Holzgehäuse ein Schlachtfeld von Zigarettenspuren.

Ich nahm an, das Vorbild hätte ein Saloon aus dem Wilden Westen sein sollen. Stattdessen sah der Laden aus wie eine heruntergekommene Raststätte in Yuma. Mit beschissener Beleuchtung.

Die Hälfte der Tische und alle Barhocker waren besetzt. Die Kundschaft war größtenteils männlich, größtenteils aus der Arbeiterschicht. Die wenigen anwesenden Frauen gehörten eindeutig zum Gewerbe der gröberen Sorte – chemieblonde Haare, Tattoos, Klamotten, in denen man Fleisch zu Markte trug.

Zwischen den Tischen bewegte sich eine Kellnerin in rotem Bustier und viel zu engen Jeans. Das Haar war fransig, das Make-up billig und übertrieben.

Ollie zeigte mit dem Kopf auf eine große, knochige Frau am linken Ende der Bar. »Sieht aus, als wäre unser Mädchen heute die Königin der Nacht.«

Ich schaute mir Susan Forex genauer an. Ihr Haar war lang und blond, das Rüschentop kunstvoll so verrutscht, dass es eine Schulter freigab. Ein Jeans-Mikromini mit breitem Gürtel und Riemchenstilettos rundeten das Outfit ab.

Forex unterhielt sich mit einem Fettsack in Cowboystiefeln und einem riesigen Stetson. Stetson hatte ein Bier. Sie trank etwas, das aussah wie Whiskey auf Eis.

Stetson hatte sich so weit zu ihr gebeugt, wie sein Hut es erlaubte, und flüsterte ihr etwas ins Ohr. Sie strich ihm mit langem, rotem Nagel über den Unterarm. Beide lachten.

Die Sinne hellwach für mögliche Bedrohungen, durchquerten wir den Raum.

Der Barkeeper beobachtete uns, sein Blick sprang von uns zur Tür, zur Kellnerin, zu den Tischen, zu den Männern an seiner Bar. Ein paar andere schauten ebenfalls in unsere Richtung. Die meisten taten es nicht.

»Hallo, Susan.«

Als sie ihren Namen hörte, drehte Forex sich um. Als sie Ollie sah, verschwand ihr Lächeln.

»Freunde von dir?« Stetson schaute um Forex herum zu uns, ein betrunkenes Grinsen auf dem Gesicht.

»Lass gut sein.« Forex tat ihn mit einer flüchtigen Handbewegung ab.

»Darling, wir beide werden jetzt –«

Forex fuhr ihn an: »Verschwinde.«

Stetson machte ein verwirrtes Gesicht und straffte dann das Kinn, als er merkte, dass sie ihn eben abserviert hatte. »Zahl dir deinen Drink selber, Miststück.«

Mit dieser witzigen Bemerkung schob Stetson sich von seinem Hocker. Aufrecht stehend war er, Hut inklusive, etwa so groß wie ich.

Ollie wartete, bis Stetson außer Hörweite war. Was nicht lang dauerte. Jetzt sang Stompin' Tom Connors etwas über eine *Sudbury Saturday Night*.

»Wir wollen dir keine Schwierigkeiten machen, Foxy.«

Forex verdrehte die Augen und schlug die Beine übereinander. Die allerdings spektakulär waren.

Der Barkeeper kam ein Stück näher, hatte jedoch alles im Auge außer uns.

Ollie kam sofort zur Sache. »Du hast Annaliese Ruben als vermisst gemeldet.«

Forex wurde völlig still. Wappnete sie sich für schlechte Nachrichten? Legte sie sich eine Lüge zurecht, um ihre Freundin zu schützen?

»Alles okay, Foxy?« Der Barkeeper sprach gerade so laut, dass man ihn durch die Musik verstand.

»Alles gut, Toffer.«

»Bist du sicher?«

»Sie ist sicher.« Ollie zeigte ihm seine Marke.

Toffer verzog sich und musste plötzlich dringend die Bar wischen.

Aus der Nähe sah ich, dass Forex' Haare am Ansatz dunkel schimmerten. Die Zähne waren zwar gelblich verfärbt, aber gleichmäßig und völlig gerade, was auf eine Kindheit hindeutete, in der das Familieneinkommen Zahnspangen ermöglicht hatte. Ihre Haut war glatt, das Make-up gekonnt aufgetragen. In diesem Licht hätte sie dreißig oder fünfzig sein können.

»Wir glauben, dass Ruben in den letzten drei Jahren in Quebec gelebt hat«, fuhr Ollie fort. »Wie es heißt, ist sie jetzt wieder in Edmonton.«

»Gut. Die kleine Göre hat mich um die letzte Monatsmiete betrogen.«

Während Ollie Forex befragte, beobachtete ich zwei Männer, die nur wenige Hocker entfernt saßen. Ihre Körpersprache verriet mir, dass sie zuhörten. Einer war groß und kräftig, hatte wilde schwarze Haare und dunkle kleine Augen, die aussahen wie Rosinen. Der andere war kleiner, mit ledernen Bändern an den Handgelenken und Gefängnistattoos auf den Armen.

»Na komm, Foxy. Du weißt, wo sie ist.« Ollie schien gar nicht zu merken, dass unsere Unterhaltung Interesse auf sich zog. »Sie hat dich angerufen, oder? Hat gefragt, ob sie bei dir übernachten kann?«

»Ich liebe Frühlingsregen, Sie nicht auch, Sergeant?«

»Oder hat sie Scar angerufen?«

»Wen?«

»Du weißt, wen ich meine.«

Forex griff nach ihrem Glas und drehte die Eiswürfel darin. Mir fiel auf, dass ihre Finger gut gepflegt und ohne Nikotinflecken waren.

»Hilf mir weiter, Foxy.«

»Ruben war zu jung, um auf der Straße zu leben. Ich habe sie aufgenommen. Heißt aber nicht, dass ich ihr die Rechte auf ihre Lebensgeschichte abgekauft habe.«

Das passte nicht zu der Aussage des Notarztes in Saint-Hyacinthe.

»Ich dachte, sie ist älter«, sagte ich.

Forex ließ den Blick langsam zu mir wandern. Einen Augenblick sagte sie nichts. Dann: »Nette Jacke.«

»Ruben gab ihr Alter mit siebenundzwanzig an.« Ich ließ mich nicht abbringen.

»Die Kleine war kaum alt genug, um sich die Beine zu rasieren. Hätte in der Schule sein müssen. Aber ich kann verstehen, warum das nichts für sie war.«

»Und warum?«

Forex schnaubte. »Sie haben sie gesehen.«

»Nur ein Bild.«

»Wir wissen beide, dass sie nicht Amerikas nächstes Topmodell wird.« Die nackte Schulter hob und senkte sich. »Kinder können grausam sein.«

Aus dem Augenwinkel heraus sah ich, dass Rosinenauge seinen Kumpel mit dem Ellbogen anstieß. Sein Gesicht wirkte eisig grün im Licht eines Neonfrosches, der *Let's party* empfahl.

»Wo wohnte Ruben, bevor sie bei dir einzog?« Ollie schien das Paar weiter unten an der Bar nicht zu bemerken. Ryan allerdings schon. Fast unmerklich neigte er den Kopf nach links. Ich nickte.

»Was bin ich, ihre Facebook-Freundin?«, sagte Forex.

»Warum sollte Ruben wegen ihres Alters lügen?«, fragte ich.

»Himmel.« Forex schaute mich mit übergroßen Augen an. »Warum sollte ein Mädchen auf der Flucht das nur tun?«

Gute Antwort. Dumme Frage.

»Auf der Flucht vor was?« Ollie reagierte sofort auf Forex' Formulierung.

»Woher soll ich das wissen?« Forex' Ton deutete an, dass sie sich nicht noch einmal verplappern würde.

»Wir würden Ruben gern als Erste finden«, sagte Ollie. »Sie davon abbringen, Scar anzurufen.«

»Hören Sie mir nicht zu? Das Mädchen war nur ein paar Monate bei mir. Ich kannte sie kaum.«

»Aber du hast sie genug gemocht, um sie als vermisst zu melden.«

»Ich wollte keinen Ärger.«

»Ich kenne dich, Foxy. Ruben war nicht das einzige Mädchen, das du aufgenommen hast.«

»Richtig. Ich bin die gottverdammte Mutter Teresa.«

»Monique Santofer.« Ollie klang jetzt sanfter. »Wie alt war sie?«

Noch ein Achselzucken.

»Was ist mit Santofer passiert?«

»Ich habe sie völlig zugedröhnt gefunden und rausgeworfen.«

»Steht das in der Hausordnung? Keine Drogen?«

»Meine Bude. Meine Regeln.«

»Versuchen wir's noch mal. Wo lebte Ruben, bevor sie bei dir einzog?«

»Buckingham Palace.«

»Hat sie irgendwas dagelassen?«

»Einen Haufen Müll.«

»Hast du den noch?«

Forex nickte.

»Kann gut sein, dass ich dein Haus durchsuchen muss.« Jetzt

klang Ollie wieder wie ein Polizist. »Ich weiß, du hast nichts dagegen.«

»Natürlich habe ich was dagegen.«

Ollie lächelte. »Das Leben ist eine einzige Enttäuschung.«

»Haben Sie einen Durchsuchungsbeschluss?«

»Du weißt, dass ich einen besorgen kann.«

»Dann tun Sie das.«

»Darauf kannst du Gift nehmen.«

Forex kniff die Augen zusammen. »Da steckt doch mehr dahinter.«

»Klingt, als hättest du ein Vertrauensproblem.«

»Sagte die Katze zur Maus.«

»Quiek, quiek.« Ollie zwinkerte.

Ich spürte, dass mein Gesicht dieselbe Grimasse machte wie Forex.

Ollie zog eine Visitenkarte aus seiner Brieftasche. »Ruf an, wenn du was von Ruben hörst.«

Forex trank ihr Glas aus und knallte es auf die Bar. »Scheiße.«

»Du bist ein Star, Foxy.«

»Ich bin zu alt für diese Scheiße.«

Damit packte Forex ihre Handtasche und stakste auf ihren gefährlich hohen Absätzen nach draußen.

Ich drehte leicht die linke Schulter und flüsterte Ollie ins Ohr: »Hast du Rubens Foto dabei?«

Unaufgeregt zog er den Ausdruck aus einer Tasche und gab ihn mir. Ryan und Ollie sahen zu, wie ich zu Rosinenauge und seinem Kumpel ging.

»Ich konnte nicht umhin, Ihr Interesse an unserer Unterhaltung zu bemerken.« Ich hielt das Foto in die Höhe. »Kennt einer von Ihnen dieses Mädchen?«

Beide Gesichter starrten stur auf ihre Biere hinunter.

»Sehen Sie diesen Herrn da drüben? Er ist Polizist. Ein besonders ehrgeiziger. Knöpft sich liebend gern alle möglichen Leute vor. Sie wissen schon, nur für den Fall, dass sie was ausgefressen haben könnten. Glaubt an präventive Polizeiarbeit.«

Rosinenauge drehte sich auf seinem Stuhl, was einen Schwall Körpergeruch in meine Richtung schickte. Ich wedelte mit dem Ausdruck. Er tat so, als würde er das Bild genauestens studieren.

»Es geht das Gerücht, dass sie von hier aus gearbeitet hat«, sagte ich.

»Was denn? Eis am Stiel verkaufen? Die Kleine sieht aus wie ein gottverdammter Eiscremlaster.« Rosinenauge lachte über seinen eigenen Witz. »Was meinst du, Harp?«

Harp kicherte. »Eskimo vom Scheitel bis zur Sohle.«

»Kennen Sie sie?«

»Ich kenne kein Eis am Stiel. Ich lutsche es.« Öliges Grinsen. »Wie wär's mit dir? Hast du 'nen Stiel unten drin, damit ich dich in die Hand nehmen kann?«

Rosinenauge wusste nicht, was über ihn kam. Ryan schoss an mir vorbei. In einer einzigen, blitzschnellen Bewegung legte er dem Kerl den Arm um die Kehle und verdrehte seinen Ellbogen nach oben und nach hinten. Je heftiger Rosinenauge sich wehrte, desto fester drückte er ihm die Kehle zu.

Harp rannte zur Tür. Toffer bewegte sich in unsere Richtung.

»Wir sollten hier lieber keine übereilten Entscheidungen treffen«, warnte Ollie.

Toffer blieb, wo er war, die geballten Fäuste seitlich herabhängend. Ein paar Gäste verließen die Bar. Andere schauten zu und taten so, als würden sie es nicht tun.

»Du brichst mir den Arm.« Rosinenauges Gesicht war puterrot.

»Entschuldige dich bei der Dame.«

»Sie ist doch diejenige –«

Ryan drückte fester zu.

»Scheiße. Was soll's.«

»Mir geht so langsam die Geduld aus.« Ryans Ton klang gefährlich.

»Scheiße. Tut mir leid.«

Ryan ließ ihn los. Rosinenauge kippte nach vorn und rieb sich mit der linken Hand die rechte Schulter.

»Name?«, fragte Ryan barsch.

»Wer zum Geier will das –«

»Ich.« Geschmiedeter Stahl.

»Shelby Hoch.«

»Ist doch mal ein guter Start, Shelby.«

Ryan bedeutete mir, den Ausdruck noch einmal zu zeigen. Ich tat es. Ollie schaute weiter schweigend zu.

»Fangen wir noch mal an«, sagte Ryan. »Sie kennen diese Lady?«

»Hab sie schon mal gesehen.«

»Wann?«

»Gestern Abend.«

»Wo?«

Hoch deutete mit dem Daumen auf die Kellnerin im Bustier.

»Kam mit dem Zombie da aus einem Hotel.«

11

Wir drehten uns alle gleichzeitig um.

Die Kellnerin stand, das Gesicht kreideweiß, die Lippen geranienrot, zwischen den Tischen und starrte uns an. Wie viele große Tiere konnte sie sich sehr schnell bewegen, wenn sie sich bedroht fühlte. Sie knallte ihr Tablett auf einen Tisch und rannte zu einer Tür rechts neben der Bar.

Ollie, Ryan und ich schossen hinter ihr her.

Die Tür führte in eine Gasse. Als ich ankam, stand die Frau nach ihrem kurzen Sprint vornübergebeugt da und keuchte, und die Rollenverteilung guter Bulle/böser Bulle war bereits entschieden. Ollie hielt sie an einem drallen Arm fest. Ryan legte ihr besänftigend die Hand auf den Rücken.

Jetzt regnete es richtig, die Tropfen prasselten auf den Müllcontainer und die Bierkästen daneben. Eine triefende Plastiktüte flatterte gegen die Wand, blähte sich auf und drückte sich dann wieder flach an die nassen Ziegel.

Wir warteten, bis die Frau wieder zu Atem gekommen war. Im lachsfarbenen Licht der Straßenlaternen wirkte ihr Gesicht blass und aufgeschwemmt von Fast-Food-Fett. Ein schwarzer Slip lugte aus dem Bund ihrer viel zu prall gefüllten Jeans.

Schließlich richtete die Frau sich wieder auf. Noch immer schwer atmend, kramte sie ein Päckchen Marlboros aus ihrer Gesäßtasche und zog mit dem Mund eine Zigarette heraus.

Ryan zog die Hand zurück. »Alles in Ordnung?«

Die Frau schüttelte ein Streichholzbriefchen aus der Plastikhülle, hielt eine Hand schützend vor die andere, zündete sich eine Zigarette an und zog den Rauch tief in die Lunge, ohne einmal den Blick zu heben.

»Wozu der sportliche Abgang, Sonnenschein?« Ollie, der böse Bulle. »Hast du was zu verbergen? Etwas, das wir wissen sollten?«

Die Frau atmete aus, und ein silbergrauer Kegel quoll aus jedem Nasenloch.

»Ich rede mit dir.«

Die Zigarette glühte wieder auf und tauchte das Clownsgesicht in einen weichen orangefarbenen Schein.

»Hast du Probleme mit den Ohren?«

Die Frau atmete noch einmal aus und warf dann, den Blick noch immer gesenkt, das Streichholz weg.

»Das war's.« Ollie zog die Handschellen vom Gürtel.

Der gute Bulle hob gegenüber dem bösen warnend die Hand.

»Wie heißen Sie, Ma'am?«

»Phoenix.« Kaum hörbar.

»Darf ich Ihren Vornamen erfahren?«

»Phoenix Miller. Aber alle kennen mich nur als Phoenix.«

»Eine meiner Lieblingsstädte.«

»Ja. Ich habe gehört, dass es in Arizona sehr schön ist.«

»Ich bin Detective Ryan. Mein barscher Freund hier ist Sergeant Hasty.«

Phoenix schnippte mit abgenagtem Daumennagel an der Zigarette. Die Asche rieselte zu Boden und löste sich in einer öligen Pfütze zu unseren Füßen auf.

»Wir würden Ihnen gerne ein paar Fragen stellen, Phoenix.«

»Worüber?«

»Ein Gentleman in der Bar sagt, er hätte Sie gestern Abend zusammen mit Annaliese Ruben gesehen.«

»Shelby Hoch ist kein Gentleman. Er ist ein unflätiges Arschloch.«

»Vielen Dank für Ihre kenntnisreiche Charakteranalyse.«
Ollie, König des Sarkasmus. »Annaliese Ruben?«

»Was wollen Sie von ihr?«

»Ich bin ihr Zahnarzt, und ich mache mir Sorgen, dass sie ihre Zahnseide nicht benutzt.«

»Nein, sind Sie nicht.«

»Hoch sagt, er hätte Sie zwei vor einem Motel gesehen. Was für ein Luxustempel könnte das denn sein, Herzchen?«

Phoenix betrachtete die Marlboro, als könnte sie ihr weiterhelfen. Sie zitterte zwischen ihren Fingern.

»Ist deine Freundin noch da?«

»Woher soll ich das wissen?«

»Ihr seid doch aus demselben Holz.«

»Ich habe mit diesem Leben nichts mehr zu tun.«

»Ach ja.« Ollie schnaubte. »Du ziehst dir nicht mehr für zwanzig Mäuse und ein bisschen Stoff das Höschen runter.«

Der grellrote Mund öffnete sich, aber es kam nichts. Im surrealen Licht sah er aus wie ein dunkles Loch.

»Wir interessieren uns nicht für Ihr Privatleben«, sagte Ryan. »Wir wollen nur Ruben finden.«

»Ist sie in Schwierigkeiten?« Zum ersten Mal gestattete sich Phoenix nun Augenkontakt mit uns.

»Wir wollen ihr helfen.« Ryan erwiderte ihren Blick, während er ihrer Frage auswich.

»Sie ist doch nur ein dummes Mädchen.«

»Das Stundenspaß im Muschihotel verkauft.« Ollie.

»Ich sag's Ihnen doch. So ist das nicht.«

»Wie ist es dann?«

»Ich bin clean. Ich kriege dort ein Zimmer gezahlt.« Während sie das sagte, schaute sie Hilfe suchend Ryan an.

»Sie wohnen in dem Motel?«

Sie nickte.

»In welchem?«

»Das Paradise Resort.«

»An der Hundertelften?«, fragte Ollie.

»Sie machen mir doch keine Schwierigkeiten, oder? Ich brauche dieses Zimmer.« Phoenix' Blick wechselte zwischen Ryan und Ollie hin und her. »So was kriegt man nicht so leicht.«

»Ist Ruben noch dort?«

»Sollte sie besser nicht sein. Ich habe ihr gesagt, sie kann nur eine Nacht bleiben.«

»Wegen des Hundes?« Die Frage war gestellt, bevor ich sie mir bewusst gemacht hatte. War ich besessen von dem Tier?

Die mascaraschweren Augen wanderten zu mir. »Mr. Kalasnik erlaubt keine Haustiere. Das ist der Besitzer. Wer sind Sie?«

»Wie hat Ruben Sie gefunden?«, fragte Ryan.

»Jeder weiß, dass ich im Cowboy arbeite.«

»Warum Sie?«

»Viele Möglichkeiten hat das Mädchen nicht.«

»Gibt es sonst niemanden, mit dem Ruben Kontakt aufnehmen könnte?«, fragte Ryan.

»Weiß ich nicht.«

»Hat sie Familie in Edmonton?«

»Ich bin mir ziemlich sicher, dass sie nicht von hier ist.«

»Von wo dann?« Ollie.

»Weiß ich nicht.«

»Wann kam sie das erste Mal nach Edmonton?«

»Weiß ich nicht.«

»Ich höre das ziemlich oft.«

»Wir haben nicht über ihre Vergangenheit geredet.«

»Aber du wolltest ihr Leben ändern.«

»Das habe ich nie behauptet.«

»Du und Foxy, zwei fürsorgliche Schwestern.« Der böse Bulle gab sich größte Mühe zu provozieren, weil er auf einen Ausbruch hoffte, der vielleicht neue Erkenntnisse brachte. »Die heilige Susan und die heilige Phoenix.«

»Gott weiß, dass ich keine Heilige bin. Aber ich bin schon ziemlich lange unterwegs. Hab das immer und immer wieder gesehen.« Phoenix schüttelte langsam den Kopf. »Viel zu viele kleine Mädchen, die sich über Algebra und Pickel den Kopf zerbrechen sollten, statt hier aus dem Bus zu steigen und sofort auf den Strich zu gehen.«

Ich wusste genau, was sie meinte. Jeden Tag kommen Mädchen aus Spartanburg, Saint-Jovite oder Sacramento nach Charlotte, Montreal oder L.A., um Model oder Rockstar zu werden oder um dem Missbrauch, der Langeweile oder der Armut zu Hause zu entkommen. Jeden Tag klappern Zuhälter die Busstationen und Bahnhöfe ab und suchen nach Rucksäcken und hoffnungsfrohen Gesichtern. Wie Raubtiere stürzen sie sich auf ihre Beute, bieten ein Fotoshooting, eine Party, eine Mahlzeit im Taco Bell an.

Die meisten dieser Mädchen enden als Junkies und Huren, aus ihren Hollywoodträumen wird die reale Hölle der Dealer und schnellen Schüsse und grünen Minnas und Zuhälter. Die am wenigsten Glück haben, landen mit den Zehen nach oben in der Leichenhalle.

Sooft ich eins dieser Mädchen sehe, werde ich starr vor Wut. Aber inzwischen habe ich begriffen. Ich verabscheue diese blutrünstige Vernichtung menschlichen Lebens, aber ich habe nicht die Macht, sie zu stoppen. Trotzdem geht es mir zu Herzen. Ich empfinde jedes Mal Trauer und werde auch nie damit aufhören.

Ich konzentrierte mich wieder auf Phoenix.

»– und dann vergehen drei Jahre. Ich denke mir, entweder wurde Annaliese von einem dieser frauenhassenden Perversen umgebracht, oder sie hat den Absprung geschafft.« Phoenix zupfte sich einen Tabakbrösel von den Lippen und schnippte ihn weg. »Vor zwei Tagen taucht sie bei mir auf, sieht aus wie von 'nem Zug angefahren und fragt, ob sie bei mir pennen kann. Sie auf der Straße zu lassen, wäre so, als würde man Wölfen rohes Fleisch zuwerfen. Wenn es ein Verbrechen war, sie bei mir aufzunehmen, dann verhaften Sie mich.«

»Ist sie noch im Paradise Resort?«

Phoenix zuckte die Achseln.

»Annaliese braucht mehr Hilfe, als Sie ihr bieten können.« Ryan gab dem Wort Ernsthaftigkeit eine ganz neue Bedeutung.

»Meine Schicht geht noch bis zwei. Ich brauche das Trinkgeld.«

Ryan schaute zu Ollie, der nur kurz das Kinn senkte.

»Wir brauchen nur Ihre Erlaubnis, Ihr Zimmer zu betreten«, sagte Ryan.

»Sie nehmen aber nichts mit?«

»Natürlich nicht.«

»Mr. Kalasnik mag keine Scherereien.«

»Der wird gar nicht merken, dass wir da waren.«

Ein Auto hupte. Ein anderes hupte zurück. Ein Stückchen weiter vorne löste sich die Plastiktüte mit leichtem Schnalzen von der Mauer und taumelte in die Höhe.

Phoenix traf eine Entscheidung. Sie griff zu der Kette, die an ihrer Gürtelschnalle hing, zog einen Schlüssel vom Ring und gab ihn Ryan.

»Nummer vierzehn. Ganz hinten am Ende. Lassen Sie ihn im Zimmer. Ich habe noch einen.«

»Vielen Dank.« Ryans Lächeln war fast priesterlich zu nennen.

»Tun Sie ihr nichts.«

Die Marlboro fiel in einem Funkenregen auf das nasse Pflaster. Phoenix trat sie mit dem Absatz aus.

Mehrere Jahre lang hatte Edmonton die zweifelhafte Ehre, die Stadt mit der höchsten Mordrate in ganz Kanada zu sein. 2010 rutschte sie auf den dritten Platz. Während wir durch die dämmrigen, nachmitternächtlichen Straßen fuhren, fragte ich mich, ob dieser Abstieg die Bürger Edmontons dazu gebracht hatte, den offiziellen Spitznamen der Stadt infrage zu stellen: City of Champions, die Stadt der Sieger.

Auf dem Weg zum Paradise Resort sprachen wir über Susan Forex. Oder versuchten es wenigstens. Die meiste Zeit duellierten sich die beiden Gentlemen.

»Die hat uns nicht alles erzählt«, sagte Ryan.

»Ist es denn wahr? Warum sollte sie das tun?«

»Wahrscheinlich schreibt sie gerade ihre Memoiren. Und denkt, wenn vorher was bekannt wird, schadet das dem Verkauf.«

»Sie will sich nur selber nicht schaden«, sagte Ollie.

»Aber ist das wirklich so einfach?«, fragte ich.

»Soll heißen?«

Ich war mir nicht sicher und überlegte einen Augenblick. Aber es brachte nichts. »Susan Forex und Phoenix Miller haben beide versucht, Annaliese Ruben zu schützen«, sagte ich.

»Man muss ihre Mutterinstinkte bewundern.« Ryans Ton war ätzend wie Chlorsäure.

»Sogar Nutten hassen Babymörder.« Ollies Art der Zustimmung.

»Aber warum ihr dann helfen?«

Darauf hatten beide keine Antwort.

»Kannst du wirklich einen Durchsuchungsbeschluss für Forex' Haus bekommen?«, fragte ich Ollie.

Er schüttelte den Kopf. »Kaum. Ich müsste einen Richter davon überzeugen, dass Ruben meiner Ansicht nach dort ist, dass sie Gegenstand einer Verbrechensermittlung in Quebec ist, dass sie flüchtig ist und dass wir nicht die Zeit haben, uns einen Haftbefehl aus Quebec zu besorgen.«

Phoenix Millers häusliches Paradies war ein zweistöckiges, L-förmiges Gebäude mit umlaufenden Außenstegen, die Zugang zu etwa dreißig Zimmern boten. Ein gigantisches Schild schrie *Paradise Resort Motel* in riesengroßen Buchstaben. Ein blinkender Pfeil wies potenziellen Gästen den Weg zu einem überdachten Säulenvorbau. Die Tür zum Büro unter dem Dach war flankiert von zwei Pflanzkübeln mit üppig toter Vegetation.

Ganz offensichtlich hielt die Anlage nichts, was der Name versprach. *Höllische Bruchbude* wäre passender gewesen. Vielleicht *Die letzte Absteige.*

Auf der Betonfläche vor dem Gebäude standen nur ein paar Pkws und Pick-ups. Links dahinter waren mehrere Wohnmobile und ein Neunachser zu sehen.

Bei den meisten Motels würde man zögern, bevor man um ein Uhr nachts eine verdeckte Aktion startet. Das *Paradise Resort* gehörte nicht dazu. Das Büro dunkel. Kein Wachpersonal. Nirgendwo auch nur ein Mensch zu sehen.

Wir verstummten, als wir an dem L entlangfuhren. Zimmer vierzehn lag am Ende des Schenkels, der in etwa parallel zur Hundertelften verlief. Die Eingangstür war verdeckt durch eine Eisen- und Betontreppe, die ins Obergeschoss führte. Weder vor diesem noch dem angrenzenden Zimmer stand ein Auto.

Ollie schaltete das Licht aus, fuhr auf den Parkplatz vor Zimmer vierzehn und stellte den Motor ab. Wir stiegen aus und schlossen leise die Türen.

Aus einem mexikanischen Restaurant an einer kleinen Zufahrtsstraße etwa fünfzig Meter hinter dem Hotel drang Musik. Vom Highway 16 wehte Verkehrsrauschen herüber.

Im Gänsemarsch näherten wir uns Phoenix Millers Zimmer. Ollie stellte sich auf die eine Seite der Tür. Ryan postierte sich auf der anderen und bedeutete mir, hinter ihm zu bleiben.

Ich sah keinen gelben Schein unter der Tür oder dem Saum des Vorhangs, kein blaues Fernsehflackern.

Ollie klopfte einmal, um sich bemerkbar zu machen.

Keine Reaktion.

Er klopfte noch einmal.

Nicht das leiseste Geräusch.

Er hämmerte mit dem Handballen gegen die Tür.

Nichts als Mariachis und das Rauschen von Pkws und Lastwagen.

Ryan trat vor die Tür und steckte den Schlüssel ins Schloss.

12

Im Zimmer war es dunkel und still.

Wir blieben kurz stehen und lauschten nach Anzeichen menschlicher Anwesenheit. Meine Nase registrierte Desinfektionsmittel und das Febreze-Raumspray, das ich zu Hause auch benutze.

Neben mir spürte ich Ryan die Wand abtasten. Ein Schalter klickte, dann strömte fahles Licht aus einer Lampenglocke an der Decke, die auch als Insektengrab fungierte.

Zimmer vierzehn war ungefähr so groß wie meine Badewanne. Die Wandfarbe war pfirsich, der dünne, braune Teppichboden fleckig und voller Brandlöcher.

Ich ließ den Blick im Uhrzeigersinn wandern. Links stand auf einer abgenutzten Kommode ein uralter Fernseher mit einer Antenne aus Aluminiumfolie. Ein Metallgestell neben der Kommode beherbergte eine Ansammlung billiger Kleidungsstücke, manche auf Bügeln, andere auf der Ablagefläche darunter.

Das Bett stand gegenüber der Tür, es war ordentlich gemacht und überzogen mit einer Tagesdecke mit Blumenmuster, die aussah wie ein Sonderangebot aus dem Discounter. Rote Überwürfe waren sorgfältig über jedes Kissen gelegt.

Neben dem Bett, in der hinteren linken Ecke des Zimmers stand eine rote Plastiklampe auf einem Nachtkästchen aus weißem Plastik. Über dem Kopfbrett des Betts hing ein billiger, gerahmter Druck einer Vase mit roten Tulpen.

Rechts vorne erkannte ich eine geschlossene Tür, die, wie ich vermutete, ins Bad führte. Neben der Tür war in die rechte hintere Ecke eine Art Schrank eingebaut, der eine Mikrowelle, eine Kochplatte und einen Minikühlschrank enthielt.

Eine Küchensitzgruppe aus Plastik stand unter dem einzigen Fenster des Zimmers, rechts der Eingangstür. Minikakteen wuchsen aus einem Keramiktopf mitten auf dem Tisch. Auf den Stühlen lagen rote Kissen.

Ich fühlte mich innerlich hohl. Obwohl das Mobiliar billig und abgenutzt war, sah man deutlich, dass hier eine liebevolle Hand sich große Mühe gegeben hatte. Die Tagesdecke und die passenden Überwürfe. Die Lampe. Die Plastikmöbel. Die Pflanzen. Die Kissen. Obwohl Phoenix Miller kaum genug zum Leben verdiente, hatte sie versucht, diese deprimierende Kammer ein wenig freundlicher zu gestalten.

»Annaliese Ruben?«, rief Ollie.

Nichts.

»Ms. Ruben?«

Keine Antwort. Kein Geräusch.

Wie schon bei der Wohnungstür stellten Ryan und ich uns auf die eine Seite der Tür, Ollie auf die andere. Ollie streckte die Hand aus und drehte den Knauf.

Das Bad war kaum größer als ein Schrank, die Einrichtung auf engstem Raum zusammengedrängt. Wenn die Tür ganz geöffnet war, kam man nicht zur Badewanne.

Kosmetika und Bodylotions standen auf dem Spülkasten. Ein rosafarbenes Nachthemd hing an einem Haken daneben. Rote und weiße Handtücher hingen farblich abwechselnd nebeneinander über einer Stange. Der Plastikduschvorhang war natürlich rot. Die Fliesen waren sauber, Spiegel und Wanne blitzblank.

»Ordentliches Mädchen.« Ollies Bemerkung triefte vor Herablassung.

»Sie tut, was sie kann, um sich hier ein Zuhause zu schaffen«, sagte ich.

»Schwierig in diesem Drecksloch.«

Ollie öffnete das Medizinschränkchen und durchstöberte den Inhalt. Das ärgerte mich. »Wir sind hierhergekommen, um Annaliese Ruben zu finden. Sie ist nicht da. Gehen wir.«

»Warum die Eile?«

»Miller geht uns nichts an. Es gibt keinen Grund, ihre Privatsphäre zu verletzen.«

Ollie bedachte mich mit einem übernachsichtigen Lächeln, schloss aber das Schränkchen wieder.

Als ich zu Ryan ins Zimmer zurückkehrte, hörte ich, wie der Duschvorhang zur Seite geschoben wurde.

»Und jetzt?«, fragte ich, als Ollie wieder auftauchte.

Er schaute auf sein Handy, fand offensichtlich nichts Interessantes.

»Jetzt gönnen wir uns eine Mütze Schlaf. Aber ich lasse diese Wohnung und Miller beobachten.«

»Jemand sollte sich hier morgen in der Gegend umhören und mit dem Besitzer reden«, sagte Ryan.

»Daran habe ich noch gar nicht gedacht, Detective.«

Ryans straffte das Kinn, sagte aber nichts.

Ollie ging zu dem Kleidergestell, schaute zwischen die hängenden Sachen, hob die zusammengelegten mit der Schuhspitze an und kniete sich dann hin, um unters Bett zu schauen.

»Die Mikrowelle auch noch?« Ryan warf die Schlüssel unsanft auf die Kommode.

Ollie ignorierte den Sarkasmus. »Gehen wir.«

Wir trotteten aus der Wohnung.

Im Best Western checkte Ryan ein und verschwand.

»Ich bring dich zu deinem Zimmer«, sagte Ollie, als ich meinen Schlüssel hatte.

»Nein, danke.«

»Ich bestehe darauf.«

»Ich lehne ab.«

»Das ist eine gefährliche Stadt.«

»Ich bin in einem Hotel.«

Ollie zog den Griff meines Rollkoffers aus der Führung.

120

Ich griff danach. Er drehte den Koffer so, dass er ihn ziehen konnte, und bedeutete mir vorauszugehen.

Innerlich kochend marschierte ich durch die gigantische Lobby. Ollie folgte mir, die Kofferrollen klapperten über den Fliesenboden. In eisigem Schweigen schloss ich meine Tür auf.

»Wir sollten morgen früh acht Uhr ins Auge fassen«, sagte Ollie.

»Ruf an, wenn sich irgendwas ergibt.«

»Jawohl, Ma'am.«

Ollie machte keine Anstalten, meinen Koffer loszulassen. Ich riss ihm den Griff aus der Hand, trat zwei Schritte zurück und knallte die Tür zu.

Das Zimmer war so nordamerikanisch wie Ahornsirup. Doppelbett, Frisierkommode, Schreibtisch, gepolsterter Stuhl. Vorhänge und Bettbezüge trugen passend aufeinander abgestimmte Töne aus dem grünen Sektor des Farbspektrums. An jeder Wand hing ein gerahmter Druck. Auch wenn die Gestaltung nie zu einem Artikel im *Architectural Digest* inspirieren würde, war sie doch Lichtjahre vom Paradise Resort entfernt.

Was mich herzlich wenig interessierte. Gesicht waschen. Flüchtig die Zähne putzen. Dann war ich weg.

Minuten später weckte mich die irische Nationalhymne. Meine Hand schnellte zum Nachtkästchen. Mein iPhone fiel auf den Teppich, doch die Jungs sangen weiter.

Ich tastete im Dunkeln herum, fand das Handy und schaltete ein.

»Brennan.« Ich versuchte, wach zu klingen. Sinnlos. Es war mitten in der Nacht.

»Ich hab Sie doch hoffentlich nicht geweckt?« Eine Anruferin, die Französisch sprach. »Simone Annoux hier.«

Mein halbwaches Hirn brachte den Namen nirgendwo unter.

»Von der DNS-Abteilung.«

»Natürlich. Simone. Was gibt's?«

Während ich auf Lautsprecher schaltete, fiel mein Blick auf den Wecker. 6:20. Zwanzig nach acht in Montreal. Ich hatte fast vier Stunden geschlafen. Ich lehnte mich zurück und legte mir das Handy auf die Brust.

»Sie haben uns doch Proben von einem Todesfall eines Kindes in Saint-Hyacinthe gegeben? Als wir darüber redeten, meinten Sie, dass die Rassenzugehörigkeit ein Problem wäre?«

Simone ist eine sehr zierliche Frau mit karottenroten Haaren, einer dicken Brille und dem Selbstbewusstsein eines Ohrwurms. Ihre extreme Furchtsamkeit führt dazu, dass sie fast jede Aussage als Frage formuliert. Macht mich wahnsinnig.

»Ja.«

»Wir haben etwas ausprobiert, das ein bisschen kontrovers ist? Ist das okay für Sie?«

»Kontrovers?«

»Ich dachte mir, Sie wollen es vielleicht wissen?«

»Was habt ihr ausprobiert, Simone?«

»Wissen Sie, was BGA ist?«

»Ben Gurion Airport?«

»Biogeografische Abstammung.«

»Tony Frudakis«, sagte ich.

»Ja. Und andere. Wobei ich glaube, dass Dr. Frudakis diese Forschungsrichtung aufgegeben hat?«

Am Anfang des neuen Jahrtausends wurden in Baton Rouge, Louisiana, mehrere Frauen ermordet. Ausgehend von einem FBI-Profil und der Aussage eines einzigen Augenzeugen suchten die Ermittler einen jungen Weißen als den Serienmörder. Ohne Erfolg. Frustriert wandten sie sich an einen Molekularbiologen namens Tony Frudakis.

Zu dieser Zeit wurde DNS von einem Tatort oder einem Opfer nur zum Abgleich mit Proben im CODIS, dem Combined DNA Index System verwendet, einer DNS-Datenbank, die ungefähr fünf Millionen Profile enthält. Wenn Ermittler eine Probe, aber keinen Verdächtigen hatten, konnten sie sie durch die Datenbank laufen lassen, um herauszufinden, ob sie zu abgespeicherten Personendaten passte.

CODIS ist zwar sehr nützlich, wenn man die Daten unbekannter Verdächtiger solchen Personen zuordnen will, die aufgrund früherer krimineller Aktivitäten bereits in der Datenbank sind, doch man kann damit keine Aussagen über Abstammung oder körperliche Merkmale treffen. Und das ist kein Zufall. Als das National DNA Advisory Board, also das Expertengremium für DNS-Fragen, die Gen-Marker für die Verwendung in CODIS auswählte – die DNS-Sequenzen, die bekannte Orte auf den Chromosomen haben –, schloss es ganz bewusst jene aus, die Rückschlüsse auf körperliche Merkmale oder geografische Herkunft zulassen. Man konnte es nicht riskieren, irgendeiner ethnischen Gruppe zu nahe zu treten. Kein Kommentar zu dieser politischen Argumentation.

DNAWitness, der Test, den Frudakis entwickelte und im Baton-Rouge-Fall anwendete, benutzte eine Reihe von Markern, die genau deshalb ausgewählt worden waren, weil sie Informationen über körperliche Merkmale lieferten. Einige fanden sich vorwiegend in Personen mit indoeuropäischen Wurzeln, andere vorwiegend in solchen von afrikanischer, indigen amerikanischer oder südasiatischer Abstammung.

Frudakis sagte der ermittelnden Sondereinheit, dass der Täter, den sie suchten, zu fünfundachtzig Prozent subsaharaafrikanisch und zu fünfzehn Prozent indigen amerikanisch war. Der Serienmörder von Baton Rouge, der über DNS-Spuren mit sieben Opfern in Verbindung gebracht werden konnte, erwies sich als dreiundvierzigjähriger Schwarzer mit dem Namen Derrick Todd Lee.

»– Verteilung dieser Gen-Marker wurde in Verbindung gebracht mit weit gefassten geografischen Regionen, was dazu führte, dass BGA und die Verwendung dieser Marker als wichtige genetische Komponente der Rassenunterscheidung anerkannt wurde. Aber man darf nicht vergessen, dass die Diversität dieser Marker im Verlauf der Jahrtausende durch historische Ereignisse manipuliert wurde – Völkerwanderungen zum Beispiel.«

Während ich über Frudakis nachgedacht hatte, hatte Annoux in den Vorlesungsmodus geschaltet. Wenn sie über Wissenschaft sprach, hörte man keine Fragezeichen.

»Die Leute kommen rum«, sagte ich.

»Ja. Paläoanthropologen glauben, dass alle modernen Menschen von Populationen abstammen, die vor über zweihunderttausend Jahren aus Afrika auswanderten. Zuerst ließen sie sich im Fruchtbaren Halbmond nieder, der sich sichelförmig in etwa vom heutigen Ägypten bis zum Persischen Golf erstreckte. Im Lauf der Zeit splitterten Gruppen ab und wanderten in alle Richtungen; schließlich kamen einige über die Beringstraße bis nach Amerika. Große Entfernungen bedeuteten reproduktive Isolation, die zur Ausbildung unterschiedlicher Genpools führte.«

»Was hat das mit dem Baby zu tun?« Es war zu früh für die tiefschürfenden Fragen der evolutionären Molekularbiologie.

»Mit BGA-Markern kann man bestimmen, welchen Prozentsatz der DNS eine Person mit Afrikanern, Europäern,

Asiaten oder indigenen Amerikanern gemeinsam hat. Die Technik wurde auch in einigen anderen medienwirksamen Kriminalermittlungen angewendet. Soll ich das Verfahren erklären?«

»Wenn Sie sich kurz fassen.«

»Der Test untersucht die Verteilung vom einhundertfünfundsiebzig SNPs, die Information über die Abstammung enthalten. Sie verstehen?«

Ein SNP, Single Nucleotide Polymorphism oder Eizelnukleotid-Polymorphismus, ist eine Variation einzelner Basenpaare in einem DNS-Strang, anhand derer sich Angehörige einer Spezies unterscheiden lassen. Stark vereinfacht heißt das, dass es viele unterschiedliche Formen von »Genen« gibt. Im menschlichen Genom wurden Millionen von SNPs katalogisiert. Einige sind verantwortlich für Krankheiten wie etwa die Sichelzellenanämie. Andere sind normale Varianten.

»Ja«, sagte ich.

»Verglichen mit anderen Spezies ist die genetische Diversität des Homo sapiens minimal. Das liegt daran, dass unser gemeinsamer Ursprung relativ jung ist. Auf der DNS-Ebene sind alle Menschen zu neunundneunzig Komma neun Prozent identisch. Es ist dieses winzige eine Zehntel eines Prozents, das uns verschieden macht.«

Ich hörte Piepen, schaute auf das Handydisplay. Ollie. Jetzt schon? Ich war zwar neugierig, drückte aber auf Ignorieren.

»– nach Frudakis, und andere pflichten ihm da bei, ist etwa ein Prozent dieses Zehntels eines Prozents maßgeblich für unsere geschichtliche Entwicklung. Seine Methode untersucht dieses Null Komma null eine Prozent, um Unterscheidungsmerkmale zu finden, die die genetische Abstammung bestimmen. Inzwischen führen mehrere Firmen diese Art von Analyse durch, einige aus genealogischen Gründen, andere zur Unterstützung forensischer Ermittlungen. Sorenson Forensics hat ein Programm, das es LEADSM nennt. Ich habe eine sehr liebe Freundin, die –«

»Die genetischen Marker des Babys aus Saint-Hyacinthe wurden verglichen mit solchen, die man in spezifischen Vergleichspopulationen findet?« Ich wollte dieses Gespräch so schnell wie möglich beenden und Ollie zurückrufen.

»Ja? Die Ergebnisse deuten darauf hin, dass es zu zweiundsiebzig Prozent indigen amerikanisch und zu achtundzwanzig Prozent westeuropäisch ist.«

Plötzlich war ich ganz Ohr. »Die Eltern des Babys sind indianisch?«

»Die Mutter oder der Vater könnten in der Tat als indigen amerikanisch eingestuft werden. Abstammung ist ja so ein komplexes –«

»Vielen, vielen Dank. Das ist wirklich sehr hilfreich. Tut mir leid, aber ich habe noch einen zweiten Anruf.«

Ich schaltete ab und wählte Ollies Nummer.

»Brennan hier. Du hast angerufen?«

»Guten Morgen, Mondschein. Tut mir leid, dass ich dich geweckt habe.«

»War schon auf.« Ich erzählte ihm von Annoux' Bericht. »Das Verfahren ist ein bisschen kontrovers.«

»Warum denn das?«

»DNS-Profile zur Rassenbestimmung?«

»Ach ja. Ruben ist also indianisch?«

»Indigen amerikanisch. Sie oder der Vater des Kindes.«

»Oder beide.«

»Ja. Warum hast du angerufen?«

»Ich habe gute Neuigkeiten.«

»Ihr habt Ruben?«

»Nicht ganz so gut. Ich habe einen Anruf von Susan Forex bekommen. Sie ist unglücklich mit ihrer neuen Mieterin und will sie raushaben.«

»Warum wirft sie sie nicht einfach raus?«

»Madame weigert sich.«

Plötzlich kapierte ich, was das bedeutete.

»Das ist besser als ein Durchsuchungsbeschluss«, sagte ich.

»Besser als ein Durchsuchungsbeschluss«, bestätigte Ollie.

13

Ende des 18. Jahrhunderts expandierte die Hudson's Bay Company, angetrieben vom Konkurrenzdruck, nach Westen ins kanadische Binnenland und gründete an den großen Flüssen eine Reihe von Außenposten. Einer entstand am North Saskatchewan, und daraus entwickelte sich Edmonton. Im Klondike-Goldrausch der 1890er-Jahre spielte die Stadt eine wichtige Rolle und auch im Ölboom nach dem Zweiten Weltkrieg.

Heute ist Edmonton die Hauptstadt der Provinz Alberta. Sie hat ein beeindruckendes Regierungsgebäude, eine Universität, ein Konservatorium und unzählige Parks. Diese Attraktionen locken Tausende von Touristen an. Aber nichts lässt sich mit der Mall vergleichen.

Mit einer Fläche von sechsundfünfzigtausend Quadratmetern und über achthundert Geschäften ist die West Edmonton Mall das größte Einkaufszentrum Nordamerikas und das fünftgrößte der ganzen Welt. Und in dem Monster geht's nicht nur ums Einkaufen. Der Komplex umfasst außerdem einen gigantischen Wasserpark, einen künstlichen See, eine Eisbahn, zwei Minigolfplätze, einundzwanzig Kinos, ein Kasino, einen Vergnügungspark und zahllose andere Verzückungen.

Susan Forex wohnte nur einen Steinwurf entfernt. Einen sehr kurzen.

Um Viertel vor acht bogen Ollie, Ryan und ich in die Straße ein. Ollie hatte Kaffee und Donuts gekauft, und wir hatten im Auto gefrühstückt. Da ich die mit Marmeladenfüllung nicht mag, und die meisten waren solche, nahm ich mir schamlos alle drei mit Schokoladenglasur.

Befeuert von Zucker und Koffein schaute ich mir die Nachbarschaft genauer an. Die Häuser standen dicht beieinander und waren alle vom selben Typ, manche mit großen Veranden an der Front und andere mit kaum mehr als einer Türschwelle. Blumenbeete oder Sträucher verdeckten die Fundamente, kleine Rasenflächen liefen bis zum Bürgersteig. Hier und dort lag ein Fahrrad oder ein Spielzeug verlassen im Gras.

Ollie parkte vor einem zweistöckigen Gebäude mit grauer Wandverkleidung und schwarzen Fensterläden. Die Haustür war links. Eine überdachte Veranda lief von dort an der Front entlang.

»Reichlich mittelständisch.«

Ich konnte Ollie nicht widersprechen. Es sah anders aus, als ich erwartet hatte.

»Die hübsche Dame hat eben gern Abwechslung von der Arbeit«, fügte Ollie hinzu.

»Das wollen die meisten von uns«, sagte Ryan.

»Ich wette, die Nachbarn haben keine Ahnung, was sie macht.«

»Reden Sie am Zaun über Ihre Arbeit?« Ryans Stimme war völlig flach.

»Ich habe eine Eigentumswohnung.«

»Sie wissen, was ich meine.«

»Mein Job ist es aber nicht, Stechern in einer Gasse einen zu blasen.«

»*Mon Dieu,* sind wir heute voreingenommen.«

»Mein Fehler. Wahrscheinlich organisiert Forex das alljährliche Picknick der Hausbesitzer.«

»Wieso nicht?«

»Aber nur, wenn es tagsüber stattfindet.«

»Die Vorzüge der Selbstständigkeit. Man kann die Arbeitszeiten selbst bestimmen.«

»Ein hübsches Bild. Forex und die Nuttengang servieren Krautsalat.«

Ich hatte genug von der Zankerei. »Was wissen wir über diese Mieterin?«

»Sie heißt Aurora Devereaux. Sie ist neu in der Stadt und hat es bislang geschafft, unter dem Radar zu bleiben.«

»Haben Sie den Namen überprüft?«, fragte Ryan.

Ollie schlug sich an die Stirn. »Mann, hätte ich nur darangedacht.«

»Was sind Sie doch für ein Vollidiot.« Ryans Worte klirrten wie Eis.

Das war zu viel.

»Mir reißt in Kürze der Geduldsfaden.« Ich schaute böse von Ollie zu Ryan auf dem Rücksitz. »Ich weiß nicht, was das Problem ist, aber ihr müsst beide an eurer Einstellung arbeiten.«

Mit den Lippen formte Ollie das Wort »Hormone«.

»Devereaux?« Ich musste mich sehr beherrschen, um ihn nicht zu schlagen.

»Ein blitzblanker neuer Deckname, einer von mehreren. In Wirklichkeit heißt die Dame Norma Devlin. Sie ist zweiundzwanzig, aus Calgary, und landete vor zwei Monaten in Edmonton. Die Polizei von Calgary sagt, ihr Vorstrafenregister ist ziemlich lang, aber das meiste fällt unter Jugendstrafrecht und ist für uns ohne richterlichen Beschluss deshalb nicht zugänglich. Lauter Kleinigkeiten, Ladendiebstahl, Aufforderung zur Unzucht, Störung der öffentlichen Ordnung. Jede Menge Bewährung, kein Knast.«

»Was Devereaux auch getan hat, um Forex zu ärgern, Prostitution war es nicht.«

»Nee.« Ollie löste seinen Sicherheitsgurt. »Dann wollen wir mal ein bisschen zwangsräumen.«

Forex war binnen Sekunden an der Tür. Sie trug Jeans und ein blaues Baumwoll-T-Shirt über der Hose. Mit hinten zusammengefassten Haaren und ohne Make-up sah sie um Jahre älter aus als im Cowboy. Und müde. Außerdem sah sie aus, als hätte sie eben ihren Jungen zum Fußball gebracht.

»Hat ja lange genug gedauert«, flüsterte sie.

»Guten Morgen, Foxy. Uns geht es gut. Und selber?«

Forex' Blick flatterte an Ollie vorbei und suchte schnell die Straße ab. Dann zog sie die Tür ganz auf und trat einen Schritt zurück.

»Sie bitten uns herein?« Ollie wollte eine explizite Einladung.

»Ja.« Gezischt.

»Uns alle?«

»Ja!« Ihre Hand wischte schnell nach hinten!

Ollie trat ein. Ryan. Meine Wenigkeit. Hinter uns schloss Forex schnell die Tür.

Ich schaute mich um. Wir standen in einem vollgestopften Wohnzimmer, an das sich L-förmig ein vollgestopftes Esszimmer anschloss. Dunkle, geschnitzte Holzmöbel, wie meine Großmutter sie gehabt hatte. Der Teppich war moosgrün, das Sofa aquamarin mit grünen Streifen, der Ohrensessel in einem Türkis, das nicht wirklich dazu passte.

Links führte eine Treppe nach oben, zwei Stufen bis zu einem Absatz, dann nach rechts ins Obergeschoss. Die üblichen gerahmten Fotos von Babys und Schulfeiern und Bräuten hingen an der Wand über dem Geländer.

Direkt vor uns lag die Küche. In einer Nische sah ich einen Mac-Computer mit einer Tabelle auf dem Monitor. Links und rechts davon stapelten sich Ordner und Ausdrucke. Schwarze Loseblatthefter standen dicht an dicht auf dem Regal darüber.

Mir fiel auf, dass Ollie diese Büroecke ebenfalls musterte.

»Machen wir ein bisschen Gehaltsabrechnung?«, fragte Ollie.

»Ich mache die Buchhaltung für ein paar Firmen. Das ist völlig legal.«

»Erzählst du das den Nachbarn? Dass du Buchhalterin bist?«

»Was ich den Nachbarn erzähle, geht Sie nichts an.«

»Du kannst was. Warum gehst du dann auf den Strich?«

»Weil ich es mag.« Abwehrend. »So. Schaffen Sie mir jetzt diese Schlampe aus dem Haus?«

»Sagst du mir, warum du sie raushaben willst?«

»Warum? Ich sag Ihnen, warum. Ich habe sie aufgenommen, und sie hat mein Vertrauen missbraucht.«

»Aurora Devereaux.«

»Ja. Ich habe sie in mein Zuhause gelassen. Und so gut wie nichts verlangt.«

»Zahlt sie die Miete nicht?«

»Darum geht's nicht. Ich habe ihr meine Regeln klargе-

131

macht. Wenn du in meinem Haus wohnst, benimmst du dich verdammt noch mal wie Doris Day. Keine Männer. Kein Schnaps. Keine Drogen.« Forex' Gesicht wurde mit jedem Wort röter. »Wie dankt sie es mir? Jeden Abend kokst sie sich zu. Einmal kann ich das ja noch durchgehen lassen. Jeder macht mal Fehler. Aber diese junge Dame ist ein Hardcore-Junkie. Hier, unter meinem Dach drückt sie und schnieft sie und was nicht sonst noch alles.«

Ollie versuchte, eine Frage dazwischenzuwerfen, aber Forex hatte sich in Rage geredet.

»Ich komme heim vom Cowboy, und wissen Sie, was sie macht? Sitzt splitternackt in meinem Garten.« Eine Handfläche klatschte auf die blaue Baumwolle. »Und singt. Es ist verdammt noch mal zwei in der Früh, und sie macht vor meinem Haus Strip-Karaoke!«

»Was hat sie denn gesungen?«, fragte Ollie.

»Was?!« Forex klang schrill vor Erschöpfung und Frustration.

»Wollte nur ihre musikalischen Vorlieben wissen.«

Forex stieß den Kopf so heftig nach vorne, dass die Sehnen in ihrem Hals hervortraten. »Ist denn das so wichtig?«

»Ich singe immer *Fat Bottom Girls*.«

Forex warf die Hände in die Luft. *»She fucking hates me!«* Überdeutlich ausgesprochen.

Ollie verstand die Anspielung nicht. »Du brauchst eine dickere Haut, Foxy.«

»Puddle of Mudd«, sagte ich.

Drei Gesichter drehten sich mir zu.

»Die kommen aus Kansas City. Ein Song von denen heißt tatsächlich *She hates me*. Der Kraftausdruck kommt auch noch vor.«

»Was seid ihr drei denn für Witzfiguren?« Forex ließ die Arme sinken. »Ich habe hier eine Spinnerin sitzen, die sich nackt auf meinem Rasen zudröhnt, und ihr macht heiteres Liederraten?«

Ich schaute kurz zu Ryan. Er wandte zwar das Gesicht ab, aber ich konnte erkennen, dass ein feines Lächeln seine Lippen umspielte.

»Haben Sie Devereaux gebeten, zu gehen?« Jetzt klang Ollie sehr geschäftsmäßig.

»Gleich nachdem ich ihr eine Decke über ihren fetten, weißen Arsch geworfen habe. Sie hat mich beschimpft, ist in ihr Zimmer gestürmt und hat sich eingeschlossen. Deshalb habe ich Sie angerufen.«

»Ist sie noch drin?«

»Die Tür ist noch verschlossen.«

»Sie haben keinen Schlüssel?«

»Ich möchte mein Gesicht gern so behalten, wie es ist.«

»Okay. Ich sage dir, wie's abläuft. Während wir Devereaux aufscheuchen, bist du verschwunden. Kein Kommentar. Keine Einmischung. Rein gar nichts.«

»Diese undankbare –«

»Sind schon weg.« Ollie drehte sich zur Tür.

»Okay, okay.« Forex packte ihn am Arm. »Ihr Zimmer ist hinten, über der Garage.«

»Die Bude, die auch Annaliese Ruben hatte?«

»Ja, ja, hab's schon kapiert. Es gibt nichts umsonst.« Forex zog einen Schlüssel aus der Schublade eines Beistelltisches und warf ihn Ollie zu. »Aber bitte die Bude nicht auf den Kopf stellen. Alles, was Annaliese hiergelassen hat, ist in einer Reisetasche im Schrank.«

Forex führte uns durch die Küche zu einer Hintertür, die

auf eine kleine Terrasse vor einem gepflegten Rasenstück führte.

»Besitzt Devereaux eine Schusswaffe?« Das war das Erste, was Ryan sagte, seit wir das Haus betreten hatten.

»Soweit ich weiß, nicht. Ist gegen meine Regeln. Aber was soll's. Die Gnädige ignoriert sie ja.«

Als wir durch die Tür gingen, rief Forex uns nach: »Aber aufpassen. Auf Turkey ist sie fies wie eine Schlange.«

In die Garage fahren konnte man über eine schmale Zu-fahrt hinter dem Haus, zu Fuß kam man durch eine Seitentür gegenüber dem Haus hinein. Ein kurzer Pfad aus Betonplat-ten führte zu Letzterer.

Die Tür war unverschlossen, und wir gingen hindurch. In der Garage roch es nach Öl, Benzin und schwach nach ver-faulendem Müll. Ein silberner Honda Civic nahm fast den ge-samten Raum ein. An den Wänden standen die üblichen Gar-tenwerkzeuge, Recyclingbehälter und Mülltonnen. Direkt vor uns in einer winzigen Abstellkammer führte eine Treppe ins Obergeschoss. Wir stiegen hinauf. Oben stellten wir uns wie-der einmal beidseits der Tür, und Ollie klopfte.

»Ms. Devereaux?«

Keine Antwort.

»Aurora Devereaux?«

»Verschwinde.« Gedämpft und gelallt.

»Hier ist die Polizei. Machen Sie auf.«

»Haut ab.«

»Das werden wir nicht.«

»Ich bin nicht angezogen.«

»Wir warten.«

»Wenn ihr meine Titten sehen wollt, kostet das zwanzig.«

»Ziehen Sie sich was an.«

»Haben Sie einen Durchsuchungsbeschluss?«

»Ich möchte das gern unbürokratisch gestalten.«

»Wenn Sie keinen Durchsuchungsbeschluss haben, können Sie mich am Arsch lecken.«

»Liegt ganz bei Ihnen. Wir reden hier oder auf dem Revier.«

»Leck mich.«

»Kann sein, dass Sie den Satz bald öfter zu hören bekommen – in Ihrer Zelle. Wir haben Zeugen, die aussagen, dass Sie auf den Strich gehen.«

»Na und?«

»Nichts und«, erwiderte Ollie. »Deswegen sind wir nicht hier.«

»Ach was. Wie komm ich dann zu der Ehre?«

»Ein Kumpel hat Sie singen gehört, hat mich gebeten, einen Plattenvertrag vorbeizubringen.«

Irgendetwas knallte gegen die Tür, prallte dann auf den Boden. Glas splitterte.

Eine Augenbraue hochgezogen, schaute Ollie uns an. »Ich komme jetzt rein.«

»Mach doch, was du willst. Ich hab noch ein paar Lampen.«

Ollie steckte den Schlüssel ins Schlüsselloch und drehte ihn.

Nichts krachte gegen die Tür. Keine Schritte polterten über den Boden.

Ollie drehte sich, drückte die Tür mit der Handfläche auf und trat dann so weit wie möglich beiseite. Ryan und ich drückten uns noch enger gegen die Wand.

Aurora saß zwischen Kissen und einem Chaos aus Bettzeug auf einer Bettcouch.

Ich musste mich sehr beherrschen, um nicht zu schockiert zu wirken.

Devereaux hatte erstaunlich blaue Augen und wasserstoff-blonde Haare mit tief in die Stirn gezogenem Ansatz. Dunkle, hoch gewölbte Brauen wuchsen über einem Nasenrücken zusammen, der sehr breit war und in himmelwärts gerichteten Nasenlöchern endete. Die dünnen Lippen waren geöffnet und zeigten weit auseinanderstehende, sehr schiefe Zähne.

Ich kannte diese Symptomatik. Cornelia-de-Lange-Syndrom, auch CdLS, eine genetisch bedingte Krankheit, die durch eine Genveränderung im fünften Chromosom verursacht wird.

Ohne ersichtlichen Grund blitzte plötzlich ein Name vor mir auf, an den ich seit fast vier Jahrzehnten nicht mehr gedacht hatte. Geboren im Abstand von sechs Tagen von Frauen, die beide in Beverly in South Side Chicago lebten, waren Dorothy Herrmann und ich unzertrennlich gewesen – bis zu meinem Umzug nach North Carolina mit acht Jahren. Dorothy bevölkert meine frühesten Kindheitserinnerungen.

Dorothys jüngere Schwester Barbara hatte CdLS. Auf alten Fotos ist Barbara immer bei uns Nachbarskindern zu sehen, ob in einem Weihnachtspullover mit zu langen Ärmeln oder verkleidet als Little Bo Peep für Halloween. Immer hat sie ein breites Lächeln auf ihrem Gesicht, die Scham wegen ihres komischen Aussehens und ihrer schiefen, weit vorstehenden Zähne noch in weiter Ferne.

Von der schlechten Blondierung und den schlechten Manieren abgesehen, hätte Barbara Herrmann der Zwilling von Aurora Devereaux sein können. Hätte sie überlebt.

Ich war an der Uni, als ich von Barbaras Selbstmord erfuhr.

Dorothy und ich waren in Kontakt geblieben, doch da ich viel zu sehr in meiner egozentrischen Teenagerwelt versunken war, hatte ich Dorothys Andeutungen über die immer stärker werdenden Depressionen ihrer Schwester einfach nicht verstanden. Oder ich hatte sie bewusst ignoriert, weil ich mein rosiges Leben behalten wollte. Barbara war glücklich, sie lächelte immer. Alles war in bester Ordnung.

Hätte ich etwas tun sollen? Hätten Besuche, Brief, Anrufe Barbaras Tod vielleicht verhindert? Natürlich nicht. Das hatte nicht einmal ihre eigene Familie geschafft. Dennoch verfolgt mich meine Tatenlosigkeit immer noch.

Devereaux saß mit ihren winzigen Händen auf den angezogenen Knien da. Nach der Länge von Oberkörper und Beinen schätzte ich ihre Größe auf etwa die einer Mittelschülerin.

Wie Barbara Herrmann haben manche CdLS-Patienten verminderte intellektuelle Fähigkeiten. Ausgehend von dem Wortwechsel mit Ollie bezweifelte ich, dass das bei Devereaux der Fall war.

»Wir kommen jetzt rein.« Ollie klang nicht mehr ganz so nach knallharter Bulle. Seinem Gesicht konnte ich ablesen, dass auch er schockiert war. So wie Ryan, der seine Reaktion allerdings besser versteckte.

Devereaux sah schweigend zu, wie wir drei hintereinander den Raum betraten und der kaputten Lampe auswichen, die auf einem Fliesenrechteck vor der Tür lag.

Das Zimmer war gut drei mal drei Meter groß. Neben der Bettcouch gab es einen Holztisch, zwei Stühle mit Armlehnen, eine Kommode und Regale, die mit einem Durcheinander aus Kleidungsstücken, Handtaschen, Toilettenartikeln und Magazinen vollgestopft waren. Der an die Wand montierte Fernseher hätte auch in einem Krankenhauszimmer hängen können.

Auf der rechten Seite befand sich eine Küchenzeile mit einem zu kleinen Kühlschrank, einem Spülbecken und einem Herd. Der Boden war genauso gefliest wie der Eingangsbereich, Wohn- und Schlafbereich dagegen mit Teppich ausgelegt. Im Spülbecken und auf der kleinen Arbeitsfläche türmten sich schmutziges Geschirr, Küchenutensilien, offene Konservendosen und Reste von Fast-Food-Mahlzeiten.

Von der Küchenzeile aus führte ein kurzer Gang zu einem Wandschrank und einem Bad. Beide Türen standen offen, beide Deckenlampen brannten. Bad und Kammer sahen aus, als hätte eine Bombe eingeschlagen: Kleidungsstücke, Bettwäsche, Make-up, Schmutzwäsche und eine Menge undefinierbares Zeug lagen auf dem Boden herum oder hingen an Armaturen, Türknäufen, Handtuchhaltern, im Schrank und an der Duschstange.

Ollie nahm einen glänzenden, grünen Morgenmantel von einem Stuhl und warf ihn aufs Bett. Devereaux ignorierte ihn.

»Foxy ist gar nicht glücklich«, sagte Ollie.

»Ist die Schlampe nie.«

»Sie sagt, Sie hätten gestern eine ausgelassene Nacht gehabt.«

Devereaux hob eine Hand und eine nackte Schulter. *Na und?*

»Foxy will Sie raushaben.«

»Foxy will so einiges.«

»Haben Sie einen Mietvertrag?«

»Klar. Hab ihn zusammen mit meinen Bausparverträgen in einem Bankschließfach.«

»Dann haben Sie kein Recht, hier zu bleiben.«

Devereaux sagte nichts.

»Das war's, Aurora.« Ollie klang beinahe mitleidig.

Devereaux schnappte sich eine kleine Plastikflasche vom Nachtkästchen. Sie hob das Kinn und zog Antihistamin zuerst ins eine, dann ins andere Nasenloch.

Ohne den geräuschvollen Vorgang zu beobachten, schaute ich mich noch einmal genauer um. In der gesamten Wohnung gab es nichts Persönliches. Keine Fotos, keine Kühlschrankmagneten, keine Souvenirs oder Makramee-Pflanzenhänger.

Neben dem Antihistamin sah ich auf dem Nachtkästchen eine halb leere Flasche Säurehemmer und einen Haufen zusammengeknüllter Papiertaschentücher. Ich erinnerte mich an ein weiteres Symptom von CdLS – Sodbrennen, das die Nahrungsaufnahme unangenehm machen kann – und bekam Mitleid mit dieser kindlich wirkenden jungen Frau auf dem Bett.

Während sich Devereaux mit einer Gründlichkeit schnäuzte, die ich bewundern musste, bewegte ich mich unauffällig in Richtung des Durchgangs, um mir den Wandschrank genauer anzusehen. Ich bemühte mich, so diskret wie möglich zu sein. Doch unserer feindseligen Gastgeberin entging mein Vorhaben nicht.

»Was zum Teufel treibt die da?«

»Beachten Sie sie gar nicht«, sagte Ollie.

»Von wegen, nicht beachten. Ich mag's nicht, wenn Fremde in meiner Unterwäsche schnüffeln.«

»Ms. Forex hat im Wandschrank eine Reisetasche abgestellt«, sagte ich. »Wir sind berechtigt, sie zu durchsuchen.«

Die Neonblauen schnellten zu mir. Ihre Wimpern waren gebogen – vielleicht die längsten, die ich je gesehen hatte.

»*Ms. Forex*«, näselte Aurora höhnisch, »hat die Hirnleistung eines Salamibrötchens.«

»Sie war sehr freundlich zu Ihnen.«

Die schweren Brauen schossen überrascht in die Höhe. »So würden Sie das nennen? Freundlichkeit? Ich bin ihr neuestes Mitleidsprojekt.«

»Mitleidsprojekt?«

»Nimm die Entstellten auf und mach ihnen das Leben zum Paradies.«

»War Annaliese Ruben entstellt?« Mein Mitleid verlor gegen meine Antipathie.

»Sie war nicht Miss America«, schnaubte Devereaux, ein hässliches, antihistaminfeuchtes Geräusch.

»Sie kannten sie?«

»Ich hab von ihr gehört.«

»Wo ist die Tasche?« Kurz angebunden. Ollie verlor jetzt ziemlich schnell die Geduld.

»Keine Ahnung.«

»Geben Sie sich einen Ruck, Aurora.«

»Ohne Durchsuchungsbeschluss kriegen Sie rein gar nichts.«

»Ich versuche, an Ihre gute Seite zu appellieren, mein Fräulein.«

»Ich habe keine gute Seite.«

»Na gut. Dann versuchen wir's anders. Eine Vermieterin hat illegale Substanzen auf ihrem Grundstück gemeldet. Wie wär's, wenn wir die Bude auf den Kopf stellen und mit der da anfangen?«

Ollie hob eine Schultertasche vom Boden neben dem Bett auf. Das Ding schimmerte metallisch und hatte genug Fransen, um Dale Evans verlegen zu machen.

Devereaux beugte sich in der Hüfte vor und ließ den Arm vorschnellen. »Geben Sie die her!«

Ollie hielt die Tasche knapp außerhalb ihrer Reichweite.

»Mistkerl.«

Lächelnd schwenkte Ollie die Tasche wie ein Pendel.

»Mistkerl.«

Ollie zeigte auf den Morgenmantel.

»Umdrehen!«

Ryan und ich taten es. Ollie nicht.

Ich hörte eine Bewegung, das Rascheln von Stoff und dann einen dumpfen Schlag, als die Tasche auf dem Bett landete.

»Ausgezeichnet.«

Als Ollie das sagte, drehten Ryan und ich uns um.

Devereaux saß zur Seite gedreht, die Unterschenkel baumelten vom Matratzenrand, ohne dass die Zehen den Teppich berührten. Sie trug den Morgenmantel und die Leck-mich-Schnute von zuvor.

Ollie wiederholte seine Frage: »Wo ist die Tasche?«

»Ablage im Wandschrank.«

»Ich glaube, Sie sollten jetzt ein bisschen packen.«

»Lieber fresse ich Hundescheiße, als noch einen Tag in diesem Loch hier zu verbringen!«

Die Tasche an die Brust gedrückt, rutschte Devereaux nach vorne und glitt vom Bett. Sie schnappte sich Shorts und ein Top aus dem Durcheinander im Schrank, ging ins Bad und knallte die Tür zu.

Ryan, Ollie und ich waren ihr dicht auf den Fersen.

Der Wandschrank war eine winzige Kammer mit einer langen, kopfhohen Querstange an einer Wand und zwei nebeneinander befestigten kürzeren an der anderen. Kleider, Oberteile und Röcke hingen an Bügeln, die meisten in grellen Farben und mit viel Glitzer.

Auf dem Boden häuften sich knöcheltief Schuhe und

Schmutzwäsche. Letztere füllte die Kammer mit einem schweißigen, sirupartigen Geruch. Oben verlief eine Ablage übereck, die zum Bersten gefüllt war. Rollen von Toilettenpapier und Papiertüchern. Schuhkartons. Ein Drucker. Ein Mixer. Ein Ventilator. Plastikbehälter, deren Inhalt ich nicht erkennen konnte.

In der Ecke, wo das lange Brett der Ablage auf das kurze stieß, entdeckte ich die Reisetasche. Sie war aus olivgrünem Polyester mit schwarzen Henkeln und einer Reißverschlusstasche auf der Vorderseite. Ich stapfte durch das Gewirr aus Billigst-Chic und schob die hängenden Sachen auseinander. An der Fußleiste lag eine Trittleiter. Als ich danach griff, fiel mir etwas ins Auge, das von einem großen Koffer halb verdeckt wurde. Mein Puls beschleunigte sich.

Später.

Nachdem ich mich aus den Klamotten wieder befreit hatte, brachte ich die Leiter in Position. Ryan hielt sie fest, während ich die Sprossen hinaufstieg.

Ich musste nur dreimal kurz ziehen, dann bewegte sich die Tasche. Dem Gewicht nach war nicht viel darin.

Ich reichte Ryan die Tasche hinunter, der sie an Ollie weitergab. Dann kehrten wir ins Wohnzimmer zurück. Wasserrauschen hinter der Badtür deutete darauf hin, dass Devereaux noch mit ihrer Morgentoilette beschäftigt war.

Ollie bedeutete mir, ich solle übernehmen. Ich legte die Henkel der Tasche um und zog den Reißverschluss auf.

Vier Gegenstände lagen in der Tasche. Eine billige Plastiksonnenbrille mit einem gesprungenen Glas. Eine Schneekugel mit Pandas und Schmetterlingen. Ein rostiger Bic-Rasierer. Ein Paar Sandalen mit Reifensohle, das wahrscheinlich noch aus der Woodstock-Ära stammte.

»Das macht die Sache einfacher.«

Ryan und ich schauten Ollie an.

»Wegen dieser Schmuckstücke wird sie auf keinen Fall zurückkommen.«

Keiner lachte über Ollies Witz.

»Was ist mit dem Außenfach?«

Ich schaute nach. Leer.

Stumm vor Enttäuschung standen wir alle da, als die Badtür aufging. Wir drehten uns um.

Devereaux' Haar war mit Kamm und Haarspray zu einer Hochfrisur aufgetürmt, ihr Gesicht eine Gauguin-Palette aus Farben. Grün-lavendelfarbene Lider. Rosige Wangen. Rote Lippen. Wäre ihre Lage nicht so traurig gewesen, hätte man es lustig finden können.

Ohne auf uns zu achten, ging Devereaux durchs Zimmer, kniete sich vor die Bettcouch und zog einen Koffer hervor. Mit wütenden Bewegungen fing sie an, Kleidung von den Ablagen und dem Boden hineinzuwerfen. Kein Zusammenlegen oder Aufschichten. Knitterfreies Aussehen war ihr offensichtlich nicht so wichtig.

Mit gesenkter Stimme berichtete ich Ollie und Ryan, was ich hinter dem Koffer im Wandschrank gesehen hatte.

»Die Abdeckung lässt sich entfernen?«, fragte Ryan.

»Ich glaube schon.«

»Ist vielleicht ein Zugang zu den Rohren im Bad«, sagte Ryan

»Glaubst du ... noch ein totes Baby?« Ollie machte ein grimmiges Gesicht.

Mein Blick wanderte zu Devereaux. Sie leerte eben eine Kommodenschublade und achtete nicht auf unsere Unterhaltung.

Ich nickte.

Wortlos kehrten wir zum Wandschrank zurück. Ollie und ich sahen zu, wie Ryan den Koffer hinter der Kleidung hervorzerrte.

Die Abdeckung war etwa dreißig Zentimeter im Quadrat und in den Ecken mit Nägeln an der Wand befestigt.

Mein Blick wanderte durch die Kammer. Blieb an einem Paar orangefarbener Stilettos hängen. Ich nahm einen und gab ihn Ryan.

Ryan stemmte die Absatzspitze unter die Oberkante der Abdeckung und drückte den Schuh nach oben. Die Nägel lösten sich problemlos aus der Wand.

Alles genau wie in Saint-Hyacinthe. Ich hielt den Atem an, als Ryan die Finger hinter die Abdeckung schob, nach unten drückte und die Abdeckung von der Wand zog. Die Öffnung klaffte schwarz und unheilschwanger.

Ollie zog eine Stablampe aus der Tasche. Ryan schaltete sie ein und richtete den Strahl in die Dunkelheit. Wie erwartet, landete das winzige, weiße Oval auf Rohren. Sie waren dunkel und mit ausgefranstem Isoliermaterial umwickelt.

Ich beobachtete den ovalen Schein. Er wanderte über einen Abluftkamin. Einen Flansch. Nach links über ein horizontal verlaufendes Rohr.

Rumpelnde Geräusche im Zimmer verrieten mir, dass Devereaux die Küchenschubladen und -schränke leerte.

Pochen im Ohr verriet mir, dass mein Puls Höchstgeschwindigkeit erreicht hatte.

Das Oval wanderte zurück, tastete die rechte Seite ab und schwenkte dann nach unten.

Sekunden vergingen. Ewigkeiten.

Und da war es. Eingeklemmt in einer u-förmigen Biegung. Mir wurde schlecht.

Das Handtuch war blau mit einer kleinen Applikation auf einer Seite. Es war fest zusammengerollt, das dicke Ende zeigte in unsere Richtung.

»Sollen wir den Medical Examiner rufen?«

Ollie schüttelte den Kopf. »Wir sollten erst mal sichergehen. Will den Doc nicht umsonst herschleifen.«

Eine Stimme in meinem Kopf wies die brutale Realität dieses Anblicks zurück. *Bitte nicht, o Gott, bitte nicht.*

Ryan legte die Taschenlampe auf den Boden und machte mit seinem iPhone ein paar Fotos. Schaute sich die Ergebnisse an. »Im Kasten.«

Während ich Sachen beiseiteschob, um Platz auf dem Boden zu schaffen, griff Ryan in die Höhlung und zog das Bündel heraus. Beide Männer schauten mich an. Ich kniete mich hin und atmete einmal tief durch.

Der Stoff war alt und riss sehr leicht. Die Schichten klebten fest aneinander, zusammengehalten von Flüssigkeiten, die längst geronnen und getrocknet waren. Mit zitternden Fingern versuchte ich, das Bündel zu öffnen, ohne Schaden anzurichten.

Die Welt wurde totenstill. Ich drehte das Bündel zur Seite.

Die Knochen waren klein und braun und umgaben einen fragmentierten Schädel.

»Mein Gott!«

Ich schaute hoch.

Ollies Gesicht war kreidebleich. Mir wurde bewusst, dass er die anderen toten Babys nicht gesehen hatte.

So behutsam wie möglich wickelte ich das Handtuch wieder zusammen.

»Das ist das Vierte, soweit wir wissen.« Mit der Taschenlampe beschrieb Ryan noch eine letzte Runde durch den Hohlraum.

145

»Diese mörderische Schlampe hat eine Spur toter Babys von Quebec bis nach Alberta hinterlassen! Und wir können sie nicht finden?« Von Abscheu getrieben, sprach Ollie viel zu laut.

Ryan stand auf. »Wir finden sie.«

Ich erhob mich ebenfalls und legte Ollie beruhigend die Hand auf die Schulter.

»Rufen wir den ME«, sagte ich.

15

Um halb zwei standen Ryan und ich in Laborkluft vor einem Edelstahltisch zusammen mit Dr. Dirwe Okeke, der erst seit Kurzem für den ME von Alberta arbeitete. Okeke hatte die Vorarbeiten abgeschlossen – Fotos, Röntgenaufnahmen, Messungen, Beschreibung des äußerlichen Anscheins. Ich hatte mit einem trockenen Pinsel die Knochen ein wenig gesäubert und anatomisch korrekt angeordnet.

Okeke sah nicht gerade aus wie ein Pathologe, eher wie ein Footballspieler. Aus der Highschool-Mannschaft. Die Eltern der gegnerischen Mannschaft hätten wohl kaum nach einer Geburtsurkunde verlangt. Er war ungefähr eins neunzig und wog deutlich über einhundertdreißig Kilo. Hätte ich ihn auf der Straße gesehen, hätte ich ihn auf achtzehn Jahre geschätzt.

Als ich im Büro des ME anrief, hatte eine Telefondame sich meine Geschichte angehört und mich dann zu Okeke durchgestellt. Er hatte mich nicht unterbrochen, als ich mich vorstellte und ihm von den toten Babys in Quebec und dem in Susan Forex' Haus berichtete.

Wie erwartet hatte Okeke es vorgezogen, sich den Fundort

persönlich anzusehen. Er kam in einem SUV, auf dessen Fahrersitz ein Wal Platz gehabt hätte. In einem Transporter folgten zwei Techniker.

Als Devereaux Okeke sah, verwandelte sich ihre Aufsässigkeit blitzartig in Unterwürfigkeit. Ich konnte es ihr nicht verdenken. Der gute Doktor sah aus, als entstamme er einer anderen Spezies. Er groß und dunkel, sie klein und blass. Ohne sich zu bewegen oder etwas zu sagen, schien Okeke ihr winziges Zimmer zum Bersten zu füllen.

Okeke hatte ein paar Fragen gestellt und schweigend die Knochen betrachtet. Dann hatte er Devereaux befragt, die schwor, sie wisse rein gar nichts. Sie habe Ruben nie persönlich kennengelernt, nie einen Grund gehabt, die Abdeckung von der Schrankwand zu nehmen.

Auch Forex wusste nichts. Behauptete sie zumindest. Ihre schockierte Miene deutete darauf hin, dass sie tatsächlich die Wahrheit sagte.

Ollie hatte gewartet, bis Devereaux ihre Kostbarkeiten aus dem Wandschrank in einem zweiten Koffer verstaut hatte, dann fuhr er sie in ein Frauenhaus. Ich vermutete, die Geste war ein wenig dem Mitleid geschuldet, hauptsächlich aber seinem Wunsch, engeren Kontakt mit den Knochen eines Neugeborenen zu vermeiden.

Ryan, Okeke und ich hatten zugesehen, wie die Techniker die Öffnung mit einer Motorstichsäge vergrößerten und dann den Hohlraum absuchten. Bis auf ein Nest aufgeschreckter Kakerlaken erbrachten ihre Bemühungen nichts.

Während die Techniker den Fundort fotografierten und bearbeiteten, fuhr Okeke die Überreste im SUV in die Leichenhalle. Ryan und ich fuhren mit ihm ins ME-Institut an der Hundertsechzehnten. Unterwegs erfuhren wir, dass Okeke aus

Kenia stammte und in Großbritannien Medizin studiert hatte. Und das war's dann. Der Kerl war nicht sehr gesprächig.

Und jetzt standen wir hier.

Wie bei dem Baby vom Dachboden in Saint-Hyacinthe war auch von diesem Kleinkind nichts übrig außer einem Skelett und Fragmenten vertrockneten Gewebes. Ohne das Fleisch, das ihn zusammenhielt, war der Schädel auseinandergefallen. Die einzelnen Schädelknochen lagen ausgebreitet da wie eine Illustration aus einem Anatomiebuch.

»Bitte erläutern Sie mir das.« Okekes Stimme war tief, sein Massai-Mara-Zungenschlag überlagert von Jahren britischer Ausbildung.

»Das Baby war zum Zeitpunkt seines Todes mindestens sieben Schwangerschaftsmonate alt.«

»Nicht voll ausgetragen?«

»Hätte auch sein können. Falls ja, wäre es ausgesprochen klein gewesen. Aber der Fötus war eindeutig lebensfähig.«

Während ich meine Messungen und Beobachtungen erklärte, machte Okeke sich Notizen. In seinen riesigen Händen sah das Klemmbrett aus wie ein Spielzeug. »Geschlecht?«

»Das kann ich nur anhand der Knochen nicht bestimmen.«

Als Okeke nickte, wellte sich die Schädelhaut über seinem Genick und glättete sich dann wieder.

»Verletzungen?«

»Keine«, sagte ich. »Keine Brüche oder Hinweise auf körperlichen Missbrauch.«

Weitere Notizen. »Todesursache?«

»Die Knochen und die Röntgenaufnahmen zeigen keinen Hinweis auf Unterernährung, Krankheit oder Fehlbildungen.« Ich dachte an das zusammengeknüllte Toilettenpapier im Hals des Babys aus der Fensterbank. »Keine Einbringungen oder Fremdkörper.«

»Was ist mit Abstammung?«

»Die Wangenknochen könnten ziemlich breit gewesen sein, aber bei unverbundenen Knochen ist das schwer zu sagen. Und es kann sein, dass ich auf einem oberen Schneidezahn eine leichte Schaufelform gesehen habe.«

»Was auf etwas hindeutet, das früher mongolider Rassenhintergrund genannt wurde.«

»Ja.« Ich berichtete ihm von Simones DNS-Befund für das Baby aus dem Toilettentisch.

»Dieses Kind könnte also indigen amerikanischer Abstammung sein?«

»Wenn man davon ausgeht, dass es ein Geschwister oder Halbgeschwister des untersuchten Babys war.«

»Gibt es irgendeinen Zweifel daran, dass diese Kleinkinder von derselben Mutter stammen?«

Ich schaute Ryan an. Okeke ebenfalls.

»Wir haben keine Beweise«, sagte Ryan. »Noch nicht. Aber wir glauben, dass Annaliese Ruben alle vier Babys auf die Welt gebracht hat.«

»Warum sollte eine Mutter ihre eigenen Kinder töten?«

Okay. Okeke war noch nicht lange dabei.

»Kommt vor.«

Okekes Blick verdüsterte sich. »Wo ist diese Frau jetzt?«

»Wir suchen nach ihr«, sagte Ryan.

Okeke wollte eben noch eine Frage stellen, als ein Telefon laut klingelte. »Entschuldigen Sie mich.«

Vier Schritte brachten Okeke zu einem Schreibtisch neben einem Waschbecken an der Rückwand des Autopsiesaals. Ich hätte für die Strecke mindestens sechs gebraucht.

Okeke zog einen Handschuh aus, drückte auf einen Knopf und griff zum Hörer. »Ja, Lorna.« Eine Pause. »Im Augenblick ziehe ich es vor, mit niemandem zu sprechen.«

Lorna sagte etwas. Ich nahm an, es war die Telefonistin, die meinen Anruf weitergeleitet hatte.

»Wer ist dieser Mann?« Wieder eine Pause, diesmal eine etwas längere. »Woher hat Mr. White diese Information?«

Während er sich Lornas Antwort anhörte, wanderte Okekes Blick zu mir. »Stellen Sie ihn durch.«

Lorna tat es.

»Dr. Okeke.«

Whites Stimme hatte mehr Druckstärke als Lornas. Das knisternde Nölen drang an Okekes Ohr vorbei.

»Ich darf diese Information nicht herausgeben, Sir.«

Das nächste Nölen endete in einem hohen Ton, was auf eine weitere Frage hindeutete.

»Tut mir leid, das ist vertraulich.«

Da ich unbedingt mit der Untersuchung fortfahren wollte, ging ich zur Arbeitsfläche, um das Handtuch auszubreiten, in dem das Baby eingewickelt gewesen war. *Und täglich grüßt das Murmeltier,* alles genau wie in Autopsiesaal vier. Dasselbe behutsame Drehen und Ziehen. Dieselbe Angst, etwas zu beschädigen.

Ohne auf Okekes Telefongespräch zu achten, schob ich die Finger hinein, hob an, schob tiefer hinein, hob weiter an. Millimeter um Millimeter löste sich der harte Kleister, und die Falten öffneten sich.

Schließlich lag das Handtuch ausgebreitet auf dem Tisch, nur noch eine Ecke war verklebt. Ich zog sanft daran. Mit einem Geräusch wie ein Klettverschluss lösten sich die Fasern voneinander. Ich schlug die Ecke zurück.

Ja. *Und täglich grüßt das Murmeltier.* Diesmal war es kein Beutel mit Sand und kleinen, grünen Kieseln.

Fest mit dem Gewebe verklebt war ein Fetzen Papier. Mit der Spitze eines behandschuhten Fingers versuchte ich, eine Ecke anzuheben. Nichts rührte sich. Das Ding war mit dem Frottee verschmolzen.

Ich richtete die Luxo-Lampe auf den Schnipsel und beugte mich darüber. Schriftzeichen waren zu erkennen, Großbuchstaben, schwarz auf blauem Untergrund. Über dem Schriftzug war etwas zu sehen, das ein weißer Rand hätte sein können.

Ich drehte das Handtuch, um den Schriftzug zu entziffern. LA MONFWI.

Ich spielte eben mit möglichen Bedeutungen und ergänzte Buchstaben an beiden Enden, als eine Bemerkung Okekes mich abrupt den Kopf heben ließ.

»Mir wurde gesagt, dass Sie anrufen, weil Sie Informationen zu Annaliese Ruben haben.«

Ryan schaute zu mir. Seine Brauen hoben sich leicht. Meine ebenfalls.

Okeke wartete ein Nölen ab. »Darf ich fragen, warum Sie das interessiert, Sir?«

Das Nölen setzte zu einer längeren Erklärung an. Okeke ließ den Mann nicht ausreden. »Sind Sie Journalist, Mr. White?«

Das Nölen ging weiter. Diesmal schnitt Okeke es ab, indem er den Hörer auf die Gabel knallte.

Okeke versuchte, sich auf dem Klemmbrett eine schnelle Notiz zu machen, schüttelte den Kuli und warf ihn dann auf den Schreibtisch. Der Stift schlitterte zu Boden. Er machte sich nicht die Mühe, ihn wieder aufzuheben.

»War das ein Journalist?«, fragte ich.

»Ein Mr. White. Falls das sein echter Name ist.«

»Für wen arbeitet er?«

»Das ist unwichtig.« Okeke deutete mit dem Klemmbrett auf die traurigen, kleinen Knochen. »Wie hat er von diesem Baby erfahren? Und von den anderen?«

»Er wusste von den Fällen in Quebec?« Ich konnte nichts gegen die schrille Bestürzung in meiner Stimme tun.

»Ja.« Okekes zornige Augen bohrten sich in meine. Ein Furcht einflößender Anblick.

»Von mir hat er das nicht. Oder von Ryan«, schnappte ich. Der implizite Vorwurf ärgerte mich.

»Weder Dr. Brennan noch ich sprechen über laufende Ermittlungen mit der Presse.«

Okeke bedachte nun Ryan mit dem wütenden Blick. »Und doch wusste dieser Mann Bescheid.«

»Die Informationen über dieses Baby können nur von Devereaux oder Forex gekommen sein.« Ryan sprach mit sehr leiser und sachlicher Stimme. »Oder von einem Ihrer Techniker, aber das alles erklärt nicht, wie er an die Informationen aus Quebec kommt.«

Ollie weiß über alles Bescheid, dachte ich. Sagte es aber nicht.

Ryan rieb sich mit der Daumenkuppe über die Fingerspitzen. »Irgendjemand ruft White an, behauptet, er hätte Insiderinformationen über eine Frau, die eine Spur toter Babys quer durch Kanada hinterlässt. Sagt, er verkauft sein Wissen an den Meistbietenden. White denkt, dass aus der Geschichte was werden könnte, und beißt an.«

Okeke schüttelte angewidert den Kopf. »Dieser Hunger nach dem Unheimlichen und dem Abscheulichen. Wie bei den berühmten Butterbox Babies. Ein Buch, sogar ein Film. Warum?«

Okeke meinte den Fall des Ideal Maternity Home, einer Einrichtung in Nova Scotia für unverheiratete Schwangere, die von 1928 bis 1945 von einem gewissen William Peach Young betrieben wurde, ein nicht geweihter Priester und Chiropraktiker, der sich selbst als Siebenten-Tags-Adventisten und seine Frau Mercedes als Hebamme präsentierte. Jahrelang wurden dort Kinder entbunden und zur Adoption angeboten, bis sich die Vorwürfe über Profitgier und hohe Kindersterblichkeit häuften und die Einrichtung genauer untersucht wurde.

Die Ermittlungen ergaben, dass die Youngs »nicht markttaugliche Kinder« mit Absicht getötet hatten, indem sie sie nur mit Wasser und Melasse fütterten. Eine Fehlbildung, eine schwere Krankheit oder eine »dunkle« Hautfarbe bedeutete kein Vermittlungspotenzial, keinen Profit und deshalb Tod durch Verhungern.

Tote Babys wurden auf dem Gelände in kleinen Holzkisten beerdigt, wie man sie sonst für Milchprodukte verwendete, daher der Name »Butterbox Babies«. Andere wurden ins Meer geworfen oder im Heizbrenner des Heims verbrannt. Schätzungen zufolge starben vier- bis sechshundert Kinder in diesem Heim.

»Ich will wissen, wer das getan hat.« Okeke war so wütend, dass an seiner Schläfe eine Ader pochte.

»Wir auch«, sagte ich.

»Werden Sie den RCMP-Sergeant informieren, der vor Ort war?«

»Hm.«

Aus einem undichten Wasserhahn tropfte es scheppernd in ein Edelstahlbecken. Schließlich ging Okeke um den Schreibtisch herum, um seinen Kuli aufzuheben.

»Ich habe etwas im Handtuch gefunden«, sagte ich.

Beide Männer folgten mir zu der Arbeitsfläche, beugten sich über das Tuch und betrachteten den kryptischen Schriftzug.

»Der Anfang des ersten Worts und das Ende des zweiten fehlen«, sagte ich.

»Nicht unbedingt.«

Ich wollte Ryan eben fragen, was er meinte, als mein iPhone mal wieder die irische Nationalhymne spielte.

»Wo seid ihr?«, fragte Ollie.

»Noch bei Okeke.«

»Haben die Knochen euch irgendwas gesagt?«

»Ruben fand Mutterschaft lästig. Was gibt's?«

»Nachdem ich Devereaux im Frauenhaus abgesetzt habe, ein Vergnügen, das ich nicht wiederholen möchte, bin ich in die Zentrale gefahren, um zu sehen, ob es irgendwas Neues gibt. Hatte eine Nachricht von Constable Flunky.«

»Heißt der ernsthaft so?«

»Willst du es hören?«

»Ich schalte auf Lautsprecher. Ryan ist bei mir.« Ich drückte auf den Button und hielt unsinnigerweise den Blick aufs Telefon gesenkt.

»– damit der große Meister nur ja nichts verpasst. Jedenfalls, ich habe doch Rubens Foto in Umlauf gebracht und unsere Leute gebeten, es auf der Straße rumzuzeigen. Flunky hat es tatsächlich getan.«

Der Empfang war lausig, Ollie klang immer wieder lauter und dann wieder leiser. Ich hob den Kopf und schaute, ob Ryan zuhörte. Er drückte auf seinem eigenen iPhone herum.

»Ein Angestellter bei Greyhound hat sich an eine Frau erinnert, die aussah wie Ruben und eine Fahrkarte nach Hay River kaufen wollte.«

»Wann?«

»Gestern.«

»Wo liegt Hay River?«

»Am Südufer des Great Slave Lake.«

»In den Northwest Territories.«

»Eins mit Stern für Erdkunde.«

»War der Mann sicher, dass es sich um Ruben handelte?«

»Nein. Aber hört euch das an. Zuerst hat er sich geweigert, ihr ein Ticket zu verkaufen, und zwar wegen des Köters.«

»Die Frau hatte einen Hund dabei?« Ich spürte, wie mein Herz einen Schlag aussetzte.

»Ja. In Greyhound-Bussen dürfen keine Haustiere befördert werden. Mit Ausnahme von Blindenhunden und dergleichen.«

»Und, durfte sie einsteigen?«

»Der Typ hatte schließlich Mitleid mit ihr und ließ sie mitfahren.«

Ich überlegte einen Augenblick. Das kam hin. In den North West Territories lebte eine große Dené-Population. Ich wollte das eben sagen, als Ryan mich aus der Bahn warf.

»Ich weiß, wo Ruben hin ist.«

16

Okeke und ich schauten Ryan skeptisch an.

»Sie versucht, nach Yellowknife zu kommen.«

»Was sagt er?«

Ich ignorierte Ollie und bedeutete Ryan mit der freien Hand, er solle weiterreden.

»Die letzte Buchstabenkombination ist ein vollständiges Wort.«

Ich führte mir den Papierfetzen noch einmal vor Augen.

»Monfwi ist ein Wahlbezirk für die Gesetzgebende Versammlung der Northwest Territories.«

»Und du weißt das, weil …?«, fragte ich, ohne aufzusehen.

»Vor zwei Jahren habe ich in Montreal einen Jungen aus Monfwi verhaftet, weil er in der Metrostation Guy-Concordia mit Crack gedealt hatte. Zwanzig Minuten, nachdem ich ihn Daddy hatte anrufen lassen, erhielt ich einen Anruf von seinem MLA.« Ryan benutzte die Abkürzung für Member of the Legislative Assembly, Mitglied der Gesetzgebenden Versammlung.

»Was sagt er?«

Ohne auf das zu achten, was aus meinem Handy kam, las Ryan vom Display seines iPhones ab. »Der Monfwi-Bezirk umfasst die Behchoko, Gamèti, Wekwèeti und Whatì.«

»Dené-Stämme.«

»Die Tlicho-Völker, um genau zu sein. Es gibt fünf Hauptgruppen der Dené. Die Chipewyan, die östlich des Great Slave Lake leben; die Yellowknives im Norden; die Slavey entlang des Mackenzie River und im Südwesten, die Tlicho zwischen dem Great Slave Lake und Great Bear Lake, und die Sahtu, die im Zentrum der NWT leben.«

»Eins mit Stern für Ethnografie.« Ich klaute mir den Spruch von Ollie.

»Google.« Ryan schwenkte sein Handy. »Unwiderstehlich.«

Ich schaute wieder auf den Papierfetzen. »Du denkst, LA ist das Ende von MLA?«

»Das Fragment stammt wahrscheinlich von einem politischen Informationsblatt. Politiker verteilen die, damit die Wähler denken, sie tun was für ihr Geld.«

»Der Monfwi-Bezirk ist in der Nähe von Yellowknife?«

Ryan nickte. »Und die Gesetzgebende Versammlung sitzt in Yellowknife.«

»Das heißt nicht, dass Ruben dorthin gefahren ist.«

»Was zum Teufel sagt er?« Ollie wurde immer wütender.

»Ich rufe zurück.« Ich schaltete ab.

»Ich habe mir den Busfahrplan angeschaut.« Wieder schwenkte Ryan sein Handy. »Um von Edmonton nach Yellowknife zu kommen, muss man den Greyhound nach Hay River nehmen und dann mit einem Bus der Frontier-Linie weiterfahren.«

»Es gibt keine Direktverbindung?«

Ryan schüttelte den Kopf.

»Außer nach Yellowknife, wohin kommt man von Hay River sonst noch?«

»Da gibt's nicht viele Orte.«

Ich überlegte einen Augenblick. Das passte alles zusammen. Ralph Trees hatte gesagt, Roberts/Rogers/Rodriguez spreche Englisch mit Akzent. Phoenix Miller glaubte, dass Ruben nicht aus Edmonton stammte. Eine Frau, die Ruben sehr ähnlich sah, hatte versucht, einen Bus nach Hay River zu besteigen. Mit einem Hund. Trees hatte gesagt, Roberts/Rogers/Rodriguez habe einen Hund. In der Wohnung in Saint-Hyacinthe hatte ein Wassernapf gestanden. Ein Fetzen, der wahrscheinlich aus einem Informationsblatt aus dem Monfwi-Bezirk stammte, war zusammen mit dem Baby in das Handtuchbündel gelangt, das wir ins Susan Forex' Haus gefunden hatten.

Außerdem hatten wir sonst nichts.

Ich rief Ollie an.

Yellowknife liegt ungefähr fünfzehnhundert Kilometer nördlich von Edmonton. Mit dem Auto fährt man nach Norden zum 60. Breitengrad, um bei Enterprise in die Northwest Territories zu gelangen, dann Richtung Westen nach Fort Providence, wo es auf die Fähre über den Mackenzie River geht. Dann fährt man am Rand eines riesigen Bison-Schutzgebietes entlang, wobei man freiheitsliebenden *Bovinae,* die über die Straße wandern, möglichst aus dem Weg gehen sollte. In Behchoko fährt man schließlich wieder nach Südosten zum Nordufer des Great Slave Lake.

Die Fahrt dauert bis zu achtzehn Stunden. Die meisten Reiseführer raten, sie bei Sonnenschein zu unternehmen. Und Unmengen von Insektenspray mitzubringen.

Außer es ist Winter. Dann kann man sich auf die Eisstraße wagen.

So würde die Tochter meiner Mutter auf keinen Fall reisen. Nein. Ich nicht.

Wie die Busstrecken waren auch die Flugverbindungen dorthin ziemlich spärlich.

Ollie buchte uns auf eine Maschine der Canadian North, die um 20 Uhr 30 abflog. Die schlechte Nachricht: Wir würden erst nach 22 Uhr auf YZF, dem Flughafen von Yellowknife, landen können. Die gute Nachricht: Die Sonne ging erst sehr viel später unter.

Ollie brachte den Rest des Nachmittags und den frühen Abend damit zu, den Greyhound-Angestellten noch einmal zu befragen und in Hay River, Yellowknife und anderen Orten anzurufen, von denen ich noch nie gehört hatte. Ronnie Scarborough, der Zuhälter, war endlich wieder aufgetaucht, und Ollie hatte ihn für ein Gespräch aufs Revier geladen. Ryan und ich würden um sechs dazustoßen.

Anhand einer Liste, die Ollie uns gegeben hatte, vertrieben Ryan und ich uns die Zeit in Edmonton damit, Bars und Hotels zu besuchen, die von Damen des horizontalen Gewerbes frequentiert wurden. Einige der Etablissements ließen das Cowboy richtig schick aussehen.

Wir zeigten Rubens Foto herum, fragten, ob irgendjemand sie kenne oder gesehen habe. Wir fragten auch nach dem spendierfreudigen Kunden, den Ruben an dem Abend, als sie nach Quebec ausbüxte, hatte treffen wollen.

Wir erfuhren zwei Dinge. In diesen Kreisen liegen drei Jahre weit jenseits des Erinnerungshorizonts. Und wir waren in dieser Welt so willkommen wie eine Schabeninvasion.

Als wir in der RCMP-Zentrale ankamen, erfuhren wir, dass Ollie genauso viel herausgefunden hatte wie wir. Nämlich rein gar nichts. Was ihn verdammt sauer machte.

Ronnie »Scar« Scarborough kühlte sein Mütchen in einem Verhörzimmer. Was ihn verdammt sauer machte.

Ollie meinte, es sei das Beste, wenn er das Verhör alleine durchführe. Wir waren einverstanden, und er brachte uns in einen Raum, wo wir das Verhör über Monitor und Lautsprecher verfolgen konnten.

Auf dem Bildschirm sahen wir Ollie einen winzigen Raum betreten und einem Kerl gegenüber Platz nehmen, der aussah, als hätte ihn eine Castingagentur als Vorschlag für die Rolle eines New-Jersey-Mafioso geschickt. Er war drahtig auf die Frettchenart, mit aknenarbiger Haut, tief liegenden Augen und einer Hakennase, die ihm fast über die vernarbte Oberlippe hing. Gold an Hals und Handgelenken. Glänzend graues Jackett über einem engen, schwarzen T-Shirt, das seine Brustbehaarung betonte. Spitze schwarze Schuhe. Nur das Tattoo, das sich vom Genick seitlich um den Hals wand, passte nicht so recht ins Bild. Es sah aus wie ein stilisierter Vogel, der von einem Totempfahl entflohen war.

Scar saß mit ausgestreckten Beinen da, die Füße übereinandergeschlagen, ein Arm auf der Rückenlehne des Stuhls.

»Wie läuft's, Scar?«

Scar verdrehte nur die Augen.

»Nettes Shirt. Freut mich, dass du dir deiner Sexualität so sicher bist.«

»Scheiße Mann, warum bin ich eigentlich hier?«

»Ich dachte, wir könnten ein wenig über deine Karriereplanung reden.«

»Ich will meinen Anwalt anrufen.«

»Du bist nicht verhaftet.«

Scar zog die Füße an und stand auf. »Dann bin ich jetzt weg.«

»Hinsetzen.«

Scar blieb stehen, das Gesicht voller Verachtung.

Ollie klatschte eine Kopie von Rubens Polizeifoto auf den Tisch und drehte es Scar zu. Der Nagerblick blieb auf Ollie haften.

»Schau's dir an, Arschloch.«

Scars Blick schnellte nach unten, dann wieder hoch. Er sagte nichts.

»Weißt du, wer das ist?«

»Sagen Sie Ihrer Schwester, dass ich im Augenblick keinen Bedarf habe.«

»Annaliese Ruben. Meine Quellen sagen, du wärst ihr Zuhälter gewesen.«

»Ich achte sehr darauf, unbegründete Gerüchte zu ignorieren.«

»Das Project KARE hat sie auf seiner Liste. Wir glauben,

dass Ruben ums Leben gekommen ist.« Das stimmte. Zumindest irgendwann einmal.

»Das Leben kann grausam sein.«

»Folgendes, Scar. Da wir nicht sicher sind, ob Ruben am Leben oder tot ist, denken wir, wir sollten uns ihre letzten bekannten Bezugspersonen näher ansehen.«

Scar vollführte ein eindrucksvolles einseitiges Achselzucken.

»Und dabei mit ihrem Zuhälter anfangen.«

Scar zuckte noch einmal die Achsel. Dieselbe.

»Mit einem Gerichtsbeschluss zur Überprüfung seiner Handydaten.«

»Das dürft ihr nicht.«

»Ich darf das.« Ollie deutete mit Nachdruck auf das Foto.

Seufzend setzte Scar sich wieder und warf einen schnellen Blick darauf. »Okay. Ja. Vielleicht ist sie das fette Mädchen, das mal 'ne Weile hier rumgehangen ist.«

»Erstaunlich, wie das Gehirn funktioniert.«

»Hab ich eben vergessen. Ich hatte viel zu tun.«

»Ministrantenpflichten.«

»Genau.«

»Vielleicht hast du aber auch die Busbahnhöfe abgeklappert. Auf der Suche nach Frischfleisch, du weißt doch, was ich meine?«

Diesmal wirkte das Achselzucken nicht mehr ganz so selbstsicher.

»Vielleicht sollten wir deine Belegschaft überprüfen. Ein paar Ausweise kontrollieren. Nachsehen, wie viele Kerzen diese Mädchen auf dem nächsten Geburtstagkuchen ausblasen werden.«

»Das ist Belästigung.«

»Wie alt war Ruben, als du sie auf die Straße geschickt hast?«

Scars Mund kräuselte sich zu einem schmierigen Grinsen. »So war das nicht.«

»Wie war es dann?«

»Ich wollte ihr nur helfen.«

»Natürlich. Du warst ihr Mentor.«

Scar schüttelte langsam den Kopf. »Sie sind so verdammt bescheuert, Sie haben keinen blassen Schimmer.«

»Bist du der Vater ihres Babys?«

»Ruben hatte kein Baby.«

»Doch. Hatte sie.«

»Ist mir neu.«

»Hast du ihr geholfen, es zu töten?«

»Sie sind verrückt.«

Je länger ich zusah, umso widerlicher wurde mir dieses kleine Wiesel.

»Wo ist sie?«

»Ich habe die Schlampe seit drei Jahren nicht gesehen.«

»Tatsächlich?«

»Ja.«

»Warum?«

»Weil sie weggegangen ist.«

»Mit wem?«

»Mit Tom Cruise. Woher soll ich das wissen?«

»Hat dich das wütend gemacht? Dass Ruben einfach so verschwunden ist?«

»Wir leben in einem freien Land.«

»Hat Ruben für dich gedealt, Scar? Ist es das? Hat sie eine Lücke in dein Verteilersystem gerissen?«

»Die blöde Kuh hatte nicht mal genug Hirn zum Nasebohren.«

»Oder waren es die verlorenen Einkünfte? Eine Nutte weniger, die dir Geld gibt, damit sie Stechern in Gassen einen blasen darf?«

»Das Mädchen war ein Wal. Keine Kröte wert.«

»Hast du sie umgelegt? Als Botschaft an die Straße?«

»Sie sind wirklich geisteskrank.«

Ollie erkannte wohl die ersten Bruchlinien in der abgezockten Attitüde, denn er verlegte sich jetzt aufs Schweigen.

»Hören Sie, ich hoffe, dem Mädchen ist nichts passiert. Ehrlich. Würde gern helfen.«

Ollie lehnte sich zurück und verschränkte die Arme. »Erzähl mir, was du über sie weißt.«

Scar machte ein Gesicht, als hätte ihn die Frage verwirrt.

»Mit wem war sie zusammen?«

»Soweit ich weiß, wohnte sie damals bei einer Tussi namens Foxy.«

»Wenn Ruben aus Edmonton weggehen würde, wohin würde sie gehen?«

Scar hob Hände und Blick zur Decke.

»Wie würde sie reisen?«

»Hey, Mann. Ich sag's Ihnen doch. Ich weiß es nicht. Mit dem Privatleben der Mädchen habe ich nichts zu tun.«

Jetzt reichte es mir. Meine Wut kochte über. »Dieser spitzärschige Wichser bringt die Mädchen auf Drogen, schickt sie auf den Strich, damit sie ihre Sucht bedienen können, verprügelt sie, beutet sie finanziell aus, aber er hat mit ihrem *Privat*leben nichts zu tun?!«

Ryan packte meine Hand, die ich in die Richtung des Monitors gestoßen hatte. Einen Augenblick lang kreuzten sich unsere Blicke. Er wandte sich zuerst wieder ab. Ich löste meine Hand und ließ sie sinken.

So ging es weiter, Ollie stellte Fragen, Scar beharrte darauf, nichts zu wissen, ich musste mich beherrschen, um nicht durch den Bildschirm zu greifen und den kleinen Scheißer zu erwürgen.

Um sieben brachte Ollie den gewohnten Satz, dass Scar die Stadt nicht verlassen dürfe. Dann stand er abrupt auf und verließ den Raum.

Scar schrie ihm Verwünschungen hinterher. Bevor der Monitor schwarz wurde, warf er noch einen Knaller gegen die Tür.

»Du hast so absolut keinen Schimmer, in deinem Arsch ist es heller als in deinem Hirn.«

Wir redeten wenig während der Fahrt zum Flughafen, des Eincheckens und der kurzen Wartezeit am Gate. Durch reinen Zufall durften wir termingerecht an Bord gehen. Allerdings hatte mich ein böswilliger Gott neben Ollie gesetzt.

Wir schnallten uns eben an und schalteten unsere Handys aus, als die Stimme des Piloten aus den Lautsprechern kam. Ich wusste sofort, dass er keine guten Neuigkeiten hatte.

Technisches Problem. Dreißig Minuten Verspätung.

»Heilige Mutter Gottes. Warum starten diese Flieger eigentlich nie pünktlich?«

Da eine Antwort sinnlos wäre, sagte ich nichts.

»Wenn's nicht das Wetter ist, dann stimmt was mit der Maschine nicht, oder die Crew ist verschwunden oder sonst irgendwas.«

Ich versuchte es erst gar nicht mit einer scharfsinnigen Erwiderung, sondern schlug einfach meinen Roman von Ian Rankin auf und fing an zu lesen. Sergeant Sensibel verstand den Wink nicht.

»Scar ist schon 'ne Marke, was?«

Ich hielt den Blick auf mein Buch gesenkt.

»Wir glauben, er versucht zu expandieren, seine Ware nach Norden in die Territories zu bringen.«

Ich blätterte um. Verdammt. Inspector John Rebus würde mir wirklich fehlen.

»Der Mistkerl ist schlauer, als er aussieht. Hält immer einen Anwalt zwischen sich und der Straße. Wir konnten ihm noch nie was anhängen.«

Keine Reaktion.

Ollie gab es nun auf, mit meinem rechten Ohr zu sprechen. Einige Minuten vergingen, in denen er die Sicherheitshinweise und das On-Board-Magazin durchblätterte. Dann steckte er beide mit einem theatralischen Seufzen wieder ins Netz.

»Ich glaube, Scar weiß mehr über Ruben, als er sagt.«

Das erregte meine Aufmerksamkeit. Ich klappte das Buch zu und drehte mich zur Seite.

»Weißt du noch, wie der Kerl zu seinem Namen kam.«

»Er hat ein Mädchen gebrandmarkt.«

»Es heißt, er hätte sie bis nach Saskatoon verfolgt. Wollte das als Warnung verstanden wissen.«

»An wen?«

»An jede, die daran denkt, bei ihm auszusteigen.«

»Ruben verließ Edmonton vor drei Jahren. Warum sollte er so lange warten?«

»Montreal ist groß. Und weit weg. Ruben änderte ihren Namen und hielt sich so bedeckt, dass Scars Radar sie nicht erfassen konnte. Jetzt ist sie wieder in seinem Revier. Und da ist noch ein Detail, das ich euch noch nicht erzählt habe.«

Ich wartete.

»Scar ist aus Yellowknife.«

»Woher weißt du das?«

»Wir versuchen seit Jahren, den Mistkerl festzunageln. Wir wissen es einfach.«

»Du glaubst, er hat es auf Ruben abgesehen?«

»Es heißt, Scar hat vor, hier oben mitzumischen. Und dazu muss er zeigen, dass er mit harten Bandagen kämpft.«

Kälte kroch in meinen Bauch. Ich lehnte mich zurück und schloss die Augen. Warum dieses ungute Gefühl? Angst um Rubens Sicherheit? Aller Wahrscheinlichkeit nach hatte die Frau ihre eigenen Babys umgebracht. Und ihre Leichen entsorgt, ohne sich noch einmal umzusehen.

Oder doch nicht? War es Rubens Entscheidung gewesen? Hatte es jemand anderes getan oder sie dazu gezwungen? In Montreal konnte Scar es nicht gewesen sein. Wer dann? Und half diese Person ihr jetzt?

Nichts ergab einen Sinn.

Forex und Scar sagten beide, dass Ruben nicht sehr intelligent war. Und doch hatte sie es auf eigene Faust nach Quebec geschafft und dort unerkannt drei Jahre gelebt. Sie hatte ihre Schwangerschaften versteckt und mindestens vier Babys auf die Welt gebracht und ermordet. Sie war der Sondereinheit des Project KARE entkommen. Sie war der RCMP und der QPP entkommen und tat es auch weiterhin.

Wie? Ein komplexes Unterstützernetzwerk? Ein einzelner Partner? Straßenklugheit? Reines Glück?

Ich wandte mich zu Ollie. »Scar sagte, du hättest absolut keinen Schimmer. Was hat er damit gemeint?«

»Braggadocio.«

»Nettes Wort.«

»Ich hab mir eine App runtergeladen, die mir jeden Tag ein neues schickt. Heißt übrigens Angeberei.«

166

»Hat man dir schon ›keinen Schimmer‹ geschickt?« Ich malte Anführungszeichen. Ich fand das absolut nicht lustig.

»Ein Ablenkungsmanöver. Scar will auf keinen Fall, dass ich seinen Arsch durchleuchte.«

»Er hat das zweimal gesagt.«

»Vielleicht schicke ich ihm einen Link für die App.«

Um 22 Uhr 15 starteten wir endlich. Und wir sollten nie erfahren, welche mysteriöse Unpässlichkeit die Maschine befallen hatte.

Meine einzige Erinnerung an den Yellowknife Airport ist ein ausgestopfter Eisbär, der über der Gepäckabholung thronte. Ansonsten sehr viel Leere. Vor dem Terminal fegte eine Mischung aus Regen und Schnee diagonal übers Land. Und es war saukalt.

Ein Sergeant Rainwater fuhr uns die kurze Strecke in die Stadt. Ryan und ich saßen im Fond. Aus Fetzen der Unterhaltung vorne erfuhr ich, dass Rainwater bereits einige Ermittlungen für Ollie angestellt hatte, Dinge, die wir auch in Edmonton versucht hatten – das Polizeifoto herumzeigen, nach Ruben fragen. Im Wesentlichen mit demselben Ergebnis.

Kurz nach Mitternacht kamen wir am Explorer Hotel an. Bei der Hinfahrt fiel mir die Lage auf einem Hügel auf, eine lange, geschwungene Einfahrt und eine fast zwei Meter hohe Steinfigur, ein Inuksuk, die den Hügel bewachte.

Zum Glück ging das Einchecken schnell. Und ebenfalls zum Glück hatte Ollie kein Interesse, mich aufs Zimmer zu bringen.

Dieses Zimmer befand sich im vierten Stock. Es hatte ein Doppelbett, eine Minibar, Mikrowelle, einen Flachbildfernseher und Ausblick auf ein Gewässer, dessen Namen ich am nächsten Morgen herausfinden wollte.

Ich steckte mein iPhone in den Radiowecker und gönnte mir Wellenrauschen. Keine fünf Minuten später war ich eingeschlafen.

17

Das Baby streckte die Arme aus, die Finger gespreizt, die kleinen Glieder zitternd, es flehte um Hilfe. Um meine Hilfe.

Ich versuchte zu rennen, aber meine Füße gruben sich tiefer und tiefer in den Sand.

Eine Nahaufnahme des Babys.

Es saß im Flachwasser an einem langen, schwarzen Strand. Hinter ihm, über kabbeligen Wellen, verdunkelten violette Sturmwolken einen bedrohlichen Himmel.

Vor meinen Augen verdichtete sich ein flaumiger Schein um den Kopf des Babys zu einem Schopf aus blonden Locken. Die winzigen Gesichtszüge kristallisierten zu einem vertrauten Muster. Die blauen Augen wurden plötzlich grün.

Katy!

Ich versuchte, zu schreien. Immer und immer wieder.

Aus meiner Kehle kam kein Laut.

Meine Beine waren Blei.

Verzweifelt versuchte ich, zu meiner Tochter zu gelangen.

Das Wasser bedeckte jetzt Katys Bauch.

Die Flut kam!

Mit hämmerndem Herzen bewegte ich die Beine noch schneller.

Der Abstand zwischen uns wurde größer.

Auf dem Strand materialisierte sich undeutlich eine Gestalt. Das Gesicht war nicht zu erkennen, das Geschlecht unklar.

Ich versuchte zu rufen.

Die Gestalt reagierte nicht.

Ich schickte meine ganze Kraft in die Beine.

Vergeblich.

Jetzt reichte Katy das Wasser bis zur Brust.

Ich schrie noch einmal, Tränen liefen mir über die Wangen.

Die Szene flirrte wie eine Fata Morgana.

Das Wasser stieg Katy bis zum Kinn.

Ich spannte jede Faser meines Körpers an und schrie.

Die Szene zerplatzte. Verflog wie Nebeltröpfchen.

Ich blinzelte verwirrt.

Ich saß stocksteif im Bett, das Herz hämmerte, die Haut war schweißnass. Die Hände hatte ich in die Decke gekrallt.

Der Wecker zeigte 5 Uhr 42. Frühmorgendliches Grau erhellte die Fenster, deren Vorhänge ich fünf Stunden zuvor offen gelassen hatte.

Draußen hatte es aufgehört zu schneien, aber das namenlose Oval des Wassers sah dunkel und frostig aus. Die Luft im Zimmer fühlte sich eiskalt an.

Ich entspannte die Finger, legte mich zurück und zog die Decke bis zum Kinn.

Nur ein Traum.

Nur ein Traum.

Dem Mantra folgend, versuchte ich meine gewohnte Dekonstruktionstechnik nach einem Albtraum. Dazu sind keine ausgeklügelten psychoanalytischen Fähigkeiten nötig. Mein Unterbewusstsein ist nicht so kreativ. Das alte Es spuckt einfach eine krude Mischung jüngster Ereignisse aus.

Baby in Gefahr. Dazu war Freud nicht nötig.

Katy. Ich hatte schon eine ganze Woche lang nicht mit meiner Tochter gesprochen.

Der Strand. Aus meinem iPhone kamen immer noch beruhigende Meeresgeräusche.

Die verschwommene Gestalt. Das musste ich allerdings erst verdauen.

Annaliese Ruben, die vielleicht ihre Kinder ermordet hatte? Ronnie Scarborough, der Ruben möglicherweise bedroht hatte? Ryan, der unsere Beziehung abgebrochen hatte?

Meine Mutter, die mich zu früh aufs Töpfchen gesetzt hatte?

Was auch immer.

Ich schlug die Decke zurück, rannte auf Zehenspitzen zu meinem Koffer, zog eine Jeans, ein langärmeliges T-Shirt, mein graues Kapuzenshirt, Socken und Turnschuhe an. Im Juni. Willkommen in der Subarktis. Oder der Tundra. Oder wo zum Teufel wir waren.

Wasser aufs Gesicht. Schnell die Zähne geputzt. Die Haare zu einem Pferdeschwanz zusammengefasst.

Die Uhr zeigte sechs. In der vagen Hoffnung, dass das Hotel ein Restaurant hatte und dieses Restaurant bereits offen war, ging ich nach unten.

Ein Glückstag. Der Trader's Grill servierte Eier. Oder bereitete sich darauf vor. Eine Frau stellte Edelstahlwannen auf eine Reihe leinenbedeckter Tische an einer Wand. Als sie meine Schritte hörte, drehte sie sich um und deutete zu einem Zweiertisch in der Fensterreihe. Auf ihrem Namensschild stand Nellie.

Nellie hatte schwarze Haare, die sie zu einem langen Zopf geflochten hatte. Ihre Baumwollbluse und der lange weiße Rock verhüllten einen Körper, der sich am Bauplan eines Lastwagens zu orientieren schien.

Ich setzte mich an den zugewiesenen Platz und suchte nach

der Speisekarte. Da ich keine fand, lehnte ich mich zurück und schaute mich um.

Nellie und ich waren nicht die einzigen Frühaufsteher. Zwei Männer saßen an einem Tisch neben einem jetzt kalten, kreisrunden Kamin mit kupfernem Aufsatz. Beide trugen Jeans, Stiefel und karierte Hemden und hatten Bärte, die dringend gestutzt werden mussten.

Nellie verschwand und kam Augenblicke später mit einer stählernen Kaffeekanne und einem Becher aus dickem Porzellan wieder.

»Tut mir leid. Das Buffet macht erst um sieben auf.« Nellie hob fragend die Kanne. Ihre breiten Wangen und die kupferfarbene Haut deuteten auf indigene Abstammung hin.

»Ja, bitte.«

Nellie goss mir den Becher voll und stellte ihn mir hin. »Ich kann ihnen was zum Frühstück machen, solange es was Einfaches ist.«

»Eier und Toast wären klasse.«

»Rühreier.«

»Ja.«

Nellie stapfte davon.

Ich nippte an meinem Kaffee. Der so stark war, dass der Löffel darin stehen blieb.

Mein Blick wanderte zum Fenster. Hinter der Scheibe sah ich eine Art Zen-Garten. Steinhaufen, dürre Pflanzen, die aus einer Kiesfläche sprossen, Wasserschläuche, die sich über den Boden wanden. Ich konnte nicht sagen, ob das Projekt noch im Entstehen war oder bereits wegen Vernachlässigung verfiel.

Am Rand des Steingartens kreisten zwei riesige schwarze Vögel über einer Gruppe surreal hoher Tannen. Während ich ihrem trägen Kreisen zuschaute, wanderten meine Gedanken wieder zu dem Traum.

Warum hatte Katy nicht angerufen?

Ich checkte, ob mein iPhone Empfang hatte. Vier volle Balken. Aber keine Voicemail und keine SMS von meiner Tochter.

Ich überflog die E-Mails. Vierundzwanzig, seit ich Edmonton verlassen hatte. Die meisten ignorierte oder löschte ich. Rechnungen. Werbung für Penisvergrößerungen, Medikamente, Hautprodukte, Ferienhäuser. Angebote für absolut risikolose Auslandsinvestitionen.

Pete hatte mir eine kurze Nachricht geschickt, dass es Birdie gut gehe und er Boyd, seinem Chow-Chow, die Hölle heißmache.

Meine Schwester Harry hatte geschrieben, dass sie einen pensionierten Astronauten kennengelernt habe. Sein Name war Orange Curtain. Ich hoffte, das war ein Fehler der Autokorrektur.

Katy hatte mir einen Link für eine herzliche Einladung zur Brautparty einer Freundin geschickt. Okay, es ging ihr gut. Sie hatte nur viel zu tun.

Ollie hatte mir eine E-Mail mit einem Anhang geschickt. In der Betreffzeile stand: *Aufs Handy speichern*. Neugierig lud ich das Dokument herunter und öffnete es.

Annaliese Rubens Polizeifoto, eingescannt und vergrößert. Auch wenn einige Details verloren gegangen waren, konnte man das Gesicht immer noch gut erkennen.

Gut mitgedacht, Sergeant Hasty. Meine Kopie des Ausdrucks war inzwischen ziemlich mitgenommen.

Ich betrachtete das Foto. Dunkle Haare. Runde Wangen. Gesichtszüge, die man auf jeder Straße in Dublin, Dresden oder Dallas sehen könnte.

»Hoffe, Sie gehören nicht zu diesen Vegetariern.« Ich war so auf Ruben konzentriert, dass ich Nellie nicht kommen gehört hatte. »Ich habe ein bisschen Speck dazugelegt.«

»Speck ist gut.« Ich legte das Handy weg und zog die Ellbogen an.

Nellie stellte mir den Teller hin. Neben Eiern und Speck enthielt er Toast, Rösti und ein kleines, braunes Objekt, dessen Zusammensetzung unklar war.

»Ist das alles?«, fragte sie.

Ich nickte.

Nellie zog eine Rechnung aus ihrem Rockbund. »Noch Kaffee?«

»Ja, bitte.«

Als sie sich über den Tisch beugte, fiel ihr Blick auf mein Handy. Rubens Gesicht war noch auf dem Display zu sehen.

Nellie zuckte zusammen, als hätte sie einen Stromschlag abbekommen. Kaffee spritzte über den Tassenrand und auf die Tischplatte. Scharf einatmend richtete sie sich auf und trat einen Schritt zurück.

Ich hob den Kopf.

Nellies Lippen waren fest zusammengepresst. Sie wich meinem Blick aus.

Hatte Rubens Foto sie so in Aufregung versetzt? Oder bildete ich mir das nur ein?

»Tut mir leid«, murmelte sie. »Ich hole einen Lappen.«

»Nicht nötig.« Ich hob mein Handy und wischte den Fleck mit meiner Serviette weg. »Sie haben ja keine Ahnung, wie oft ich dieses Ding verfluche.«

Nellies Mund blieb fest geschlossen.

»Vielleicht interessiert Sie das.« Wie beiläufig schaute ich auf das Foto. »Ich glaube, diese Frau wurde in Yellowknife geboren.« Ich hielt das Handy höher, damit Nellie das Display sehen konnte. Doch sie starrte auf ihre Schuhe. »Ihr Name ist Annaliese Ruben.«

Keine Reaktion.

»Kennen Sie sie?«

Nichts.

»Ich glaube, sie könnte erst vor Kurzem nach Yellowknife zurückgekehrt sein. Aus Edmonton.«

»Ich muss wieder an die Arbeit.«

»Ich muss sie finden, es ist wichtig.«

»Ich muss noch das Büfett fertig herrichten, bevor ich gehen kann.«

»Ich kann ihr vielleicht bei einem Problem helfen.«

Am anderen Ende des Saals standen Waldschrat und Kollege vom Tisch auf und wandten sich zum Gehen. Nellie schaute ihnen nach.

Sekunden verstrichen.

Ich war mir sicher, dass Nellie wusste, wer Ruben war, vielleicht sogar, wo sie war. Ich wollte eben einen letzten Versuch wagen, als sie fragte: »Was für ein Problem?«

»Tut mir leid. Das wäre ein Vertrauensbruch.«

Nun schaute Nellie mich endlich an. Ich spürte, dass sie versuchte, meine Gedanken zu lesen. »Geht's um Horace Tyne?«

»Was wissen Sie über Tyne?«, bluffte ich mit Wissen, das ich gar nicht hatte.

»Was wissen *Sie* über Tyne?« Nellie hatte das offensichtlich durchschaut.

Langsam, Brennan. Verschreck sie nicht.

»Hören Sie, Nellie. Ich kann gut verstehen, dass Sie keinen Grund haben, mir zu trauen. Aber ich versuche wirklich, Ruben zu helfen. Ich will ihr nichts Böses.«

»Sind Sie von der Polizei?«

»Nein.«

Ihr Gesicht versteinerte sich blitzartig.

Falsche Antwort. Kleines Hotel. Große Gerüchteküche. Zweifellos hatte Nellie Gerede über Ryan und Ollie gehört.

»Aber ich bin mit zwei Polizeibeamten hier.« Ich versuchte, die Scharte auszuwetzen. »Die wissen aber nicht, dass ich Ihnen diese Fragen stelle.«

»Warum sind Sie hier?«

»Wir glauben, dass Ruben sich möglicherweise selber in Schwierigkeiten gebracht hat.«

»Und die Polizisten wollen sie retten.«

»Ja.«

Wortlos drehte Nellie sich um und ging davon.

Während ich meine inzwischen kalten Eier aß, überlegte ich, was ich bis jetzt an diesem Morgen erreicht hatte. Ich hatte mir selber mit einem Traum Angst eingejagt, dann eine amateurhafte Analyse des Inhalts durchgeführt. Ich hatte mir in die Karten schauen lassen, was Annaliese Ruben anging. Und ich hatte es mir mit einer Informantin verscherzt, die wissen könnte, wo sie sich aufhielt.

Aber ich hatte einen Namen herausgefunden. Horace Tyne.

Brillant. Ryan würde mich wahrscheinlich für die Detective-Prüfung vorschlagen.

Ich stupste das braune Ding an. Das irgendwann in seinem Leben vielleicht einmal Gemüse gewesen war.

Eine andere Kellnerin erschien und führte, mit viel Klappern und Klirren, die Vorbereitungen für das Frühstücksbüfett weiter.

Ich hob den Becher, um den Rest Kaffee auszutrinken. Mitten in der Bewegung hielt ich inne.

Nellie hatte gesagt, es sei ihre Aufgabe, das Büfett zu organisieren. Erst dann könne sie gehen.

Wo war sie also?

Nachdem ich meinen Namen und die Zimmernummer auf die Rechnung geschrieben und sie abgezeichnet hatte, stürzte ich in die Hotelhalle.

Nellie lief eben durch die Vordertür.

Ryan anrufen? Ollie?

Nellie verschwand bereits die Einfahrt hinunter.

Ich rannte hinter ihr her.

18

Morgennebel, dick wie Omas Bratensoße, wirbelte im Schein des Hotelschilds. Obwohl die Sonne den nächtlichen Himmel nie wirklich verlassen hatte, musste sie sich für den Tagesanbruch erst wieder organisieren.

Mit anderen Worten, die Sicht war beschissen.

Aber ich hatte den Vorteil der Höhe. Nellies Oberkörper war zwar in eine dicke graue Jacke gehüllt, die mit dem Nebel verschmolz, doch ihr leuchtend roter Rock war gut zu erkennen. Als ich unter dem Vordach hervortrat, verschwand das scharlachrote Signal eben um die Biegung.

Ich lief die Straße hinunter. Ich bezweifelte zwar, dass Nellie eine Verfolgerin bemerken würde, hielt mich aber trotzdem an der Innenseite der Biegung. Auf halber Strecke nach unten war mein Objekt plötzlich verschwunden. Ich lief schneller. Am Fuß des Hügels schaute ich nach links und nach rechts. Der rote Rock schwang den Veterans Memorial Drive entlang, der um diese Tageszeit so gut wie verlassen war.

Als ich abbog, bereute ich es bereits, ohne Jacke aus dem Haus gelaufen zu sein. Beim Ausatmen wehte mir Dampf von den Lippen.

Das Zentrum von Yellowknife sieht aus wie eine schnell herbeigeschaffte Filmkulisse. Denken Sie an die Serie *Ausgerechnet Alaska,* aber inflationieren Sie die Zahl der Bars, Restaurants, Läden und nichtssagenden Büro- und Verwaltungsgebäude.

Ich folgte Nellie zur Fiftieth Street und bewegte mich dabei schnell genug, um etwas Körperwärme zu erzeugen, aber auch so langsam, dass ich zwischen uns Abstand halten konnte. Was nicht schwer war. Trotz ihrer kurzen Beine und ihrer beträchtlichen Masse machte die Frau ordentlich Tempo.

Was Straßennamen angeht, ist Yellowknife ganz ähnlich wie Charlotte. Schon bald traf die Fiftieth Street auf die Fiftieth Avenue. Sehr kreativ.

Ohne auf Grün zu warten, lief Nellie über die Kreuzung. Um nicht entdeckt zu werden, blieb ich ein paar Augenblicke stehen, überquerte erst dann die Straße und stellte mich in eine Nische vor einem Andenkenladen.

Einen halben Block unterhalb der Fiftieth Street sah ich eine lange, orangene Markise an einem dreistöckigen Gebäude, das schon bessere Zeiten erlebt haben musste. Ein Schriftzug auf der Markise und dem Stuck des zweiten Stocks identifizierte den Bau als Gold Range Hotel. Ohne zu zögern, zog Nellie die Eingangstür auf und eilte hinein.

Ich zog mein iPhone aus der Jeans und tippte Ryans Nummer. Meine Hand zitterte vor Kälte so heftig, dass ich die Tasten verfehlte und es noch einmal versuchen musste.

Voicemail.

Ich hinterließ eine Nachricht. Ruf mich an. Sofort.

Während mein Blick zwischen dem Gold Range und dem Handy hin und her zuckte, versuchte ich es bei Ollie. Mit demselben Ergebnis. Ich hinterließ dieselbe Nachricht. Als SMS und Voicemail.

Schliefen die beiden Trottel noch? Hatten sie ihre Handys abgestellt? Waren sie bereits unterwegs? Unwahrscheinlich, nach weniger als sechs Stunden Schlaf.

Die Arme eng um den Körper geschlungen, musterte ich das Gold Range. Mit der grellen Markise, den geschnitzten Fensterläden und der falschen Tudorfassade sah es aus wie eine Mischung aus Schweizer Chalet und billigem Motel.

Wohnte Nellie im Gold Range? Oder Ruben? War sie vielleicht sogar jetzt da drin?

Ich überlegte, welche Möglichkeiten ich hatte. Reingehen und nach der einen oder der anderen suchen? Warten? Wie lange? Den ganzen Blödsinn lassen und ins Hotel zurückkehren?

Unter dem Kapuzenshirt und dem dünnen Baumwollhemdchen fror ich so sehr, dass mein ganzer Körper mit Gänsehaut bedeckt war. Ich bewegte die Arme auf und ab. Hüpfte von einem Fuß auf den anderen.

Wo zum Teufel waren Ryan und Ollie?

Ich warf einen schnellen Blick in den Laden hinter mir. Durch die Fensterscheibe sah ich Poster, Plastikeisbären und anderen Touristenkitsch. Und noch etwas: Sweatshirts und Jacken mit der Aufschrift *I Love Yellowknife*.

Die Geschäftszeiten standen auf einem Schild an der Tür: Montag bis Freitag, neun bis zwanzig Uhr. Fleißig. Brachte mir aber nichts. Außerdem war ich ohne Geld oder Kreditkarte zum Frühstück gegangen.

Ich schaute auf die Uhr. Zehn nach sieben.

Ich starrte das Gold Range an. Das Hotel starrte zurück, die Fenster stumm und dunkel im frühmorgendlichen Nebel.

Heftig zitternd versuchte ich es noch einmal bei Ryan und Ollie. Keiner meldete sich.

Entscheidung. Ich würde bis halb acht warten und dann das Hotel stürmen.

Wenn ich bis dahin nicht an Unterkühlung gestorben war.

Allmählich veränderte der eisige Nebel die Farbe. Hinter dem Explorer schimmerten Pink und Gelb durch lange, zinnfarbene Wolken, die parallel über dem Horizont hingen.

Sieben siebzehn.

Alles still am Gold Range. Dank der Beharrlichkeit der Sonne erkannte ich nun so etwas wie einen Häkelvorhang hinter einem Fenster. Nett.

Nach einer Stunde, wie es mir vorkam, schaute ich wieder auf die Uhr.

Sieben zwanzig.

Überwachungen waren offensichtlich nicht so herzrasend aufregend, wie sie oft dargestellt wurden.

Ich wollte eben meinen Plan ändern und zu Phase zwei übergehen, als die Tür aufging. Mit gesenktem Kopf trat Nellie auf den Bürgersteig und kam direkt auf mich zu.

Ich muss zugeben: Jetzt legte mein Herzmuskel doch einen Zahn zu.

Bevor sie die Ecke erreicht hatte, ging Nellie schräg über die Fiftieth Street und bog rechts in die Fiftieth Avenue ein.

Eine Dampfschwade der Erleichterung ausstoßend, eilte ich ihr nach.

In Yellowknife herrschte inzwischen rege Betriebsamkeit. Was hieß, dass ich auf der Hauptstraße nun drei Menschen sehen konnte.

Vor dem A&W-Restaurant unterbrachen zwei Männer, deren Gesichter unter ihren Parkakapuzen kaum zu erkennen waren, ihr Gespräch, um mir nachzuschauen. Vor dem Kentucky Fried Chicken kam ich an einem Jungen in rotem Trainingsanzug, schwarzer Fleeceweste und orangefarbener Mütze vorbei, der ein gelbes Skateboard unter dem Arm trug. Beide Male lächelte ich und sagte guten Morgen. Beide Male erhielt ich nur unfreundliche Blicke.

Na gut.

Irgendwo hinter der Forty-Fourth Street wurde aus der Fiftieth Avenue die Franklin. Eben wie in Charlotte. Im Vorüberlaufen prägte ich mir die Straßennamen und die Abzweigungen ein, die ich nahm.

Einige Blocks hinter der School Draw Avenue bog Nellie nach rechts auf die Hamilton ein und dann noch einmal auf einen Kiesweg. Auf einem Schild an einem Felsbrocken stand *Ragged Ass Avenue*. Einen solchen Namen würde man in der Queen City nie finden.

Nellie trottete die Ragged Ass hoch, offensichtlich hatte sie immer noch nicht bemerkt, dass ich ihr folgte. Ich blieb kurz an der Einmündung stehen, weil ich Angst hatte, dass meine Schritte auf dem Kies mich verraten würden. Unauffällig nach links und rechts blickend, schaute ich mir die Umgebung an. Die Sonne stand jetzt schon höher und brannte den Nebel weg. Details wurden klarer.

Ein Wohnviertel mit braunen Rasenflächen bis zur Straße und tief hängenden Versorgungsleitungen. Ich roch fischiges Wasser und brackigen Schlamm und spürte in der Nähe einen See.

Der architektonische Tenor des Viertels war nördlicher Eintopf. Die neueren Häuser wirkten wie aus Fertigteilen aus dem

Katalog zusammengebastelt. Außenverkleidungen aus Aluminium. Vorgefertigte Fenster. Läden und Türen im Pseudokolonialstil.

Die älteren Gebäude ähnelten Hütten in einem Hippie-Sommerlager. Holzhäuser aus unbehandelten Balken, geschmückt mit Wandmalereien oder Szenen aus der Natur. Fallrohre und Rauchabzüge aus Metall. Windrädchen, Plastiktiere oder Keramikzwerge in Gärten oder auf Zäunen.

Jedes Haus hatte mindestens ein Außengebäude, einen verrosteten Tank und einen Stapel Feuerholz. Und, wie ich vermutete, Bewohner, die Fremden gegenüber eher feindselig eingestellt waren.

Hunde? Ich verdrängte den beunruhigenden Gedanken.

Als Straße machte die Ragged Ass nicht viel her. Nur zwei Blocks lang. Ohne sich ein einziges Mal umzuschauen, ging Nellie bis zum hinteren Ende und eine Kieseinfahrt hoch und betrat dann ein Haus, dessen Bewohner in der Sommerlagerbewegung tief verwurzelt sein mussten.

Ohne den frühmorgendlichen Eindringling zu bemerken oder zu beachten, döste die Ragged Ass vor sich hin.

Die Haut kribbelnd vor Kälte und Angst, schlich ich weiter.

Kein Rottweiler bellte. Kein Pitbull sprang mich an.

Na also. Ich ermittelte.

Das Haus, das Nellie betreten hatte, war kaum mehr als eine Holzhütte mit einer Innenfläche von vielleicht achtzig Quadratmetern. Reflektierende, an die Fassade genagelte Ziffern verkündeten die Adresse 7243.

Ein schlampig aus Holz und Plastik zusammengebasteltes Gewächshaus lehnte an einer Wand des Hauses, ein windschiefes Vordach ragte von der anderen ab. Unter dem Vordach standen ein Tisch und Stühle aus Plastik und ein verrosteter Holzkohlengrill.

Weder auf der kurzen Einfahrt noch im Carport stand ein Fahrzeug.

Und jetzt?

Bis hierher hatte Warten ganz gut geholfen. Ich beschloss, es noch ein bisschen länger zu tun.

Ich benutzte einen kleinen Schuppen auf der anderen Seite als Unterstand und beobachtete von dort aus die Straße.

Wie schon auf der Fiftieth bewegte sich auch hier die Zeit mit der Geschwindigkeit eines Gletschers.

Ich schaltete mein Handydisplay an. Zehn vor acht. Keine Voicemail, keine SMS.

Ich rief Ryan an und nannte ihm meinen neuesten Aufenthaltsort.

Was das Klima anging, hatte sich meine Lage eher verschlechtert. Die Sonne hatte zwar den Nebel vertrieben und die Temperatur minimal erhöht, jetzt aber trug eine stetige Brise die Feuchtigkeit von dem unsichtbaren Gewässer herüber.

Ich schlang die Arme um den Oberkörper und steckte die Hände unter die Achseln. Mein Atem wollte sich nur widerwillig vom Dampf verabschieden.

Eine Ewigkeit lang ging die einzige Aktivität von zwei Raben aus, die sich um die besten Plätze auf den Leitungen über mir stritten. Dann wurde eine Tür zugeknallt, und ein Motor sprang an.

Ich riss den Kopf nach links. Dreißig Meter weiter nördlich stieß ein roter Pick-up rückwärts aus einer Einfahrt. Ich sah ihn ausrollen, kurz stehen bleiben und dann in Richtung Hamilton davonfahren.

Um acht Uhr fünfzehn war meine Begeisterung für Überwachung und Ermittlung tiefer gesunken als meine Körperkerntemperatur. Eine Million Argumente fürs Aufbrechen wirbelten mir durchs Hirn.

Dieses Haus hatte mit Ruben ja vielleicht gar nichts zu tun. Vielleicht war es Nellies Haus, und sie lag drinnen mollig warm im Bett, während Ruben immer noch im Gold Range saß. Vielleicht hatte Nellie nur kurz im Hotel vorbeigeschaut, um ihr zu sagen, dass wir in Yellowknife waren. Vielleicht war Ruben bereits untergetaucht, und ich hatte wieder alles vermasselt.

Was sollte das Ganze? Ich kannte die Adresse. Wir konnten später noch einmal herkommen und nachsehen, ob Ruben hier war.

Hin und wieder gebe ich mir selber einen guten Rat. In seltenen Fällen nehme ich ihn auch an. In diesem Fall leider nicht.

Bevor ich mich davonmachte, beschloss ich, noch einen kurzen Blick zu riskieren. Nein, das stimmt nicht ganz. Es war keine bewusste Entscheidung. Meine halb tauben Füße setzten sich einfach in Bewegung.

Ein schneller Blick nach links und nach rechts, dann huschte ich über die Ragged Ass, die Einfahrt hoch und um die Vordachseite des Hauses herum. Ich schlich mich unbemerkt, wie ich hoffte, am Grill vorbei und drückte mich neben einer Glasschiebetür flach an die Wand.

Und lauschte mit angehaltenem Atem.

Von drinnen kam das gedämpfte Auf und Ab einer Radio- oder TV-Talkshow. Hier draußen, um mich herum, nichts als Stille.

Ganz behutsam löste ich die rechte Schulter von der Wand und drehte mich nach links.

Zwecklos. Jalousien aus dünnem Metall versperrten den Blick ins Innere. Sie waren ganz heruntergelassen, die Lamellen dicht geschlossen.

Ich drehte mich nach rechts und versuchte das gleiche Manöver an einem Fenster, dessen unterer Rand mir etwa bis zur Schulter reichte. Noch eine geschlossene Jalousie.

Ich wollte schon aufgeben, als ich etwas durch die Wand dringen hörte, das wie Kläffen klang. Rubens Hund?

Wie elektrisiert schlich ich zur Rückwand des Hauses.

Rechts im Hinterhof spannte sich eine Wäscheleine von der Rückwand zu einer verkümmerten Birke etwa zwanzig Meter entfernt. Am anderen Ende des Hofs, einem Flecken nackter Erde, stand ein Lagerschuppen aus Aluminiumblech. Daneben sah ich einen Müllcontainer aus verwittertem Holz mit schräg gestelltem Deckel.

Eine Holztreppe mit drei durchgetretenen Stufen führte zu einer Tür in der Mitte der Rückwand. Dahinter stand ein gesprungenes Pflanzgefäß aus Keramik. Und dahinter ein wackeliger Holztisch. Eine fleckige Tischplatte und ein rostiges Messer deuteten darauf hin, dass er zum Ausnehmen und Putzen von Fischen verwendet wurde.

Zwischen der linken Hausecke, wo ich stand, und der Treppe befand sich ein weiteres, etwas höheres Fenster. Ich konnte es aus meinem Blickwinkel nicht direkt sehen, doch der Schattenwurf verriet mir, dass die Jalousie etwa fünfzehn Zentimeter über dem Fensterbrett aufhörte.

Alle Sinne angespannt, ging ich um die Hausecke herum und drückte mich an der Rückwand entlang. Ein Rabe krächzte und flatterte aus der Birke hoch.

Ich erstarrte.

Nichts.

Ich schob mich weiter.

Acht Schritte brachten mich zum Fenster und einer flachen Grube genau darunter. Sie schien von Hand ausgehoben zu sein und war mit einer Plastikplane ausgelegt, der Rand mit Steinen beschwert. Ein Gartenschlauch schlängelte sich von der Grube zu einem Hahn am Haus. Umgeben von schwarzem Schlamm und zu etwa zehn Zentimetern mit trübem, grün irisierendem Wasser gefüllt, wirkte das Ding wie ein Koi-Teich aus der Hölle.

Vom hinteren Tümpelrand aus versuchte ich in das Haus zu spähen. Doch von dort aus konnte ich durch den Spalt unter der Jalousie nichts erkennen.

Ich schätzte den Abstand zwischen dem vorderen Rand des Tümpels und der Hauswand. Ein guter halber Meter. Kniffelig, aber ich konnte dort wohl stehen.

Die Handflächen ans Holz gedrückt, schob ich mich langsam an der Wand entlang. Der Schlamm fühlte sich glitschig und schwankend unter den Sohlen meiner Turnschuhe an.

Zwei Schritte, und ich stand vor dem Fenster. Das Brett hatte ich etwa auf Nasenhöhe. Ich krallte mich mit den Fingern fest und zog mich auf die Zehenspitzen hoch.

Das Licht brannte nicht, dennoch zeichneten sich im dämmerigen Innenraum einige Gegenstände ab. Der obere Teil eines Gefrierschranks. Eine Wanduhr in Form eines Fisches. Ein sehr erfolgreicher Streifen Fliegenpapier.

Ich wollte eben noch einen Schritt nach links machen, als etwas Hartes mein Schienbein traf. Feuer schoss mir das Bein hoch. Ich unterdrückte einen Schrei.

War ich gebissen worden? Geschlagen?

Bevor ich nach unten schauen konnte, schlangen sich Tentakel um meine Knöchel und drückten zu.

Ich wurde von den Füßen gerissen.

Schwärze und irisierendes Grün rasten auf mein Gesicht zu.

19

Meine Füße schnellten in die Höhe. Ich knallte mit Ellbogen und Kinn auf den Boden.

Die unsichtbaren Tentakel zerrten heftig und zogen mich zuerst durch Schlamm, dann über Fels. Mein Gesicht kippte nach unten.

Fauliges Wasser füllte Augen, Nase, Mund. Ich konnte nichts sehen, nicht atmen.

Voller Angst suchte ich nach Halt. Ertastete den Rand des Koi-Teichs. Klammerte mich mit beiden Händen fest.

Mein Oberkörper schlitterte über Schlamm voller Dinge, die ich mir nicht vorstellen wollte. Mein Kopf tauchte auf.

Nach Atem ringend und immer noch blind, versuchte ich, mich auf den Rasenstreifen zu ziehen, von dem man mich gerissen hatte. Spürte Widerstand. Die Klammern um meine Knöchel.

Mein Hirn suchte noch nach einer Erklärung, als meine Füße wieder hochgerissen wurden. Mein Rückgrat überdehnte sich, die Lendenwirbel krachten aufeinander und schossen Schmerzpfeile in mein Hirn.

Mein Körper kippte nach hinten, weg vom Haus. Ich verlor den Halt. Das Kinn knallte auf Stein, dann war mein Kopf wieder unter Wasser. Die Arme folgten, die Finger schabten über schleimbedecktes Plastik.

Wie ein Fisch im Netz spürte ich, wie ich mit den Füßen aus dem Tümpel gezogen und auf den Rasen geworfen wurde.

Mit hämmerndem Herzen stemmte ich den Oberkörper hoch. Keuchend versuchte ich, das alles zu begreifen.

Die Füße wurden hochgerissen, ich landete wieder im Dreck. Ich versuchte, mich umzudrehen. Ein Stiefel zwischen den Schulterblättern drückte mich auf den Bauch. Ich lag flach im kalten, schlammigen Gras.

»Was wollen Sie hier?« Die Stimme war hoch, aber männlich und ziemlich unfreundlich.

»Ich suche jemanden.«

»Wen?«

»Annaliese Ruben.«

Keine Antwort.

»Ich dachte, sie könnte im Haus sein«, stieß ich abgehackt hervor. Mein Puls raste, ich atmete unkontrolliert.

Schweigen.

»Ich habe wichtige Informationen.«

Aus dem Augenwinkel sah ich eine dunkle Silhouette in den Himmel ragen.

»Ich muss sie finden.«

»Und so machen Sie das? Indem Sie in irgendwelche Fenster spähen?«

»Ich habe nur versucht –«

»Sind Sie pervers?«

»Was?«

»Nackte Leute glotzen?«

»Nein. Ich wollte nur sehen, ob ich die richtige Adresse habe.«

»Schon mal dran gedacht, an die Tür zu klopfen?«

Ertappt.

»Ich wollte nichts Böses.«

»Woher weiß ich, dass Sie nicht das Haus ausräumen wollten?«

»Sehe ich aus wie eine Einbrecherin?«

»Für mich schon.«

Ich konnte sein Gesicht nicht sehen, aber ich spürte, dass der Mann auf mich herabstarrte.

»Sie tun mir weh.«

Ein kurzes Zögern, dann ließ der Druck auf mein Rückgrat nach. Ich hörte Nylon rascheln, dann verschwand die Silhouette aus meinem Gesichtsfeld.

Ich drehte mich um und wischte mir schlammig-nasse Haare aus den Augen. Dann schaute ich hoch.

Mein Angreifer war mittelgroß, mit einem muskulösen Körper in Jeans und dunkelblauer Windjacke. Seine Haut war walnussbraun, die Augenfarbe schwarz wie alter Kaffee. Die Haare waren zu einem glänzenden, schwarzen Helm gegelt.

Mir fiel auf, dass seine Hände aufgerissen und ledrig waren. In der Linken hielt er ein Seil mit einer Schlinge an einem Ende und drei langen Strängen am anderen. Die Stränge endeten in schräg abgeschnittenen Knochenstücken, die meine Knöchel umschlangen.

»Nette *kipooyaq*.«

»Sie sprechen ein bisschen Inuit. Beeindruckend.«

»Das war einfach.« Von wegen. Für dieses Wort hatte ich ziemlich tief bis zu einem Grundkurs in subpolarer Archäologie graben müssen.

Die Kaffeeaugen musterten mein Gesicht, schätzten mein Gefahrenpotenzial ein.

»Darf ich?« Ich deutete auf meine Beine.

Der Mann nickte knapp.

Mit tauben Fingern wickelte ich mir die Bola von den Knöcheln.

»Ich habe Sie gefragt, was Sie hier wollen.«

»Wie gesagt. Ich suche nach Annaliese Ruben. Kennen Sie sie?«

»Schon mal an anrufen gedacht?«

»Ich habe keine Nummer.«

Der Mann sagte nichts.

»Vielleicht können Sie mir helfen.«

»Wie wär's mit der Telefonauskunft?«

»Könnte eine nicht registrierte Nummer sein. Dann wird es schwierig.«

»Die Leute machen das aus einem bestimmten Grund.«

»Wohnt Annaliese hier?«

»Ich denke, wenn die Dame wollte, dass Sie ihre Adresse haben, dann hätte sie sie Ihnen gegeben.«

»Kennen Sie Annaliese?«

»Eins weiß ich sicher, *Sie* kenne ich nicht.«

Endlich hatte ich die Füße frei. Als ich aufstand, wickelte sich der Mann das Seil in gleichmäßigen Schlaufen um eine Hand.

»Ausweis?«

»Was?« Scheiße.

»Führerschein? Krankenversicherungskarte? Irgendwas mit einem Foto?«

»Ich habe nichts bei mir.«

»Ich habe eine Beschwerde erhalten, dass jemand in der Ragged Ass Road in Fenster glotzt. Ich komme her und finde Sie mit der Nase an der Scheibe. Und jetzt erzählen Sie mir, Sie können sich nicht ausweisen.«

»Ich wohne im Explorer. Ich hatte nicht vor, das Hotel zu verlassen.«

»Aber Sie sind hier.«

»Ich heiße Temperance Brennan. Ich bin forensische Anthropologin.« Meine Zähne klapperten. »Ich bin wegen einer offiziellen polizeilichen Angelegenheit in Yellowknife.«

»Und zu dieser Angelegenheit gehört das Ausspionieren von arglosen Bürgern?«

Ich hatte zwar keine Ahnung, wer der Kerl war, aber auch keine andere Wahl. Und ich fror. Ich gab ihm eine modifizierte Version. Ollie. Ryan. Annaliese Ruben, die wegen Ronnie Scarborough vielleicht in Gefahr war.

Der Mann hörte mir mit neutraler Miene zu.

»Ich habe ein Handy. Wir können Detective Ryan oder Sergeant Hasty anrufen. Oder Sergeant Rainwater. Er gehört zur G Division. RCMP. Hier in Yellowknife.«

Als ich merkte, dass ich plapperte und keine Einwände hörte, zog ich mein iPhone aus der Tasche und drückte mit zitterndem Daumen auf die Ein-Taste.

Nichts.

Ich versuchte es noch einmal. Und noch einmal.

Weder Drücken noch Schütteln konnten das Display aktivieren.

Scheiße. Scheiße.

Ich hob den Kopf. Die Miene des Mannes war immer noch unergründlich.

»Es ist tot.«

Keine Reaktion.

»Anscheinend ist es im Koi-Teich nass geworden.«

Ohne mich aus den Augen zu lassen, zog der Mann ein Handy von seinem Gürtel und drückte auf Kurzwahl. »Zeb Chalker. Ist Rainwater da?«

Eine Pause.

»Schön für ihn. Kennst du einen Kerl von der K Division namens Oliver Hasty?«

Pause.

»Ist er in der Stadt?«

Lange Pause.

»Ist Hasty alleine unterwegs?«

Pause.

»*Marsí.*«

Chalker klemmte sich das Handy wieder an den Gürtel, verschränkte die Arme und schaute mich sehr lange an. Schließlich sagte er: »Vorschlag. Sie schauen, dass Sie ins Explorer zurückkommen. Und danach bleiben Sie bei Ihren Freunden. Okay?«

Chalkers Haltung reizte mich tierisch. Wer war er, dass er mir Befehle erteilen konnte? Andererseits sehnte ich mich danach, in mein Zimmer zurückzukehren und mir ein sehr heißes Bad einzulassen. Außerdem hatte ich keine andere Wahl.

Ich nickte.

Ohne ein weiteres Wort ging Chalker davon.

»Machen Sie sich um mich keine Sorgen«, murmelte ich hinter ihm her. »Ich rufe mir ein Taxi.«

Als ich dann an der Straße stand, war Chalker nirgendwo zu sehen. Während ich die Ragged Ass hochjoggte, fragte ich mich, wer der Kerl war. Warum hatte er mich mit einer Bola von den Füßen gerissen? War er nur ein wachsamer Nachbar? Ein Verwandter des Hausbesitzers? Eine Art Polizist?

Chalker kannte Rainwater. Hatte ihn offensichtlich in seinem Kurzwahlspeicher. Aber wir waren in Yellowknife, Bevölkerung unter zwanzigtausend. Kannte da nicht jeder jeden?

Wie auch immer. Chalker hatte von sich absolut nichts verraten.

Es war definitiv nicht mein Tag. Ich bog eben mit gesenktem Kopf und stampfenden Füßen auf die Hamilton ein, als mir ein Fahrrad in die Seite krachte.

Ich flog. Das Fahrrad rollte wild wackelnd weiter den Hügel hinunter.

Ich landete so heftig auf dem Hintern, dass mir die Luft wegblieb. Einen Augenblick lang konnte ich mich nur auf die Sauerstoffaufnahme konzentrieren.

Ich rang noch nach Atem, als ich Kies knirschen und dann ein lautes Johlen hörte. Fünf Meter hügelabwärts saß der Junge vom Kentucky Fried Chicken rittlings auf einem klobigen roten Schwinn, das irgendwann in den Fünfzigern vom Band gerollt sein musste. Sein gelbes Skateboard ragte aus einem Gepäckträgerkorb.

»Ha-ha!« Laut lachend deutete der Junge mit knochigem Finger auf mich. »Sie sehen aus wie meine Oma, als sie in den Schweinekoben gefallen ist.«

»Und du siehst aus, als hättest du die Stützräder dranlassen sollen.«

Der Junge war schlaksig und reichte mir ungefähr bis zum Kinn. Sein Körper in dem schlabbrigen Trainingsanzug war knochendürr. Ich schätzte sein Gewicht samt triefnassen Klamotten auf etwa fünfundzwanzig Kilo, sein Alter auf ungefähr zwölf.

»Ja? Was glauben Sie, wie alt ich bin?«

Meine Lunge war noch so verkrampft, dass ich kaum einen Ton hervorbrachte.

Als ich aufstand, kam der Junge näher. Er hatte dunkle, zu weit auseinanderstehende Augen und dunkle Locken, die unter der Mütze hervorquollen. Eine Narbe auf der Oberlippe deutete auf eine chirurgisch korrigierte Gaumenspalte hin.

»Mann, Sie sehen echt scheiße aus.«

Da musste ich ihm recht geben. Mein Kinn war aufge-schürft. Die Haare waren nass. Meine Kleidung war tropfnass und schlammverschmiert.

»Riechen auch scheiße.«

»Solltest du nicht im Kindergarten sein?« Albern. Aber der kleine Affe provozierte mich.

»Wenn Sie das Altenheim suchen, kann Ihnen meine Oma vielleicht weiterhelfen.«

»Kann deine Oma dir vielleicht auch Manieren beibringen?«

»Würde nichts bringen. Sie wären dann leider immer noch steinalt.«

Ich setzte mich wieder in Bewegung. Der Junge radelte auf der Hamilton neben mir her.

»Ich habe Sie heute Morgen auf der Fiftieth gesehen.«

»Brillant. Aber ich habe keine Lutscher mehr.«

»Sie haben Ms. Snook verfolgt.«

Nellie Snook. Ich prägte mir den Nachnamen ein.

»Was machen Sie hier in Old Town?«

»Ich suche nach einer Freundin.«

»Warum sind Sie voller Schweinematsch?«

»Bin hingefallen.«

»Wahrscheinlich Alzheimer.«

»Und du brauchst erst in zehn oder zwölf Jahren 'ne Män-nerunterhose.«

»Und Sie pinkeln dann in Ihre Windeln.«

»Meine Freundin heißt Annaliese Ruben.«

»Warum suchen Sie sie?«

»Ich muss ihr etwas geben.«

»Geben Sie her. Ich fahr's ihr rüber.«

»Du fährst es direkt gegen den nächsten Zaun.«

»Den Versuch war's wert.« Der Junge grinste breit und zeigte große Lücken zwischen schiefen Zähnen.

»Du kennst Nellie Snook also?«

»Hab ich nie behauptet.«

»Kennst du Annaliese Ruben?«

»Ist das 'ne alte Schachtel wie Sie?«

»Wie heißt du?«

»Binny.«

»Binny was?«

»Binny Geht-dich-nichts-an.«

Ich war mir sicher, dass Binny davonradeln würde, wenn ich auf die Franklin einbog. Er tat es nicht. Nach einem halben Block kam mir ein Gedanke.

»Hey, Knirps.«

»Ja, Oma.«

»Kennst du einen Horace Tyne?«

»Jeder kennt Horace.«

»Warum das?«

»Macht einen auf Ökosoph.«

»Ökologe?«

Verlegenheit huschte ihm übers Gesicht.

»Viele Leute kommen heutzutage auf den Umweltschutz. Warum ist Horace so besonders?«

»Die anderen klopfen nur Sprüche. Horace macht was.«

»Soll heißen?«

»Soll heißen, dass er versucht, das Karibu zu retten und solche Sachen.«

»Wie will er das Karibu retten?«

»Indem er ein Reservat gründet. Keiner kann den Herden was tun, wenn sie in einem Reservat sind.«

»Gefällt deiner Oma eigentlich, wie du dich aufführst?«

»Gefällt irgendjemandem Ihr runzliges, altes Gesicht?«

»Warum bist du nicht in der Schule?«

»Ich habe Windpocken.«

Wieder dachte ich, dass der Junge sich jetzt aus dem Staub machen würde. Wieder hatte ich mich getäuscht.

Im Gehen überdachte ich noch einmal meine Unterhaltung mit Nellie. Ihre Frage hatte auf eine Beziehung zwischen Ruben und Tyne hingedeutet. Dieser Junge kannte Tyne.

»War das KFC schon offen, als du heute früh dort warst, Knirps?«

»Nein – Oma.«

»Ist es jetzt offen?«

»Glaub nicht.«

»Alt genug für Pfannkuchen?«

»Sie zahlen?«

»Können wir über Horace Tyne reden?«

»Dreh schon mal dein Hörgerät lauter.«

20

Binny und ich näherten uns der Forty-Third Street, als das Geräusch eines Motors uns beide aufschreckte.

Ryan saß am Steuer eines weißen Toyota Camry. Er war von hinten herangefahren und kroch jetzt am Bordstein entlang.

Ich blieb stehen. Binny zögerte, schaute zu mir hoch und stellte dann einen Fuß auf den Bürgersteig, um sich abzustützen.

Ryan hielt neben uns. Durch die Windschutzscheibe sah ich ihn auf Parken schalten. Nicht sehr sanft.

Ich ging zu dem Camry. Binny schaute zu, einen Fuß fluchtbereit auf dem Pedal.

Ich bückte mich lächelnd und klopfte ans Fenster der Beifahrerseite. Anstatt die Scheibe herunterzulassen, riss Ryan an seinem Türgriff, stieg aus und kam um den Kofferraum herum.

»Junge, bin ich froh, dich zu sehen«, sagte ich, immer noch lächelnd.

»Was soll die Scheiße, Brennan?« Ryans Ausdruck war eine wilde Mischung aus Wut und Erleichterung.

»Ich friere mir den Arsch ab.« Das Lächeln wurde etwas schmaler.

»Wo zum Teufel warst du?«

Binny drückte die Ellbogen nach oben und umklammerte die Griffe des Lenkers fester. Da ich wusste, dass der Junge gleich davonsausen würde, versuchte ich, die Spannung mit Humor zu lösen. »Beim Ermitteln.« Mit hüpfenden Augenbrauen.

»Findest du das lustig?«

Ich breitete die Arme aus, um meinen Zustand zu demonstrieren. »Ein bisschen schon.«

»Meinst du das ernst?«

»Hast du meine Anrufe nicht bekommen?«

»Ich habe deine Anrufe bekommen. Mein Daumen ist schon ganz wund vom Zurückrufen!«

»Ganz ruhig, Muchacho.« Ich hatte Ryan noch nie so erregt gesehen. »Mein Handy hat ein kleines bisschen Wasser abbekommen.« Wieder breitete ich die Arme aus.

Nun fiel Ryan zum ersten Mal mein Zustand auf. Normalerweise hätte er sich über mein Après-Koi-Aussehen lustig gemacht. Doch jetzt donnerte er weiter. »Das ist absolut amateurhaft, Brennan.«

Amateurhaft? Das brachte das Fass zum Überlaufen. Mein Grinsen verschwand. »Wirfst du mir unprofessionelles Verhalten vor?«

»Nachlässigkeit, Gedankenlosigkeit. Dummheit. Verantwortungslosigkeit. Soll ich weitermachen?«

»Kann sein, dass ich Ruben gefunden habe.«

Ryan war in Rage und hörte kein einziges Wort. »Wir sind nicht wegen einem Pfadfindertreffen hier. Scar und seine Kumpel spielen mit harten Bandagen, und er meint es sehr ernst.«

»Hol mal Luft, Ryan.«

»Hast du mir eben gesagt, ich soll Luft holen?«

»Mach's nicht ganz so dramatisch.«

»Jeder Polizist in Yellowknife sucht nach dir. Ist das dramatisch genug?«

Bei diesem Satz raste Binny mit wild strampelnden Beinen den Block hoch. An der Ecke bog er ab und verschwand.

»Na, *das* war jetzt unprofessionell.« Nun starrte ich Ryan ebenso böse an wie er mich.

»Steig ins Auto.« Ryan ging um mich herum und riss die Beifahrertür auf.

»Der Junge hat vielleicht nützliche Informationen.«

»Steig ein.«

Ich rührte mich nicht.

»Steig verdammt noch mal ein.«

Ich warf mich auf den Beifahrersitz, knallte die Tür zu, schnallte mich an und verschränkte die Arme vor der Brust.

Ryan setzte sich hinters Steuer, atmete tief ein und sehr lang wieder aus. Seine Kiefermuskeln strafften sich und entspannten sich wieder, dann tippte er eine Nummer in sein Handy. »Ich habe sie.« Er wartete die Erwiderung ab. »Genau. Wir fahren jetzt zum Hotel.«

Nachdem er das Handy wieder eingesteckt hatte, schnallte Ryan sich an, drehte den Zündschlüssel und fädelte sich in den Verkehr auf der Fiftieth ein.

»Vergiss nicht, die Hubschrauber und Hunde abzusagen.« Ich starrte stur geradeaus und zog die Mundwinkel herunter.

Eisiges Schweigen.

Okay. Ich war auch wütend. Aber auch gedemütigt. Offensichtlich hatte Rainwater nach seinem Telefonat mit Chalker Ollie angerufen. Ollie hatte Ryan angerufen. Meine Wangen brannten bei dem Gedanken, wer noch alles in Alarmzustand versetzt worden war.

O Gott.

Erst als wir vor dem Explorer hielten, sprach Ryan wieder. »Ruf an, wenn du fertig bist.«

Als ich schließlich in meinem Zimmer war, genehmigte ich mir eine sehr lange, sehr heiße Dusche. Pfeif auf Ryan. Lass ihn warten.

Nach dem Abtrocknen föhnte ich mir die Haare und schaute mich dabei im Spiegel an. Mittelprächtige, kräftige Haare, weder lang noch kurz, weder blond noch braun. Hier und dort schon etwas grau.

Während ich Mascara auflegte, musterte ich mich weiter. Das Kinn noch straff. Wütende grüne Augen zwischen festen Lidern.

Als ich Lippenstift und Rouge hinzugefügt hatte, wirkte mein Spiegelbild schon beinahe wieder normal.

Bis auf das Kinn. Das den Steinen im Koi-Teich viel Haut gestiftet hatte.

Ich packte die nassen Sachen zusammen, füllte das Wäschereiformular aus und rief dann Ryan an. Er sagte, ich solle ihn im Restaurant treffen.

Als ich ankam, sprach Ryan in sein Handy. Er saß am selben Tisch wie ich ein paar Stunden zuvor. Ein Becher und sechs leere Zuckertütchen deuteten darauf hin, dass er schon länger hier war.

Kaum hatte ich mich ihm gegenübergesetzt, kam die büfettbauende Kellnerin mit einem Becher und einer Kaffeekanne. Auf mein Nicken schenkte sie mir ein. Ich überlegte kurz, ob ich sie nach Nellie fragen sollte, ließ es dann aber sein.

Ausgehend von Ryans Kommentaren nahm ich an, dass er mit Ollie sprach.

Nach dem Abschalten rührte er mit einer Sorgfalt in seinem Kaffee, die wirklich beeindruckend war.

Als das Schweigen zu lange dauerte, fragte ich: »War das Ollie?«

Ryan nickte und beschäftigte sich weiter mit seinem Löffel.

»Habt ihr über Scarboroughs unternehmerische Ambitionen in Yellowknife gesprochen?«

Er nickte und rührte.

»Und über die Ganoven vor Ort.«

»Und darüber.«

Ryan betrachtete das Möchtegern-Zen-Arrangement vor dem Fenster.

»Lässt du mich an euren Erkenntnissen teilhaben?«, fragte ich.

»Die wichtigsten Spieler sind Tom Unka und Arty Castain. Unka hat ein Register dick wie ein Laptop. Castain hatte mehr Glück.«

»Sie arbeiten im Team?«

»Ja.«

»Was dealen sie?«

»Hauptsächlich Koks, ein bisschen Gras und Speed.«

»Unka und Castain sind über die drohende Konkurrenz nicht gerade erfreut?«

Ryan nickte. »Und auf der Straße heißt es, dass beide eiskalte Killer sind.«

Ich wartete.

»Vor ein paar Jahren versuchte ein Kleindealer aus Jasper hier oben einzusteigen. Anfangs schickten Unka und Castain ihm eine Warnung, indem sie seinen Collie töteten. Als Sahnehäubchen schickten sie ihm die Ohren des Hundes per Post. Der Kerl dealte weiter. Drei Monate später fand ein Buschpilot seine Leiche mit dem Gesicht nach unten in der Back Bay.«

»Ohne Ohren.«

»Genau.«

»Wenn Scar nach Yellowknife expandieren will, sind das die Jungs, die er einschüchtern muss.« Zum Beispiel, indem er Ruben etwas antat. Ich sagte es nicht.

»Und deren Kundschaft.« Ryan nippte an seinem Kaffee. »Die Geschichte mit Ruben macht inzwischen landesweit Schlagzeilen.«

Der schnelle Themenwechsel überrumpelte mich. »Was?«

»White«, sagte Ryan als Erklärung.

Offensichtlich sah man mir die Verwirrung an.

»Der Typ, der Okeke zugequasselt hat.«

»Der Journalist, der im Autopsiesaal angerufen hat?« Ich war entsetzt. »Hat der einen Artikel über das Edmonton-Baby geschrieben?«

»*National Post.* Und nicht nur die Edmontoner Ausgabe. In allen vieren. Die Geschichte hat sich wie ein Virus verbreitet. Wurde in ganz Kanada aufgegriffen.« Ryan hob seinen Becher zu einem sarkastischen Gruß. »Es geht doch nichts über ein paar tote Babys, um die Auflage zu steigern.«

»Moment mal.« Das ergab keinen Sinn. »Wie kam White an vertrauliche Informationen?«

»Durch uns.«

»Was?«

»Aurora Devereaux hat uns in ihrer Wohnung reden gehört, eine Gelegenheit gerochen und sie beim Schopf gepackt. Wie du schon Okeke gesagt hast, hat Devereaux die Geschichte wahrscheinlich an den Meistbietenden verkauft.«

»Verdammt noch mal.«

»Ja«, pflichtete Ryan mir bei.

Einige Sekunden lang starrten wir beide stumm in den Garten.

»Willst du mir erklären, was du dir heute Morgen gedacht hast?« Kalt.

»Red nicht in diesem Ton mit mir, Ryan.«

»Na gut.« Zwei Butanflammen bohrten sich in meine Augen. »Wie war Ihr Vormittag, Dr. Brennan?«

Ich erzählte es ihm. Rubens Polizeifoto. Nellie. Das Gold Range. Das Haus an der Ragged Ass. Chalker.

»Der Kerl hat dich mit einer Bola von den Füßen geholt?« Die Andeutung eines Grinsens machte seinen Ausdruck etwas weicher.

»Das ist eine beeindruckende Waffe. In der Vorgeschichte wurde sie zur Mammutjagd benutzt.« Ich war mir nicht ganz sicher, aber es klang gut.

»Und dich durch einen Koi-Teich geschleift?«

Mein Blick sagte ihm, dass ich keine Lust hatte, zum Gegenstand seines Spotts zu werden. »Und wo warst du, als ich angerufen habe, wie oft, drei Mal?«

Meine Frage ignorierend oder vielleicht auch als Antwort darauf, zog Ryan sein Spiralnotizbuch hervor und blätterte darin. »Das Haus an der Ragged Ass ist auf einen Josiah Stanley Snook eingetragen.«

»Nellie Snook. Das ist der Name der Kellnerin, die ich verfolgt habe.«

»Komisch, dass die Frau nach der Arbeit nach Hause geht.«

»Ich sag's dir, die ist von hier geflohen, nachdem ich sie nach Ruben gefragt hatte. Eigentlich hätte sie noch das Büfett aufbauen müssen.«

»Aha. Du sagst, dass Snook zuerst ins Gold Range ging. Wahrscheinlich ist Ruben dort untergeschlüpft. Das Hotel ist eine Nuttenzentrale, Ruben dürfte sich dort heimisch fühlen.«

»Mit einem Hund?«

»Was hast du nur mit diesem Hund?«

»Ralph Trees sagte, Ruben hätte einen Hund gehabt.«

»So wie ich die Frau kenne, würde ich sagen, sie hat den Köter irgendwo ausgesetzt.«

Ryan zog sein Handy heraus und wählte. Wieder hörte ich nur eine Hälfte der Unterhaltung.

»Besser. Bis aufs Kinn.«

Klasse.

»Im Gold Range was gefunden?«

Ich schaute auf mein Handy. Immer noch tot.

»Redet Hasty noch mit Unka und Castain?«

Pause.

»Große Überraschung.«

Pause.

»Ist sie glaubwürdig?«

Pause.

»Okay. Halten Sie mich auf dem Laufenden.« Ryan schaltete ab und winkte der Kellnerin.

»Ollie lässt das Hotel überprüfen?«

»Rainwater. Ollie bearbeitet Unka und Castain.«

»Was hat er herausgefunden?«

»Die Jungs sind nicht wirklich gesprächig.«

»Du hast von Glaubwürdigkeit gesprochen. Wessen?«

»Eine Nutte behauptet, sie hätte einen Kerl, der zu Scars Beschreibung passt, heute Morgen um drei im Bad Sam's gesehen.«

»Bad Sam's?«

»Die Taverne im Gold Range. Die Einheimischen nennen es Strange Range.«

»Diese Schlingel. Und, *ist* sie glaubwürdig?«

»Wenn sie nüchtern ist.«

»Scheiße. Sollen wir hinfahren?«

»Rainwater ist dran. Er ruft an, wenn Ruben dort ist.«

»Und jetzt?«

»Und jetzt warten wir.«

»Aber —«

»Brennan. Ich bin als Polizist hier nur zu Besuch. Weißt du, was das heißt? Ich habe hier keine Befugnisse. Als Besucher tue ich, was meine Gastgeber von mir verlangen.«

»Ich habe in Snooks Haus einen Hund bellen gehört.«

»Jesus Christus, du immer mit diesem Hund.«

»Angenommen, Ruben ist nicht im Gold Range? Angenommen, sie ist in Snooks Haus? Wenn Scar wirklich in Yellowknife ist, was meinst du, wie lange er braucht, um sie zu finden?«

Ryan sagte nichts.

»Wir sollten was tun.«

203

»Wir tun ja was. Wir warten auf Nachricht von Rainwater. Vergiss nicht, wir haben keinen Quebecer Haftbefehl für Ruben. Sie ist nur eine Verdächtige, die wir befragen wollen. Der einzige Haftbefehl ist der aus Edmonton wegen Nichterscheinen vor Gericht.«

»Warum fahren wir nicht einfach in die Ragged Ass? Wir müssen ja nicht an die Tür klopfen oder sonst was. Wir können vom Auto aus beobachten. Falls irgendjemand das Haus betritt oder verlässt. Das kann doch nichts schaden.«

Die Kellnerin kam, und Ryan unterschrieb die Rechnung. Dann schaute er mich an und traf eine Entscheidung.

»Fahren wir.«

21

Wir standen seit dreißig Minuten in der Ragged Ass, als Ryan den Anruf erhielt.

Rainwater hatte den Tages- und den Nachtportier befragt, das Melderegister kontrolliert und mit jedem Gast gesprochen, der mit ihm reden wollte. Hatte alles getan, was er ohne Durchsuchungsbeschluss tun konnte. Er war sich ziemlich sicher, dass Ruben sich nicht im Gold Range aufhielt, und bezweifelte, dass sie je dort gewesen war.

Kurz nachdem Ryan abgeschaltet hatte, ging Snooks Haustür auf, und Nellie kam heraus. Sie trug immer noch dieselbe graue Jacke, doch jetzt eine Jeans anstelle des roten Rocks.

Ich drehte mich Ryan zu, um zu sehen, ob er sie auch bemerkt hatte. Seine Pilotenbrille wies in ihre Richtung.

Nellie schien unsere Anwesenheit nicht zu bemerken. Sie pfiff und klopfte sich auf den Schenkel. Ein kleiner, grauer

Hund kam durch die Tür gehopst, sprang von der Veranda und rannte auf dem Rasen im Kreis wie ein winziger tanzender Derwisch.

»Ja!« Ich ballte die rechte Hand zur Faust.

»Zwei von drei Haushalten in Amerika haben einen Hund.«

»Das hast du dir ausgedacht.«

»Dürfte aber der Wahrheit sehr nahekommen.«

»Tank«, rief Nellie. »Mach Pipi.«

Tank? Von meinem Blickwinkel aus wirkte der Köter wie eine Kreuzung aus Yorkshireterrier und Rennmaus, nicht wie ein Panzer.

Tank drehte weiter seine verrückten Kreise.

»Tank, mach jetzt Pipi.«

Die wilde Jagd ging weiter.

»Ich hab was Feines für dich.«

Tank blieb stehen und schaute mit aufgestellten Ohren und schief gelegtem Kopf zu Nellie hoch. Als er die Leckerei in ihrer Hand sah, schnupperte er an mehreren Stellen im Garten, kauerte sich dann hin und blieb so. Ziemlich lange.

Mit leerer Blase trottete Tank zu Nellie zurück und bekam seine Belohnung. Dann nahm sie den Hund auf den Arm und setzte ihn im Haus wieder ab.

Nachdem sie die Tür zugezogen und verschlossen hatte, verschwand Nellie unter dem Vordach und kam kurz darauf mit einem Einkaufswagen zurück.

»Geht wohl einkaufen«, sagte ich.

»Könnte wohl sein.«

»Während sie weg ist, könnten wir uns umsehen. Vielleicht —«

»Dein erster Versuch ist nicht besonders gut gelaufen.«

»Na gut. Du beobachtest weiter das Haus, und ich rede mit ihr.«

»Das ist auch nicht besonders gut gelaufen.«

Ryans Haltung ging mir auf die Nerven. Wie auch meine aus Tatenlosigkeit geborene Frustration. Und ich hatte zu viel Kaffee getrunken.

»Weißt du was? Man braucht keinen Durchsuchungsbeschluss, um ein paar Fragen zu stellen. Und ich brauche deine Erlaubnis nicht.«

Damit sprang ich aus dem Auto und lief die Straße hoch. Das Geräusch der auf Kies rollenden Reifen übertönte meine Schritte. Oder Nellie hörte schwer.

Ich sprach sie an, als ich knapp zwei Meter hinter ihr war. »Nellie.«

Sie drehte sich um. Ihr Gesichtsausdruck sprang von Überraschung zu Verwirrung und blieb dann bei Beunruhigung hängen.

»Bitte.« Ich hob beide Hände. »Können wir uns unterhalten?«

»Sie haben versucht, in mein Haus einzubrechen.«

»Nein. Wirklich nicht.«

»Ich habe Sie gesehen. Ich habe meinen Cousin angerufen. Er ist sofort gekommen und hat Sie im Garten gefunden.«

»Ich hatte nicht vor, ins Haus einzubrechen.«

»Warum verfolgen Sie mich?«

»Ich habe es Ihnen im Restaurant gesagt. Ich mache mir Sorgen wegen Annaliese Ruben.«

»Warum liegt Ihnen so viel an ihr?«

Volltreffer. Warum lag mir so viel an ihr? Ruben hatte wahrscheinlich vier Babys getötet. Wollte ich sie beschützen? Oder wollte ich sie einfach kriegen, um sie wegen Mordes anzuklagen?

»Ich sehe nicht gerne, dass Leute verletzt werden«, sagte ich.

Darauf schien sie sich ein bisschen zu entspannen.

»Ist Annaliese bei Ihnen im Haus?«

»Ich hab's Ihnen doch gesagt, ich kenne sie nicht.«

»Ist sie im Gold Range?«

Ihre Finger umklammerten den Griff des Wagens fester.

»Warum waren Sie heute Morgen im Hotel?«

»Mein Mann arbeitet dort.«

»Josiah.«

Wieder flackerte Angst in ihren Augen auf. »Lassen Sie mich in Frieden.«

»Können Sie mir sagen, warum Sie im Gold Range waren?«

»Wenn ich das tue, hören Sie dann auf, mich zu belästigen?«

»Ja.«

Sie zögerte. Überlegte sie, was sie sagen sollte? Wie sie sich am besten davonmachen konnte? »Ich hatte meinen Hausschlüssel vergessen. Mein Mann hatte einen.«

Ich war skeptisch. Das erklärte ihre überstürzte Flucht aus dem Explorer nicht. Aber mir fiel keine angemessene Frage ein.

Snooks Erwähnung von Horace Tyne heute Morgen hatte mir ein kleines Triumphgefühl beschert. Ich hatte das Gefühl, eine Spur entdeckt zu haben. Eine mögliche Verbindung zu Annaliese Ruben. Tatsächlich hatte ich aber, abgesehen von einem Namen – der möglicherweise gar keine Bedeutung hatte –, nichts Neues erfahren. Und das machte mich wütend.

Also hielt ich Wort. Ich fragte nichts mehr. »Mein Name ist übrigens Temperance Brennan.« Ich gab ihr meine Karte. »Annaliese ist möglicherweise in Gefahr. Wenn Sie von ihr hören, rufen Sie mich bitte im Explorer an.«

Als ich wieder im Camry saß, schaute Ryan mich durch

seine Sonnenbrille hindurch fragend an. Glaubte ich zumindest. Ich schüttelte den Kopf.

»Ollie schickt Rainwater hierher.«

Ich nickte.

Schweigend beobachteten wir noch fünf Minuten. Dann: »Ist das nicht der Junge, mit dem du vorhin geredet hast?«, fragte er.

Ich folgte Ryans Blick. Binny saß mit überkreuzten Beinen auf einem Felsbrocken am hinteren Ende der Ragged Ass. Sein Fahrrad lag neben ihm im Gras. Sein Blick war auf uns gerichtet.

Ich ließ mein Fenster herunter und winkte. Binny winkte nicht zurück.

»Sein Name ist Binny.«

»Komischer Kerl.«

»Ich mag ihn. Er hat Mumm.«

»Als er die Fiftieth runtergerast ist, sah das nicht sehr nach Mumm aus.«

»Dein Ausbruch hat ihm eine Heidenangst eingejagt.« Ich winkte noch einmal.

Binny schwang sich auf sein Rad und fuhr davon.

Vielleicht hatte Ryan recht. Mein Umgang mit Menschen ließ zu wünschen übrig.

»Was hast du damit gemeint, der Junge könnte von Nutzen sein?«

»Als ich Nellie nach Ruben fragte, nannte Nellie einen Namen. Horace Tyne. Binny behauptet, er kennt ihn.«

Ryan wedelte mit den Fingern. Red weiter.

»Binny sagte mir, dass Tyne ein sehr aktiver Umweltschützer ist.«

»Und sonst?«

»Sonst nichts mehr. Dein Anfall hat ihn davongejagt.«

Ryan schob sich die Sonnenbrille auf die Stirn und tippte eine Nummer in sein Handy. Legte auf. Wählte noch einmal. Legte auf. »Okay. Versuchen wir's mal auf die einfache Art.« Ryan tippte auf ein paar Tasten. Ziemlich viele Tasten. »Bingo«, sagte er schließlich, den Blick auf das winzige Display gerichtet.

»Du hast ihn mit Google gefunden.«

Ryan ignorierte mich.

»Bin ich nahe dran?«

»Hautnah. Horace Tyne leitet eine Organisation namens Freunde der Tundra. Der Website nach, die ziemlich beschissen ist, versucht die Organisation, einheimische Pflanzen und Tiere des Ökosystems Tundra in den Northwest Territories zu erhalten.«

Ryan las und blätterte weiter.

»Wie's aussieht, versucht Tyne, eine Art Naturreservat zu gründen.«

»Liefert die Site auch Kontaktinformationen?«

»Hier steht eine Adresse, an die man Spenden schicken kann.«

»Hier in Yellowknife?«

»In einem Kaff namens Behchoko.«

Während Ryan mit Google eine Wegbeschreibung suchte, hielt hinter uns ein Streifenwagen der RCMP. Rainwater saß am Steuer. Er winkte kurz.

Ryan winkte zurück und setzte sich dann die Brille wieder auf die Nase.

Und schon waren wir unterwegs.

Behchoko ist eine Dené-Gemeinde mit etwa zweitausend Einwohnern, die bis 2005 noch Rae-Edzo hieß. Ich bin mir nicht sicher, warum der Name geändert wurde. Keine Ahnung, was es mit Rae auf sich hatte. Aber laut einer Karte der Leihwagenfirma, die ich im Handschuhfach fand, war Edzo irgendwann einmal Häuptling gewesen.

Wir brauchten das GPS nicht, um den Weg zu finden. Der Yellowknife Highway war die einzige Möglichkeit.

Wir stritten darüber, wer fahren würde. Ryan gewann. Sein Leihwagen, deshalb würde er das Schiff steuern. Wieder einmal konnte ich einfach nur dasitzen. Wenigstens feuerte Ollie keine Bonmots vom Rücksitz. Er verhörte immer noch Unka und Castain.

Unser Ziel lag etwa fünfzig Meilen nordwestlich von Yellowknife. Außerdem erfuhr ich aus der Karte, dass die Teerstraße hinter Behchoko den Dehk'è, auch Frank Channel, überquerte, dann noch etwa vierzig Meilen weiterführte und schließlich in das Netz der saisonalen Eisstraßen überging, die für den kommerziellen Transport von Bergbaubedarf benutzt wurden. Ich nahm an, das hatte mit Gold zu tun.

Ich erzählte Ryan das alles. Normalerweise hätte er »Livin' on the Edge« angestimmt. Heute jedoch kein Areosmith.

Die Fahrt dauerte ungefähr eine Stunde. Wir sahen keine anderen Autos, nur viele, viele Bäume.

Behchoko bestand aus einer Ansammlung von Gebäuden an einem zerklüfteten, von Felsen übersäten Uferstreifen, der der Karte nach die Nordspitze des Great Slave Lake bildete.

Während Ryan über die Hauptstraße des Orts fuhr, fiel mir eine Schule mit einem hölzernen Schaukelgerüst im Garten auf. Eine fensterlose Außentoilette mit einem ATM-Schild. Holzhäuser in unterschiedlichen Stadien der Verwitterung, in

Braun, Grau und Blau. Dutzende von Strommasten, die windschief zwischen den Häusern standen.

Die Vegetation bestand aus Grasflecken und vereinzelten Baumgruppen. Es gab keine einzige geteerte Straße.

Ryan parkte vor einer kleinen Blockhütte mit einem RCMP-Schild auf Französisch und Englisch. Wir stiegen beide aus.

Das Revier enthielt einen Schreibtisch mit Stuhl, ein paar Aktenschränke und sonst kaum noch etwas. Hinter dem Tisch saß ein Corporal, dessen Namensschild ihn als Schultz auswies.

Schultz hob den Kopf, als wir eintraten, sagte aber nichts. Er war Ende zwanzig, kurz und stämmig, mit Pausbacken, die ihn weich aussehen ließen.

Da Schultz ganz auf Ryan konzentriert war und mich ignorierte, ließ ich den Kapitän das Steuer übernehmen.

»Guten Nachmittag, Corporal.« Ryan nahm die Sonnenbrille ab.

»Guten Nachmittag.« Falls Schultz von unserem Auftritt überrascht war, ließ er es sich nicht anmerken.

»Wir suchen nach den Freunden der Tundra.«

Schultz senkte den Kopf und kratzte sich im Nacken.

»Horace Tyne?«

»Ach ja. Stand nur kurz auf der Leitung.« Schultz deutete mit vier Fingern zur Tür hinter uns. »Fahren Sie bis zum Ende der Hauptstraße. Biegen Sie bei dem blauen Haus mit dem grünen Schuppen rechts ab. Vier Häuser weiter ist ein rotes mit einer weißen Tür und einem Zaun. Das ist es.«

»Kennen Sie Tyne?«

»Ich sehe ihn öfter.«

Wir warteten, aber Schultz ließ nichts weiter verlauten. Wir wandten uns zum Gehen.

»Kommen Sie aus Yellowknife?«

»Ja.«

»Familie?« Ich erkannte den beiläufigen Polizistenton.

»Nein.«

»Sind Sie von Greenpeace?«

»Wissen Sie irgendwas über Tynes Organisation?«

»Nicht wirklich. Schätze, sie gibt ihm einfach was zu tun.«

»Soll heißen?«

»Der Kerl ist arbeitslos, seit die Goldminen geschlossen haben.«

»Wann war das?«

»Anfang der Neunziger. Vor meiner Zeit.«

»Wirkt er seriös?«

Schultz hob eine Schulter. »Betrinkt sich nicht und fängt keine Raufereien an.«

»Was kann man mehr verlangen?« Ryan setzte die Sonnenbrille wieder auf. »Vielen Dank für Ihre Hilfe.«

Die Wegbeschreibung des Corporal war gut. Das Haus fanden wir problemlos. Es war klein, mit dunkelroter Verkleidung und zwei Metallrohren, die aus dem Dach herausragten. Der Zaun bestand aus unbehandelten Brettern, die vertikal an die Querstreben genagelt waren. Eine dürre Birke warf Schatten in den kahlen Garten. In der Einfahrt stand ein grauer Pick-up.

»Nicht ganz so repräsentativ wie der Trump Tower.« Ryan musterte das Anwesen.

»Vielleicht braucht Tyne nur einen Computer.«

»Hält die Kosten niedrig.«

»Damit mehr fürs Karibu bleibt.«

Ryan zog das Gartentor auf. Wir gingen zur Schwelle, und er klopfte an die Tür.

Nichts.

Er klopfte noch einmal. Fester.

Eine Stimme bellte, dann schwang die Tür nach innen auf.

Ich durchsuchte meinen Erinnerungsspeicher.

Nein. Das war eine Premiere.

22

Tyne trug einen Lendenschurz aus Leopardenfell, eine Perlen-kette und ein elastisches Haarband. Sonst nichts.

Seine Glatze glänzte wie Kupfer. Sein Pferdeschwanz, der aus ungefähr zwölf Haaren bestand, war lang und schwarz und fing bei einem Haarkranz am Hinterkopf an. Sowohl der Kranz wie der Pferdeschwanz glänzten, entweder vor Fett oder Feuchtigkeit. Ich wusste nicht so recht, ob der Kerl seine Vorfahren ehrte oder einfach nur frisch aus der Dusche kam.

»Wie geht es Ihnen, Mr. Tyne?« Ryan streckte die Hand aus. »Ich hoffe, wir stören Sie nicht.«

»Ich kaufe nie was, das ich nicht gesucht habe. Wenn man nicht danach sucht, braucht man es wahrscheinlich nicht.«

»Wir sind keine Vertreter.«

»Kirche?«

»Nein, Sir.«

Tyne gab Ryan und mir die Hand und schlug sich dann mit der Handfläche auf die nackte Brust. »Ich wollte eben ein bisschen schwitzen. Ist gut für den Kreislauf.«

Ryan legte sich nun ins Zeug und benutzte eine Taktik, die mehr Vertrautheit implizierte, als wir tatsächlich besaßen. »Ich bin Andy. Das ist Tempe. Wir haben Ihren Namen von Nellie Snook. Wir sind Bekannte von Annaliese Ruben.«

Einige Sekunden lang sagte Tyne gar nichts. Ich dachte schon, er würde uns wegschicken, als er plötzlich leicht lächelte.

»Annaliese. Okay. Bleiben wir dabei.«

»Wie bitte?«

»Nette Mädchen, diese beiden. Kenne sie schon mein ganzes Leben lang. Und ihre Verwandtschaft. Die haben in der Vergangenheit einiges angestellt. Annaliese ist vor einigen Jahren von hier weggegangen. Würde gern erfahren, wie's ihr geht.«

»Wir glauben, dass sie nach Yellowknife zurückgekehrt ist.«

»Im Ernst?«

Bildete ich mir das nur ein, oder kniff Tyne fast unmerklich die Augen zusammen?

»Annaliese lebte in Edmonton. Wir kommen von dort. Wir kennen ihre frühere Vermieterin. Als Ms. Forex hörte, dass wir nach Yellowknife wollten, gab sie uns einige Sachen mit, die Annaliese gehörten. Wir würden sie gern finden, bevor wir die Stadt verlassen.«

Jeder Satz war, für sich selbst genommen, absolut wahr.

»Kommen Sie doch rein.« Tyne trat einen Schritt zurück. »Sie erzählen mir, was Sie wissen, und ich erzähle Ihnen, was ich weiß.«

Wir folgten Tyne durch eine schwach beleuchtete Diele in ein Wohnzimmer aus dem Sears-Katalog. Der Bodenbelag war Linoleum, das sich als Backstein ausgab. Die Luft roch nach Zwiebeln und Speck.

Tyne deutete zur Couch. Ryan und ich setzten uns. Er bot uns Kaffee an. Wir lehnten ab.

Als Tyne sich in den Sessel uns gegenüber fallen ließ, gingen seine knochigen Beine auseinander und boten uns einen überdeutlichen Blick auf sein Prachtstück.

Ich war froh, dass ich mittags nichts gegessen hatte.

214

»Bitte genieren Sie sich nicht, sich etwas Wärmeres anzuziehen.« Ryan lächelte. »Wir warten gerne.«

»Will ja nicht, dass die Dame von meinen Glocken abgelenkt wird.« Tyne zwinkerte.

Ryan lächelte.

Ich lächelte.

Tyne ging weg und kam Augenblicke später in Sweatshirt und Jeans zurück. »Also. Dann stecken wir mal die Köpfe zusammen.«

Dieses Bild war fast so abstoßend wie die Aussicht auf seine Glocken.

»Zunächst einmal, vielen Dank, dass Sie mit uns sprechen«, begann Ryan. »Wir werden Ihre Zeit nicht allzu lange in Anspruch nehmen.«

»Wenn ich was habe, dann Zeit.«

»Das ist ein Luxus.«

»Nicht wenn die Rechnungen ins Haus flattern.«

»Sind Sie arbeitslos, Sir?«

»Habe fünfzehn Jahre in der Giant gearbeitet. Eines Tages kommen sie daher und machen die Mine einfach zu. ›Tut uns leid, Kumpel. Du bist draußen.‹ Eine Weile habe ich abgesteckt. Bin Lastwagen gefahren. Hier in der Gegend gibt's nicht viele Möglichkeiten.«

»Giant ist eine Goldmine?«

»War. Jahrzehntelang war Gold der Lebenssaft der Region.«

»Das habe ich nicht gewusst.«

»Natürlich nicht. Jeder kennt den Klondike-Goldrausch. Na ja, auch Yellowknife hatte seine Tage in der Sonne.«

»Tatsächlich?« Ryan interessierte sich nicht für Gold. Ich wusste, dass er Tyne nur lockerer machen wollte.

»Achtzehn achtundneunzig. Ein Goldsucher auf dem Weg

zum Yukon hatte Glück. Und das Kaff wurde über Nacht zu einer Boomstadt.« Tyne lachte. Es klang wie ein Schluckauf. »Soll heißen, dass die Bevölkerung auf satte tausend explodierte. Erst im nächsten Jahrhundert bekam der Bergbau wirtschaftliche Bedeutung.«

»Wir viele Minen gab's hier?«

»Con machte 1936 auf, schloss 2003. Giant machte 1948 auf, schloss 2004. Erschöpfte Vorkommen, hohe Produktionskosten. Der altbekannte Blödsinn, den die Konzerne immer vorschieben. ›Die Profite sind im Keller, und deshalb, Kumpel, hast du jetzt keinen Job mehr.‹«

»Das tut mir leid«, sagte Ryan.

»Mir auch.« Tyne schüttelte den Kopf. »Die Con war was Besonderes. Ihre Stollen gehen hundertundsechzig Meter in die Tiefe und erstrecken sich unter einem Großteil von Yellowknife und Yellowknife Bay bis fast nach Dettah. Und Giant war auch nicht ohne. 1986 war sie eine von nur einer Handvoll Minen, die über zehntausend Goldbarren ausstießen. Ich meine jetzt weltweit.«

Ich erinnerte mich plötzlich an einen Vorfall, durch den die Giant-Mine traurige Berühmtheit erhalten hatte. 1992 ermordete ein unzufriedener Bergmann neun Männer, sechs davon Streikbrecher. Seine Bombe zerstörte ihren Förderkorb in zweihundert Metern Tiefe. Das Verbrechen war das schlimmste in der kanadischen Arbeitsgeschichte.

»Soweit wir wissen, engagieren Sie sich für die Erhaltung der Umwelt«, sagte ich.

»Irgendjemand muss ja Stellung beziehen.«

»Für das Karibu.«

»Das Karibu. Die Seen. Die Fische. Das Diamantschürfen wird das ganze verdammte Ökosystem zerstören.«

Damit hatte ich nicht gerechnet. »Diamanten?«

»Der Schatz unter der Tundra?« Tynes Stimme troff vor Geringschätzung. »›Der Tod der Tundra‹ würde besser passen.«

Ryan warf mir einen schnellen Blick zu. Jetzt hatten wir genug um den heißen Brei herumgeredet. »Sie kennen also Annaliese Rubens Familie«, sagte er, weil er zum Punkt kommen wollte.

»Kannte ihren Vater ziemlich gut. Farley McLeod war eine ziemlich wilde Type.«

»War?«

»Tot. Er und ich haben für Fipke gearbeitet.«

»Fipke?«

»Im Ernst?«« Tyne schaute mich an, als hätte ich von ihm verlangt, Seife zu erklären.

»Im Ernst.«

»Chuck Fipke wird die Entdeckung von Diamanten in der Arktis zugeschrieben. Zusammen mit einem Kerl namens Stu Blusson. Jeder hielt die beiden für verrückt. Aber wie sich zeigte, waren sie es nicht. Dank Chuck und Stu geht's jetzt den Karibus an den Kragen.«

»Diamanten sind in den Territories an die Stelle von Gold getreten?«, fragte ich.

»Im Ernst?«

Tyne liebte diesen Spruch. Doch diesmal spielte ich nicht den Papagei. »Wie viele Minen?«

»Ekati hat 98 aufgemacht, Diavik 2003, Snap Lake 2008. Sie ist die einzige unterirdische.«

»Wo liegen sie?«

»Einige Hundert Kilometer weiter nördlich. Snap Lake ist De Beers' erste Mine außerhalb von Afrika. Jetzt versuchen sie, noch eine in Betrieb zu nehmen. Gahcho Kué. Wird kein Karibu mehr übrig sein, wenn diese Mistkerle fertig sind.«

Mein Wissen über die Diamantenindustrie war beschränkt. Nein. Das ist zu großzügig. Ich wusste, dass ein gewisser Cecil Rhodes Ende des neunzehnten Jahrhunderts De Beers gegründet hatte, dass die Gruppe Sitze in Johannesburg und London hatte und verantwortlich für fünfundsiebzig Prozent der weltweiten Diamantenproduktion war. Ich wusste, dass Angola, Botswana, Namibia, Russland und Südafrika reich an Diamanten waren. Ich hatte keine Ahnung, dass auch Kanada in diesem Geschäft eine Rolle spielte.

»Sie sagten, Sie hätten abgesteckt. Was heißt das?«

»Dass man Pflöcke in den Boden rammt.«

»Um einen Claim anzumelden.«

»Sie sind schnell, kleine Dame.«

»Im Ernst.«

Tyne deutete mit dem Finger auf mich. »Als Fipke seine Pipe fand, brach hier die Hölle los. Dagegen war der Klondike-Rausch eine Gartenparty.« Tyne lachte wieder seinen Schluckauf. »Natürlich sind diese Zeiten längst vorbei. Heute gibt's keinen Quadratmeter Tundra mehr, der nicht von irgendeinem Trottel abgesteckt wurde, der auf Reichtum hofft. Und die Großen haben jeden Claim aufgekauft, der auch nur ein bisschen was wert ist. Rio Tinto. BHP Billiton. De Beers.«

»Was ist eine Pipe?«, fragte ich.

Tyne kniff die Augen zusammen. »Ich dachte, Sie interessieren sich für Annaliese Ruben?«

»Tun wir auch«, warf Ryan ein. »Lebte Annaliese bei Farley?«

»Farley war nicht so der väterliche Typ. Zeugte sie und verließ sie, fast wie die Karpfen.«

»Annaliese lebte bei ihrer Mutter?«

»Micah Ruben. Dann hat sie sich in Micah Lee umbenannt. Glaub nicht, dass sie je geheiratet hat. Die beiden änderten einfach gern Namen.«

»Ach so?«

»Micah nannte das Mädchen Alice. Irgendwann hieß sie dann Alexandra. Dann Anastasia. Dachte wohl, die klingen besser.«

»Was passierte mit Micah?«

»Ziemliche Säuferin. Vor fünf oder sechs Jahren hat ein Nachbar sie im Schnee gefunden, ein menschliches Eis am Stiel.«

Ich dachte an die DNS. »War Micah indigener Herkunft?«

»Dené.«

»Farley?«

»Stinknormales Weißbrot. Farley ist nicht sehr lange nach Micah gestorben. 2007, glaube ich.«

»Wie alt war Annaliese?«

Tyne schien darüber nachzudenken. »Ich glaube, sie hatte gerade in der Highschool angefangen. Was wäre sie dann? Vierzehn? Fünfzehn? Natürlich war Annaliese nicht die hellste Kerze am Baum. Sie hätte auch älter sein können.«

»Wie ist Farley gestorben?«

»Hat seine Cessna in den Lac la Martre gesetzt. Ein Jäger hat die Maschine runtergehen sehen. Die Suchmannschaft hat Trümmerteile gefunden, aber keinen Farley.« Tyne hielt inne. »Ich glaube, Annaliese hat damals bei ihrem Daddy gelebt. Weil Micah doch nicht mehr da war.«

»Wo war das?« Ich spürte Aufregung prickeln.

»Ein kleines Drecksloch in Yellowknife.« Tyne schüttelte den Kopf. »Farley hat von Monat zu Monat gelebt. Wenn das

Konto leer war, wurde das Mädchen auf die Straße gesetzt, ob nun Halbwaise oder nicht. Ihre Geschwister haben ihr auch nicht weitergeholfen, deshalb ist sie eine Weile bei mir untergekommen. Hab damals in der Stadt gewohnt.«

»Und?«

»Und dann ging sie weg.«

»Um was zu tun?«

Tyne zuckte die Achseln. »Das Mädchen musste über die Runden kommen.«

»Soll heißen Prostitution«, sagte Ryan.

»Ich vermute das nur. Ausgehend von ihrer Mutter.«

»Haben Sie versucht zu intervenieren?« Aus dem Kribbeln der Aufregung wurde Abscheu. »Sie dazu gedrängt, in der Schule zu bleiben?«

»Ich bin kein Verwandter. Ich hatte nichts zu sagen.«

»Sie war —«

Ryan, der meine Feindseligkeit spürte, fiel mir ins Wort. »Sie sagen, sie hatte Geschwister.«

»Also, ich weiß nur von einem Halbbruder und einer Halbschwester.« Wieder dieses schluckende Lachen. »Wahrscheinlich gibt's Heerscharen von denen. Farley hatte so seine Art mit den Damen.«

Bezauberte sie mit seinen Glocken. Ich sagte es nicht.

»Wer war der Halbbruder?«

»Ein Kerl namens Daryl Beck. Von einer anderen Mutter. Daryl war ein bisschen älter als Ali… Annaliese.«

Ryan fiel die Vergangenheitsform auf. »Beck ist auch tot?«

»Einige Prisen Crack zu viel, schätze ich. Das Haus ist völlig abgebrannt. Ich habe gehört, man hat kaum genug für eine Identifikation gefunden.«

»Beck war ein Crackjunkie?«

»Ich weiß nur, was ich gehört habe.«

»Wann war das?«

»Vor drei, vier Jahren.«

»Gab es eine Ermittlung?«

»Die Polizei hat's versucht.«

»Soll heißen?«

»Die Leute bleiben hier sehr für sich.«

»Stand Annaliese ihrem Bruder nahe?«, fragte ich.

»Woher soll ich denn das wissen?«

»Hatte Beck sonst noch Familie?«

»Dieselbe Antwort.«

»Während sie bei Ihnen war, kam Beck da je zu Besuch? Oder rief er an?«

»Nein.«

»Sonst jemand?«

Tyne schaute mich nur an.

»Wo wohnte Annaliese, nachdem sie bei Ihnen ausgezogen war?«

»Das Mädchen hat keine Nachsendeadresse hinterlassen.«

Wieder das Kribbeln. »Haben Sie sich umgehört?«

Tynes Blick wanderte über mein Gesicht. Ich merkte, dass er versuchte, meine Gedanken zu lesen.

»Haben Annaliese und Sie sich im Streit getrennt?«, fragte ich bestimmt.

»Mir gefällt nicht, was Sie da unterstellen. Sie stellen verdammt viele Fragen für Leute, die nur ein Päckchen abgeben wollen.«

Tyne stand auf. Das Gespräch war beendet.

»Wir sind Ihnen sehr dankbar, dass Sie mit uns gesprochen haben.« Ryan setzte sich seine Pilotenbrille auf die Nase.

An der Tür versuchte ich es noch mit ein paar letzten Fragen.

»Wissen Sie, warum Annaliese aus Yellowknife weg ist?«

»Das ging mich nichts an.«

»Wenn sie wirklich zurückgekommen ist, wissen Sie, wohin sie hätte gehen können? An wen hätte sie sich gewendet?«

»Vielleicht an ihre Halbschwester.«

»Wie heißt die?«

Im Ernst?

23

Nellie Snook.

Weder Ollie noch irgendjemand von der G Division hatte diese Verbindung herausgefunden.

Auf dem ganzen Rückweg nach Yellowknife musste ich darüber nachdenken. »Snooks Name tauchte nie auf, als man Ruben überprüfte?«

»Warum hätte er auftauchen sollen?«

»In dieser Stadt leben weniger als zwanzigtausend Menschen.« Ich konnte das einfach nicht glauben. »Wäre es da nicht allgemein bekannt, dass Snook und Ruben Halbschwestern sind?«

»Anscheinend nicht.«

Ryan parkte am Straßenrand vor einer leuchtend blauen Hütte. Wir stiegen aus und gingen darauf zu.

»Und keine einzige Person, die befragt wurde, hatte eine Ahnung?«

»Tyne hat's dir doch gesagt. Die Leute hier oben bleiben für sich.«

Geweihe, Schneeschuhe und ein merkwürdig geformtes

Paddel hingen über der Hüttentür. Daneben hatte man ein Schild genagelt. *Kein Gezeter.*

Ryan deutete auf das Schild und hob die Brauen.

»Ich will nicht zetern.« Das wollte ich wirklich nicht. Ich wollte Dampf ablassen.

Ryan deutete auf ein zweites Schild. *Warmes Bier. Lausiges Essen. Schlechter Service. Willkommen. Und einen schönen Tag noch.* Dann öffnete er die Tür. Glöckchen begrüßten uns.

Links von uns diente ein ausgestopfter Elchkopf als Hutständer und Garderobe. Bullwinkle gegenüber standen ein Bartresen, ein Grill und eine Registrierkasse. Eine Frau mit schwarzer Mao-Kappe, kariertem Hemd und Jeans kratzte eben den Rost mit einem Spachtel ab. Den Rest von *le bistro* nahmen Holztische und Stühle mit hoher Rückenlehne ein, manche schlicht, andere mit Schnitzereien.

Als Mao die Glöckchen hörte, drehte sie sich um. »Haben Sie reserviert?« Ihre Stimmbänder hatten schon ziemlich viel Rauch gesehen.

Überrascht schauten Ryan und ich uns an. Es war drei Uhr nachmittags. Der Laden war leer.

»Erwischt!« Mao lachte und entblößte Lücken, wo früher Backenzähne gewesen sein mussten. Dann zeigte sie mit dem Spachtel durch den Raum, um anzudeuten, dass wir uns hinsetzten konnten, wo wir wollten.

Wir entschieden uns für einen graffitinarbigen Tisch an einem von einer Jalousie verdeckten Fenster. Durch die Lamellen erkannte ich Bäume und blaue Picknicktische. Die angrenzende Wand war mit Fotos und Visitenkarten bedeckt, viele bis zur Unleserlichkeit ausgebleicht.

»Nur gut, dass ich nicht der ›Ich hab's dir ja gesagt‹-Typ bin«, dampfte ich weiter. »Weil ich's dann nämlich sagen würde.«

»Mal sehen.«

Als Mao an unseren Tisch kam, bestellten Ryan und ich beide Fish and Chips. Rainwater hatte uns zu Bullock's geschickt mit der Bemerkung, dort käme die komplette Speisekarte direkt aus dem See.

»Wollen wir hoffen, dass wir nicht zu spät kommen.« Als Mao wieder am Rost stand, drehte ich das Ventil auf. »Schon wieder.«

»Rainwater hat gesagt, dass niemand das Haus betreten oder verlassen hat, seit Snook vom Einkaufen zurückgekommen ist.«

»Hat Ollie ihm gesagt, er soll mit ihr reden?«

»Vor ungefähr zehn Minuten. Aber wenn sie sich weigert, kann er nicht reingehen.«

Mao brachte unsere Getränke. Diet Coke für mich. Moosehead für Ryan. Ich hoffte, seine Wahl beleidigte den Kollegen an der Wand nicht.

Ollie kam, als Mao uns das Essen brachte. Seine Gesichtszüge waren angespannt, die Wangen unregelmäßig himbeerrot gesprenkelt. Ich kannte diese Miene. Die Jagd war eröffnet, und er liebte es.

Wie sich zeigte, kannten Ollie und Mao einander. Sie hieß Mary.

»Was kochst du denn heute, mein Herz?« Er schenkte ihr sein übliches, zahnreiches Lächeln.

»Kabeljau, Forelle und Hecht.«

»Was ist gut?«

»Alles.«

»Hecht.«

»Ausgezeichnete Wahl.«

Ollie wartete, bis Mary außer Hörweite war, und sagte dann

zu mir: »Hübsch. Nur wenige haben den Mumm, den Stone-washed-Look am Kinn zu tragen.«

»Ich habe früher für Chanel gemodelt.«

»Wirklich?«

»Wer ist Zeb Chalker?«

Großes Grinsen. »Hat dich mit 'ner Bola von den Füßen geholt, wie ich gehört habe.«

Mein Blick gab ihm zu verstehen, dass ich das nicht lustig fand.

»Chalker von der MED.«

Ich hob fragend beide Handflächen. »Municipal Enforcement Division. So eine Art Stadtpolizei. Sie haben ungefähr sechs Constables, ein paar Supervisor, einige Streifenwagen und Schneemobile. Kümmern sich hauptsächlich um Verkehr, Tiere und Großveranstaltungen. Und natürlich Koi-Teiche.«

»Wie witzig. Was ist mit Scarborough?«

»Er ist tatsächlich in der Stadt. Ist bei einem seiner schmierigen Kumpels untergekrochen.«

»Unka und Castain wissen, dass er hier ist?«

Ollie wandte sich nun Ryan zu. »Beide behaupten, den Herrn nicht zu kennen.«

»Sie haben geleugnet, dass Scar versucht, ihnen das Wasser abzugraben?«, fragte ich.

»Sie haben geleugnet, irgendwas mit Wasser zu tun zu haben. Hatten keine Ahnung, was ich mit meiner Frage meinte. Sie sind ehrbare Bürger, die versuchen, mit Touristentouren ihr Geld zu verdienen. Castain hat mir angeboten, mit mir Vögel beobachten zu gehen.«

Mary kam mit Ollies Kräuterlimonade. Ging wieder.

»Das heißt, Sie haben nichts«, fasste Ryan zusammen.

»Ich habe erfahren, dass weder Unka noch Castain mich besonders mögen.«

»Tatsächlich.«

»Beide haben mich mit diversen Ausdrücken bedacht. Unka war der Kreativere.«

»Sie mussten sie laufenlassen?«

»Wir wissen, wo sie zu finden sind.«

»Werden sie beschattet?«

»Daran habe ich noch gar nicht gedacht.«

»Scarborough auch?«

»Daran hatte ich —«

»Um Himmels willen.« Es war jetzt schon ein ziemlich langer Tag. Ich hatte keine Lust auf Testosteron-Keifereien. »Lasst es gut sein.«

Ryan und ich aßen unsere Teller leer. Dann saßen wir in verlegenem Schweigen da, bis Mary Ollies Hecht brachte. Während er aß, erzählte ich von unserem Besuch bei Horace Tyne.

»Wir haben die Halbschwester überprüft«, sagte er, als ich damit fertig war. »Snook ist der Name ihres Ehemanns. Sie wurde als Nellie France in Fort Resolution geboren.«

»Wo liegt das?«

»Am Südufer des Great Slave Lake. Wo die Straße endet.«

»Im Wortsinn?«

»Ja.«

»Es kann also wirklich sein, dass die Leute in Yellowknife gar nichts von Snooks Verbindung zu Ruben wissen?«

»Möglich ist es, Chalker sollte es allerdings wissen.« Ollie tauchte eine Pommes in Mayonnaise und aß sie.

»Ist Rainwater jetzt bei Snook?«

»Er versucht es erst mal auf die Nette. Wenn das nicht funk-

226

tioniert, beantragt er einen Durchsuchungsbeschluss. Was hältst du von Tyne?«

»Der Typ ist ein Dreckskerl. Aber ein umweltbewusster Dreckskerl.«

»Freunde der Tundra.« Ollie tauchte noch eine Pommes ein und steckte sie in den Mund. »Nie davon gehört.«

»Hat mich überrascht, dass Diamantabbau hier oben ein großes Geschäft ist.«

»Hast du die Plakate an jedem Laternenpfahl nicht gesehen?« Ollie machte mit einer Hand eine großspurige Geste. »Yellowknife, die Diamantenhauptstadt Nordamerikas. Sogar auf dem offiziellen Stadtlogo prangt so ein Klunker.«

»Schon mal was von einem Kerl namens Fipke gehört?«

»Soll das ein Witz sein?« Ollie starrte mich mit derselben Ungläubigkeit an, die auch Tyne ergriffen hatte. »Chuck Fipke ist eine Legende.«

»Na gut. Ich besorge mir ein Buch.«

»Die gibt's in jedem Andenkenladen in der Stadt. Man kann Fipke auch googeln.«

»Hat Tyne recht wegen der Karibuherden?«

»Manche Einheimische, vor allem indigene, behaupten, dass der Diamantabbau die Wanderrouten stört. Ist hier oben ein ziemlich heißes Thema. Als De Beers plante, das Feld am Snap Lake zu öffnen, taten sich einige der Häuptlinge zusammen. Warf das Projekt um Jahre zurück. Umweltstudien und so. Jetzt will De Beers noch ein Projekt in Betrieb nehmen. Ich habe den Namen vergessen.«

»Gahcho Kué.«

»Genau.« Ollie knüllte seine Serviette zusammen und warf sie auf den Teller. »Ihr solltet mit Rainwater reden. Er weiß mehr über den Bergbaustreit als ich.«

Ich trank eben meine Diet Coke aus, als Ollies Handy klingelte. Das Gespräch dauerte weniger als eine Minute. Seine Bemerkungen sagten mir nichts, außer dass er sauer war.

»Snook hat sich stur gestellt.« Damit klemmte er sich das Handy wieder an den Gürtel. »Rainwater beantragt jetzt eine richterliche Anordnung.«

»Und jetzt?«

»Und jetzt warten wir, bis jemand Mist baut.«

Drei Stunden in meinem Zimmer produzierten ein ungeplantes Nickerchen, eine Nachricht von Katy, die meinte, sie habe Neuigkeiten, die für E-Mail zu wichtig seien, und umfangreiche Informationen über Chuck Fipke und geologische Exploration.

Bevor ich meinen Laptop hochfuhr, wusste ich, dass Diamanten aus Kohlenstoff bestehen, der durch extreme Hitze und höchsten Druck in das härteste und klarste Mineral auf Erden verwandelt wird. Und dass sie aufgrund ihrer starren, tetraedrischen Molekularstruktur – eine dreieckige Pyramide mit vier Seitenflächen – nur von einem anderen Diamanten oder einem Laser geschnitten werden können.

Ich wusste, dass die funkelnden, kleinen Steine verdammt teuer sind. Unvergänglich teuer.

Das war's so ziemlich.

Alle dreißig Minuten unterbrach ich meine Nachforschungen, um Katy anzurufen. Jedes Mal schaltete sich der Anrufbeantworter ein. Mit einem mulmigen Gefühl kehrte ich an den Computer zurück.

Zwischen den gescheiterten Anrufen erfuhr ich Folgendes:

Erforderlich sind fünfundvierzig bis fünfzig Kilobar Druck bei einem Minimum von tausend Grad Celsius, um Kohlenstoff in einen Diamanten zu verwandeln. Die Temperatur sagte mir etwas, was ein Kilobar Druck ist, wusste ich nicht so recht.

Die passende Mischung aus Hitze und Druck existierte vor ein paar Milliarden Jahren in einer Tiefe von bis zu zweihundert Kilometern in Kratons genannten Gesteinsformationen – dichte, alte Schilde und Tafeln in den Kontinentalplatten.

Später schickten unterirdische Vulkane Magma – geschmolzenes Gestein – mit Mineralien, Gesteinsfragmenten und gelegentlich auch Diamanten durch die Kratons. Die Mischung dehnte sich unterwegs aus, kühlte sich ab und bildete entweder karottenförmige Pipes – also Schlote oder Röhren – zur Oberfläche oder breite, flache unterirdische Strukturen, die man Dykes nennt. Das Ganze verfestigte sich dann zu einem Gestein mit dem Namen Kimberlit.

Die meisten diamantenführenden Kimberlite stehen in Verbindung mit Kratons aus dem Archaikum, einer frühen Periode des Präkambriums, als die Erde noch viel heißer war als heute. Sehr viel heißer. Viele Kimberlit-Pipes liegen in flachen Seen, die sich in Kalderas genannten inaktiven Vulkankratern gebildet haben.

Also. Um Diamanten zu finden, sucht man nach einer Pipe, die aus einem wirklich alten Kraton aufsteigt. Ein Kinderspiel, richtig? Falsch, denn diese Dinger sind unglaublich schwer zu finden.

An diesem Punkt kamen Chuck Fipke und Stu Blusson ins Spiel. Beide wussten, dass der Slave-Kraton, der unter den Northwest Territories vom Great Slave Lake im Süden bis zum Coronation Gulf am Arktischen Ozean reicht, zu den ältesten Gesteinsformationen der Welt gehört. Und sie entwickelten eine sehr effektive Technik zur Exploration.

Fipke erkannte die Bedeutung von Indikatormineralien,

den Reisebegleitern der Diamanten. Im Kimberlit gehören dazu: Kalziumkarbonat, Olivin, Granat, Phlogopit, Pyroxen, Serpentin, Gesteine des oberen Erdmantels und eine Reihe von Spurenmineralien. Fipke konzentrierte sich auf den Dreiklang aus Chromit, Ilmenit und G10-Granat mit hohem Chrom- und geringem Kalziumanteil.

Blusson erkannte die Bedeutung von Gletscherbewegungen in der letzten Eiszeit. Er nahm an, dass ein zurückweichender Gletscher, nachdem er eine Kimberlit-Pipe erodiert hatte, eine Spur aus Geröll zurücklassen würde, die Indikatormineralien für Diamanten enthalten müsste.

Ein Jahrzehnt lang suchten Fipke und Blusson die Tundra ab, kartografierten, vermaßen, nahmen Bohrproben und sammelten, wenn die Temperatur erträglich war, und analysierten das sichergestellte Material in ihrem Labor, wenn das Wetter zu schlecht war. Jeder in der Welt des Bergbaus hielt sie für verrückt.

Eines Tages flog Fipke, nur in Begleitung eines Buschpiloten, über den Lac de Gras, die Quelle des Coppermine River. Als er einen Wallberg entdeckte, eine bahndammähnliche Aufschüttung von Kies und Sand, die das Schmelzwasser eines zurückweichenden Gletschers hinterlassen hatte, befahl er dem Piloten, auf einer Halbinsel mit dem Namen Pointe de Misère zu landen.

Pointe de Misère war eine Gletscherscheide. Von Fipkes Standpunkt aus war das Eis nach Osten in die Hudson Bay, nach Norden zu den nördlichen Inseln, nach Süden ins zentrale Kanada und nach Westen in den Mackenzie River und den Blackwater Lake geflossen. Er hatte in dem gesamten sich nach Westen erstreckenden Areal, weit über fünfhunderttausend Quadratkilometer, Proben entnommen.

Zurück im Labor versuchte er das Muster zu verstehen, das seine Proben lieferten. Mithilfe großer, detaillierter Karten wertete er die Ergebnisse aus. Mit einem Elektronenmikroskop untersuchte er Tüte um Tüte.

Seine Schlussfolgerung: Die Indikatorenspur begann am Blackwater Lake, breitete sich nach Osten aus und endete zweihundert Meilen nordöstlich von Yellowknife in der Nähe des Lac de Gras.

Er untersuchte den Inhalt von Probentüte G71. Sie enthielt über tausendfünfhundert Chromdiopsiden und über sechstausend Pyrop-Granate.

Fipke hatte seine Pipe gefunden. Oder seine Pipes.

Er fing an, wie ein Verrückter Claims abzustecken.

Noch mehr Proben. Noch mehr Analysen. Die Bestätigung.

Fipke nannte die Lagerstätte Point Lake, zum Teil aus geografischen Gründen, zum Teil, um die Konkurrenz zu verwirren. Es gab noch einen anderen Point Lake nordwestlich von seiner Fundstelle.

Der nächste Schritt war die Bestimmung der exakten Lage der Diamanten. Und das kostete Geld.

Da sie die Existenz der Kimberlit-Pipes nun bestätigt hatten, schafften Fipke und Blusson es endlich, das große Geld für sich zu interessieren. 1990 unterzeichneten Dia Met, eine von Fipke 1984 gegründete Firma, und BHP, ein australisches Bergbaukonglomerat, eine Joint-Venture-Vereinbarung für das Northwest Territories Diamond Project. Mit einundfünfzig Prozent der Aktien würde BHP die gesamte Exploration finanzieren und im Gegenzug Anteile an jedem zukünftigen Besitz erhalten. Dia Met würde neunundzwanzig Prozent halten. Fipke und Blusson persönlich jeder zehn Prozent.

1991 verkündeten Dia Met und BHP die Entdeckung von

Diamanten in Fipkes Point-Lake-Lagerstätte. Diese Nachricht entzündete den NWT-Diamantenrausch, die größte Absteckorgie seit Klondike.

Lac de Gras im Französischen. Ekati in der Sprache des einheimischen Dené-Volks. Beides heißt Fetter See.

1998 wurde Ekati die erste Diamantenmine Kanadas. Im folgenden Jahr produzierte sie eine Million Karat. Heutzutage macht sie vierhundert Millionen Dollar pro Jahr und produziert vier Prozent der weltweiten Diamanten.

Wahrlich ein fetter See.

2003 nahm die Diavik-Mine, im Besitz eines Joint Ventures zwischen der Harry Winston Diamond Group und der Diavik Diamond Mine, einer Tochter der Rio-Tinto-Gruppe, den Betrieb auf. Die Mine, die zweitgrößte Kanadas, liegt knapp zweihundert Meilen nördlich von Yellowknife. Sie besteht aus drei Kimberlit-Pipes auf zwanzig Quadratkilometern einer Insel im Lac de Gras, die vor Ort East Island genannt wird. Diavik ist einer der Hauptlieferanten der »Juweliere der Stars«.

1997 wurde Kimberlit am Snap Lake hundertvierzig Meilen nordwestlich von Yellowknife entdeckt. De Beers Canada kaufte im Herbst 2000 die Schürfrechte. 2004 wurden die Genehmigungen für Bau und Betrieb ausgestellt.

Im Gegensatz zu den meisten diamantenführenden Kimberlit-Lagerstätten, die Pipes sind, taucht die Erzschicht am Snap Lake als zweieinhalb Meter dicker Dyke vom nordwestlichen Ufer her unter dem See hindurch. Deshalb ist Snap Lake in Kanada die erste komplett unterirdische Diamantenmine.

Die Schürfung in der Snap Lake startete offiziell 2008. Laut De Beers' Website waren bis Ende 2010 über 1,5 Milliarden Dollar für Bau und Betrieb ausgegeben worden. Von dieser Gesamtsumme waren 1,077 Milliarden an Firmen und Lieferanten aus den Northwest Territories gegangen, darunter 676 Millionen an Unternehmen und Joint Ventures der indigenen Bevölkerung.

Der Artikel über Snap Lake schloss mit einer Aussage, die De Beers' Engagement für nachhaltige Entwicklung in lokalen Gemeinden betonte und dabei herausstellte, dass die Snap-Lake-Mine ein Impact and Benefit Agreement, also eine Vereinbarung über Auswirkungen und Nutzen, mit der Yellowknife Dené First Nation, dem Tlicho Government, der North Slave Métis Alliance und der Lutsel K'e und Kache Dené First Nation unterzeichnet hatte.

Zwischen den Zeilen bekam ich ein bisschen etwas von der Feindseligkeit zwischen der indigenen Bevölkerung und den Bergbaugesellschaften mit, die Ollie angedeutet hatte.

Ich versuchte es eben zum x-ten Mal bei Katy, weil ich mir inzwischen ernsthaft Sorgen um Birdie machte, als es an meiner Tür laut klopfte. Ich ging hin und schaute durch den Spion.

Ryan.

Irgendetwas stimmte nicht.

24

»Castain ist tot.«

Ryan marschierte an mir vorbei und fing an, in meinem Zimmer auf und ab zu gehen.

»Was?«

»Jemand hat ihn erschossen.«

»Wann?«

»Vor ungefähr einer Stunde.«

»Wo?«

»Drei Kugeln in die Brust. Jesus. Ist das wichtig?«

»Nein.« Dass ich ein bewegliches Ziel verfolgen musste, half meinem Begriffsvermögen nicht gerade. »Ich meine, wo war Castain, als es passierte?«

»Vögelte gerade seine Freundin.«

»Bleib endlich stehen.«

Ryan wurde nicht mal langsamer.

»Haben sie den Schützen?«

»Nein.«

»Aber er wurde doch beschattet.«

Ryan schnaubte laut. »Rainwaters Vorstellung von einer Beschattung ist, ein Auto zwischen Snook, Unka und Castain hin und her fahren zu lassen.«

»O Mann.«

»Behauptet, er hätte nicht genug Männer für eine Überwachung an drei verschiedenen Orten.«

»Das könnte durchaus stimmen.«

»Warum zum Teufel hat er dann nichts gesagt? Du und ich, wir hätten Snook übernehmen können. Oder Sergeant Holzkopf.«

Ich ignorierte das. »Das heißt, niemand bewacht das Haus an der Ragged Ass?«

»Weißt du, wie viele Morde es jährlich in Yellowknife gibt?«

Wusste ich nicht.

»Jeder Trottel mit einer Dienstmarke wird seine Nase da reinstecken wollen.«

»Ist Unka ein Verdächtiger?«

»Einer von vielen.«

»Wo ist er?«

»Verschwunden.«

»Was ist mit Scar?«

»Ebenso.«

»Scheiße.«

»Genau. Ich fahre jetzt zum Tatort.«

Ich schnappte mir meine Jacke, und wir liefen zum Camry.

Ryan rauchte. Fragte nicht, ob ich etwas dagegen hätte. Zündete sich einfach eine an.

Ich fuhr mit heruntergelassenem Fenster und atmete so flach wie möglich, ohne dass mir schwindelig wurde.

Castains Freundin war eine Stripperin namens Merilee Twiller. Zum Glück wohnte sie nicht weit vom Explorer entfernt.

Ollies Wegbeschreibung führte uns zum Sunnyvale Court, einem Hufeisen aus winzigen Bungalows auf winzigen Grundstücken. Ein paar waren noch einigermaßen gut in Schuss, die meisten jedoch heruntergekommen, ein paar sogar vernagelt und verlassen. Ich nahm an, es war schon eine Weile her, dass der Court seinem Namen Ehre gemacht hatte.

Twillers Adresse lag am hinteren Ende, auf der Nordseite der Kurve. Das Haus brauchte einen neuen Anstrich, neue Fliegengitter und einen Eimer Unkrautvernichter. Vielleicht einen Bulldozer. Twillers Nachbar hatte zwei Mülleimer auf seiner Vordertreppe und ein Auto auf Betonblöcken in der Einfahrt stehen.

Als wir ankamen, herrschte die übliche hektische Betriebsamkeit. Twillers Haustür stand offen, und drinnen wie draußen brannte jede verfügbare Glühbirne. Blaue und gelbe Leuchtmarker sprenkelten den Rasen und zeigten die Fundstellen von Spuren an, vielleicht auch Teile von Castain.

Eine zugedeckte Leiche lag auf einem Pfad, der zu einer

Veranda mit verrostetem Eisengeländer führte. Absperrband spannte sich in einem Dreieck zwischen zwei Krüppelkiefern und dem Geländer. Fahrbare Halogenscheinwerfer waren darauf gerichtet.

Ein weiteres Band verlief parallel zum Bordstein auf der anderen Seite der Sackgasse, um Gaffer abzuhalten, die sich an fremdem Elend weiden wollten. Und möglicherweise auch die Medien.

Ryan hatte recht. Es sah aus, als wäre jede vorstellbare Spielart von Gesetzeshüter hier versammelt. Ich sah Streifenwagen von der RCMP und der MED, einen Leichenwagen, einen Kastenwagen und mindestens ein Dutzend zivile Pkws und Pick-ups. Die meisten hatten ein Blinklicht auf dem Dach oder dem Armaturenbrett. Das statische Knistern von Funkgeräten mischte sich in die Kakofonie hin und her schreiender Stimmen.

Ollie stand etwas abseits und sprach mit einer Frau, deren Kleid zu kurz und zu eng war für ihre dicken Schenkel und die Speckrollen, die sich um ihren BH abzeichneten. Merilee Twiller, nahm ich an.

Ryan stellte sich hinter das letzte geparkte Fahrzeug. Ein RCMP-Corporal kam an seine Tür. Ryan zeigte ihm seine Marke. Wir stiegen aus und gingen zu Ollie.

Im Näherkommen sah ich, dass Twiller Mitte vierzig war, sich aber große Mühe gab, nicht so auszusehen. Trotz einer Überdosis Make-up fielen mir verquollene untere Lider auf, ganze Netzwerke aus Fältchen und geplatzten Äderchen zu beiden Seiten ihrer Nase.

Ollie stellte uns nicht vor. »Habt ihr ihn euch schon angesehen?«

Ryan antwortete für uns beide. »Noch nicht. Was habt ihr bis jetzt?«

»So gegen sieben kam Castain für eine kleine Nummer mit der Liebe seines Lebens hier vorbei.« Ollie deutete mit dem Daumen auf Twiller.

»Wichser«, sagte sie.

»Gegen acht verließ Castain das Haus wieder. Schaffte es nicht bis zur Grundstücksgrenze.«

»Irgendwelche Zeugen?«, fragte Ryan.

»Die trauernde Freundin sagt, sie hätte Schüsse und dann quietschende Reifen gehört. Aber weder den Schützen noch das Auto gesehen.«

»So ist es eben abgelaufen«, verteidigte sich Twiller.

»Wohin wollte der Geliebte denn?«

»Das hatten wir doch schon alles.« Twiller nahm ihre wütenden Regenbogenaugen nicht von Ollie.

»Ich bin ein bisschen langsam. Also noch mal.«

»Arty hat keinen Ton gesagt.«

»Und du hast nicht gefragt.«

»Nein.«

»Schätze, er wollte Ware ausliefern. Deswegen war er doch hier, oder? Du hängst doch an der Nadel, oder, Prinzessin?«

»Ihr könnt mich mal, du und deine Fragen.«

»Wie wär's mit 'ner Spritztour in die Zelle?«

»Weil mein Freund erschossen wurde?«

»Was meinst du, was wir im Haus finden werden?«

»Eine Kloschüssel voller Katzenhaare.«

Zorn ließ die Muskeln unter Ollies Schläfen vorquellen. Er wusste, dass sie recht hatte. Sie hatte mit Sicherheit alle Drogen runtergespült, bevor sie die Polizei rief.

Ollies Aggressivität brachte uns nicht weiter. Ich suchte Ryans Blick und deutete mit dem Kopf aufs Haus. Er senkte nur kurz das Kinn. Einverstanden.

»Wie wär's, wenn Sie mir das Opfer zeigen?«, schlug Ryan vor.

Ollie nickte. Twiller sagte er, sie solle sich nicht von der Stelle rühren.

Ich sah zu, wie sie sich durch das Gewimmel aus Polizisten und Technikern zwängten, die diese Sackgasse bevölkerten.

»Mein Beileid für Ihren Verlust«, sagte ich zu Twiller.

Zum ersten Mal schaute sie nun in meine Richtung. Im pulsierenden roten Licht wirkten ihre Lippen verkrampft, die Wangen hohl und angespannt. »Okay«, war alles, was sie sagte.

»Fällt Ihnen vielleicht irgendjemand ein, der Arty das angetan haben könnte?«, fragte ich.

Twiller schob den rechten Arm vor den Bauch, stützte den linken Ellbogen darauf und begann an der Nagelhaut des Daumens zu kauen, die bereits blutig aussah.

Hinter ihr sah ich Ollie und Ryan zu einer Frau gehen, deren Jackenlogo im hellen Scheinwerferlicht gut zu erkennen war.

In den Northwest Territories werden alle plötzlichen Todesfälle vom Coroner Service untersucht, einer Abteilung des Justizministeriums. Die Behörde hat ihre Zentrale in Yellowknife und über das gesamte Territorium verteilt etwa vierzig Coroner. Das NWT hat weder Personal noch Räumlichkeiten für die Durchführung von Autopsien.

Ich wusste, dass der Deputy Chief Coroner eine Frau namens Maureen King war. Und ich vermutete, dass ich genau sie anschaute. Und dass sie Castains Leiche für die Autopsie ins Institut des Chief Medical Examiner für Alberta in Edmonton schaffen lassen würde.

»Hatte Arty mit irgendjemandem Streit?«, fragte ich Twiller. »Oder irgendjemanden wütend gemacht?«

Twiller schüttelte den Kopf.

»Hatte er irgendwelche komischen Anrufe oder Besucher?«

»Ich hab's dem anderen Bullen schon gesagt. Wir waren nicht so oft zusammen.«

»Traf Arty sich auch mit anderen Frauen?«

»Wir waren kein richtiges Paar, wenn Sie das meinen.« Twiller wischte sich mit beiden Händen über die Wangen. »Er hat das nicht verdient.«

»Ich weiß.«

»Wirklich? Woher wollen Sie denn das wissen?«

»Tut mir leid.«

Zehn Meter hinter Twiller hob King eine Ecke des Tuchs an. Ryan kauerte sich hin, um Castain genauer anzuschauen.

»Das war dieser Mistkerl Unka.« Sie sagte es so leise, dass ich sie kaum verstand.

»Wie bitte?«

»Unka hat gedacht, dass Arty Kohle abzweigt.«

»Das hat Arty Ihnen gesagt?«

»Ich habe eine Unterhaltung mitgehört. Wenn er besoffen ist, wird er fies.«

»Unka?«

Sie nickte.

»So fies, dass er tötet?«

»Der sticht erst seine Mutter ab und bestellt sich dann eine Pizza.«

Es war nach zehn, als der Leichenwagen endlich losfuhr. Ollie blieb noch, um bei der Befragung der Nachbarn zu helfen. Der Mord war nicht sein Problem, aber er hoffte, etwas über Scar herauszufinden.

Ryan und ich fuhren schweigend zum Explorer. Ich schaute

durchs Seitenfenster auf kahle Bäume, die kaum zu sprießen anfingen, auf Schneeflecken der letzten Nacht, die nicht weichen wollten. Und spürte die Frustration, die sie vermittelten.

Ryan sprach als Erster. »Dein Freund hat das Verhörgeschick einer Nacktschnecke.«

»Er ist nicht mein Freund.«

»War er aber.«

»Worauf willst du hinaus?«

»Er war inkompetent.« Ryan klopfte seine Jacke ab.

»Rauch ja nicht.«

Ryan warf mir einen Blick zu, suchte aber nicht weiter nach einer Zigarette.

»Ihr führt euch beide auf wie Idioten«, sagte ich.

»So gefühllos wäre ich nie.«

»Er hatte das Gefühl, dass sie ihm was verschweigt.«

»Hat sie?«

»Ja.«

Während wir die Zufahrt hochfuhren, erzählte ich ihm, was sie über Unka gesagt hatte.

»Das beweist doch nur, dass ich recht habe«, sagte er.

Wir stiegen aus und gingen zum Hotel.

»Das alles nimmt ihn mit«, sagte ich, ohne genau zu wissen, warum ich Ollie verteidigte.

Ryan hob skeptisch eine Augenbraue.

»Diese Gewalt macht ihn fertig. Und dass er sich ständig mit Arschlöchern herumschlagen muss, bei denen man sich danach am liebsten mit Desinfektionsmittel abschrubben würde.«

»Sprichst du jetzt von Holzkopf oder von dir?«

Damit hatte er ins Schwarze getroffen. Ich gab es allerdings nicht zu.

»Wir wissen beide, dass Castain Ruben jetzt aufs Abstell-
gleis geschoben, vielleicht sogar komplett von der Bühne gejagt hat.«

Normalerweise machte ich mich über Ryans Metaphern-
mix lustig. Jetzt nicht.

»Diese ganze Sache ist einfach zu verdammt frustrierend.«
Ich ging zum Aufzug.

»Wir finden sie.«

Ich drehte mich um.

»Aber jetzt sollten wir uns nur auf uns selber verlassen«,
sagte er.

»Und auf Holzkopf.«

»Und auf Holzkopf.«

Ein Waffenstillstand. Oder so etwas Ähnliches.

Als ich dann in meinem Zimmer war, gab ich meinem
iPhone noch mal eine Chance. Zu meiner Überraschung gab
es ein mattes Flackern von sich. In der Hoffnung, dass die
wichtigen Teile einfach nur noch komplett austrocknen mussten, steckte ich es zum Laden ein.

Über Festnetz rief ich bei meiner nicht erreichbaren Tochter an. Sie blieb nicht erreichbar. Ich hinterließ ihr noch eine
Nachricht.

Nach einer schnellen Toilette fiel ich erschöpft ins Bett.
Aber mein Hirn wollte noch nicht abschalten. Ich dachte über
Arty Castain nach. Wer hatte ihn ermordet? Warum? War es
wirklich Unka gewesen, oder eher ein strategischer Schach-
zug Scarboroughs? War Castains Tod nur der erste in einem
bevorstehenden Blutbad? Welche Geheimnisse hatte Castain
mit ins Grab genommen?

Wo war Tom Unka? Ronnie Scarborough?

Was hatte Scarborough gemeint, als er sagte, Ollie hätte keinen Schimmer in Bezug auf Annaliese Ruben? War Scar mehr gewesen als ihr Zuhälter? Wusste er Sachen, an die wir noch nicht einmal gedacht hatten?

Ryan hatte recht. Die Beamten vor Ort würden sich auf den Mord an Castain und die nun wohl ausbrechende Fehde über das Drogenrevier konzentrieren. Aber ich konnte nicht einfach aufhören, mir über Ruben den Kopf zu zerbrechen. Die Frau hatte vier Babys ermordet.

Diverse Personen hatten Ruben als nicht sehr intelligent beschrieben. Scarborough. Forex. Tyne. Wie hatte sie sich der Verhaftung so lange entziehen können? Wie hatte sie es von Saint-Hyacinthe nach Edmonton und nach Yellowknife geschafft? Wusste sie überhaupt, dass die Polizei sie suchte? Mit Sicherheit. Aber machte sie sich mehr Sorgen wegen Scar?

Hatte Scar Ruben geholfen? Oder Nellie Snook? Versteckte Ruben sich in dem Haus an der Ragged Ass? Oder war sie woanders hingegangen? Zu einem Halbgeschwister, von dem wir nichts wussten? Zu einem Polizeibeamten von hier, der vielleicht ein Cousin oder sonst ein Verwandter war?

Rubens Vater war Farley McLeod. Ihre Mutter war Micah Lee. Micah war Dené. Erstreckte sich Rubens Familiennetzwerk bis hin zu Orten, die Außenstehenden nicht zugänglich waren?

Und was war mit Horace Tyne? Tyne hatte mit Rubens Vater gearbeitet, war mindestens dreißig Jahre älter als sie. War seine Beziehung zu Ruben wirklich eine rein väterliche gewesen?

Und so ging es immer im Kreis. Bilder. Spekulationen. Fragen. Vor allem Fragen.

Ich war schon beinahe eingeschlafen, als das Festnetz klingelte. Da ich dachte, dass es Katy war, griff ich zum Hörer. Mein Blick fiel auf den Wecker. 23 Uhr 45.

»Ist dort Temperance Brennan?« Weich. Kindlich.

»Ja.«

»Ich muss Sie sehen.« Leichter Akzent. Aber nicht wie Binny.

»Wer spricht?«

Die Antwort jagte meinen Puls in die Stratosphäre.

25

»Ich bin im Wald.«

»In welchem Wald?«

»Hinter dem Hotel.«

»Okay.«

»Kommen Sie allein.«

»Aber ich —«

»Wenn jemand bei Ihnen ist, gehe ich wieder.«

»Ich bin in zehn Minuten dort.«

»In fünf.«

Klick.

Ich schoss aus dem Bett. Zog die Sachen an, die ich auf einen Stuhl geworfen hatte. Schnappte meine Jacke. Steckte eine Taschenlampe, den Zimmerschlüssel und aus reiner Gewohnheit mein Handy in die Tasche. Rannte zur Tür hinaus.

Vibrierend vor Adrenalin ließ ich den Aufzug links liegen, rannte die Treppe hinunter und durch die Lobby. Eigentlich musste das Hotel einen Hinterausgang haben, doch da ich nicht wusste, wo der lag, ging ich auf Nummer sicher und stürzte zum Haupteingang hinaus.

Die Nacht war kalt, aber nicht kalt genug für Schnee. Ein leichter Regen machte das Gras unter meinen Sohlen rutschig.

Während ich um das Gebäude herumlief, überlegte ich, was

dieser Anruf alles bedeuten konnte. Hatte Ruben keine Lust mehr, davonzulaufen? Wollte sie sich stellen? Oder war das eine Falle, um mich abzuschütteln?

Mich umzubringen?

Bei diesem Gedanken blieb ich abrupt stehen.

War Ruben gefährlich? Sie hatte ihre Kinder getötet, aber war sie eine Gefahr für mich? Was würde ihr das nützen?

Ich zog mein iPhone aus der Tasche. Das Ding reagierte mit ein bisschen mehr Enthusiasmus als zuvor, funktionierte aber immer noch nicht richtig.

Unwichtig. Ich musste zu Ruben.

Bei dem Garten blieb ich noch einmal stehen. Zen und die Kunst, Babys zu ermorden. Merkwürdig. Aber diesen Satz schickten mir meine grauen Zellen.

Der Mond schien als verwaschene Sichel, die weichgezeichnete Schatten von aufgestapelten Steinen und toten Pflanzen auf den feuchten Kies darunter warf.

Ich spähte ins gespenstische, dunstige Halbdunkel vor mir. Sah nur dunkle Umrisse, von denen ich wusste, dass es Kiefern waren.

Ich zog meine Taschenlampe heraus und schaltete sie ein, um mir zu leuchten. Aber auch, um Ruben wissen zu lassen, dass ich kam.

Kaum atmend eilte ich vorwärts.

Ich war schon fast an der Baumgrenze, als eine einzelne Gestalt sich in den Schatten materialisierte. Undeutlich. Streifig im Nieselregen.

Die Gestalt blieb bewegungslos, das Gesicht ein blasses Oval, das in meine Richtung blickte.

Ich wägte unterschiedliche Taktiken ab. Gut zureden? Überzeugen? Zwingen?

Ganz ruhig. Lass mich dir helfen. Oder soll ich die Jungs mit den Marken und Knarren rufen? Wie willst du es haben, Annaliese?

Ich ging weiter, das Licht aus meiner Lampe perlte im Regen.

Gott, hoffentlich trägt sie keine Waffe.

Ich betrat den Wald.

Als würde sie meine Gedanken lesen, hob Ruben beide Hände und trat in meinen Lichtkegel.

Sie war klein und fettleibig, wie Mediziner es nennen würden. Ihre Haare waren lang und dunkel, das Gesicht konnte man als hübsch auf eine pausbäckig kindliche Art bezeichnen.

Tank saß ihr zu Füßen.

Rubens Botschaft war klar. Sie trug keine Waffe und wollte mir nichts Böses.

Zwei Augenpaare beobachteten, wie ich auf sie zu kam.

Bevor ich etwas sagen konnte, drehte Ruben sich, die Arme seitlich weggestreckt, um die eigene Achse. Auch Tank lief zu ihren Füßen im Kreis, als wollte auch er zeigen, dass er keine Gefahr darstellte.

Dann schaute sie mich direkt an. Tank stellte sich auf die Hinterläufe und legte ihr die Vorderpfoten auf die Knie. Sie griff nicht nach unten, um ihn zu streicheln.

»Wir haben dich gesucht, Annaliese.«

»Habe ich gehört.«

»Wir müssen uns unterhalten.«

»Sie haben meiner Schwester Angst eingejagt.«

»Das tut mir leid.«

»Ich will, dass Sie damit aufhören.«

»Wenn du bereit bist, mit der Polizei zu reden.«

»Nein.«

»Warum nicht?«

»Die wird behaupten, dass ich schlimme Dinge getan habe.«

»Hast du?«

»Ich tue es nicht mehr.«

»Du kannst die Hände runternehmen.«

Sie tat es. Tank sprang ihr in die Arme.

»Erzähl mir von deinen Babys.«

»Babys?« Ihre Verwirrung klang echt.

»Ihretwegen suchen wir nach dir.«

Sie legte die Stirn in Falten. Sie schaute zu ihrem Hund hinunter. Er schaute zu ihr hoch. Sie kraulte sein Ohr. »Ich dachte, es geht um die Männer.«

»Welche Männer?«

»Die Männer, die mir Geld gegeben haben.«

Sie dachte, wir wollten sie verhaften, weil sie auf den Strich gegangen war.

»Die Polizei will wissen, was mit deinen Babys passiert ist.«

Sie sagte nichts.

»Hast du sie getötet?«

Der Regen hatte das Fell auf Tanks Kopf zu feucht stacheligen Strähnen zusammengeklebt. Ruben begann nun, mit nervösen Bewegungen an ihnen zu zupfen.

»Hast du den Babys etwas getan?«

Die Finger wurden noch erregter.

»Wir haben vier gefunden, Annaliese. Drei in Saint-Hyacinthe und eins in Edmonton.«

»Sie haben die Babys gefunden.« Ausdruckslos.

»Ja.«

»Sie sind gestorben.«

»Wie?«

»Sie mussten.«

»Warum?«

»Sie konnten nicht leben.«

»Warum nicht?«

»Ich habe ihnen was Schlechtes gegeben.«

»Annaliese.« Scharf.

Ruben hörte auf, an Tanks Fell zu zupfen, und drückte ihn sich an die Brust.

»Schau mich an.«

Sie hob langsam den Kopf, doch ihr Blick blieb gesenkt.

»Ich habe sie in Handtücher eingewickelt«, sagte sie.

»Was meinst du damit, du hast den Babys was Schlechtes gegeben.«

»Etwas innen drin.«

Ich konnte ihr nicht folgen, fragte aber nicht nach. Dafür war später noch Zeit. »Weißt du, wer die Väter sind?«, fragte ich.

Annaliese starrte weiter auf Tank hinunter. »Bitte sagen Sie es Nellie nicht.«

»Du wirst das mit den Babys der Polizei erklären müssen«, sagte ich.

»Ich will nicht.«

»Du hast keine andere Wahl.«

»Sie können mich nicht zwingen.«

»Doch. Das kann ich schon.«

»Ich bin kein schlechter Mensch.«

Während wir hier in Mondlicht und Regen standen, erkannte ich die traurige Wahrheit: Annaliese Ruben war kein Monster. Sie war einfältig.

»Ich weiß«, sagte ich sanft.

Ich wollte sie eben in die Arme nehmen, als mir etwas hinter ihrer rechten Schulter ins Auge stach. Mit den Nadeln einer Kiefer stimmte etwas nicht, ihre Ränder waren zu hell in der dunklen Umgebung.

Ich trat einen Schritt nach links, um hinter Annaliese sehen zu können.

Ein Augenblick, und dann ein Flackern, als hätte jemand eine Taschenlampe ein- und sofort wieder ausgeschaltet.

»Annaliese«, flüsterte ich. »Bist du allein gekommen?«

Auf diese Frage würde ich nie eine Antwort bekommen.

Ein gedämpftes Krachen zerriss die Stille. Ich sah ein Aufblitzen.

Annalieses Mund klappte auf. Aus ihrer Stirn spritzte ein Klumpen, und über ihrer rechten Braue öffnete sich ein Loch.

Mit einem entsetzten Aufjaulen sprang Tank von der Brust seines Frauchens und rannte in den Wald.

Ich warf mich auf den Boden.

Noch ein Krachen gellte durch die Nacht.

Annalieses Körper zuckte und drehte sich mir zu. Dann sackte sie zusammen.

Bäuchlings robbte ich zu ihr, schob mich mit den Ellbogen vor und stieß mich mit den Füßen ab.

Annaliese lag mit weit geöffneten Augen da, wie überrumpelt von dem, was eben passiert war. Ein schwarzes Rinnsal floss aus der Austrittswunde, über ihr Gesicht und in ihren Haaransatz.

Ich drückte ihr zitternde Finger an die Kehle. Kein Puls.

Nein! Nein!

Ich tastete das weiche Fleisch ab, suchte verzweifelt nach Lebenszeichen.

Nichts.

Obwohl mein Herz hämmerte, versuchte ich, klar zu denken. Wie viele waren da draußen? War Annaliese das Ziel gewesen oder ich?

Denk nach!

Womit rechnete der Schütze?

Dass ich davonlaufen würde. Oder bleiben würde, um Erste Hilfe zu leisten.

Tu keins von beidem!

Dicht am Boden robbte ich zu der Stelle zurück, wo ich gestanden hatte, als ich den Schuss gehört hatte. Dabei spürte ich, dass etwas Hartes in meiner Hosentasche war.

Einen Augenblick blieb ich still liegen und strengte alle Sinne an. Sah kein Licht. Hörte kein Geräusch.

In den Nadeln, die den Boden bedeckten, tastete ich nach der Taschenlampe. Schließlich schlossen meine Finger sich um den Zylinder. Das Glas mit einer Hand bedeckend, schüttelte ich die Lampe, um die Batterien zu aktivieren. Dann warf ich das Ding in einem Bogen so in die Richtung von Annalieses Leiche, dass das Licht vom Schützen wegzeigte. Die Lampe landete mit leisem Knacken, der Strahl war kaum sichtbar.

Ich erstarrte.

Keine Schüsse.

Kein Geräusch, außer den Tropfen, die auf die Äste über mir klatschten.

Ich drehte mich auf die Seite, zog das Telefon aus meiner Tasche und hielt es mir dicht vor den Bauch. Gegen alle Vernunft hoffend, drückte ich auf die Einschalttaste.

Das Display flackerte, wurde wieder schwarz.

Ich versuchte es noch einmal und hielt den Druck mit dem Daumen aufrecht.

Sekundenlang.

Stunden.

Ich wollte schon aufgeben, als die Icons plötzlich in wunderbaren Farben erstrahlten.

Fast weinend vor Erleichterung drückte ich auf das grüne Telefonsymbol, dann auf eine Ziffer in der Kurzwahlliste.

»Ryan.« Groggy, aber er versuchte, wach zu klingen.

»Ich bin zwischen den Kiefern hinter dem Hotel«, flüsterte ich.

»Ich ... stehe dich nicht.«

»Im Wald hinter dem Hotel.«

»... derhole ... gesagt hast.«

»Ruben wurde erschossen«, zischte ich.

»... bricht zusammen.«

»Komm in den Wald hinter dem Zen-Garten«, zischte ich, so laut ich mich traute.

»Leg auf ... dich zurück ... Festnetz.«

»Ich bin nicht in meinem Zimmer. Du musst in den Wald –«

Die Verbindung brach ab. Ich versuchte es mit SMS. Funktionierte nicht.

Ich war ganz auf mich allein gestellt.

Ich steckte das Handy wieder ein.

Horchte. Der Wald war absolut still.

Plötzlicher Gedanke.

Tank.

Auch der kleine Hund war auf sich allein gestellt. Leichte Beute für Kojoten. Oder Wölfe. Oder was zum Teufel sonst noch hier draußen auf der Pirsch war.

Ihn rufen?

Das konnte ich nicht riskieren.

Ein trüber, gelber Schein markierte die Stelle, wo Annaliese lag. Für sie konnte man nichts tun. Aber ich wollte unbedingt Hilfe zum Tatort rufen. Um ihre Leiche aus dem Regen zu bekommen.

Um meinen eigenen Arsch zu retten.

Würde Ryan mit meiner verstümmelten Nachricht etwas anfangen können?

Wie lange warten?

Ich entschied mich für zehn Minuten.

Suchte nach Orientierungspunkten.

Ruben lag unter einer großen Kiefer mit einem knotigen Auswuchs in etwa eineinhalb Metern Höhe am Stamm. Links davon stand eine kleinere, asymmetrische Kiefer, an der jeder zweite Ast abgestorben aussah.

Als ich überzeugt war, dass ich die Stelle wiederfinden würde, rannte ich los.

26

Ryan trug nur Jeans, als er die Tür öffnete. Seine Haare waren zerzaust, aber er wirkte hellwach.

»Was soll der Lärm?« Ryan sah meine nassen Haare und die Kiefernadeln an meiner Kleidung. Sein Grinsen verschwand. »Was ist denn −«

»Ruben ist tot.« Ich war außer Atem vom Rennen. Zitterte. Kämpfte mit den Tränen.

»Was?«

»Sie ist kein Monster, Ryan. Sie ist zurückgeblieben. O Gott. ›Zurückgeblieben‹ darf man ja eigentlich gar nicht mehr sagen. Wie sagt man jetzt? ›Behindert‹? Welches Wort benutzt man jetzt?«

Der Schock, Ruben endlich in die Augen geschaut zu haben. Miterleben zu müssen, wie sie erschossen wurde. Die Erleichterung, wieder im Hotel zu sein. Ich plapperte, konnte nicht anders.

»Sie wusste wahrscheinlich überhaupt nie, dass sie schwanger war. Wusste wahrscheinlich nicht einmal, was *schwanger* bedeutet. Wusste nicht, warum ihr Bauch noch dicker wurde.«

Die Tränen flossen einfach. Ich wischte sie nicht einmal weg.

»Ich habe den Schützen nicht gesehen.«

»Jetzt mal langsam.« Ryan verstand nicht. Oder konnte vor lauter Flennen nicht hören, was ich sagte.

»Zwei Schüsse. Der in den Kopf hat sie vermutlich getötet.« Laut. Zu laut.

Ryan zog mich in sein Zimmer. Schloss die Tür. Holte eine winzige Flasche Johnnie Walker aus seiner Minibar und gab sie mir. »Trink das.«

»Ich darf nicht. Das weißt du.«

Er schraubte den Deckel ab und streckte mir die Flasche entgegen. »Trink.«

Ich tat es.

Das vertraute Feuer brannte mir die Kehle hinab. Ich schloss die Augen. Die Hitze breitete sich vom Bauch in die Brust und in den Kopf aus. Das Zittern ließ nach.

Ich hob die Lider. Ryan musterte mein Gesicht. »Besser?«

»Ja.« Mein Gott. Das war es wirklich.

»Also«, sagte Ryan. »Noch mal von vorne.«

»Ruben ist tot. Ihre Leiche liegt im Wald hinter dem Hotel.«

»*Tabarnac!*«

»Der Hund ist weggelaufen.«

»Der Hund?«

»Tank. Der kleine —«

»Vergiss den Hund! Erzähl mir, was passiert ist.«

252

»Ruben hat mich gegen Mitternacht angerufen. Und gesagt, sie wolle mich sehen.«

»Woher hatte sie deine Nummer?«

»Wahrscheinlich von Snook.«

Ryan fuhr sich mit der Hand durch die Haare. Das hieß, er war nicht glücklich.

»Ruben hat gesagt, ich soll alleine kommen.«

»Mein Gott, Ryan. Wenn sie gesagt hätte, du sollst dir den rechten Busen abschneiden, dann hättest du das auch getan, was?«

»Entweder *moi* allein oder gar nicht.« Ich war immer noch völlig aufgelöst, und Ryans Reaktion ärgerte mich maßlos.

Ryan starrte mich einfach nur an.

»Ich habe dich angerufen. Kann doch nichts dafür, dass die Verbindung miserabel war.«

»Du hast dich mitten in der Nacht mit ihr im Wald getroffen.«

»Ja.«

»Du hattest kein Recht dazu, alleine loszuziehen.« Die Wikingerblauen kochten vor Wut.

»Ich bin schon ein großes Mädchen«, blaffte ich.

»Du hättest dabei umkommen können.«

»Ich lebe noch.«

»Aber Ruben nicht mehr!«

Der Satz war wie ein Schlag ins Gesicht.

Ich schaute weg. Er sollte nicht sehen, dass ich verletzt war. Vor allem aber sollte er mein Schuldbewusstsein nicht sehen. Denn tief drinnen spürte ich, dass er recht hatte.

»So habe ich das nicht gemeint.« Ryan klang jetzt sanfter.

»Ruf die Kollegen«, sagte ich knapp.

Ryan ging zum Nachtkästchen, nahm sein Handy und

wählte. Er redete mit dem Rücken zu mir. Danach holte er ein Sweatshirt aus seinem Koffer und zog es sich über den Kopf. Die statische Aufladung machte seine Frisur nicht besser.

»Und?«, fragte ich.

»Sie schicken einen Streifenwagen.«

»Du solltest es Ollie sagen.«

Ryan wählte noch einmal, sagte ein paar Sätze, schaltete wieder ab.

»Was hat er gesagt?«

»Das willst du nicht wissen.«

Ryan atmete tief durch. Dann sagte er etwas, das meine Wut in Luft auflöste.

»Es tut mir leid. Ich hätte das nicht sagen sollen. Aber manchmal handelst du mit dem Herzen, nicht mit dem Kopf. Ich habe Angst, dass du eines Tages dafür bezahlen musst. Ich könnte es nicht aushalten, wenn dir was passieren würde.«

Ich bemühte mich um eine ausdruckslose Miene.

»Es war nicht deine Schuld, Tempe.«

Doch, dachte ich. *Das war es.*

Der Streifenwagen wurde von Zeb Chalker gefahren. Kein Transporter der Spurensicherung. Kein Leichenwagen. Nur Chalker. Offensichtlich war der Tod einer Nutte es nicht wert, Personal von einem wirklich coolen Mord abzuziehen.

Ryan und ich trafen Chalker in der Lobby. Er sah nicht sehr erfreut aus.

Ich beschrieb, wo der Schütze vermutlich gestanden hatte. Chalker rief ein zweites Team, das den Wald durchsuchen und die nächstgelegene Straße abfahren sollte.

»Wenn wir dort sind, gehe ich zuerst rein. Der Schütze ist

auf keinen Fall mehr da, aber bevor ich nicht weiß, womit wir es zu tun haben, gehe ich lieber auf Nummer sicher.«

Ryan und ich nickten.

Chalker führte uns zur Vordertür, holte Maglites und Regenjacken aus seinem Kofferraum und gab sie uns.

Im Gänsemarsch gingen wir um das Gebäude herum und durch den Garten und stapften dann auf die Bäume zu. Unsere Sohlen hinterließen flache Abdrücke im Schlamm und in den feuchten Nadeln.

An einer Stelle am Waldrand deutete ich in die Richtung von Rubens Leiche. »Sie liegt ungefähr drei Meter weiter da vorne.«

Chalker ging allein hinein. Nach weniger als einer Minute hörten wir ihn rufen: »Gesichert.«

Chalker erwartete uns, die Füße gespreizt, die Taschenlampe auf den Boden gerichtet.

Ich ließ meinen Strahl mit seinem verschmelzen.

Mir blieb vor Überraschung die Luft weg.

Rubens Leiche war verschwunden.

»Das ist die Stelle.« Ohne recht zu wissen, wieso, richtete ich den Strahl auf den Baum mit dem Auswuchs.

Chalker sagte nichts.

»Sie war hier.« Ich ließ den Strahl zwischen den Bäumen, die ich mir gemerkt hatte, hin und her wandern.

»Es ist ziemlich dunkel, Miss. Vielleicht –«

»Ich bin keine Idiotin«, blaffte ich, immer noch randvoll mit Adrenalin. Oder dem Johnnie Walker.

»Bist du sicher, dass sie tot war?«, fragte Ryan.

»Sie hatte eine Austrittswunde so groß wie meine Faust!«

»Vielleicht haben Tiere sie fortgeschleppt.«

»Vielleicht.« Ich glaubte es nicht.

255

Ich weitete meine Suche aus, bewegte mich immer weiter von der Stelle weg. Ryan und Chalker taten es mir gleich.

Zehn Minuten später trafen wir uns wieder am Ausgangspunkt. Meine Hände zitterten, in meiner Brust sprudelte das Blut.

Beide Männer schauten mich an. Zweifelnd.

»Ich schwöre es. Sie lag genau da.« Ich kniete mich hin und suchte die Stelle mit meinem Strahl penibel ab.

Die Nadeln wirkten gleichförmig feucht. Keine sah aus wie frisch zerbrochen, verschoben oder umgedreht. Ich entdeckte kein Blut, weder Haare noch Gewebe noch Knochenfragmente.

Es gab nicht den geringsten Hinweis darauf, dass hier ein Mensch getötet worden war.

Schockiert stand ich auf und deutete mit dem Strahl in die Richtung, aus der die Schüsse gekommen waren. »Wir müssen die Umgebung nach Patronenhülsen absuchen.«

»Ich glaube, wir sind hier fertig.«

»Wohl kaum.«

Chalker blies den Atem senkrecht nach oben, die Personifizierung der Geduld. »Also, Miss —«

Mir platzte der Kragen. »Kommen Sie mir bloß nicht wie Trooper Murray! Hier draußen wurde verdammt noch mal eine Frau erschossen! Ich habe gesehen, wie ihr das Hirn vorne raus spritzte!«

»Sie sollten sich beruhigen.«

»Beruhigen? *Beruhigen*?« Ich sprang Chalker förmlich an. »Halten Sie mich für eine Irre in den Wechseljahren, die Abwechslung sucht?!«

Chalker trat einen Schritt zurück. Ich spürte eine Hand auf der Schulter. Egal. Ich war in Fahrt.

»Ich will Ihnen was sagen, *Constable* Chalker. Ich habe schon

256

Tatorte bearbeitet, als Sie noch in kurzen Hosen herumge-hopst sind. Das kombinierte Genie der RCMP und der SQ konnte Annaliese Ruben nicht finden. Aber ich habe es ge-tan.« Ich rammte mir einen zitternden Daumen in die Brust. »Ruben hat sich an *mich* gewandt. Und irgendein Arschloch hat ihr eine Kugel in den Schädel gejagt!«

»Wir sind hier fertig.«

Chalker schob sich an mir vorbei und verließ das Wald-stück. Seine Stiefel patschten leise durch die feuchten Nadeln.

Ich drehte mich Ryan zu. »Mit dem Typen bin ich fertig.«

»Gehen wir«, sagte er sanft.

»Ich bin nicht verrückt.«

»Ich glaube dir.«

Im Hotel zog ich die feuchten Sachen aus, duschte und streifte mir einen Jogginganzug über. Es war bereits kurz vor zwei, aber mein Hirn raste auf Adrenalin und Schnaps.

Ich fuhr eben meinen Laptop hoch, als es an meiner Tür klopfte.

Wie zuvor schaute ich durch den Spion.

Ryan trug immer noch Jeans und Sweatshirt. Vor dem Bauch hielt er einen flachen, quadratischen Karton. Ich öff-nete die Tür. »Pizza?«, fragte er.

»Mit Anchovis?«

»Wirst du jetzt heikel?«

»Ein Mädchen kann nicht wählerisch genug sein.«

»Keine Anchovis.«

»In Ordnung.«

Während wir aßen, berichtete ich Ryan jedes Detail, an das ich mich erinnern konnte, angefangen von Rubens Anruf bis zu meinem Auftritt vor seinem Zimmer.

»Wie konnte jemand einen Tatort so effektiv säubern?« Das alles war einfach nicht zu glauben.

»Der Regen hat mitgeholfen.«

»Es ging aber trotzdem ziemlich schnell.«

»Sehr.«

»Glaubst du, es war Scar?«

»Ich freue mich schon drauf, ihn das zu fragen.«

Wir nahmen uns beide ein zweites Stück.

»Bringst du sie dazu, dass sie sich voll auf den Mord an Ruben konzentrieren?«

»Werde ich.«

»Danke.«

»Du musst noch was aufklären.«

Ich nickte.

»Wer zum Teufel ist Trooper Murray?«

»Was?« Diese Frage hatte ich nicht erwartet.

»Du hast Chalker diesen Namen hingeworfen.«

»Tatsächlich?«

Ryan nickte.

»Trooper Stephen Murray aus Lincoln, Maine. Hast du nie das Video gesehen?«

Ryan schüttelte den Kopf.

»Es war auf Court TV, YouTube. Das Ding hat sich wie ein Virus verbreitet. Murray wurde zum geduldigsten Polizisten Amerikas ernannt.«

Ryan nahm sich noch ein Stück. Sagte nichts.

»Also komm. Hättest du bei Chalkers engelsgleicher Geduld nicht auch kotzen können?«

»Der Mann hat nur seine Pflicht getan.«

»Der Mann hat sich wie ein herablassendes Arschloch aufgeführt.«

»Na ja, zu seinem Liebling hast du dich auch nicht gerade gemacht.«

Eine Weile aßen wir schweigend. Es fühlte sich entspannt an. Wie früher.

Dann fiel mir etwas ein. »Wenn Scar damit deutlich machen wollte, dass er kein Weichei ist, warum schafft er Rubens Leiche dann weg? Warum lässt er sie nicht liegen, damit sie gefunden wird?«

»Kannst du dich noch an den Eindringling aus Jasper erinnern?«

»Den Kerl mit dem Collie.«

»Jemand hat ihn und seinen Hund umgebracht und beiden die Ohren abgeschnitten.«

Ich stellte mir Rubens Gesicht im Mondlicht vor.

Es lief mir eiskalt den Rücken runter.

27

Das Telefon riss mich aus einem Gewirr loser Traumfetzen. Ryan und ich beim Nudelessen. Ruben winkte mir aus einem Bus zu. Ollie schrie etwas, das ich nicht verstand. Tank schnappte nach einem Raben, der auf seinen Kopf zustürzte.

»Brennan.«

»Hi, Mom.«

Ich freute mich sehr, Katys Stimme zu hören. Die Freude währte ungefähr dreißig Sekunden.

»Wie geht's dir, meine Kleine?«

»Du klingst verschlafen. O Gott. Das habe ich ja ganz vergessen. Bei euch da oben ist es ja erst sieben.«

»Bin gerade am Aufstehen. Hast du mit deinem Dad gesprochen? Ist Birdie okay?«

»Ihm geht's super.«

Obwohl die Sonne ins Zimmer strömte, klebte Reif an den Rändern der Fensterscheibe.

»Sitzt du gut?«

»Hmm.«

»Ich bin zur Army gegangen.«

»Du wirst nicht glauben, was ich eben gehört habe.« Gähnend.

»Du hast absolut richtig gehört. Ich habe mich freiwillig gemeldet.«

Meine Lider schnellten blitzartig in die Höhe. Ich setzte mich auf. »Was hast du?«

»Ich trete am fünfzehnten Juli in Fort Jackson meinen Dienst an.«

Ich war sprachlos. Katy war das kleine Mädchen, das Pink mochte und Reifröckchen trug.

»Bist du noch dran?«

»Ja.«

»Überrascht?«

»Überrumpelt. Wann hast du dich gemeldet?«

»Letzte Woche.«

»Hat man dir eine Gnadenfrist eingeräumt? Damit du dir das noch mal überlegen kannst.«

»Du meinst wie das Rückgaberecht beim Einkaufen?«

»Ja.«

»Ich ziehe das durch, Mom. Ich habe viel darüber nachgedacht.«

»Machst du das für Coop?«

Webster Aaron Cooperton war Katys Freund gewesen. Im

vergangenen Frühjahr war er in Afghanistan getötet worden, wo er als Entwicklungshelfer gearbeitet hatte.

»Nicht *für* ihn. Er ist tot.«

»Wegen ihm?«

»Zum Teil. Coop hat dafür gelebt, Menschen zu helfen. Ich mache rein gar nichts.«

»Und der andere Teil?«

»Ich hasse meinen Job. In der Army kann ich neue Freunde finden. Und reisen.«

An Orte, wo Menschen in die Luft gejagt und erschossen werden. Ich schluckte.

»Coop war nicht beim Militär«, sagte ich.

»Aber ich werde es sein.« Entschlossen.

»Ach, Katy.«

»Bitte streite nicht mit mir deswegen.«

»Natürlich nicht.«

»Das wird ein Abenteuer.«

»Versprich mir einfach, dass du nichts Verrücktes machst, wie dich freiwillig zu Kampfeinsätzen zu melden.«

»Frauen dürfen nicht in Kampfeinsätze.«

Das stimmte. Offiziell. Aber ich konnte mir zu viele Arten vorstellen, wie Frauen an vorderste Front geraten konnten. Kampfpilotinnen. Militärpolizistinnen. Das Lioness-Programm des Marine Corps.

»Du weißt, was ich meine«, sagte ich.

»Ich liebe dich, Mom.«

»Katy?«

»Ich muss jetzt Schluss machen.«

»Ich liebe dich, meine Kleine.«

Ich saß einfach nur da, das Telefon an die Brust gepresst, und mir gingen eine Million Bilder durch den Kopf. Katy bei der Party zu ihrem zweiten Geburtstag. Als Elfe verkleidet bei einer Tanzvorführung. Bei ihrem Schulabschlussball in einer Korsage, die gerade mal doppelt so breit war wie ihr Arm.

Ich zweifelte – aber woran? Dass sie das Ausbildungslager überstehen würde? Dass sie sich ins militärische Leben einfügen würde? Oder hatte ich Angst, dass sie es tun würde? Fühlte ich mich verraten, weil sie ihre Entscheidung nicht mit mir besprochen hatte? Oder befürchtete ich einfach nur, dass man sie in ein Kriegsgebiet schicken würde?

Das alles, ja. Aber da war noch mehr.

Ich hatte ein schlechtes Gewissen wegen meiner Reaktion auf Katys Nachricht. Das Militär leistete unschätzbare Dienste. Verteidigte das Land. Jede Truppengattung brauchte fähige Freiwillige. Die Söhne und Töchter anderer meldeten sich freiwillig. Warum dann nicht auch meine?

Weil Katy immer noch mein kleines Mädchen war.

Die irische Nationalhymne vibrierte an meinem Brustbein.

Ich hob das Handy ans Ohr. »Brennan.«

»Habe von deinem kleinen Abenteuer gestern Nacht gehört.«

Da ich keine Lust hatte, mich von Ollie runterputzen zu lassen, sagte ich nichts.

»Bei den Einheimischen machst du dich nicht gerade beliebt.«

»Hast du mich deswegen angerufen?«

»Ich habe angerufen, weil ich Informationen brauche. Und zwar sofort. Was ich nicht brauche, ist ein Haufen Scheiße.«

Ich wartete, weil ich zu sauer war, um etwas zu erwidern.

»Sag mir, was mit Ruben passiert ist.«

Das tat ich.

Danach Schweigen. Ich nahm an, dass Ollie sich Notizen machte.

»Ich muss dich was fragen, Tempe.«

Sein Ton machte mich argwöhnisch.

»Hast du gestern Nacht ein paar gekippt?«

»Was?«

»Du hast mich schon verstanden.«

»Warum in Gottes Namen fragst du mich das?«

»Chalker sagt, du hättest nach Schnaps gerochen.«

Mir stieg die Hitze in die Wangen. Der Scotch aus der Minibar.

»Chalker ist ein Arschloch«, sagte ich.

»Wir wissen beide, dass du eine Vorgeschichte hast.«

»Die der Grund dafür ist, dass ich nicht trinke.«

»Aber fragen musste ich.«

»Ist die Spurensicherung in Sunnyvale fertig?« Ich wechselte das Thema.

»Seit zwei Stunden.«

»Habt ihr Scarborough oder Unka verhaftet?«

»Wir haben Unka. Die Einheimischen verhören ihn gerade. Ryan und ich suchen nach Scar.«

Wirklich? Waffenstillstand?

»Er ist zu allem fähig.« Kurze Pause, dann: »Ein Mann aus der Zentrale kommt gegen neun ins Hotel. Ich will, dass du ihm deine Version der Ereignisse berichtest.«

Meine Version der Ereignisse?

»Dann will ich, dass du in dein Zimmer zurückgehst und auf deinem hübschen kleinen Arsch sitzen bleibst.«

»Bitte, Sergeant Hasty. Darf ich mir vorher noch das Buch über Diamanten kaufen, bitte, bitte?«

»Ja. Das darfst du.«

Ich zog mich an und genehmigte mir ein schnelles Frühstück aus French Toast und Speck. Nellie Snook war nicht im Restaurant.

Um 9 Uhr 15 rief ein Constable Lake aus der Lobby an. Er war blond und sommersprossig und stemmte offensichtlich Gewichte. Er ging mit mir durch den Garten und durch den Wald zu der Stelle, wo Ruben gestorben war.

Auch im Tageslicht konnte ich nicht die kleinste Blutspur erkennen. Keinen Stiefel- oder Schuhabdruck. Nicht das kleinste materielle Indiz. Kiefernnadeln sind elastisch. Ich sah auch keine Fußabdrücke von mir oder Chalker.

»Nichts als Nadeln«, sagte Lake, nachdem er sich umgesehen hatte.

»Darum geht's ja. Der Schütze hat die Leiche fortgeschafft und den Tatort gesäubert. Warum macht er sich die Mühe? Warum macht er sich nicht einfach aus dem Staub?«

»Woher kamen die Schüsse?«

»Von da.« Ich ging in die Richtung.

Lake folgte mir. Gemeinsam suchten wir auch diese Stelle ab.

»Kein Messing«, sagte er.

»Natürlich nicht. Wenn er die Leiche fortschafft, nimmt er auch die Patronenhülsen mit.«

Lake nickte. »Schauen wir uns die Straße an.«

Reifenspuren oder Schuhabdrücke waren längst vom Regen weggewaschen worden.

Lake schaute mich sehr lange an. Dann sagte er: »Kommen Sie in die Zentrale, und ich nehme Ihre Aussage zu Protokoll.«

Die Botschaft war deutlich: Eine weitere Untersuchung des Tatorts würde nicht stattfinden.

»Das werde ich.«

Lake zuckte die Achseln. »So was passiert schon mal.«

Bevor ich fragen konnte, was er meinte, drehte er sich um und ging zum Hotel.

Was passiert schon mal? Dass Leute erschossen werden? Leichen verschwinden?

Dass Besoffene Polizisten in die Irre führen?

Mit glühenden Wangen sah ich zu, wie Lake aus dem Wald trat. Es war ihm egal, dass ich zögerte. Er drehte sich nicht einmal um.

Über mir krächzte ein Rabe.

Dabei fiel mir etwas ein.

»Tank«, rief ich.

Wartete.

»Komm her, Tank.«

Ich ging zurück, rief noch einmal nach dem Hund.

Einige Eichhörnchen flohen vor mir.

Aber kein Hund.

In meinem Zimmer schaltete ich den Fernseher ein und fuhr meinen Laptop hoch.

Zwanzig Minuten später sah ich nicht mehr, was ich auf meinem Monitor hatte. Bekam nicht mit, was im Fernseher lief.

Schlechtes Gewissen wegen Ruben. Sorge um Katy. Eine böse Vorahnung, was Lakes Bemerkung bedeuten könnte. Mein Gott. Wie viele Leute dachten eigentlich, dass ich mich zugesoffen und mir die Schüsse nur eingebildet hatte?

Und dieser gottverdammte Hund.

Während ich auf meinem hübschen, kleinen Arsch saß, machten Ollie und Ryan Jagd auf Scar.

Scheiß drauf.

Ich steckte eine Akte in meine Handtasche, zog meine Jacke an und ging in die Lobby hinunter.

Durch die Eingangstür sah ich den Camry auf dem Parkplatz gegenüber der Zufahrt stehen. Da ich Ryans Gewohnheiten kannte, ging ich zur Rezeption. Dahinter stand eine Frau, auf deren Namensschild »Nora« stand.

»Entschuldigen Sie, Nora. Detective Ryan hat eben angerufen und mich gebeten, ihm so schnell wie möglich eine Akte zu bringen. Ich weiß, es ist ungewöhnlich, aber könnte ich vielleicht den Schlüssel zu zwei-null-sieben haben?«

»Tut mir leid, Miss Brennan. Aber wir brauchen eine explizite Erlaubnis, um einen Gast in das Zimmer eines anderen zu lassen.«

»Es geht um Folgendes.« Ich beugte mich über den Tresen, eine Informatin mit streng geheimen Informationen. »Detective Ryan ist an einem Tatort und darf nicht gestört werden.«

Wie ich vermutet hatte, war der Mord an Castain inzwischen Tagesgespräch in Yellowknife. Mit einem verschwörerischen Nicken gab Nora mir die Schlüsselkarte.

»Danke«, flüsterte ich.

»Ich hoffe, es hilft«, flüsterte Nora zurück.

Wir würdigten die Bedeutung dieser Handlung, indem wir uns beide feierlich in die Augen schauten.

»Übrigens«, fragte ich, »arbeitet Nellie Snook heute?«

Nora schüttelte den Kopf. »Sie hat am Wochenende immer frei.«

Die Schlüssel lagen auf Ryans Nachtkästchen.

Ich lief zum Camry, startete den Motor und raste die Zufahrt hinunter. Es fühlte sich verdammt gut an.

Als ich in der Ragged Ass parkte, sah ich Nellie Snook

unter dem Carport, wo sie Katzenstreu in einem Körbchen auswechselte. Sie trug ein weites, schwarzes Sweatshirt und dieselben ausgewaschenen Jeans wie tags zuvor. Ich stieg aus und ging zu ihr.

Als sie mich sah, ließ Snook den Sack fallen, rannte durch die Seitentür ins Haus und versuchte, sie zuzuwerfen. Ich schoss nach vorne und drückte mit einer Hand gegen die Tür.

»Gehen Sie«, rief sie durch den Spalt.

»Annaliese Ruben ist tot.«

»Ich rufe die Polizei.«

»Man hat sie erschossen.«

»Sie lügen.«

»Ich war dabei.«

Von drinnen wurde noch stärker gegen die Tür gedrückt.

»Ist Annaliese gestern Nacht zurückgekommen?«, fragte ich.

Das Schweigen verriet mir, dass die Frage sie getroffen hatte.

»Ich war nicht ganz ehrlich zu Ihnen, Nellie. Es ist Zeit, dass ich Ihnen sage, warum ich nach Ihrer Schwester gesucht habe.«

Mit der linken Hand zog ich die Akte aus meiner Handtasche und schob sie durch den Spalt. Ich hörte, wie sie zu Boden fiel.

»Ich nehme jetzt meine Hand weg. Aber bitten, schauen Sie sich an, was in der Akte ist.«

Die Tür wurde so heftig zugeworfen, dass der Rahmen zitterte.

Während ich wartete, füllte ich das Katzenkörbchen auf. Dann band ich den Sack zu und stellte ihn an die Wand.

Schließlich hörte ich das Schloss wieder klicken.

Langsam schwang die Tür nach innen.

Snooks Augen waren tief umschattet. »Warum tun Sie uns das an?«

»Darf ich reinkommen?«

»Was ist das?« Sie hielt den braunen Aktendeckel mit den Fotos der toten Babys hoch.

»Können wir darüber reden?«

Zwischen den Brauen gruben sich vertikale Linien in die Haut. Ihr Blick wanderte von mir zum Katzenkörbchen und wieder zurück zu meinem Gesicht. »Haben Sie die gemacht?«

»Das sind offizielle Tatortfotos.«

»Das war nicht meine Frage.«

»Ich bin keine Polizistin.«

Ihr Kinn hob sich leicht.

»Ich habe die Fotos nicht gemacht. Aber ich war dabei, als sie geschossen wurden.«

Ich erwartete, dass sie mich davonjagen würde. Stattdessen wich sie einen Schritt zurück.

Ich betrat ein düsteres, kleines Zimmer mit einer uralten Waschmaschinen-Trockner-Kombination und Plastikkörben an einer Wand. Die Luft roch nach Kaminrauch, Waschmittel und Haushaltsreinigern.

Snook schloss die Tür, verriegelte sie und führte mich dann in eine sonnenhelle Küche. Sie legte die Akte auf die Arbeitsfläche und bot mir Tee an. Ich nahm an.

Während Snook den Kessel unter den Wasserhahn hielt und Teebeutel in Becher hängte, schaute ich mich um.

Schränke aus Astkiefer mit schmiedeeisernen Beschlägen säumten die Wände. An den Türen klebten Fotos von Tieren, die sie sorgfältig aus Kalendern oder Magazinen ausgeschnitten hatte. Ein Falke, eine Eule, ein Karibu, ein Nashorn. Ein Kalender des World Wildlife Fund hing an einer Wand. Aufkleber der Canadian Wildlife Federation, der Alberta Wilderness Association, des Sierra Club und der Federation of Alberta Naturalists bedecken die Kühlschranktür.

Auf einem kleinen Klapptisch unter einem Fenster mit gemusterten Gingham-Vorhängen stand ein Goldfischglas. Auf einem Stuhl mit Sprossenlehne döste ein gigantischer dreifarbiger Kater.

»Sie interessieren sich für Umweltschutz«, sagte ich.

»Jemand muss das ja machen.«

»Stimmt.«

»Dank der Farm- und Waldwirtschaft, dem Bergbau und der guten, alten Gier sind über die Hälfte der Spezies in dieser Provinz in Schwierigkeiten. Zwanzig sind gefährdet, zwei schon ganz verschwunden.«

»Tut mir leid, dass ich Ihren Koi-Teich beschädigt habe.«

»Der ist für Frösche. Sie vermehren sich im Frühling. Ich versuche, ihnen zu helfen.«

»Wunderschöner Kater«, sagte ich. War er nicht. »Wie heißt er?«

»Murray.«

Es war still im Haus. Ich fragte mich, ob Mr. Snook in einem anderen Zimmer war, und sperrte die Ohren auf, um vielleicht ein Gespräch mitzubekommen.

»Tut mir leid, dass ich Ihren Mann störe.«

»Ich bin nicht verheiratet.«

Der Wasserkessel pfiff.

»Sie sagten, Ihr Mann hätte Ihnen im Gold Range gestern einen Schlüssel gegeben.«

»Ich habe gelogen.«

»Warum?«

»Weil Sie nichts angeht, was ich tue.«

Okay.

Snook goss kochendes Wasser in die Becher. »Vor sechs Jahren ging Josiah auf ein Bier und kam nie mehr zurück.«

»Das tut mir leid.«

»Mir nicht.«

Snook gab mir meinen Tee, und wir setzten uns an eine Essgruppe, die Generationen jünger war als alles andere im Zimmer. Laminierte Stuhlsitze und Tischplatte, weiße Arme und Beine.

Während Snook sich Zucker in ihren Becher löffelte, betrachtete ich ihr Gesicht und überlegte mir, wie ich weitermachen sollte. Sie nahm mir den Wind aus den Segeln.

»Ist meine Schwester wirklich tot?«

»Es tut mir sehr leid.«

»Jemand hat sie erschossen?«

»Ja.«

»Wer?«

»Das weiß ich nicht.«

»Warum zeigen Sie mir die?« Sie deutete mit dem Kopf auf die Arbeitsfläche.

Ich stand auf und holte den Ordner an den Tisch. »Das sind Fotos der Polizei und des Coroners.«

Ich klappte den Deckel auf. Obenauf lag ein Hochglanzfoto des Babys aus dem Toilettenschrank. Das Licht vom Fenster reflektierte auf dem Fotopapier, als ich es Snook zudrehte.

»In den letzten drei Jahren lebte ihre Schwester in der Nähe von Montreal in einer Stadt namens Saint-Hyacinthe. Vor sechs Tagen meldete sie sich in der Notaufnahme eines Krankenhauses. Ausgehend von ihren Symptomen vermutete der diensthabende Arzt, dass sie kurz zuvor entbunden hatte. Da Annaliese leugnete, ein Baby gehabt zu haben oder schwanger gewesen zu sein, meldete er seinen Verdacht der Polizei. Am nächsten Morgen wurde dieses Baby in Annalieses Bad unter dem Waschbecken gefunden.«

Snook starrte in ihren Tee.

»Schauen Sie es sich an, Nellie.«

Snook legte den Löffel auf den Tisch und tat, was ich ihr gesagt hatte. Sie betrachtete die blinden Augen, den mit Maden gefüllten Mund, den winzigen, aufgeblähten Bauch. Dann ließ sie die Schultern hängen, sagte aber nichts.

Ich legte ein zweites Foto auf das erste. »Dieses Baby wurde in einer Fensterbank gefunden.«

Ein drittes. »Dieses da auf dem Dachboden.«

Ein viertes. »Das lag versteckt hinter einer Wand in Annalieses Wohnung in Edmonton.«

Ich ließ Snook Zeit, die grausige Realität zu verdauen, die ich da vor ihr ausbreitete. Schließlich schaute sie mich mit gelassener Miene an.

»Sie weiß es nicht besser.« Ausdruckslos. »Wusste es nicht.«

»Das ist mir jetzt auch klar«, sagte ich sanft.

Ihr Blick blieb auf halbem Weg zum Löffel hängen. Auf halbem Weg zu einem anderen Ort, in eine andere Zeit, vermutete ich.

Hinter Snook streckte sich Murray und schnurrte leise.

»Haben Sie irgendeine Ahnung, wer der Vater oder die Väter sein könnten?«

»Wir haben versucht, sie zu finden. Mein Bruder und ich. Alice war langsam.« Sie schnaubte leise, aber freudlos auf. »Annaliese. Sie probierte gern neue Namen aus. Die Ärzte hatten einen Namen für das, was mit ihr los war. Ich konnte ihn nicht aussprechen. Aber rein rechtlich war sie erwachsen. Und sie ließ sich nicht gern sagen, was sie tun sollte.«

»Ihr Tod ist nicht Ihre Schuld.«

»Ist es nie.«

Ich fand das eine komische Bemerkung, sagte aber nichts.

»Hat die Polizei schon irgendwelche Hinweise?«

»Ein Verdächtiger wird verhört, nach einem anderen gefahndet. Fällt Ihnen irgendetwas ein, das uns weiterhelfen könnte?«

Snook schüttelte langsam den Kopf.

»Warum ging Annaliese weg aus Yellowknife?«

»Sie war siebzehn. Hier gab es für sie nichts zu tun.«

»Nahm Annaliese Drogen?«

Die schwarzen Augen schnellten zu mir, brennend vor Zorn. »Das muss es ja sein, nicht? Das Mädchen war indianisch, also war sie selbstverständlich Junkie oder Alki. Das hat man auch über meinen Bruder gesagt. Das sagt man auch über mich. Die Dinge ändern sich nie.«

»Sie meinen jetzt Daryl Beck?«

»Sie sind gründlich. Das muss ich Ihnen zugestehen.«

»Sie sagen, Beck hat keine Drogen genommen?«

»Eine Zeit lang war Daryl sehr heftig auf Schnaps und Drogen. Er hatte einen schwierigen Start. Seine Mutter starb, als er zwölf war. Unserem Vater waren wir alle scheißegal.«

»Farley McLeod.«

»Das Einzige, was Farley seinen Kindern mitgab, war ein schneller Schuss Sperma und ein wertloses Stückchen Erde am Ende der Welt. Schätze, das war seine Art, mit seinem schlechten Gewissen umzugehen.«

»Sie sagen also, Ihr Bruder hatte mit Drogen und Alkohol aufgehört?«

»Die letzten neun Monate seines Lebens war Daryl trocken. Er arbeitete an seinem Schulabschluss.« Wieder das freudlose Schnauben. »Wollte was aus sich machen.«

Hier passte etwas nicht zusammen. »Horace Tyne sagte, Daryl sei auf Drogen gewesen.«

Snooks Stirnfalten wurden tiefer, aber sie sagte nichts.

»Ich habe mit Tyne gesprochen, kurz nachdem Sie seinen Namen erwähnt haben.«

Sie schüttelte über die Ironie den Kopf. »Dann bin ich es also, die Sie auf Annalieses Spur gebracht hat.«

»Um genau zu sein, war ich schon auf Annalieses Spur, bevor ich Sie kennenlernte. Sie waren einfach ein Hinweis. Tyne sagte, nach Farleys Tod wohnte Annaliese bei ihm.«

»Ich war damals nicht in Yellowknife.«

»Tyne ist um einiges älter als Ihre Schwester.«

»Ist er.«

»Bringt Sie das nicht auf Gedanken?«

»Außer meinem Bruder und mir ist Horace Tyne der einzige Mensch in dieser Stadt, der sich auch nur einen Deut um andere Lebewesen schert. Er ist ein guter Mensch, und er arbeitet hart. Wenn er Arbeit *finden* kann.«

»Annaliese mochte ihn?«

»Nein. Aber sie konnte so sein.«

»Wie?«

Snook zog eine Schulter hoch. »Stur. Die Ärzte sagten, ihr Denken hätte es nie über die vierte Klasse hinaus geschafft.«

Der Kater setzte sich auf, streckte einen Vorderlauf aus und kratzte sich den Bauch. Auf dem er sehr wenig Fell hatte.

»Wissen Sie, warum Annaliese nach Yellowknife zurückkam?«

»Ich glaube, irgendetwas hat ihr Angst gemacht.«

»Was?«

»Ich weiß es nicht. Sie war so müde, also schlief sie meistens. Ich bedrängte sie nicht, dachte mir, wir hätten noch genug Zeit zum Reden.« Snook hob ihre Tasse. Blies hinein, obwohl der Tee inzwischen kalt war. »Druck brachte bei meiner Schwester gar nichts.«

»Kennen Sie eine Frau namens Susan Forex? Oder erwähnte Annaliese je ihren Namen?«

»Nein.«

»Phoenix Miller?«

»Nein.«

»Wir glauben, dass Annaliese mit einem Mann namens Smith von Edmonton nach Montreal ging. Unterschrieb mit ihm einen Mietvertrag für eine Wohnung.«

»Ich kenne ungefähr ein Dutzend Smiths.«

Gutes Argument.

»Was ist mit Ralph Trees? Nennt sich Rocky?«

»Nein.«

»Ronnie Scarborough?«

»Warum fragen Sie mich nach diesen Leuten?«

»Weil Ihre Schwester sie kannte.« Den nächsten Satz sagte ich so sanft wie möglich. »Ronnie Scarborough war ihr Zuhälter.«

Snook stellte den Becher auf den Tisch. Hielt ihn fest.

»Scarborough ist ein Hauptverdächtiger im Mord an Annaliese«, fügte ich hinzu.

»Sie sagten, Sie sind keine Polizistin. Aber Sie reden wie eine.«

»Ich bin forensische Anthropologin.«

»Was heißt das?«

»Ich untersuche Überreste, die ... beschädigt sind.«

Ein Stirnrunzeln deutete darauf hin, dass sie das nicht verstanden hatte.

»Ich helfe Coroners und Medical Examiners bei der Identifikation von Verstorbenen, die nicht mehr erkennbar sind. Und ich helfe dabei, herauszufinden, was mit ihnen passiert ist.«

Darüber schien sie nachzudenken. »Der Coroner wird bei meiner Schwester eine Autopsie machen?«

Ich beugte mich vor und legte meine Hand auf die ihre. »Der, der Annaliese erschossen hat, hat ihre Leiche mitgenommen.«

Ihr Mund klappte auf.

»Wir finden Ihre Schwester, Nellie. Und die Mistkerle, die sie ermordet haben.«

Murray streckte jetzt den anderen Vorderlauf aus. Sein Halsbandglöckchen bimmelte leise.

»Was ist mit Tank passiert?«, fragte Snook.

»Ich weiß es nicht.«

»Sie haben doch gesagt, Sie waren dabei.«

»Er ist in den Wald gerannt.«

Snook ließ das Kinn auf die Brust sinken.

Ich starrte ihren Kopf an, kam mir dabei vor wie ein Voyeur und fragte mich, ob ich angesichts solchen Kummers so stoisch bleiben könnte.

Mein Blick wanderte zu Murray, dann zu den nicht zusammenpassenden Fischen in dem Glas neben ihm. Einer war schmutzig weiß, der andere golden. Auf dem Sand und den Steinen am Boden ihrer Welt funkelte das Sonnenlicht.

Ein längeres Schweigen entstand.

Dann sagte Snook etwas, das meine Einschätzung des Mords an Annaliese völlig über den Haufen warf.

»Ronnie hat Annaliese nicht getötet.«

»Wie können Sie da so sicher sein?«

»Als ich sagte, ihr Bruder hätte auf sie aufgepasst, meinte ich nicht Daryl.«

»Ich kann Ihnen nicht folgen.«

»Ich meinte Ronnie.«

»Moment mal. Was? Scar ist Ihr Bruder?«

»Ich nenne ihn nicht so. Aber ja. Ich war drei, als John Scarborough meine Mutter heiratete, fünf, als er mich adoptierte. Ronnie war zehn.«

Himmel. War denn in dieser Stadt jeder mit jedem verwandt?

»Aber Scar *ist* Dealer und Zuhälter«, sagte ich.

»Ich spreche nicht mit ihm über seine Geschäfte.«

»Aha.«

»Scar versuchte, meine Schwester aus diesen Dingen rauszuhalten. Gab ihr Geld und eine Unterkunft.«

»Aber Zeugen sagen, Annaliese wäre auf den Strich gegangen.« Ich deutete auf die Akte. »Und sie wurde schwanger.«

»Meine Schwester war leicht zu beeindrucken. Und sie wollte ... Sachen.«

»Soll heißen?«

»Sie sah Ronnies Leben und hielt es für glamourös. Sobald er nicht auf der Hut war, machte sie sich davon.«

»Um anschaffen zu gehen.«

»Sie war vertrauensselig und nett und lechzte nach Aufmerksamkeit.«

»Soweit ich weiß, kontrolliert Ihr Bruder die Unterwelt Edmontons so gut wie vollständig. Warum lässt er dann nicht verlauten, dass Annaliese tabu ist?«

»Glauben Sie wirklich, Ronnie kann jeden Mistkerl mit einem Dollar und einem Schwanz kontrollieren? Verzeihen Sie meine Ausdrucksweise.«

»Wo ist Scar jetzt?«

»Das weiß ich wirklich nicht.«

»Gestern war er im Gold Range. Mit Ihnen.«

Sie nickte. »Aber ich bin mir sicher, dass Ronnie Annaliese nie etwas tun würde.«

»Warum ist Ihr Bruder in Yellowknife?«

»Ich habe ihn angerufen und erzählt, dass Annaliese bei mir ist. Er war stocksauer, meinte, sie wäre hier nicht sicher.«

»Warum nicht?«

»Ich glaube, es hatte etwas mit seinen Geschäften zu tun. Aber wie gesagt –«

»Ich weiß. Darüber sprechen Sie nicht.«

Als ich wieder im Camry saß, starrte ich einfach nur ins Leere. Meine Gefühle waren ein wildes Durcheinander aus schlechtem Gewissen, Verwirrung, Verärgerung und Frustration.

Snooks Vater hatte sie verlassen, war dann bei einem Flugzeugabsturz ums Leben gekommen. Ihr Bruder war in einem Feuer umgekommen, ihre Schwester erschossen worden. Das alles in nur fünf Jahren. War es zu grausam gewesen, ihr die Fotos ihrer toten Nichten und Neffen zu zeigen?

Sagte Snook die Wahrheit über Scar? Über Daryl Beck? Ihre Version passte nicht zu der von Horace Tyne. Tyne behauptete, Beck sei ein Junkie gewesen. Hatte er sich getäuscht? Oder hielt es Snook mit der Wahrheit nicht so genau, weil sie ihre beiden Brüder im besten Licht darstellen wollte?

Ich war überzeugt, dass Snook nichts von Rubens Schwangerschaften gewusst hatte. Ihr Schock, als sie die Fotos sah, war echt gewesen. Wie auch ihr Schmerz, als sie von dem Mord an Ruben hörte. Ich bezweifelte, dass sie den Mörder ihrer Schwester schützen würde.

Und wenn der Mörder ihr eigener Bruder war?

Wie auch immer. Für mich war die Jagd vorbei. Ich war auf Bitten der RCMP nach Yellowknife gekommen. Ollie hatte darauf bestanden, dass wir uns Ruben zum Ziel machten, und Ruben war jetzt tot. Ich würde höchstens irgendwann wieder hierherkommen, um im Prozess gegen ihren Mörder auszusagen.

Würde es je so weit kommen? Würde man dem Mord an Ruben die Aufmerksamkeit schenken, die er verdiente? Glaubte die Polizei überhaupt, dass sie tot war? Glaubte sie, dass Ruben irgendwann schon wieder auftauchen würde? Und falls nicht, dass sie einfach nur irgendeine Nutte war, die sich aus dem Staub gemacht hatte?

Ich schaute mich im Rückspiegel an. Mein Blick wirkte gequält. Ich war besessen davon gewesen, eine Frau zu finden, die ihre Babys ermordet hatte. Jetzt wusste ich, dass die Frau selbst ein Opfer war. Ein kindliches Opfer. Hatte sich meine Besessenheit jetzt darauf verlagert, ihren Mörder zu finden?

Wenn Snook mit Scarborough recht hatte, wer hatte dann Ruben erschossen? Vielleicht Unka? Einer seiner Handlanger? Würde Rubens Leiche entsetzlich verstümmelt irgendwo auftauchen? Was für ein Motiv könnte Unka haben? Scar angreifen? Wusste Unka, dass Ruben mit Scar verwandt war?

Vielleicht war Scar auf einem Feldzug, mit dem er zwei Dinge erreichen wollte – Rubens Tod rächen und Unkas Drogengeschäfte übernehmen.

Jede Gedankenschleife kehrte zu demselben demütigenden

278

Gedanken zurück. Meine Vergangenheit war mir nach Yellowknife gefolgt. Die Polizisten glaubten, ich wäre betrunken gewesen und hätte mir die Horrorgeschichte im Wald nur eingebildet. Ich war raus aus der Ermittlung.

Hatte Ollie meinen Ruf sabotiert? Ryan mit Sicherheit nicht.

Ich dachte an Ollies überhebliches Grinsen, als er mich vor dem Burger Express in Edmonton an die Brust gedrückt hatte. Sein Stirnrunzeln, als ich ihm im Hotel die Tür vor der Nase zugeknallt hatte.

Ich dachte aber auch an Ollies Stimme, als er über seine Arbeit im Project KARE gesprochen hatte. Sein Mitgefühl für die Frauen, die in Alberta abgeschlachtet worden waren.

Ruben hatte auf der Liste des Project KARE gestanden.

Egal, was er über mich dachte – eine Kindfrau, die kaltblütig erschossen worden war, würde Ollie am Herzen liegen.

Ich legte den Gang ein. Kies spritzte hoch, als ich die Ragged Ass entlangraste.

Und beinahe einen Streifenwagen der RCMP auf die Hörner nahm.

Ich bremste so heftig, dass mein frisch verschorftes Kinn gegen das Lenkrad knallte.

Ollie sprang aus der Fahrerseite des Streifenwagens. Eine Gestalt, von der ich annahm, dass es Ryan war, blieb auf dem Beifahrersitz.

Statisches Rauschen kam aus dem Funkgerät des Autos, als Ollie auf mich zurannte.

Ich stieg ebenfalls aus.

»Ich hab dir doch gesagt, du sollst verdammt noch mal in deinem Zimmer bleiben!« Auf Ollies Stirn pochte eine Ader. Die Wangen waren rot.

»Die Zornesröte passt gut zu deinen Haaren.«

»Wir haben dich in der ganzen Stadt gesucht.«

»Du hast mich gefunden.«

»Du denkst wohl, du musst dich nicht an Regeln halten, was, Tempe?«

»Ich schummle nie beim Scrabble.«

Ollie stemmte beide Hände in die Hüften. »Was ist das nur mit euch? Braucht ihr immer irgendeinen Kick? Ist es das, was dich von der Flasche fernhält? Dass du Risiken eingehst?«

Wenn ich verärgert bin, feuere ich gern intelligente Kommentare zurück. Wenn ich wütend bin, wirklich fuchsteufelswild, werde ich kalt wie ein Eisberg. »Du hattest kein Recht dazu, über meine Vergangenheit zu reden.«

»Ist es das?«

»Was?«

»Vergangen?«

»Frag Ryan, was passiert ist.«

»Er hat mir von dem Scotch erzählt.«

»Dann haben wir das geklärt.«

»Aber nicht geklärt haben wir, warum du hier draußen bist, obwohl ich dir befohlen habe, in deinem Zimmer zu bleiben.«

»Mir befohlen?« Durch zusammengebissene Zähne.

»Soweit ich weiß, trägst du noch keine Marke.«

Ich atmete einmal tief durch. Hörte, wie die Luft sich durch meine Nase bewegte. »Ich habe nur Nellie Snook darüber informiert, dass ihre Schwester tot ist.«

»Dazu hattest du keine Befugnis.«

Da hatte er allerdings recht.

»Ich habe es gesehen, Ollie. Ich habe gesehen, wie ihr Hirn rausgespritzt und ihr Körper zu Boden gegangen ist.«

Er starrte mich weiter an.

»Du glaubst mir doch, oder?«

Er musterte mein Gesicht so lange, dass ich glaubte, er würde mir nicht antworten. Dann: »Ich glaube dir.«

»Du wirst ermitteln, nicht? Ruben war auf der KARE-Liste.«

»Irrtümlich.«

»So oder so, jetzt gehört sie zu einer deiner Statistiken.«

Ollie spreizte die Füße und hakte die Daumen in den Gürtel.

»Die Einheimischen sind völlig auf Castain fixiert«, sagte ich. »Ich will nicht, dass Ruben durch irgendein Raster fällt.«

»Das hängt alles irgendwie zusammen.«

»Da bin ich mir nicht so sicher.«

Ollie schaute mich auf eine Art an, die nur bedeuten konnte: Was denn sonst?

»Snook glaubt, dass Ruben vor etwas in Edmonton davongelaufen ist«, sagte ich.

»Wovor?«

»Das wusste sie nicht.«

»Aha.«

»Snook hat bestätigt, dass Ruben geistig behindert war«, sagte ich.

»Und wie kommt's, dass niemand erwähnt hat, sie sei zurückgeblieben?«

»Die Leute hielten sie einfach nur für langsam.«

»Und dass sie mindestens vier Mal schwanger war: Das hat niemand bemerkt?«

»Ruben war stark übergewichtig und trug weite Kleidung. So was passiert.«

»Und sie hatte immer noch keine Ahnung, als die Babys einfach so in ihr Klo plumpsten?«

»Dieselbe Antwort.«

»Warum war sie dann in der Notaufnahme?«

»Ich schätze, das Blut hat ihr Angst gemacht.«

»Sie hatte den Arzt angelogen.«

»Wahrscheinlich hatte *er* ihr Angst gemacht.« Ein Bild blitzte vor mir auf. »Im Wald sagte sie, sie hätte den Babys was Schlechtes gegeben.«

»Du hast Papier in der Kehle eines der Babys gefunden.«

»Vielleicht war es ja das.«

»Warum sollte sie so etwas tun?«

»Falls sie es getan hat.«

Wieder kam Rauschen aus dem Funkgerät.

»Snook schwört, dass Scar Ruben nicht umgebracht hat.«

»Der Mistkerl hat kein Problem damit, die Kleine als seine Bordsteinprinzessin auf die Straße zu schicken, aber sie zu erschießen kommt für ihn nicht infrage?«

»Scar ist Snooks Adoptivbruder.«

Ollie zog überrascht die Augenbrauen hoch. »Snook ist Rubens Halbschwester. Was zum Teufel ist dann Scar für Ruben?«

»Ich weiß es nicht. Aber Snook schwört, Scar hätte versucht, sie von seinem Leben fernzuhalten.«

Ryans Tür ging auf.

»Scar erfährt also, dass Ruben in Yellowknife ist, und kommt in den Norden, um sie zu schützen?«

»So erzählt es Snook.«

Ryan stieg aus und kam auf uns zu.

»Damit sich die Fahrt auch wirklich lohnt, tötet Scar noch Castain, um sich den örtlichen Drogenmarkt zu erschließen. Aus Rache tötet Unka Ruben.«

Dieses Szenario hatte ich mir auch schon ausgemalt.

»Was hat Snook sonst noch gesagt?«, fragte Ollie.

Ich erzählte ihm von Daryl Beck.

»Was zum Teufel hat denn das mit der ganzen Sache zu tun?«

»Wahrscheinlich nichts. Aber ich mag keine Ungereimtheiten. Ob es wohl einen Polizeibericht über Becks Tod gibt?«

»Hausbrand mit einem Todesopfer. Vielleicht. Wahrscheinlicher ist, dass der Fall direkt an den Coroner ging.«

Ryan war jetzt bei uns, und sein Gesicht wirkte so angespannt, wie ich es noch nie gesehen hatte. »Sie haben Scarborough.«

»Wo?«, fragte Ollie.

»Stanton Territorial Health Authority. Mit zwei Kugeln im Kopf.«

30

Ollie fuhr rasend schnell, benutzte seine Sirene. Ryan und ich folgten im Camry in gemäßigterem Tempo.

Wir waren übereinstimmend der Meinung, dass es wenig Sinn hatte, nach Stanton zu fahren. Aber es war nicht weit. Und wir hatten sonst nichts zu tun.

Unterwegs erzählte ich Ryan von Katy.

»Das ist großartig«, sagte er.

»Sie könnte in ein Kriegsgebiet geschickt werden«, sagte ich.

»Sie wird schon klarkommen«, sagte er.

Dann berichtete ich ihm alles, was ich von Snook erfahren hatte. Schweigend fuhren wir weiter. Allmählich gewöhnte ich mich daran.

Wir hatten recht, was die Sinnlosigkeit der Fahrt nach Stanton anging.

Als wir die Notaufnahme betraten, kam Rainwater uns entgegen. Er berichtete, dass Scars Leiche bereits unterwegs war nach Edmonton und dass Ollie sich auf den Weg zum Tatort gemacht hatte. Während er in die Details ging, dachte ich mir, dass er genauso gut den Anschlag auf Castain beschreiben könnte.

Scar war erschossen worden, als er die Wohnung einer Frau namens Dorothea Slider verlassen hatte. Sie hatte nichts mitbekommen. Die Nachbarn hatten nichts mitbekommen. Der einzige Unterschied war der Grad der Dreistigkeit. Scar war am helllichten Tag aus einem fahrenden Auto heraus erschossen worden.

Mich ostentativ ignorierend, erkundigte sich Rainwater bei Ryan, ob der ihm bei der Überprüfung eines Tipps zu Unka helfen wolle. Ryan war so höflich, mich mit hochgezogenen Augenbrauen fragend anzuschauen.

Ich streckte einfach nur die Hand aus.

Ryan legte mir die Autoschlüssel hinein. Hinter ihm auf der anderen Seite der gefliesten Lobby sah ich Maureen King vom Coroner Service in ein Handy sprechen. Sie sah kleiner aus, als sie, über Castains Leiche stehend, auf mich gewirkt hatte, vielleicht eins sechzig groß und fünfzig Kilo schwer.

Sie hatte uns den Rücken zugedreht. Sie trug schwarze Jeans, einen weißen Rollkragenpullover und dieselbe Windjacke wie am Abend zuvor.

King hielt sich den Hörer ans andere Ohr und hängte sich eine große, schwarze Handtasche über die freie Schulter. Dabei bemerkte sie mich. Mit überraschter Miene winkte sie mich zu sich. Ich ging hinüber.

King redete weiter, hob aber, zu mir gewandt, den Zeigefinger. Augenblick noch. Nach ein paar weiteren Worten schaltete sie ab und steckte das Handy ein.

Ich streckte ihr die Hand entgegen. »Temperance Brennan.«

»Ich weiß, wer Sie sind.« War das ein Lächeln?

Wir gaben uns die Hand.

King war außerdem älter, als ich gedacht hatte, wahrscheinlich Ende vierzig. Ihr Haar war aschblond, der Ansatz weit über den Brauen. Ihre hohe Stirn versuchte sie mit einem langen Pony zu verdecken, ein Fehler, wenn man bedachte, wie schlaff und schütter er war.

»Sie sind die Anthropologin.«

»Sie sind der Coroner.«

»Deputy Chief.«

»Der Forensik.«

Wir grinsten uns gegenseitig an. Dann wurde Kings Miene ernst. »Man fällt aus dem Sattel, man steigt wieder auf.«

»Wie bitte?« Ich hatte keine Ahnung, was sie meinte.

»Wenn Sie Bedarf haben, ich könnte uns ein Treffen organisieren.«

Hitze schoss mir den Hals hoch und in die Wangen. »Ich weiß nicht, welche Gerüchte Sie gehört haben, Ms. King, aber –«

»Maureen. Und kommen Sie mir nicht mit Ausflüchten. Ich bin die Kaiserin der Ausflüchte. Ich erkenne sie schon aus drei Meilen Entfernung.«

Ich sagte nichts.

»Ich bin seit acht Jahren trocken. Aber ich habe immer noch diese Tage, da würde ich am liebsten in eine andere Stadt fahren und mir eine dunkle, kleine Bar suchen, wo mich keiner kennt, und diese durchgeknallte Welt für eine Weile auslöschen.«

Ihre Worte trafen mich wie ein Schlag auf den Kopf. Aber nicht, weil sie nicht stimmten. Das taten sie natürlich. Ich wusste genau, was sie meinte. Aber diesmal war ich nicht schuldig. Ich hatte keine Flucht gesucht, hatte den Scotch nur auf Ryans Beharren hin getrunken.

»Denkt denn diese ganze durchgeknallte Welt, dass ich betrunken war?«

»Manche tun das.«

»Ich habe mit angesehen, wie Annaliese Ruben ermordet wurde. Sie stand nur zwei Meter von mir entfernt. Danach habe ich einen Schluck Scotch getrunken, um mich zu beruhigen.«

»Das ist ein weiterer Grund, warum wir es tun.«

»Ja.«

Wir schauten einander lange in die Augen. Die ihren waren so grün wie meine.

»Glauben Sie mir?«, fragte ich.

»Sergeant Hasty sagt, dass Sie okay sind.«

Tut er das?

»Soweit ich weiß, kennen Sie Nellie Snook«, sagte sie. »Wohnt an der Ragged Ass.«

»Hat interessante Dinge zu erzählen.«

King bedeutete mir mit einer Handbewegung, ich solle damit rausrücken.

Ich berichtete ihr von den toten Babys, den Verwandtschaftsbeziehungen zwischen Snook und Ruben, Scarborough und Snook. Davon, dass Snook der Meinung war, Scarborough wollte Ruben beschützen. Sie hörte zu, ohne mich zu unterbrechen.

»Jetzt sind Ruben und Scarborough beide tot«, sagte ich schließlich.

»Ich fürchte, das liegt in der Familie.«

»Das klingt herzlos.« Ich erinnerte mich daran, was Snook über die Haltung der Europäischstämmigen gegenüber der indigenen Bevölkerung gesagt hatte.

»Das sollte es nicht. Ich stelle nur eine Tatsache fest. Snooks anderer Bruder kam auch gewaltsam ums Leben.«

»Daryl Beck.«

»Ja.«

»Trank oder fixte Beck zum Zeitpunkt seines Todes?«

»Daryl hatte so seine Probleme.«

»Sie kannten ihn?«

»Vielleicht habe ich ihn hin und wieder mal gesehen.«

Sie wandte den Blick nicht ab. Ich wusste, was sie sagen wollte. Indem sie es nicht sagte. Sie und Beck hatten dieselben Treffen besucht. Doch sie kam der Verpflichtung der Anonymen Alkoholiker zur Verschwiegenheit nach.

»Hat der Coroner Service eigentlich Becks Tod untersucht?«, fragte ich.

»Ja, haben wir. Sie müssen verstehen, Beck hatte viele Jahre damit zugebracht, in seiner eigenen Kotze aufzuwachen oder seinen Rausch in einer Zelle auszuschlafen. Jeder nahm an, er hätte sich an diesem Abend zugesoffen und wäre mit einer brennenden Zigarette in der Hand eingeschlafen.«

»Der Chief Coroner hat Unfall als Todesursache angegeben«, vermutete ich.

»Ja.« Etwas in Kings Stimme ließ erahnen, dass ich einen wunden Punkt getroffen hatte.

»Sind Sie anderer Meinung?«

King lächelte auf eine Art, die keinen Humor vermittelte. »Von Daryl war nicht mehr viel übrig für eine Untersuchung, und wir schwimmen hier oben nicht gerade in anthropologischen Kapazitäten. Außerdem, wer würde denn schon den Dorftrinker umbringen wollen?«

»Snook sagte, Beck hätte auf seinen Schulabschluss hingearbeitet.«

»Das könnte ich überprüfen.« Sie zögerte. Traf dann eine Entscheidung. »Der Anruf, den ich eben hatte, kam von Nellie Snook. Wie's aussieht, haben Sie ziemlich Eindruck bei ihr gemacht.«

»Das ist mir neu.«

»Ja. Ich habe von dem Froschteich gehört.«

Unsere kleine Stadt. Herrlich.

»Warum hat Snook Sie angerufen?«

»Sie will ihren Bruder ausgraben lassen.«

»Was?« Ich war verblüfft. »Warum das? Vermutet sie einen Mord? Brandstiftung?«

»Snook hat das mit dem Unfalltod immer bezweifelt. Sie weiß, dass Sie hier sind, und sie weiß, was Sie tun.«

»Haben Sie die Befugnis, eine Exhumierung anzuordnen?«

»Auf Antrag der Familie.«

Das war verrückt. Von toten Babys war ich zu einer ermordeten Nutte und in einen potenziellen Drogenkrieg geraten. Jetzt bat man mich, eine Leiche zu untersuchen, die seit vier Jahren unter der Erde war.

Was soll's? Besser als Nägelkauen. Ich konnte mich nützlich machen und gleichzeitig der Ruben-Ermittlung neuen Schwung geben.

Und meine Nüchternheit beweisen.

»Können Sie mir die Ausrüstung besorgen?«, fragte ich.

»Was brauchen Sie?«

»Womit haben wir's zu tun?«

»Die Überreste passen in eine Plastikwanne.«

288

»Klingt nicht sehr vielversprechend.«

»Nein. Was brauchen Sie?«

»Ich kann nur eine vorläufige Einschätzung abgeben. Jede mikroskopische oder anderweitig spezialisierte Untersuchung muss in meinem Labor durchgeführt werden.«

»Verstanden.«

»Nicht viel«, sagte ich. »Einen Arbeitstisch. Handschuhe, Masken, Schürzen. Eine Lupe oder dergleichen. Greifzirkel. Ein Röntgengerät.«

Sie zog ein Spiralnotizbuch heraus und schrieb eine Liste. »Ich brauche Antragsformulare mit den Unterschriften der nächsten Angehörigen. Im Friedhof nach der exakten Grabstelle fragen. Ein Team zusammenstellen.« Sie schrieb beim Sprechen. »Den Transport des Sargs organisieren.« Sie schaute sich um. »Wir können die Untersuchung hier machen. Wird eine Weile dauern.« Dann steckte sie das Notizbuch in die Handtasche und zog ihr Handy heraus.

Ich gab ihr meine Visitenkarte. »Meine Handynummer.«

»Snook kann sich Ihr Honorar nicht leisten. Und unser Budget erlaubt keine Auslagen für externe Gutachten.«

»Das geht auf mich.«

»Dann buddeln wir ihn aus«, sagte sie.

»Dann buddeln wir ihn aus«, sagte ich.

Normalerweise bewegt sich das Justizwesen mit dem Tempo der Kontinentalverschiebung. Ich nahm an, dass King mit »eine Weile« ein paar Tage meinte.

Ich hatte die schiere Beharrlichkeit von Yellowknifes Deputy Chief Coroner unterschätzt.

Ich aß eben Lo Mein im Red Apple an der Franklin, als mein iPhone klingelte.

»Können Sie um sechs am Lakeview Cemetery sein?«

»Wenn Sie mir den Weg beschreiben?«

»Fahren Sie die Old Airport Road ungefähr eine Meile in nördlicher Richtung stadtauswärts. Biegen Sie rechts in Richtung Jackfish Lake ab. Sie können ihn nicht verfehlen.«

»Ich komme hin.«

Ich schaute auf die Uhr: 15:20. Ich hatte mich erst vor vierzig Minuten von King verabschiedet.

Der reinste Pitbull.

Ich liebte diese Frau.

Ich rief Ryan an, um ihm zu sagen, was ich vorhatte. Er klang überrascht, hielt mit seiner Meinung aber hinter dem Berg. Er klang frustriert. »Der Tipp zu Unka war eine Niete. Das Arschloch ist immer noch verschwunden.«

»Ich nehme an, dass Rubens Leiche noch nicht aufgetaucht ist.«

»Nein.«

»Sucht irgendjemand danach?«

»Ich halte dich auf dem Laufenden.«

Im Book Cellar kaufte ich mir ein Buch über die Suche nach Diamanten in der Arktis. Ein zweites über den Diamantenabbau in Kanada. Dann kehrte ich ins Explorer zurück.

Bevor ich nach oben ging, suchte ich in dem Waldstück noch einmal nach Tank. Obwohl ich rief und rief, ließ der Hund sich nicht blicken.

Einen Augenblick lang stand ich da und atmete das Aroma des dunklen, klebrigen Harzes ein, das durch die Bäume strömte. Wem wollte ich was vormachen? Der Hund war tot.

Schweren Herzens ging ich auf mein Zimmer.

Vier Uhr nachmittags.

Ich holte meine wärmsten Sachen aus dem Koffer und hängte sie über einen Stuhl.

Zehn nach vier.

Um die Zeit totzuschlagen, machte ich es mir auf dem Bett bequem und schlug das Buch über Bergbau auf. Obwohl ich wegen der anstehenden Exhumierung ein wenig aufgeregt war, spürte ich doch die Nachwirkungen des Schlafmangels. Zur Sicherheit stellte ich die Weckfunktion meines Handys auf 17 Uhr 20.

Auf dem hinteren Vorsatz des Buchs befand sich eine Karte von Nunavut und den Northwest Territories.

Schon mein ganzes Leben lang haben mich Atlanten und Globen fasziniert. Als Kind hatte ich oft die Augen geschlossen und den Finger auf eine beliebige Stelle gedrückt. Dann hatte ich den Namen der Gegend gelesen und mir die exotischen Menschen vorgestellt, die in dieser Stadt, auf dieser Insel oder in dieser Wüste lebten.

Ich hing schon wieder am Haken.

Und erlebte einen Schock.

Ich hatte gedacht, Yellowknife würde am obersten Ende des Planeten kleben. Keineswegs. Nördlich des 60. Breitengrads versteckte sich noch eine ganze Menge Geografie.

Umingmaktok. Kugluktuk. Resolute. Fort Good Hope. Die Namen deuteten auf den Zusammenprall der Kulturen hin, der in dieser Region stattgefunden hatte. Und wir alle wissen, wie der letztendlich ausging.

Wieder dachte ich daran, wie verbittert Snook über die immer noch herrschenden Vorurteile gegenüber der indigenen Bevölkerung gesprochen hatte. Fragte mich, ob sie recht hatte.

Mein Zimmer hatte zwei Temperaturoptionen, die beide nicht mit dem kaputten Schalter des Plastikthermostats reguliert werden konnten, das halb aus der Wand hing. Heute war offenbar der Tropenmodus dran.

Die Lider wurden mir schwer. Der Kopf sank mir auf die Brust, was mich dann wieder weckte.

Ich konzentrierte mich wieder auf die Karte. Ich fand die Diamantenminen Ekati und Diavik, die beide praktisch auf der Grenze zwischen Nunavat und den NWT lagen. Im Südosten lag der Snap Lake und südlich davon Gahcho Kué.

Meine Gedanken schweiften ab.

Gahcho Kué. Früher der Kennady Lake. Die neue, von De Beers projektierte Mine.

Wieder klappten die Lider herunter.

Von irgendwoher tauchte ein Bild von Horace Tyne auf.

Horace Tyne wehrte sich gegen das Gahcho-Kué-Projekt. Behauptete, seine Existenz würde die Karibus bedrohen.

Ich sah eine Herde.

Ein Schild mit der Aufschrift *Naturreservat.*

Einen Aufkleber der Alberta Wilderness Association.

Zwei Fische, einer schmutzig weiß, der andere golden.

Gold.

Horace Tyne. Die Giant-Goldmine.

Kirchenglocken läuteten.

Meine Augen sprangen auf.

Zwanzig nach fünf.

Ich zog Sweatshirt und Jacke an, band meine Stiefel und steckte mein iPhone in den Rucksack.

Höchste Zeit, Daryl Beck aus der Erde zu holen.

31

Ein Vorteil des Sommers im hohen Norden: mehr als zwanzig Stunden Tageslicht. Als ich die gewundene Straße zum Lakeview fuhr, war der Himmel mittagshell.

Auf dem Parkplatz standen bereits ein paar Autos. Hinter dem Steuer eines Leichenwagens saß ein Junge und spielte mit einem Gerät in seinen Händen. Er hob nicht einmal den Kopf, als ich neben ihm einparkte.

Ein Nachteil des Sommers im hohen Norden: menschenfressende Insekten. Moskitos schlugen zu, kaum dass ich ausgestiegen war, umschwirrten mich, um die frohe Botschaft einer neuen Nahrungsquelle zu verbreiten.

Der Lakeview Cemetery hatte altmodische Grabmarkierungen, nicht nur die liegenden Deckplatten, die für mähende Gärtner so praktisch sind. Manche waren selbst gemacht: ein Holzstuhl, ein paar mit Schnitzereien verzierte Wapiti- oder Karibuhörner, ein graviertes Paddel. Andere waren traditionelle Grabsteine mit Kreuzen oder Engeln mit Blumen oder Harfen in den Händen darauf.

King entdeckte ich auf der rechten Seite eines Grabs, das von einem weißen Lattenzaun umgeben war. Neben ihr stand ein Mann in einem Tweedsakko, das viel zu groß für ihn war. Gut drei Meter hinter ihnen schnurrte ein kleiner Schaufelbagger im Leerlauf, die Schaufel eingefahren und verriegelt.

Ich ging auf King und ihren Begleiter zu und schlug dabei Stechmonster so groß wie Pelikane weg. Der Abend war feucht, aber einigermaßen warm. Die Luft roch nach totem Gras, modrigem Holz und frisch umgegrabener Erde. *Eau de Exhumierung.*

Kings Team bestand aus sechs Männern, alle indigener Abstammung. Mit dem Schaufelbagger hatten sie die oberste Erdschicht entfernt und etwa einen Meter tief gegraben, dann waren sie mit Schaufeln ins Loch gesprungen. Jetzt standen sie bis zu den Schultern darin, kratzten die Erde weg, die Becks Sarg umgab, und warfen sie neben dem Grab auf den Boden.

King stellte den Mann als Francis Bullion von der Kommunalverwaltung vor. Bullion hatte die genaue Lage von Becks Grab bestätigt. Wir gaben uns die Hand. Er hatte graue Haare, eine randlose Brille und einen sehr kleinen Kopf.

»Alle sind da, also denke ich mir, wir können anfangen«, sagte King.

»Ist mir nur recht.«

»Das ist so außergewöhnlich.« Bullion klang wie ein Vogel. Ein sehr aufgeregter.

Ich lächelte Bullion zu, wandte mich dann wieder an King. »Sie haben sehr schnell reagiert.«

»Die Leute brauchen Arbeit. Snook wollte es unbedingt.«

»Und ich auch«, zwitscherte Bullion. »Ich habe auch nichts dagegen, dass heute Samstag ist. Überhaupt nichts.«

»Vielen Dank, Sir«, sagte ich.

»Ich hab so was schon mal im Fernsehen gesehen. Das war genauso wie hier.«

»Was Sie nicht sagen.«

Das Team war ähnlich eifrig. Und effizient. Um 19 Uhr 40 hatten sie den Sarg aus dem Grab gehoben. Um acht im Leichenwagen. Bullion bot an, beim Team zu bleiben. King dankte ihm und schickte ihn los.

King und ich folgten dem Leichenwagen nach Stanton. Eine Schwester und zwei Pfleger erwarteten uns an einer Ladebucht an der Rückseite. Die drei, King, der junge Fahrer und ich bugsierten den Sarg auf eine Rollbahre. Dann waren wir Mädchen unter uns.

Die Schwester hieß Courtney. Sie hatte lange, blonde Haare, haselnussbraune Augen und sah aus wie etwa zwanzig. Sie sprach King mit dem Vornamen an, deshalb nahm ich an, dass sie einander kannten. Oder verwandt waren.

Courtney führte uns durch eine große Doppelpendeltür in einen großen Raum. Grüner Fliesenboden, sirrende Neonlampen an der Decke, eine Wanduhr mit einem Minutenzeiger, der sich in hörbaren, ruckartigen Sprüngen bewegte, eine Edelstahlwanne und eine ebensolche Arbeitsfläche.

Eine zweite Bahre stand mitten auf dem Fliesenboden. Die Instrumente, die ich angefordert hatte, lagen auf einem Tablett auf der Arbeitsfläche.

Wir stellten den Sarg an eine Wand. Es war ein nicht sehr teures Modell, wahrscheinlich etwas dickeres Stahlblech. Die Außenhaut war pinkfarben, die Scharniere mit Orchideen geschmückt. Nach vier Jahren in der Erde war er noch gut in Schuss.

Schon hatte der Raum den Geruch des Sargs und seines Inhalts angenommen. Rostendes Metall. Zerfallende Textilien. Feuchte Erde. Ich roch allerdings nichts von dem eklig organischen Gestank, der mit den meisten Exhumierungen einhergeht.

King und ich zogen unsere Jacken aus. Sie füllte ein Fallformular aus und machte Fotos. Dann zogen wir alle Gummihandschuhe über und verknoteten Schürzen im Rücken und im Nacken.

Ich streckte die Hand aus. King gab mir ein Stahlwerkzeug. Ich trat an den Sarg und öffnete den Verschluss. Der obere Teil des Deckels ließ sich leicht anheben.

Die Plastikwanne steckte zwischen schimmeligen und fleckigen pinkfarbenen Samtkissen, die früher einmal als »ver-
stellbares Bett der ewigen Ruhe« verkauft worden waren.

King machte weitere Fotos.

Ich hob die Wanne auf die zweite Bahre. Courtney sah mit
sehr großen Augen zu. Noch hatte sie kein Wort zu mir gesagt.

Ich hob den unteren Teil des Sargdeckels an. King gab mir
eine Taschenlampe. Ich leuchtete ins Innere des Sargs, ent-
fernte Auskleidung und textiles Gewebe, tastete Falten und
Vertiefungen mit den Fingern ab.

Und fand nichts.

Ich schaute King an.

»Machen wir das Ding auf«, sagte sie.

Ich hob den Deckel von der Plastikwanne.

King hatte nicht übertrieben. Das Feuer hatte nicht viel
von Daryl Beck übrig gelassen. Wahrscheinlich war allerdings
auch, dass diejenigen, die den Tatort bearbeitet hatten, weder
die Fähigkeiten besessen hatten, stark verbrannte Knochen zu
erkennen, noch die Geduld, sämtliche Fragmente zu bergen.

In der Wanne lagen nur die dickeren, robusteren Teile des
Skeletts. Oder die Teile, die von viel Muskelmasse geschützt
waren. Ich sah weder Wirbel noch Rippen. Kein Schulterblatt,
kein Schlüsselbein, kein Brustbein. Nichts vom Gesicht, von
Händen oder Füßen.

Jedes Fragment war durch Hitzeeinwirkung massiv beschädigt. Der Schädel war explodiert, dann hatten die einzelnen
Stücke zu brennen angefangen. Vom Unterkiefer waren nur
noch zwei kleine Teile übrig, beide aus dem Bereich nahe den
Kiefergelenken. An den sechs Röhrenknochen, die das Feuer
überstanden hatten, fehlten die Enden. Das Becken bestand

aus zwei verkohlten Klumpen, die früher die Gelenkpfannen der Hüfte gewesen waren, und einem Stück Kreuzbein.

Ich fing an, die Knochen anatomisch korrekt anzuordnen. Schädel. Rechter Arm. Linker Arm. Rechtes Bein. Linkes Bein. Alles ganz normal. Bis ich zum Becken kam.

Ich hielt inne.

Schaute verdutzt.

Ich schnappte mir die Lupe von der Arbeitsfläche und untersuchte jedes Darmbein noch einmal unter Vergrößerung.

Unmöglich.

Ich hielt sie nebeneinander. Wechselte die Seiten. Tat es noch einmal. Und noch einmal.

Das ist unmöglich.

»Was?« King hatte meine Aufregung gespürt.

Die Unterkieferfragmente hatte ich mir für den Schluss aufgehoben. Ohne auf ihre Frage einzugehen, untersuchte ich erst das eine, dann das andere. Den Kieferwinkelpunkt. Das Kinnloch. Die Kieferzungenbeinfurche. Die gestutzten Teile des aufsteigenden Asts und des Zahnbogens.

Das ist doch verdammt noch mal unmöglich.

Aber es bestand kein Zweifel.

Die Hände schweißfeucht vom Latex legte ich ein Beckenfragment und ein Unterkieferfragment beiseite und fügte ihre Gegenstücke in meine Rekonstruktion ein.

»Was hat das zu bedeuten?«, fragte King.

Ich deutete auf die beiseitegelegten Fragmente. »Das sind Teile von Unterkiefer und Becken. Beide von der rechten Körperseite.« Ich deutete auf die entsprechenden Teile in der Rekonstruktion des Skeletts. »Diese Fragmente haben die gleiche Position. Sie stammen von der rechten Körperseite.«

»Heißt?« Ihr Ausdruck zeigte mir, dass sie die Antwort bereits wusste.

»Das hier sind zwei Personen.«

»Sie machen Witze.«

»Wie wurde Daryl identifiziert?«

»Größtenteils anhand von Indizien. Es war sein Haus. Sein Motorrad stand vor der Tür. Ein Nachbar hörte ihn in dieser Nacht nach Hause kommen, aber nicht mehr wegfahren. Sagte, er hätte es gehört, weil die Maschine verdammt laut war.«

»Das war alles? Keine zahnärztlichen Unterlagen?«

»Daryl hatte es nicht so mit Zahnpflege. Hätte sich einen Zahnarzt auch gar nicht leisten können.«

Die Neonröhren summten. Die Uhr tickte.

»Und welcher ist jetzt Daryl?« King starrte die Knochen an.

»Beide sind männlich«, sagte ich.

»Woher wissen Sie das?«

»Es sind genug Details vorhanden.« Ich nahm die beiden Darmbeine zur Hand. »Beide Ischiaskerben sind tief und schmal.« Ich deutete auf die Teile der Bogenstruktur, die auf beiden Fragmenten noch vorhanden waren. »Das ist der Bereich, wo das Darmbein mit dem Kreuzbein verbunden ist. Die Oberflächen sind nicht erhöht, sie gehen bündig in den sie umgebenden Knochen über. Und kein Fragment ist am Rand gefurcht.«

»Männliche Merkmale.«

»Ja.«

Ich sah, dass Courtney näher gekommen war. »Würden Sie es gern sehen?«, fragte ich sie. Sie nickte. Ich zeigte ihr die Merkmale, die ich beschrieben hatte.

»Auf jedem Fragment ist noch etwas vom Acetabulum erhalten. Der Hüftgelenkpfanne. Anhand der Durchmesser würde ich sagen, dass der eine Mann größer war als der andere.«

Ich holte mir den Greifzirkel von der Arbeitsfläche. Die anderen sahen zu, wie ich maß, um meine Vermutung zu bestätigen.

»Können Sie was über das Alter sagen?«, fragte King.

»Ein bisschen was.« Ich hob die beiden Fragmente an. »Sie sehen hier, dass die Gelenkfläche des größeren Manns aufgebauscht ist und der Knochen körnig wirkt. Die des kleineren wirkt glatter und dichter.« Sehr vereinfacht ausgedrückt.

Ich sah auf. Sowohl King wie Courtney schauten verblüfft.

Ich legte die Fragmente auf den Tisch, holte die Taschenlampe und schaltete die Deckenbeleuchtung aus. »Sehen Sie sich das an.«

Ich beleuchtete die Oberflächen horizontal. Winzige Vertiefungen warfen auf der des größeren Mannes schräge Schatten.

Courtney bemerkte den Unterschied als Erste. »Der größere hat Furchen. Der kleinere nicht.«

Mir war nicht klar, ob King es auch gesehen hatte. »Was heißt das?«, fragte sie.

»Der größere war jünger, wahrscheinlich in den Zwanzigern. Der kleinere war eher Mitte vierzig. Das sind aber nur grobe Schätzungen. Diese Technik der Altersbestimmung erlaubt nur ungefähre Angaben, und untersuchen können wir ja nur einen Teil der Oberfläche.«

»Daryl war vierundzwanzig«, sagte King. »Und ungefähr eins achtzig groß.«

Der Minutenzeiger ruckte.

»Wer ist dann der andere Kerl?« King sagte es laut, aber eher für sich als zu uns.

Ich hob die Hände. Wer weiß?

»Können Sie die Rasse bestimmen?«, fragte King.

»Sehr unwahrscheinlich. Bei extremer Hitze dehnen sich die Flüssigkeiten im Gehirn aus und bringen den Schädel zum Platzen. Dann fangen die Fragmente an zu brennen. Genau das ist hier passiert.«

»Verschwand irgendjemand zur Zeit des Feuers?«

Gute Frage, Schwester Courtney.

»Kommen Sie beide hier zurecht, wenn ich gehe, um das nachzuprüfen?«, fragte King.

Courtney und ich nickten.

»Das ist alles so schwarz und grau und bröselig.« Courtney starrte das zum Teil rekonstruierte Skelett an. »Wie können Sie sicher sein, dass Sie die Knochen richtig sortiert haben?«

Und wieder hatte Schwester Courtney ins Schwarze getroffen. Ich hatte mit einer vorgefassten Meinung gearbeitet, einen Amateurfehler begangen und angenommen, dass es sich bei den Überresten um die einer einzigen Person handelte.

Ich schaltete das Licht wieder an und untersuchte ein Kieferfragment unter Vergrößerung. Es war nur noch Kohle. Ich untersuchte das andere.

Und spürte ein Flattern im Bauch.

»Jesus …«

»Zu jung.«

Ich schaute hoch. Wir grinsten beide.

»Dieses Fragment enthält noch ungefähr zwei Zentimeter des hinteren Endes des Zahnbogens, einschließlich zwei Höhlen der Backenzähne. Vielleicht kann ich darin Wurzelfragmente erkennen.«

»Wow!«

»Schwester Courtney, jetzt müssen Sie ans Röntgengerät.«

Sie hätte beinahe salutiert.

Ich legte die Kieferfragmente auf ein Tablett und sagte ihr, welche Blickwinkel ich brauchte. »Während Sie das tun, untersuche ich die restlichen Knochen noch einmal. Und dann können Sie beide Individuen komplett röntgen.«

Vom Schädel waren lediglich Teile des Scheitel- und des Hinterhauptsbeins übrig. Alle Ränder und Oberflächen waren verkohlt. Weder an der Innen- noch der Außenseite konnte ich Details ausmachen. Nur eine DNS-Analyse würde genauere Angaben ermöglichen, doch ich bezweifelte, dass das Feuer verwertbares Material übrig gelassen hatte.

Ausgehend von der Größe konnte ich die Reste der Mittelschäfte der Röhrenknochen unterscheiden. Ein Oberschenkelknochen, ein Schien- und ein Wadenbein blieben bei Daryl. Ein Oberschenkelknochen und ein Schienbein gehörten dem anderen Mann. Ein Oberarmknochen kam zu den noch nicht identifizierten Schädelfragmenten.

Ich schrieb eben die Befunde in mein Notizbuch, als Courtney mit einem fahrbaren Lichtkasten zurückkam. Die Kieferfragmente lagen auf einem kleinen braunen Umschlag auf der unteren Ablage.

»Ich glaube, Sie hatten recht.« Sie schien elektrisiert vor Aufregung. »Und ich glaube, der ältere Kerl war in Zahnbehandlung.«

Ich schüttelte die Aufnahmen aus dem Umschlag, klemmte den ersten auf den Kasten und schaltete ihn ein. Die Fragmente zeigten sich in Grauschattierungen. Im rechten war nur die amorphe Bälkchenstruktur des Knochens zu erkennen. Courtney deutete darauf. »Das ist Daryl. Der Jüngere.«

Das Fragment des älteren Mannes enthielt noch mehr vom Zahnbogen, darunter die Zahnhöhlen, die ich entdeckt hatte.

Sie erschienen als dunkle Einbuchtungen im schwammigen Grau. Tief in jedem Loch steckte ein winziger, weißer Kegel, ein Wurzelfragment. Senkrecht in jedem Loch steckte ein strahlend weißer Strang.

»Das sind Wurzelbehandlungen, nicht? Könnte man ihn damit identifizieren?«

Sie hatte recht. Mit beiden Fragen.

Doch das war nicht der Grund, warum mir der Atem stockte.

32

Das Fragment sah aus, als wäre es in einen Blizzard geraten. Eine Wolke weißer Punkte sprenkelte den unteren Rand und breitete sich über den Winkel in den aufsteigenden Ast aus.

»Was ist das?«, fragte Courtney.

»Ich möchte, dass Sie jeden Knochen röntgen.« Ich bemühte mich um eine ruhige Stimme. »Zuerst Beck.« Ich deutete auf das teilweise rekonstruierte Skelett. »Dann den anderen Mann.« Ich deutete auf den Haufen mit dem Darmbeinteil, dem Oberschenkelknochen und dem Schienbein. »Und dann diese.« Ich deutete auf die Schädelfragmente und den noch nicht zugewiesenen Oberarmknochen. »Machen Sie alles getrennt. Auf keinen Fall durcheinanderbringen. Okay?«

»Okay.«

»Fangen Sie mit Beck an.« Ich nahm Becks Kieferfragment heraus und legte die anderen Knochen in die Schale.

Als Courtney gegangen war, rief ich King an. Sie meldete sich sofort.

»Das ältere Opfer wurde erschossen«, sagte ich.

»Ist nicht wahr.«

»In der Röntgenaufnahme seines Unterkiefers ist ein Schneesturm aus Blei zu sehen.«

Schweigen.

»Sehr kleine, verteilte Partikel als Folge eines Schusses aus einem Hochgeschwindigkeitsgewehr, dessen Ladung den Körper durchdringt«, erklärte ich.

»Ein Jagdgewehr vielleicht?«

»Genau das denke ich«, sagte ich.

»Hier in der Gegend haben wir ein paar Tausend von diesen Dingern. Was ist mit Beck?«

»Wir machen eine Röntgenserie des gesamten Körpers. Außerdem untersuche ich die Knochen, die ich dem älteren Opfer zugewiesen habe. Haben Sie irgendwas gefunden?«

»Ich habe mir Becks Totenschein geholt. Der Todestag ist der 4. März 2008. Angefangen von diesem Datum habe ich die Vermisstenanzeigen des ganzen Jahres überprüft. Keiner passt zu Ihrem Profil.«

»Der Ältere hatte Wurzelbehandlungen an einigen seiner unteren Backenzähne. Wir sollten die Aufnahmen einem forensischen Odontologen vorlegen, um korrekte Angaben zu erhalten, die wir dann durchs CPIC jagen können.«

»Haben Sie jemanden auf der Kurzwahlliste?«

»Ja. Aber der ist in Montreal, und dort ist es jetzt mitten in der Nacht.« Und Flexibilität gehörte nicht zu Marc Bergerons Charaktereigenschaften.

»Beck ist schon eine ganze Weile tot«, sagte King. »Da kann er auch noch ein bisschen länger warten.«

Mit meinem iPhone schoss ich Fotos von den Zahnbehandlungen des älteren Mannes und e-mailte sie Bergeron.

So hatte er sie bereits vorliegen, wenn er morgens in die Arbeit kam.

Ich schaute auf die Uhr. Zehn nach zwölf. Es *war* schon Morgen.

Da ich mir dachte, dass Ollie mit Scars Mordermittlung beschäftigt war, rief ich Ryan an. Er und Rainwater saßen in einer Bar am Highway 4, wo sie einer weiteren Spur zu Unka nachgingen. Im Hintergrund konnte ich Musik hören und den Lärm vieler Menschen auf engem Raum.

»Rainwater denkt, dass wir verscheißert werden.« Ryan klang so müde, wie ich mich fühlte. »Er hat eine Großrazzia angeordnet und will jeden grillen, der ins Netz geht.«

Ich erzählte Ryan von den vermischten Überresten und dem Bleigewitter.

»Beide wurden umgebracht?«

»Das werde ich bald rausfinden. Das ältere Opfer hatte ein paar Wurzelbehandlungen.«

»Willst du Bergeron anrufen?«

»Morgen. Ich habe ihm Fotos geschickt.«

»Gute Arbeit.«

»Halte mich auf dem Laufenden«, sagte ich.

»Du ebenfalls.«

Courtney kam zurück, als ich auflegte. Während sie den Rest des Älteren röntgte, schaute ich mir Becks Aufnahmen an.

Bleigewitter in Oberschenkelknochen und Beckenfragment. Das beantwortete eine Frage. Warf aber auch neue auf.

Waren Beck und der ältere Mann beide ermordet worden? Wenn ja, warum?

Hatte einer den anderen erschossen und dann die Waffe gegen sich selbst gerichtet? Wenn ja, warum? Und wer wen?

Waren Beck und sein Kumpan nach einer Nacht voller Drogen und Alkohol in Streit geraten? Irrte sich Snook, was ihres Halbbruders Entscheidung zur Nüchternheit anging?

Das Mord-Selbstmord-Szenario war nicht sehr überzeugend. Schusswechsel von Mann zu Mann wurden selten mit einem Gewehr ausgetragen. Ich notierte mir zu fragen, ob an der Brandstelle Überreste einer Waffe gefunden worden waren.

Hatte Beck oder der Ältere das Haus angezündet? Oder sonst jemand? War das Feuer ein Unfall?

Wer *war* der Ältere? Warum hatte ihn niemand als vermisst gemeldet? Stammte er nicht aus der Gegend?

Ich blätterte zu einer leeren Seite in meinem Notizbuch und skizzierte einen zeitlichen Ablauf. Farley McLeod starb 2007, Daryl Beck 2008, Annaliese Ruben und Ronnie Scarborough gestern. Alle waren miteinander verwandt. Hatten auch ihre Tode miteinander zu tun? Wie?

Castain wurde ebenfalls gestern ermordet. Er war kein Verwandter. Wie passte er ins Bild?

Castain und Scarborough waren aus fahrenden Autos erschossen worden. Ruben wurde von einem Mann zu Fuß erschossen, vermutlich mit einem Gewehr. Beck und sein Kumpel waren mit einem Jagdgewehr erschossen worden.

War bei allen fünf Anschlägen dieselbe Waffe verwendet worden? Waren die Schüsse aus den fahrenden Autos aus einer Pistole gekommen?

McLeod war mit einer Cessna abgestürzt. Seine Leiche wurde nie gefunden. Rubens Leiche fehlte ebenfalls. War das ein Zufall? Oder hatte es eine Bedeutung?

Ich war aufgeregt. Zu viele Fragen und zu wenige Antworten. So kompliziert.

Zu kompliziert.

Und so viele Tote. Sogar wenn man die Babys ausnahm.

Courtney kam mit den Schädelfragmenten und den Röntgenaufnahmen zurück.

Auf manchen Schneegestöber, auf anderen nicht. Ich sah nichts, was ich eindeutig Beck zuordnen konnte.

Courtney schaute mich wissbegierig an.

»Vielen herzlichen Dank für Ihre Hilfe.« Ich lächelte sehr verbindlich. »Ohne Sie hätte ich das nicht geschafft.«

Sie öffnete den Mund, um etwas zu sagen.

»Haben Sie etwas, das ich verwenden kann, um die Knochen getrennt zu verwahren?«

Mit Enttäuschung im Blick eilte sie davon.

Ich legte eben Becks Knochen in die Wanne, als sie mit zwei Baumwollhandtüchern zurückkehrte. Ich wickelte die Schädelfragmente in das eine, die Überreste des Älteren ins andere, legte die Bündel neben Beck und drückte den Deckel darauf.

»Und der Sarg?«, fragte Courtney ein wenig bockig.

»Rufen Sie an«, sagte ich. »Das Bestattungsinstitut wird ihn abholen. Und noch einmal: vielen herzlichen Dank. Maureen wird sehr erfreut sein.«

Courtney nickte und schaffte es nicht ganz, ihre Enttäuschung zu verbergen.

»Es tut mir leid. Sie wissen, dass ich über Details dieser Ermittlung nicht mit Ihnen reden darf.«

»Ich weiß.«

»Bitte bewahren Sie Stillschweigen über alles, was Sie gesehen haben.«

»Natürlich.«

»Sie wären eine ausgezeichnete forensische Assistentin, Courtney.«

»Ehrlich?«

»Wenn Sie wollen, schicke ich Ihnen ein paar Informationen.«

»Ja, bitte. Und ... wann immer Sie etwas brauchen ...«

»Zuerst sage ich Ihnen, was ich sehe. Und dann sagen Sie mir, warum ich mir das an einem wunderbaren Sonntagvormittag anschaue.«

Marc Bergeron hatte, im Gegensatz zu mir, die Zeitverschiebung nicht berücksichtigt. Sein Anruf hatte mich um dreiviertel sieben geweckt.

»Haben Sie die Bilder?«, fragte ich, während ich meinen Laptop hochfuhr.

»Ich habe sie auf meinen Computer überspielt.«

Ich stellte mir vor, wie Bergeron, die schütteren, abstehenden Haare vom Bildschirm beleuchtet, durch verschmierte Brillengläser starrte.

»Sind sie gut genug, um festzustellen, welche Zähne eine Wurzelbehandlung hatten?«, fragte ich.

»Ausreichend. Ich nehme an, es geht um Identifikation.«

»Das Fragment wurde in einem abgebrannten Haus geborgen. Es ist der linke hintere Teil, nahe am Unterkieferwinkel.«

»Das sehe ich.«

Ich hatte mir die Bilder ebenfalls auf meinen Mac gezogen. In der Pause, die nun folgte, öffnete ich die Datei, damit wir uns dasselbe anschauten.

»Ich sehe außerdem Hinweise auf eine Schussverletzung«, sagte Bergeron.

»Ja.«

Ich wartete ziemlich lange.

»Ausgehend von der Lage der Höhlen im Verhältnis zum

Ast, von ihrer Größe und der Rückkrümmung und Kompression der Wurzeln selber würde ich sagen, der vordere Zahn ist siebenundvierzig, und der hintere ist achtundvierzig.«

Ich hatte erwartet, dass er einunddreißig und zweiunddreißig sagen würde. Dann fiel es mir wieder ein. Das kanadische CPIC benutzt eine andere Codierung zur Zahnzählung als das NCIC in den Staaten.

»Der rechte zweite Backenzahn und der Weisheitszahn«, sagte ich.

»Der dritte Backenzahn ist zwar klein, was häufig ist, aber schön ausgebildet und voll durchgebrochen. Was immer eine Wurzelbehandlung nötig machte, kam später. In einem dritten Backenzahn sieht man so etwas ziemlich selten.«

»Großartig. Danke. Hören Sie, der Coroner hier findet nichts in der Vermisstenliste für Yellowknife. Könnten Sie das für mich ins CPIC eingeben?«

»Ist das ein Fall unseres Instituts?« Bergeron nahm es mit den Vorschriften sehr genau.

»Ja.« Was im weitesten Sinn auch stimmte. Drei von Rubens Babys waren in Quebec gefunden worden. Dort war ich in die ganze Sache involviert worden.

Ich konnte Bergerons Stirnrunzeln fast hören.

»Ansonsten müsste ich es Ryan übergeben, und ich habe Angst, dass er die Codierung verpatzt.«

»Weiß LaManche über diesen Fall Bescheid?«

»Ja.« Ich notierte mir, dem Chef sofort eine E-Mail zu schicken.

»Bitte geben Sie mir die Details.«

»Wir wissen nur, dass das Opfer männlich, in den Vierzigern und nicht übermäßig groß war. Er starb im März 2008.«

»Das ist nicht viel.«

»Nein, ist es nicht.«

»Falls das System eine Übereinstimmung findet, müssen wir Einsicht in die Originalberichte beantragen.«

»Natürlich.«

Nachdem ich LaManche eine E-Mail geschickt hatte, schnappte ich mir meine neuen Bücher und ging nach unten.

Wieder ein früher Morgen im Trader's Grill. Die anderen Gäste waren ein älteres Paar, das sich angeregt über Wildblumen unterhielt.

Ich hatte nicht erwartet, Snook zu sehen, und tat es auch nicht. Ich bestellte Eier und Toast und ging dann meine E-Mails durch. Vor allem aus Langeweile. Es war zu früh, um etwas von Bergeron zu hören, und ich bezweifelte, dass King seit Mitternacht viel herausgefunden hatte.

Ich schlug eben das Buch über Fipke und seine Kumpel auf, als Ryan auftauchte. Er sah ziemlich schlecht aus. Verquollene Augen. Angespannter Unterkiefer, der ihn hager aussehen ließ. Er sah mich und kam zu mir.

»Gesellschaft?«

»Gern.«

Ryan setzte sich auf den anderen Stuhl und schaute sich um. »Bin ich ja richtig froh, dass ich noch einen Platz bekommen habe.«

»Später wird's angeblich richtig brummen.«

Ryan zog eine Augenbraue hoch.

»Das Hotel ist berühmt für seinen Sonntagsbrunch.«

»Gibt's denn nicht jeden Tag Brunch?«

»Ich berichte nur, was ich gehört habe.«

Die Kellnerin brachte meine Eier und goss Ryan Kaffee ein. Er bestellte, was ich aß, und sie ging wieder.

»Habe dich nicht sehr oft gesehen«, sagte er.

»Nichts läuft so, wie wir gehofft hatten.« Und die Einheimischen denken, ich hänge an der Flasche.

»Du zeigst mir deins, ich zeig dir meins.«

Ich lächelte. Das war unser Code für Informationsaustausch über Fälle. In unseren guten Zeiten.

Ich skizzierte kurz die Exhumierung und fasste mein Telefonat mit Bergeron zusammen.

Er sagte mir, dass Rainwater einige von Unkas Ganoven in der G Division ihr Mütchen kühlen ließ. Er und Ollie würden in Kürze hinfahren.

Nach diesem Austausch saßen wir nur da und mieden den Blick des anderen.

Ryans Frühstück kam. Er aß es.

Auf der anderen Seite des Restaurants beugten die beiden Grauhaarigen sich über ihr Pflanzenbuch. Mein Blick wanderte zu ihnen. *Wie glücklich sie aussehen. Wie gut sie zusammenpassen.*

Ich spürte Ryans Finger auf meinem Handrücken. Sie wanderten zum Handgelenk, blieben auf meiner Uhr liegen. Meine Haut kribbelte dort, wo sie mich gestreichelt hatten. Überrascht schaute ich ihn an.

Seine Augen ruhten auf meinem Gesicht. Unsere Blicke trafen sich.

So unmöglich blau. Und gequält, wie die meinen, die mich aus dem Rückspiegel angestarrt hatten.

»Lily ist im Gefängnis«, sagte er leise.

»Ist sie wieder drauf?« Ich war schockiert. »Es ging ihr doch so gut.«

»Das Mädchen ist eine geborene Schauspielerin.«

»Ryan. Das tut mir so leid. Wie …?« Ich ließ die Frage in der Luft hängen.

»Sie hat sich wieder mit dem Arschloch zusammengetan, mit dem sie letztes Jahr ging. Er hat ihr ein paarmal was umsonst gegeben, dann war sie auf sich allein gestellt. Der Wachdienst nahm sie fest, als sie im Carrefour Angrignon ein Smartphone klauen wollte.«

»Das Einkaufszentrum draußen in LaSalle?«

»Ja. Diesmal konnte ich nichts tun.«

Ryan sah so niedergeschlagen aus, dass ich ihn am liebsten in den Arm genommen und an mich gedrückt hätte. Um das Kratzen seiner Stoppeln an meiner Wange wieder zu spüren. Den Duft seines Rasierwassers einzuatmen.

Stattdessen stellte ich mir das zweifelhafte Vergnügen vor, das Lily darstellte. Erinnerte mich an seinen Bericht, wie sie in sein Leben getreten war.

Lilys Mutter Lutetia stammte ursprünglich von Abaco Island, lebte aber zu seinen katastrophalen Studentenzeiten in Nova Scotia. Die beiden waren nicht unbedingt ein Paar, aber sie passten sehr, sehr gut zusammen.

Nachdem er bei einer Messerstecherei in einer Bar verletzt worden war, verließ Ryan die dunkle Seite und ging zur SQ. Er und Lutetia gingen von da an getrennte Wege, kamen aber Jahre später für ein Erinnerungstechtelmechtel noch einmal zusammen.

Auftritt Lily.

Weil Lutetia in ihre karibische Heimat zurückkehren wollte und Angst hatte, Ryan könnte versuchen, sie davon abzuhalten, sagte sie ihm nichts von ihrer Schwangerschaft. Obwohl Mutter und Tochter zwölf Jahre später nach Kanada zurückkehrten, zog Mama es vor, diese Unterlassung nicht zu korrigieren.

Schnelldurchlauf zum Unvermeidlichen.

Vor ein paar Jahren tauchte Lily plötzlich auf Daddys Schwelle auf. Sie war siebzehn, voller Groll und sehr, sehr wütend. Und, wie sich zeigte, heroinabhängig.

Wieder und wieder brachte Ryan sie zum Entzug. Wieder und wieder wurde sie rückfällig.

Wie jeder Vater wollte Ryan sein Kind vor Schmerz bewahren, sie vor jedem Übel in der Welt beschützen. Lily machte das unmöglich, und Ryan belastete das sehr. Ein Opfer war unsere Beziehung.

Egal. Ryan liebte sein kleines Mädchen mit jeder Faser seines Wesens.

Grundgütiger. Da machte ich mir Sorgen, weil Katy zur Army ging, und Ryans Tochter hatte wieder angefangen, sich Gift in die Adern zu spritzen. Ich schämte mich.

»Kann ich irgendwas tun?«, fragte ich.

»Zuhören?«

»Natürlich werde ich das. Du weißt, dass ich immer für dich da bin.«

»Wo?« Ein müder Abklatsch von Ryans altem Grinsen.

»Was?«

»In Yellowknife? Dem Explorer? Dem Trader's Grill?«

Ich verdrehte die Augen. »Du weißt, was ich meine.«

»Das tue ich.« Ryan strich mir über die Hand, deutete dann auf die Bücher. »Willst du in eine Diamantenmine investieren?«

»Ich habe versucht, mich über die Geschichte der Gegend zu informieren.«

»Was hast du herausgefunden?« Ryan winkte der Kellnerin, er wollte noch Kaffee.

»Ich weiß jetzt, warum die Klunker so verdammt teuer sind. Zuerst muss man die Diamanten mal finden. Dann muss man eine Machbarkeitsstudie erstellen, um herauszufinden, wie viel die Mine kosten wird und wie man sie bauen muss. Dann kommt die große Hürde: Umweltschutzvereinbarungen, Landnutzungsverträge, Wasserlizenzen, Vereinbarungen über Auswirkungen und Nutzen, sozioökonomische Vereinbarungen. Für die Genehmigungen muss man sich mit staatlichen, territorialen und indigenen Regierungen herumschlagen, mit Regulierungsbehörden, Landbesitzern – mit jedem vom örtlichen Farmer bis hin zum Papst.«

Die Kellnerin goss Ryan frischen Kaffee ein.

»Dann muss man die Mine bauen, was in diesem Klima ein Albtraum ist. Die Fundstätten sind so abgelegen, dass Personal und Gerät eingeflogen oder über Winterstraßen transportiert werden müssen.«

»Ice Road Truckers!«

»Weißt du, was der Betrieb einer Eisstraße kostet?«

»Das weiß ich nicht.«

Ich blätterte zu einer Seite in meinem Buch. »Die Lupin ist fast sechshundert Kilometer lang, vom Tibbitt Lake östlich von Yellowknife zur Lupin-Mine in Nunavut. Bau und Unterhalt kosten jährlich etwa sechseinhalb Millionen Dollar.« Ich schaute Ryan an. »Und die Eisstraßen sind nur ungefähr zehn Wochen im Jahr geöffnet.«

»'ne Menge Geld.«

»Und das ist nur ein Posten im Budget. Landepisten, Kraftwerke, Reparaturwerkstätten, Abwasser- und Abfallbeseitigung, Anlagen zur Wasseraufbereitung. Und die Arbeiter können auch nicht gerade jeden Abend nach Hause fahren. Die Minen müssen für Unterkunft, Verpflegung und Erholungsmöglichkeiten sorgen. Die meisten Kumpel arbeiten im Zwei-Wochen-Turnus. Das ist viel Zeit, wenn man nichts zu tun hat. Hör dir das an.«

Ich ließ ihm keine andere Wahl.

»Der Bau von Ekati kostete neunhundert Millionen Dollar. Diavik kostete eins Komma drei Milliarden Dollar – *Milliarden*. Die mussten einen ganzen verdammten See trockenlegen.«

»Ist das nicht genau das, was Mr. Glocken so wütend macht? Übrigens, ich habe ihn gestern gesehen. Als Rainwater und ich vorbeifuhren, kam Tyne eben aus der Giant-Goldmine.«

»Ich dachte, die ist geschlossen.«

»Ist sie. Aber die haben Arsen-Probleme.«

»Arsen?«

»Eine Nebenprodukt der Goldgewinnung. Als die Mine geschlossen wurde, haben die Besitzer sich aus dem Staub gemacht und ein paar Millionen Tonnen von dem Zeug hinterlassen.«

»Müssen die Minengesellschaften nicht bereits vorab Millionen bezahlen, um die Kosten für Entsorgung und Rückbau zu decken, bevor sie überhaupt die Betriebsgenehmigung erhalten?«

»Ach, in der guten, alten Zeit.« Ryan trank den letzten Schluck Kaffee aus. »Hör mal, wenn du dich für das Thema wirklich interessierst: Rainwater sagt, sein Onkel arbeitet im Bergbauarchiv und weiß alles, was man über dieses Thema wissen kann.«

»Klar, ich tanze da mitten am Sonntag an.«

»Rainwater sagt, der alte Knabe wohnt praktisch dort. Er ist Geologieprofessor im Ruhestand, und die Regierung hat für ihn nach seiner Pensionierung so eine Art Arbeitsbeschaffungsmaßnahme getroffen. Oder so was in der Richtung.«

»Werden Rainwater und du Brieffreunde, wenn die Sache hier vorüber ist?«

Ryan hob Handflächen und Augenbrauen. »Was? Wir mussten viel Zeit miteinander totschlagen.« Er stand auf. »Genug des Müßiggangs. Halte mich auf dem —«

»Schon klar. Auf dem Laufenden.«

Nun gut. Lily hatte mal wieder einen Entzug hingeschmissen. War das der Grund, warum Ryan sich mir gegenüber so distanziert verhielt? Warum er so viel mit Ollie keifte? Nicht kleinliche Eifersucht, sondern Angst um seine Tochter?

Mein Handy riss mich aus den Gedanken. Bergeron. Ich schaltete ein.

»Ich habe einen Namen für Sie.«

33

»Die Beschreibungsmerkmale ergaben nur eine Übereinstimmung. Wahrscheinlich, weil eine Wurzelbehandlung im dritten Backenzahn extrem selten ist. Eric Skipper, weiß, männlich, vierundvierzig, zur Zeit seines Verschwindens wohnhaft in Brampton, Ontario.«

»Wann landete Skipper in der Datenbank?«

»Am 18. März 2008. Die Charakteristika stammen von Dr. Herbert Mandel aus Brampton.«

»Haben Sie ihn angerufen?«

»Habe ich. Dr. Mandel informierte mich darüber, dass Mr. Skipper jede Menge Zahnbehandlungen hatte, darunter Extraktionen, Füllungen und weitere Wurzelbehandlungen. Er schickt die Unterlagen per FedEx.«

»Wer meldete ihn als vermisst?«

Ich hörte Papier rascheln. »Mr. Skippers Frau Michelle. Dr. Mandel sagt, sie ist immer noch seine Patientin.«

»Haben Sie ihre Nummer?«

Bergeron las sie vor, ich schrieb sie auf.

»Sonst noch was?«

»Ich bin Odontologe, Dr. Brennan, keine Detective. Von Ihnen brauche ich aber jetzt die tatsächlichen Röntgenbilder.«

»Die schicke ich Ihnen.«

»Ich rufe an, sobald die Identifikation bestätigt ist.«

»Vielen Dank, Dr. Bergeron. Sie haben was gut bei mir.«

»Allerdings.«

Ich rief Maureen King an. Voicemail.

Es war ein schöner Tag. Nur Sonnenschein und vorausgesagte Temperaturen bis zu fünfzehn Grad. Ich beschloss, dem Büro des Coroners einen Besuch abzustatten.

»Hey, alte Dame.«

Ich ging den Bürgersteig entlang, der zum Searle Building führte. Ich blieb stehen und drehte mich um.

Auf der anderen Seite der Forty-Ninth Street, auf dem Rasen vor dem Gerichtsgebäude, stand Binny rittlings über seinem Fahrrad. An die Stelle der Strickmütze war eine tief in die Stirn gezogene Baseballkappe getreten. Derselbe Trainingsanzug. Dieselben Turnschuhe.

»Hey, Zwerg«, sagte ich.

»Zwerg? Fällt Ihnen nichts Besseres ein?« Unter seiner Coolness spürte ich eine Anspannung, die ich bei unseren früheren Begegnungen noch nicht bemerkt hatte.

»Guten Morgen, Binny Geht-Sie-nichts-an.«

»Sie haben ein gutes Gedächtnis, Oma.«

»Ich habe im Augenblick ziemlich viel zu tun.«

»Wenigstens ohne Schlutzekruste.«

»Schön gesagt.«

Im Schatten des Kappenschilds sah ich, dass Binny auf der Unterlippe kaute.

»Hast du mir was zu sagen?«

»Sie schulden mir noch Pfannkuchen.«

Ich griff in meine Handtasche und wedelte mit dem Muffin, den ich vom Frühstücksbüfett hatte mitgehen lassen. Ja, ich weiß. Aber in den letzten Tagen waren die Mahlzeiten ziemlich unregelmäßig ausgefallen. Ich wollte etwas in Reserve haben.

Binny kam auf meine Straßenseite und nahm mein Angebot an. Seine Finger wirkten klein und braun, als er den kleinen Kuchen aus dem Papierschälchen klaubte. Unter den Nägeln hatte er Schmutzränder. Als er den Muffin verdrückt hatte, knüllte er das Papier zusammen und holte zum Wurf aus.

»Jetzt mal langsam, Zweiglein. Ich dachte, es ist cool, auf die Umwelt zu achten.«

Er schaute verwirrt drein. Dann: »Reden Sie von dem verrückten alten Knacker mit seinen Karibus?«

Ich hob beide Augenbrauen.

»Pfff.«

»Okay, ich soll die Karibus in Ruhe lassen, aber ist es okay, wenn ich meinen Müll vor deine Haustür werfe?«

Ich streckte die Hand aus. Binny verdrehte dramatisch die Augen, legte mir aber das Papierknäuel hinein.

Zwei Frauen kamen auf ihrem Weg in das Gebäude an uns vorbei. Eine war jung und schob einen Kinderwagen. Die andere hatte lockige weiße Haare und hielt ihre Handtasche so fest umklammert, als würden hinter jedem Busch Banditen lauern.

»Sie sollten besser auf sich aufpassen, alte Dame.« Binny sagte es leise, mit abgewandtem Gesicht.

»Was meinst du damit?«

»Sie wissen ziemlich gut, wie man Leute wütend macht.«

»Was für Leute?«

Er hob eine knochige Schulter. »Ich sag's ja nur.«

»Was sagst du? Du musst dich schon klarer ausdrücken.«

»Ich muss überhaupt nichts, was eine alte Schachtel mir sagt.«

»Redest du von Tom Unka und seinen Schlägern?«

»Ich sage nicht, wer.«

»Du weißt so einiges, nicht, Binny?«

»Die Straße ist meine Schule. Ich halte mich bedeckt. Ich bleibe cool.« Er deutete von oben nach unten an sich herab. Lachte.

Wie geht's? Mein Name ist Gavroche.

»Weißt du irgendwas über die Morde an Castain und Scarborough?«

»Arschlöcher machen die Leute auch wütend.«

»Warum?«

»Ein Revier kann nur einen Chef haben.«

»Und der heißt jetzt Unka.«

Binny musterte mich unter seinem albern großen Mützenschirm.

»Hat Unka auch Annaliese Ruben umgebracht?«

Der Schirm neigte sich nach unten. »Angeblich war das keiner von hier.«

»Von wo dann?«

Binny stellte einen Turnschuh aufs Pedal.

»Annaliese war meine Freundin, Binny.«

»Muss los.«

Und damit war er verschwunden.

King saß an ihrem Schreibtisch und sprach in ein Telefon, das aussah wie aus der Vietnam-Ära. Sie drehte den Zeigefinger in der Luft und deutete dann auf einen Stuhl.

Ich setzte mich.

»Okay. Danke.« Sie legte auf.

Dann zu mir: »Das war der ME von Edmonton. Castain und Scarborough wurden mit Neun-Millimeter-Kugeln erschossen.«

»Revolver oder Pistolen, die Mantelgeschosse verschießen.«

Sie nickte. »Ob nun eine oder zwei Waffen, keine war diejenige, die Beck und seinen Amigo tötete.«

»Das zweite Opfer hieß Eric Skipper.«

»Wer war das?«

Ich sagte ihr, was ich wusste. Weiß, männlich, Brampton, viele Zahnbehandlungen. »Ich muss die Röntgenaufnahmen so schnell wie möglich an meinen Odontologen schicken.«

»Null Problemo. Meine Assistentin wird sie einscannen und weiterleiten.«

»Sie arbeitet am Sonntag?«

»Sagen wir mal, sie ist ehrgeizig.«

Ich gab ihr den Umschlag und Bergerons Adresse am LSJML. »Was Neues über Ruben?«

King schüttelte den Kopf.

»Haben Sie mit Snook gesprochen?«

Sie wollte eben antworten, als ihr Telefon klingelte. Sie hielt sich den Hörer ans Ohr. Hörte zu. »Wie heißt er?« Sie drückte die Hand auf den Hörer und fragte mich dann: »Kennen Sie einen Mister Geht-Sie-nichts-an?«

»Das ist ein Junge namens Binny.«

»Binny Twiller?«

»Der junge Mann hat mir seine vollständige Biografie nicht mitgeteilt.«

»Twiller ist draußen und will mit Ihnen reden.«

»Komisch. Gerade eben ist er mir vor der Tür über den Weg gelaufen. Warum kommt mir der Name Twiller irgendwie bekannt vor?«

»Merilee Twiller.«

Kein zerebraler Funke.

»Castains Freundin?«

Natürlich. Jetzt ergab manches einen Sinn.

»Der Junge behauptet, auf der Straße heißt es, dass der Ruben-Mord nichts mit den Revierstreitigkeiten zu tun hat.«

»Wie alt ist er, zwölf?«

»Binny hat ein gutes Gehör.«

»Was sagt er über Castain und Scarborough?«

»Nichts.«

»Nicht überraschend. Jedenfalls will er nicht reinkommen.«

»Folgender Vorschlag. Sie kümmern sich um die Röntgenaufnahmen und rufen dann Michelle Skipper an. Und ich schaue, was der Junge auf dem Herzen hat.«

Binny saß in gewohnter Haltung auf seinem Fahrrad, diesmal unter einem Tamarackbaum, der tatsächlich ein wenig Grün am Leib hatte.

Ich ging zu ihm. Die Augen unter dem Kappenschirm waren unruhig. Sie schauten mich kurz an, dann wieder weg.

»Sagen Sie Ihren Bullenfreunden, sie sollen sich Unkas Haus vornehmen.«

»Haben sie. Er ist nicht dort.«

»Sie sollen tiefer graben.«

»Danke, Binny.«

»Wenn Sie behaupten, dass Sie irgendwas von mir haben, behaupte ich, dass Sie pädophil sind.«

Wie immer sauste er davon, seine dürren Beine bearbeiteten die Pedale wie Kolben.

Ich kehrte in Kings Büro zurück. Mein Umschlag war von ihrem Schreibtisch verschwunden. Einige ihrer Fragen ließen vermuten, dass sie immer noch mit Michelle Skipper sprach.

Ich wählte eine Nummer auf meinem Handy.

»Ryan.«

»Das klingt jetzt vielleicht verrückt. Aber kannst du dich noch an den Jungen erinnern, mit dem ich am Freitag zusammen war?«

»Rosemarys Baby?«

»Er hat Insiderinformationen.«

»Soll heißen?«

»Er ist Merilee Twillers Sohn. Und er sperrt die Ohren auf. Hat mir eben den Tipp gegeben, dass Unka im Haus seiner Mutter untergetaucht ist.«

»Warum sollte er das Risiko eingehen, dir das zu sagen?«

»Ich habe Charisma.«

»Das muss es sein.«

»Und ich habe ihm einen Muffin geschenkt.«

»Wir haben Mamas Haus bereits überprüft.«

»Binny sagte, ihr sollt tiefer graben.«

»Waren das seine Worte?«

»Ja.«

»Danke.«

Ich überlegte, ob ich Binnys Warnung erwähnen sollte. Dass ich besser auf mich aufpassen sollte. Beschloss, damit zu warten.

»Bist du noch in der Zentrale?«, fragte ich.

»Ja. Einer von Unkas Schlägern fängt an zu singen.«

»Warum redet er?«

»Die Kollegen haben eine Sig Sauer in seiner Unterhose gefunden. Das widerspricht seinen Bewährungsauflagen. Was bedeutet, dass er acht Jahre seines wunderschönen Lebens verlieren wird.«

»Was hat er anzubieten?«

»Er sagt, dass Scar Castain etwas schuldig war und Unka Scar.«

»Merilee Twiller meinte, Unka hätte Castain umgebracht, weil der Profite abzweigte.«

»Sieht aus, als hätte sie sich getäuscht.«

»Wird der Kerl vor Gericht aussagen?«

»Wir erläutern ihm eben die Vorzüge, die diese Entscheidung für ihn hätte.«

»Was sagt er über Ruben?«

»Leugnet, irgendwas über sie zu wissen.«

Ich erzählte Ryan von Eric Skipper und den ballistischen Indizien, die darauf hinwiesen, dass er und Beck mit einer anderen Waffe als Scarborough und Castain getötet worden waren.

»Die meisten Gangmitglieder haben ganze Arsenale«, sagte Ryan.

Ich sah, dass King auflegte, also tat ich dasselbe.

Sie schaute in ihre Notizen: »Skipper war Teilzeitdozent an einer kleinen Universität in Brampton. Er hatte einen Master in Umweltökologie oder so was Ähnliches. Hat sich überall im Land beworben, aber nie ein Angebot für eine universitäre Vollzeitstelle bekommen. Seine Frau schiebt es darauf, dass Skipper während seiner Studentenzeit mehrmals verhaftet wurde.«

»Weswegen?«

»Proteste. Sit-ins. Kundgebungen. Demonstrationen. Der Kerl war ein besessener Umweltschützer. Laut seiner Frau hatte er ein bisschen zu viel Freizeit.«

Ich sah, worauf das hinauslief. »Er hat weiter protestiert.«

»Ja, allerdings.«

»Unter anderem auch hier.«

»Ja, allerdings. Wollen Sie die ganze Geschichte hören?«

»Ja, allerdings.«

»Schon mal was vom Gahcho-Kué-Projekt gehört?«

34

»Wie viel wissen Sie über Gahcho Kué?«, fragte sie.

»Das ist die neue Diamantenmine, die De Beers eröffnen will.«

»Genau genommen ist das ein Joint Venture mit Mountain Province Diamonds, aber Sie sind nahe dran.«

»Das Projekt hat für einige Kontroversen gesorgt, nicht?«

»Gahcho Kué ist der ursprüngliche Name der Region um den Kennady Lake. Ich glaube, in irgendeinem Dené-Dialekt bedeutet es Ort des Großen Hasen. In der Gegend wimmelt es von *Rangifer arcticus,* einem Karibu, das nur in Kahlgebieten vorkommt, und sie wurde traditionell von den Dené aus Lutsel K'e und den Métis aus Fort Resolution genutzt. Früher wanderten auch die Tlicho – oder Hunderippen-Dené – in diese Richtung.«

»Die Einwände kamen also von indigenen Gruppen?«

Sie wackelte mit der Hand. Teils, teils. »Aber sie haben sich durchaus auf den Entwicklungsprozess ausgewirkt. Wollen Sie die ganze Geschichte hören?«

»Ich höre.«

»2005 entschied das Mackenzie Valley Environmental Impact Review Board, dass De Beers' Antrag auf eine Landnutzungsgenehmigung und eine Wasserlizenz eine komplette Studie zu den Auswirkungen auf die Umwelt erforderte, im Kürzel auch EIS genannt. De Beers erhob im April 2007 vor dem Obersten Gerichtshof der North West Territories Einspruch gegen diese Entscheidung.

Lange Rede, kurzer Sinn, im Dezember 2010 lieferte De Beers schließlich seine EIS ab. Im letzten Juli entschied das Gutachtergremium, dass die Studie den Anforderungen entspricht.«

»Das heißt?«

»Das heißt, dass das Gremium das Monster jetzt lesen wird, alle elfhundert Seiten. Das Begutachtungsverfahren wird voraussichtlich 2013 abgeschlossen sein. De Beers hofft, die Produktion 2014 starten zu können.«

»Wie groß ist Gahcho Kué?«

»Die vorgeschlagene Mine verspricht einen Ertrag von viereinhalb Millionen Karat pro Jahr. Sie werden drei Pipes bearbeiten, 5034, Hearne und Tuzo, alle im Tagebau.«

»Wie lange?«

»Ich glaube, geplant sind elf Jahre.«

Ich rechnete schnell nach. Ausgehend von den Kosten für Entwicklung, Bau und Instandhaltung sowie der sehr kurzen Lebensdauer der Mine musste der Profit im Diamantenabbau monströs sein.

»Wo ist der Kennady Lake?«

»Ungefähr dreihundert Kilometer nördlich von hier. Neunzig Kilometer südöstlich von De Beers' Snap-Lake-Mine.«

»Was hat das alles mit Eric Skipper zu tun?«

»Während des ganzen Begutachtungsprozesses hält das Gremium öffentliche Sitzungen auf lokaler Ebene ab, das heißt, jeder Interessierte kann dort seine oder ihre Meinung kundtun.«

Ich sah, wohin das führte. »Skipper kam wegen einer dieser Sitzungen nach Yellowknife.«

»Und landete als ein Klumpen Kohle in einer Plastikwanne.«

»Was wollte er kundtun?«

»Lasst das Karibu in Frieden.«

»Wie lange war er hier?«

»Er verließ Brampton am ersten März. Mit dem Bus.«

»Wenn man die Reisezeit mit einrechnet, heißt das, dass er vor seinem Tod nur ein paar Tage in Yellowknife war. Geriet er in dieser Zeit in irgendwelche Schwierigkeiten?«

»Finden wir's raus.« Sie wählte, lehnte sich dann zurück. Der Sessel gab ein Geräusch von sich wie ein Kompressor in den letzten Zügen.

»Hey, Frank. Maureen King.«

Eine blecherne Stimme sagte etwas, das ich nicht verstand.

»Mir geht's gut.«

Noch mehr Blech.

»Sag ihr, sie soll weiter Wärme anwenden. Das wird schon wieder. Hör mal, kannst du dich an einen Kerl namens Eric Skipper erinnern? Kam im März 2008 aus Ontario, um bei einer Sitzung des Gutachtergremiums seine Meinung zu sagen.«

Blechernes Lachen.

»Glaube ich nicht. Sei doch so lieb und lass den Namen durchlaufen. Schau mal, was rauskommt.«

Blech.

»Nein, ich warte.«

Sie legte den Hörer auf die Schreibunterlage. »Dürfte nicht lange dauern.«

Es dauerte zehn Minuten. Während Frank redete, machte King sich Notizen. »Danke. Schönen Tag noch.«

Zu mir sagte sie: »Skipper hat es tatsächlich in die Akten geschafft. Am 7. März 2008 erhielt die G Division einen Anruf wegen zwei Kerlen, die sich auf einem Parkplatz an der Forty-Seventh ein Handgemenge lieferten. Die Beamten im Einsatz konnten die Situation entspannen und mussten keine Verhaftungen vornehmen. Einer der Streithähne war Horace Tyne. Der andere Eric Skipper.«

Das war ein Schocker.

»Worum ging es bei dem Streit?«

»Der Einsatzbericht besteht aus genau zwei Zeilen.«

»Das ergibt doch keinen Sinn. Tyne sieht sich selbst als Retter der Tundra. Er und Skipper hätten doch eigentlich Gesinnungsgenossen sein müssen.«

Unsere Blicke trafen sich. Wir waren auf derselben Wellenlänge.

»Ein persönliches Gespräch mit Captain Karibu?«

»O ja«, sagte ich.

Ryan rief an, als wir eben in Behchoko einfuhren. Zum ersten Mal seit Tagen klang er elektrisiert.

»Wir haben ihn.«

»Unka?«

»Ja.«

»Wo war er?«

»In einer Art Rübenkeller unter einem Schuppen hinter dem Haus seiner Mutter. Sah aus wie der verdammte Saddam Hussein, als der aus seinem Rattenloch gekrochen ist.«

»Der Keller ist euch bei der ersten Durchsuchung des Anwesens nicht aufgefallen?«

»Er hat einen Pick-up über die Klappen gestellt und ist dann darunter und ins Loch gekrochen. Der Mistkerl hat es sich mit Campingausrüstung und einem batteriebetriebenen Fernseher da unten gemütlich gemacht. Schätze, Mama hat ihn mit Essen versorgt.«

»Wo ist er jetzt?«

»Sitzt auf dem Revier und versucht, tough auszusehen.«

»Wird man ihn wegen Mordes an Scar anklagen?«

»Rainwater spricht eben mit dem Staatsanwalt.«

»Wo ist Ollie?«

»Kriegt Druck von der K Division.«

»Warum?«

»Nicht wirklich Druck. Sie wollen nur, dass er hier Schluss macht. Schätze, er wird noch heute Abend heimfliegen.«

»Wirklich?«

»Scar ist zwar aus Edmonton, erwischt hat es ihn aber im Revier der G Division. Castain und Ruben ebenfalls. Der Chef des Scheißers pfeift ihn zurück.«

»Ollie lässt sich das gefallen?«

»Er und ich reden nicht mehr so miteinander wie früher.«

Ich wartete.

»Er ist fuchsteufelswild.«

»Was ist mit uns?«, fragte ich.

»Wir könnten es mal mit Paarberatung versuchen.«

»Müssen wir auch weg?«

»Ruben hat ihre Babys in meinem Revier getötet. Das ist ein Schwerverbrechen.« Die ganze Unbeschwertheit war verflogen. »Jemand hat ihr bei der Flucht vor der Strafverfolgung geholfen. Dieser Jemand ist ein Komplize.«

»Soll heißen, du hast vor, weiter an dem Fall zu arbeiten?«

»Habe ich, ja. Wo bist du?«

Ich berichtete ihm von Skipper und Tyne. »Ryan, ich glaube, hier könnte mehr als eine Sache am Laufen sein.«

»Erleuchte mich.«

»Die Einheimischen, Ollie, du – jeder denkt, diese Morde sind passiert, weil Scar versucht hat, sich Unkas Revier hier oben unter den Nagel zu reißen. Vielleicht ist diese Denkweise zu vereinfacht.«

»Was denkst du denn?«

Tja, was denn eigentlich? »Vielleicht gibt es mehr als nur ein einziges Motiv. Eine einzige Gruppe von Mördern.«

»Nur weiter.«

»Da hängt so vieles in der Luft. Dein Informant, der Scar und Unka hinhängt, aber leugnet, irgendwas über Ruben zu wissen. Der Kerl will nicht ins Gefängnis. Warum sollte er da mit irgendwas hinter dem Berg halten? Je mehr er weiß, desto besser ist seine Verhandlungsposition. Warum sollte er nicht alles anbieten, was er hat?«

Ich hörte, wie Ryan durch die Nase ausatmete.

»Binny sagt, auf der Straße heißt es, dass die Sache mit Ruben was anderes ist. Warum sollte er sich das ausdenken?«

»Der Junge mag Gebäck.«

Trotz des Sarkasmus hörte Ryan mir zu. King ebenfalls.

»Die Ballistik. Ruben und Beck wurden mit einem Jagdgewehr erschossen, Scar und Castain mit Neun-Millimeter-Waffen.«

»Ist vielleicht relevant, vielleicht auch nicht.«

»Daryl Beck wurde 2008 erschossen. Wir haben keinen Hinweis darauf, dass er mit dem Drogenhandel zu tun hatte.«

Ryan wollte etwas sagen. Ich fiel ihm ins Wort.

»Ein Drogenkrieg kann einen hohen Blutzoll kosten. Das weiß ich. Aber vielleicht machen alle den Fehler, sämtliche Indizien in ein vorgefasstes Konzept zu pressen. Ein Konzept, das falsch ist. Mehr will ich nicht sagen.«

»Darf ich dir einen Rat geben für dein Treffen mit Tyne?«

»Was für einen?«, fragte ich argwöhnisch.

»Hütte dich vor den Glocken.«

»Hrrrr!« Ich rammte das Handy in meine Handtasche.

»Was?«, fragte King.

»Ryan hält sich für den größten Witzbold auf der Welt.«

»Das tun die meisten Männer.«

Tyne brauchte einige Zeit, bis er an die Tür kam. An diesem Tag trug er einen Poncho mit einer Art Logo und Jeans. Und eine Miene, die hieß, dass er sich über unseren Besuch nicht gerade freute.

»Erinnern Sie sich an mich, Mr. Tyne? Wir haben uns am Freitag über Annaliese Ruben unterhalten«, sagte ich.

»Ich muss jetzt zur Arbeit.«

»Freut mich sehr, dass Sie wieder eine Anstellung gefunden haben.«

»Sicherheitsdienst am Wochenende. Die Bezahlung ist beschissen.«

»Das ist Maureen King. Deputy Chief Coroner.«

Tynes Blick wurde leer wie Glas. »Hat jemand den Löffel abgegeben?«

»Annaliese Ruben.«

Tyne steckte zwei Finger in den Ausschnitt seines Ponchos und massierte sich die Brust.

»Irgendjemand hat sie erschossen«, sagte King.

»Das scheint ja in letzter Zeit ziemlich häufig zu passieren.«

»Wissen Sie irgendwas darüber, Sir?«

»Annaliese war ein nettes, kleines Mädchen, trotz ihrer Probleme.«

»Das war nicht meine Frage.« King lächelte wohlwollend.

»Nein, Ma'am. Ich weiß nichts darüber. Aber ich weiß, dass die ganze Welt vor die Hunde gehen wird.«

Zeit, das Thema zu wechseln.

»Kennen Sie einen Mann namens Eric Skipper?«, fragte ich.

»Nein, Ma'am.«

»Das finde ich merkwürdig, Mr. Tyne. Ms. King und ich haben einen Polizeibericht entdeckt, in dem steht, dass Sie und Skipper 2008 auf einem Parkplatz aufeinander losgegangen sind.«

Tynes Finger erstarrten. Seine Lippen bewegten sich, als würde er sich den Namen bewusst machen. »Meinen Sie das Arschloch, das nach Yellowknife gekommen ist, um Ö-kologie zu predigen?« Mit sehr deutlicher Betonung auf dem Ö.

»Ja.«

»Dieser Trottel hatte eine Tonne Theorie und kein Gramm gesunden Menschenverstand. Sein Plan? Einen Artikel schreiben, sich einen Namen machen, eine Stelle an einer Uni bekommen. Alles auf dem Rücken einer Spezies, die den Bach runtergeht.«

»Sie hatten eine philosophische Meinungsverschiedenheit?«

»Darauf können Sie Gift nehmen.«

»Hatte Skipper denn nicht dasselbe Ziel wie Sie? Das Karibu zu retten?«

»Dieser Minderbemittelte hat gemeint, wir sollten diese neue Mine bekämpfen, die die Regierung uns in den Rachen stopft. Das ist, als wollte man einen Zug mit bloßen Händen aufhalten. Ich habe ihm gesagt, das Einzige, was dem Karibu helfen wird, ist ein sicherer Zufluchtsort.«

»Sie haben sich über den Kerl aufgeregt?«

»Nur gut, dass er die Stadt verlassen hat.«

35

Auf dem Rückweg nach Yellowknife erhielt King einen Anruf. Nach der Schneeschmelze des Frühlings hatte ein See
eine Dame ausgespuckt.

»Brauchen Sie Hilfe?«, bot ich, nicht wirklich enthusias-
tisch, an.

»Nee. Sie und ihr Freund sind vor dem harten Frost im letzten Herbst durch eine weiche Stelle im Eis gebrochen. Hier
oben überwintern Wasserleichen ziemlich gut. Die Familie
wird auf jeden Fall noch einen offenen Sarg bestellen können.«

Ich bekam ebenfalls einen Anruf.

»Bergeron hat die Skipper-Identifikation bestätigt«, sagte
ich, als ich mein Telefon wieder einsteckte.

»Klingt nach Fortschritten.«

»Was halten Sie von Tyne?«

»Scheint ziemlich aufbrausend zu sein. Aber der alte Knacker ist wahrscheinlich harmlos.«

»Glauben Sie, er kommt für Skipper und Beck infrage?«

»Weil sie sich wegen ein paar Huftieren geprügelt haben?«
Sie blies Luft durch die Lippen. »Nein.«

»Was halten Sie davon, dass Tyne ein geistig behindertes
siebzehnjähriges Mädchen in seinem Haus aufnimmt?«

»Das müssen Sie verstehen. Verwandtschaft wird hier oben
anders betrachtet.«

Vielleicht wurde sie das.

Ich schaute auf die Uhr. Viertel nach eins. Wie aufs Stichwort knurrte mein Magen.

»Hunger?«

»Hm.«

»Im Handschuhfach dürfte ein Müsliriegel liegen.«

»Geht schon.« Ich war am Verhungern. Bedauerte, Binny den Muffin gegeben zu haben.

Ich lehnte mich im Sitz zurück und betrachtete dieselbe Palette aus Kiefern, Tamarackbäumen und Birken, die ich schon an mir hatte vorüberziehen lassen, als ich mit Ryan diese Fahrt gemacht hatte. Irgendetwas quälte mich, machte mich ruhelos. Als würde irgendetwas hinter einer Ecke in meinem Hirn lauern.

Den Daumennagel kauend, versuchte ich, die Quelle meines Unbehagens zu finden. Hatte ich irgendeinen Hinweis direkt vor Augen gehabt und ihn einfach nicht gesehen? Was für einen?

Das Gefühl hatte sich schon tags zuvor bemerkbar gemacht, sich in meine Träume geschlichen. Hatte ich am Samstag etwas gesehen oder gehört, mit dem mein Unterbewusstsein mich jetzt pisacken wollte?

Ich ging den Tag noch einmal detailliert durch. Die Exhumierung? Der Mord an Scar? Die Skipper-Identifikation?

Keine Reaktion vom alten Es.

Kings Stimme holte mich zurück.

»Tut mir leid, dass ich Sie allein lassen muss, aber ich muss mir eine Leiche anschauen, die schnell taut.«

»Ist schon okay. Setzen Sie mich einfach am Explorer ab.«

Das tat sie auch.

Okay war allerdings nichts.

Nachdem ich mir im Restaurant einen Lachs-Burger und

Pommes geholt hatte, ging ich auf mein Zimmer. Minuten, nachdem ich das Essen verdrückt hatte, fühlte ich mich noch zappeliger als zuvor.

Ich ging in den Wald hinaus. Rief nach Tank.

Nichts. Natürlich nicht. Der Hund war tot. Warum diese Besessenheit? Versuchte ich, Rubens Hund zu retten, weil ich es nicht geschafft hatte, sie zu retten?

Verärgert über mein armseliges Psychogebastel kehrte ich in mein Zimmer zurück und schlug das Buch über Bergbau auf. Weil ich zum Lesen zu erregt war, schaute ich mir die Bilder an. Eine schematische Darstellung einer Kimberlit-Pipe. Ein Foto eines Querschnitts davon. Eine Nahaufnahme von Diamant-Indikatormineralien. Eine Luftaufnahme der Diavik-Mine.

Mein Unterbewusstsein quälte mich wie eine Wimper im Auge.

Was war gestern sonst noch passiert?

Katy hatte angerufen.

Machte ich mir einfach nur Sorgen um meine Tochter?

Nein. Es musste diese Sache hier sein. Etwas, das ich übersehen hatte.

Ich hatte außerdem mit Nellie Snook gesprochen.

In meinem Es reckte sich ein Zellhaufen.

Ach so?

Ich schloss die Augen und ging den Besuch in Gedanken noch einmal durch, rief mir jedes Detail, an das ich mich erinnern konnte, noch einmal ins Bewusstsein.

Die Tierfotos, die Umweltaufkleber und -kalender. Daryl Beck. Ronnie Scarborough. Die Fotos von Rubens toten Babys. Murray, der Kater. Die zwei nicht zusammenpassenden Goldfische.

Wie zwei nicht zusammenpassende Schwestern, dachte ich niedergeschlagen.

Ich stellte mir die Fische vor, wie sie mit riesigen, vorquellenden Augen durch das Glas starrten, die Bäuche durch das vom Kies reflektierte Sonnenlicht erhellt.

Ich erstarrte.

Adrenalin schoss durch meinen Körper.

Mit pochendem Herzen zog ich eine Akte aus meiner Laptoptasche, holte einen Umschlag hervor und schüttelte die Fotos heraus, die ich während meiner Untersuchung des Babys aus der Fensterbank geschossen hatte.

Mit zitternden Fingern suchte ich ein Foto aus und legte es neben eine Seite im Bergbaubuch.

Ich dachte an Regenbogenlicht, das auf Schuppen reflektiert.

Mein Gott.

Diamant-Indikatormineralien. DIMs. Beide Schwestern hatten eine kleine Sammlung davon. Snook bewahrte ihre in einem Aquarium auf. Ruben hatte sie in einem kleinen, schwarzen Samtsäckchen.

Plötzlich sprang mein Hirn in alle Richtungen gleichzeitig. Ein neuronaler Stromkreis landete bei etwas, das Snook gesagt hatte.

Eine Idee nahm Gestalt an.

Ich googelte einen Namen, eine Adresse.

Ich rannte zum Waschbecken, spülte das kleine Ketchupbehältnis vom Hotelrestaurant aus und drückte den Deckel wieder drauf. Ich steckte die Akte in die Tasche, schob das Behältnis in meine Handtasche und rannte los.

Snook knallte mir zwar nicht gerade die Tür vor der Nase zu, riss sie aber auch nicht für ein herzliches Willkommen auf.

»Darf ich reinkommen?«, fragte ich.

»Ich erwarte Besuch.«

»Es dauert nicht lange.«

Seufzend trat Snook einen Schritt zurück. Ich ging geradewegs in die Küche.

Die Fische schwammen noch in ihrem Glas. Murray war nirgendwo zu sehen.

Weil Snook entweder mein Besuch nicht behagte oder weil sie es wirklich eilig hatte, bot sie mir weder Tee noch einen Platz am Tisch an.

Okay. Dann Plan B.

»Hat Ms. King Ihnen die Ergebnisse der Exhumierung erklärt?«

»Ich hätte das Daryl nicht antun dürfen.«

Dieser Meinungswechsel überraschte mich. »Warum nicht?«

»Hat die Leute verärgert.«

»Welche Leute?«

»Unwichtig. Aber die haben recht. Es ist unchristlich. Die Toten sollten in Frieden ruhen.«

»Aber Sie hatten recht, Nellie.«

Sie verzog die Lippen, sagte aber nichts.

»Es tut mir sehr leid wegen Ihres Bruders.«

»Niemand wird auch nur einen Finger rühren.«

»Ich verspreche Ihnen, ich werde alles tun, um Daryls Mörder zu finden.«

Ihre Augen sagten mir, dass sie mir nicht glaubte.

Ich legte den Kopf ein wenig schief, als hätte ich ein Geräusch gehört. »O Gott. Ist das Murray?«

»Was?«

»Klingt wie eine Katze in Schwierigkeiten.«

Snook rannte in die Wäschekammer. Ich hörte die Tür aufgehen, dann rief sie: »Murray? Wo bist du? Murray? Komm her, mein Kätzchen.«

Ich verlor keine Zeit, ging direkt zum Fischglas und schaufelte mit dem Ketchupbehälter eine Probe der glitzernden Steinmischung auf, die den Boden bedeckte. Die Fische schossen, sichtlich verärgert, von meiner Hand weg.

»Hierher, Kätzchen.«

Murray kam von irgendwo im Haus in die Küche.

Ich ging zur Wäschekammer.

»Falscher Alarm«, lächelte ich. »Er ist hier.«

Als wollte er uns beweisen, dass es ihm gut ging, kam Murray zu uns.

Snook hob den Kater auf.

Ich verabschiedete mich.

Das Bellanca Building ist Yellowknifes Vorstellung von einem Wolkenkratzer. Der Burj Khalifa ist es allerdings beileibe nicht. Der elfstöckige Kasten wurde 1969 erbaut, was die blauen Seitenverkleidungen und wie LEGO-Steine aufeinandergeschichteten Fenster an der Frontseite kaum entschuldigt.

Ich betrat das Gebäude von der Fiftieth Street und stellte mich vor den Belegungsplan. Die Mineral Development Division of Indian and Northern Affairs Canada lag im sechsten Stock. Das Bergbauarchiv war im fünften.

Ich lief zum Aufzug und drückte auf Knopf fünf. Als die Tür wieder aufging, lag das Archiv direkt vor mir. Es überraschte mich, dass die Tür nicht verschlossen war.

Auf die Innenausstattung waren keine Steuergelder verschwendet worden. Der Empfangsbereich wirkte spartanisch, die Wände waren geschmückt mit gerahmten Fotos von Steinen, unterirdischen Schächten, großen Maschinen und Luftaufnahmen von Orten, die vermutlich keine Touristenmagneten waren. Hölzerne Stühle standen an einer Wand aufgereiht. Ganz hinten stand ein Schreibtisch. Aber will man in einem Bergbauarchiv wirklich Schnickschnack?

Ich machte mich bemerkbar.

Keine Antwort.

Eine Tür rechts des Empfangstisches öffnete sich auf einen Gang. Während ich ihn entlang in den hinteren Teil des Gebäudes ging, überlegte ich mir, wie ich den Mann, den ich suchte, erkennen würde.

Kein Problem. Jedes Büro hatte ein Namensschild. Jacob Rainwaters lag ganz am Ende. Seine Tür stand offen.

Rainwater sah aus wie ein alter Professor aus einem Disney-Film. Ausgebeulter Pullover, schlechter Haarschnitt, Drahtgestellbrille. Das Einzige, was nicht passte, war der schicke, neue Mac, an dem er arbeitete.

Das Büro war eines Klaustrophobikers schlimmster Alptraum. Ein riesiger Schreibtisch und mächtige Aktenschränke ließen nur schmale Durchgänge frei, dank denen man sich durch den Raum bewegen konnte. Jedes Regalbrett, jede horizontale Fläche war mit Stapeln von Papieren und Magazinen, zusammengerollten Karten, Gesteinsbrocken und versteinerten Holztrümmern sowie Glasbehältern mit Kies und Sand bedeckt. Falls irgendetwas an einer Wand hing, war es nicht zu sehen.

Ich räusperte mich.

Rainwater hob den Kopf. »Ja?«

»Mein Name ist Temperance Brennan. Ich habe ein paar Fragen, und man sagte mir, dass Sie sich in dem Bereich sehr gut auskennen.«

»Was für Fragen?«

»Über geologisches Erkunden.« Ein vorsichtiger Einstieg.

»Eine Erkundungslizenz kostet zwei Dollar für eine Einzelperson und fünfzig für eine Firma. Das Mädchen am Empfang kann Ihnen am Montag dabei helfen.«

Rainwater wandte sich wieder dem Bildschirm zu. Seine Finger ruckten über die Tastatur.

»Wenn Sie eine Schürfgenehmigung brauchen, haben Sie Pech. Anträge werden nur im Dezember angenommen. Geprüfte Genehmigungen werden im Februar des folgenden Jahres ausgegeben. Die Genehmigungen gelten unterhalb des achtundsechzigsten Breitengrads drei Jahre, darüber fünf. Die Kosten betragen fünfundzwanzig Dollar plus zehn Cent pro Acre.« Rainwater spulte den Text herunter, was darauf hindeutete, dass er diese Informationen schon Tausende Male wiederholt hatte. »Eine Schürfgenehmigung gibt Ihnen das zeitlich begrenzte, aber exklusive Recht zur Exploration und zum Abstecken von Claims, aber nicht die Mineralrechte.«

»Sir, ich –«

»Sie brauchen eine gültige Erkundungslizenz, um einen Claim abzustecken, aber keine Schürfgenehmigung. Ein Claim erfordert vier Pfosten mit Markern. Marker kosten zwei Dollar pro Set. Das Mädchen am Empfang kann sie Ihnen ab Montag verkaufen.«

»Mr. Rainwater –«

»Es ist Vorschrift, dass Sie sich in diesem Büro melden, bevor Sie einen Claim abstecken, damit wir feststellen können, ob das Gebiet nicht bereits von einem anderen abgesteckt oder gepachtet ist. Das Mädchen am Empfang kann –«

»Ich möchte auch etwas über Diamant-Indikatormineralien erfahren.«

338

Rainwaters Augen rollten nach oben. Er betrachtete mich durch die obere Hälfte seiner altmodischen Bifokalbrille. »Was ist damit?«

Ich zog den Ketchupbehälter aus meiner Handtasche. »Ich habe eine Probe.« *Trag ein bisschen dick auf.* »Ich weiß, das entspricht nicht unbedingt den Vorschriften, und ich weiß, ich bin ziemlich anmaßend, aber Ihr Neffe sagt, Sie sind ein Genie in diesem Bereich.«

»Sie sind eine Bekannte von Joseph?«

»Hm.«

Rainwater zögerte kurz und winkte mich dann mit einem Fingerwackeln zu sich.

Während ich mich zu ihm schlängelte, räumte er ein bisschen Platz auf seiner Schreibunterlage frei, faltete ein weißes Tuch auf und schob es mit den Handflächen glatt. Dann ersetzte er die Bifokalbrille durch eine Brille mit kleinen Mikroskopen auf den Linsen.

Ich gab ihm die gestohlene Probe. Er schüttete die Steine auf das Tuch, schaltete eine Lampe ein, die seitlich an seinem Schreibtisch klemmte, und zog sie über die Steinchen. Dann beugte er sich darüber.

Ich wartete.

Hin und wieder stocherte Rainwater in der Probe, arrangierte die Mischung mit knotigem Finger neu.

Lange Minuten vergingen. Auf der gesamten Etage war es absolut still.

»Haben Sie sonst noch was?« Jetzt spulte er nichts mehr herunter. Rainwater klang aufrichtig interessiert.

Ich legte die Farbfotos auf den Schreibtisch.

Die Schultern des alten Mannes zuckten, und ich hörte ihn scharf die Luft einsaugen.

Rainwater setzte sich die Bifokalbrille wieder auf. Starrte weiter die Fotos an. Schließlich schaute er mich direkt an.

»Wollte mein Neffe Sie womöglich foppen?«

»Nein, Sir.«

»Heiliger Bimbam.«

36

»Haben Sie die gesammelt?«

»Nein, Sir.«

»Was sagten Sie gleich wieder, wer Sie sind?«

Ich wiederholte meinen Namen, verriet ihm aber sonst nichts.

»Haben Sie irgendeine Vorstellung, was Diamant-Indikatormineralien sind?«

»Kristalle, die sich im oberen Erdmantel als Begleiter von Diamanten bilden.«

»Mh.«

»Der Unterschied ist: DIMs kommen Millionen Mal häufiger vor, sind also so gut wie nichts wert.« Ich versuchte, Eindruck zu schinden.

Rainwater drückte eine Tastenkombination, um seine Arbeit zu speichern. »Wissen Sie, wie man durch ein Mikroskop schaut, junge Dame?«

»Ja.« Ich wünschte mir, Binny hätte diese Bezeichnung gehört.

Der alte Mann drehte sich in seinem Stuhl und zog die Schutzhülle von einem Mikroskop, das ich in dem Durcheinander hinter seinem Schreibtisch gar nicht bemerkt hatte. Es war ein primitives Gerät, wahrscheinlich aus einem Studentenlabor. »Mir ist zwar ein Elektronenmikroskop lieber, aber dieses alte Mädchen tut es auch.«

Rainwater legte meine Probe auf den Objekttisch. Dann betätigte er einen Schalter, schob sich die Brille auf die Stirn, spähte durch die Okulare und stellte die Schärfe ein.

»Schauen Sie sich das an.« Er rückte mit dem Stuhl ein Stückchen zur Seite.

Ich klemmte mich hinter den Schreibtisch und bückte mich.

Und staunte über die Schönheit dessen, was ich sah.

»Das ist jetzt zweihundertfache Vergrößerung.«

»Wow«, sagte ich.

»Schön, nicht? Wenn einer beim Erkunden seine Proben sammelt, dann achtet er vor allem auf die Tönung.«

Ich war verzaubert von den Farben und Formen dieser Kristalle.

»Sehen Sie die Roten und die Orangenen? Die gehören zur Granat-Gruppe. Die Grünen bis irgendwie Zitronengelben gehören zur Pyroxen-Gruppe. Einer ist ein Olivin. Die Schwarzen sind Ilmenite.«

»Was verursacht die Farbunterschiede?«

»Der Eisen-, Mangan- und Chromgehalt.«

»Sie sagen also, dass diese Probe Diamant-Indikatoren enthält?«

»Jede Menge. Eine der reichhaltigsten Proben, die ich je gesehen habe. Sehen Sie diese großen Grünen?«

»Ja.«

»Und das da.«

Ich richtete mich auf. Rainwater hatte das Foto der Steine in Rubens Samtsäckchen in der Hand.

»Gute Aufnahme, inklusive Maßstab.« Er zeigte auf die grünen Kiesel. »Das sind Brocken von Chromdiopsid. Für gewöhnlich sind sie mikroskopisch klein. Die größten, an die ich mich erinnern kann, hatten einen Durchmesser von vielleicht einem Zentimeter. Diese beiden haben fast zwei Zentimeter. Teufel, Sie könnten diese Babys fassen und in einem Juwelierladen verkaufen.«

»Chromdiopsid?«, hakte ich so ruhig wie möglich nach.

»Kristalle, die sich tief im Erdinneren bilden und dann in einem Gestein namens Kimberlit, das weicher ist, an die Oberfläche transportiert werden. Im Verlauf von Äonen erodiert der Kimberlit, doch die Kristalle bleiben intakt.«

»Das entstammt also einer Lagerstätte in der Nähe einer Kimberlit-Pipe?« Ich war die Ruhe selbst.

»Ich würde sagen, es besteht eine verdammt große Chance. Ich würde nach einem verlandeten See oder einer ähnlichen Formation suchen.«

Rainwater stützte die Arme auf die Tischplatte, legte die Fingerspitzen aneinander und schaute mich darüber hinweg an. »Sie scheinen selbst recht gut Bescheid zu wissen.«

»Nein, Sir. Nicht wirklich. Aber da ist noch etwas anderes. Ich frage mich, ob Sie mir sagen können, wie ich einen Claim recherchieren kann.«

»Einen Mineral-Claim?«

Anscheinend schaute ich verwirrt drein.

»Ein Mineral-Claim muss innerhalb von sechzig Tagen nach Absteckung des Claims in diesem Büro registriert werden. Um das zu tun, gibt man seine ausgefüllten Formulare und eine Skizze des Claims zu den Akten und bezahlt seine Gebühren.«

»Ein Mineral-Claim macht was?«

»Gibt dem Besitzer das Recht auf die unterirdischen Mineralien, und zwar für zehn Jahre, wenn pro Jahr eine spezifische Menge an Arbeitsleistung im Bereich dieses Claims erbracht wird.«

Ich hörte deutlich, wie Rainwater wieder abzuspulen begann.

»Falls die erforderliche Arbeitsleistung auf dem Claim erbracht wird, kann die Person oder die Firma einen Antrag auf *Pachtung* des Claims stellen, allerdings vor dem dreizehnten Tag nach dem zehnten Jahrestag nach der Claim-Registrierung. Eine Mineralpacht gilt einundzwanzig Jahre und kann um weitere zwanzig Jahre verlängert werden, falls die Pachtzahlungen bis dahin pünktlich geleistet wurden und die Verlängerungsgebühren beglichen sind. Wenn eine Person oder eine Firma mit der Produktion beginnen will – also Bau der Mine, Abbau der Mineralien, Weiterverarbeitung und so weiter –, muss der Claim bereits gepachtet sein.«

»Können wir mit den Mineral-Claims anfangen?«

»Dann ziehen Sie sich besser einen Stuhl ran.«

Während ich das tat, tippte Rainwater auf seiner Tastatur. Eine neue Seite erschien. Die Überschrift lautete *Indian and Northern Affairs Canada* auf Englisch und Französisch. Rechts bot eine Seitenleiste eine Reihe von Links an.

»Ich gehe in den SID-Viewer.« Rainwater gab einen Benutzernamen und ein Passwort ein. »SID enthält eine Reihe von räumlich integrierten Datensätzen.«

Eine Karte füllte den Bildschirm. Ich erkannte das North West Territory und Nunavut. Die Hudson Bay. Die Orte, die ich mir auf dem Innendeckel des Bergbaubuchs angeschaut hatte. Flüsse erschienen dunkelblau, Seen türkis, Grenzlinien und Gemeindenamen schwarz.

»Gehen Sie auf Zoom bis zu einem Maßstab von unter tausend. Sonst erscheinen die Daten der Mineral-Claims nicht im Inhaltsverzeichnis. Bleiben wir erst einmal im NWT.«

Auf dem Monitor bildete sich ein rotes Rechteck. Rainwater klickte auf ein Icon, und der Bereich darin erweiterte sich.

Eine Seitenleiste mit diversen Auswahlkriterien verlief am rechten Rand der Karte. Rainwater entschied sich für die Darstellung in zwei Schichten, indem er nacheinander die Kategorien anklickte. Aktive Mineral-Claims. Schürfgenehmigungen.

Er aktualisierte die Karte, und graue, grüne und hellgrüne Kästchen erschienen über der Kartografie. Jedes Kästchen hatte eine Nummer. Rainwater klickte auf ein weiteres Icon, und am unteren Bildschirmrand erschien ein Abfragefeld.

Seine Finger verharrten über dem Feld. »Name?«

»McLeod«, sagte ich.

Rainwater tippte den Namen ein, klickte noch etwas an und drückte Enter.

Ein pulsierender silberner Balken zeigte an, dass das Programm suchte.

Sekunden später erschien unter der Karte eine Tabelle. Sie enthielt etwa zwanzig Datenrubriken.

Ich überflog die Titel. Claim-Anzahl. Claim-Status. Datum der Claim-Registrierung. Fläche. Form. Bei einigen Abkürzungen fehlte mir zur Interpretation das Fachwissen.

»McLeod war ein fleißiger Junge.« Rainwater ließ die Einträge durchlaufen. »Siebenundneunzig Claims. Die meisten in den Neunzigern registriert. Alle zurückgezogen oder abgelaufen, bis auf drei.«

»Können Sie Informationen über die aktiven Claims auf den Monitor holen?«

Rainwater drückte ein paar Tasten. »Sieht aus, als würde es

bei allen dreien Mitbesitzer geben. Nellie N. Snook. Daryl G. Beck. Alice A. Ruben.«

Mein Puls raste, doch ich zwang mich, ruhig zu bleiben. »McLeod starb 2008. Wie wirkte sich das auf die Claims aus?«

»Wenn der Verstorbene keine anderslautenden Anweisungen hinterlassen hat, würde ich annehmen, dass sie komplett in den Besitz der Mitregistrierten übergehen, soweit die Gebühren bezahlt und alle sonstigen Voraussetzungen erfüllt sind.«

»Können Sie einen der aktiven Claims herholen?«

Rainwater tippte, und eine Gruppe grüner Quadrate erschien auf dem Bildschirm. Sie lagen genau nördlich von Yellowknife, nordwestlich der Ekati-Mine und knapp unterhalb der Grenze zu Nunavut.

Ich starrte die Gruppe an. Wörter kollidierten. Oder genauer, sie trennten sich.

Snook hatte es gesagt. Ich hatte es nur nicht gehört.

Das Einzige, was Farley seinen Kindern mitgegeben hat, war ein schneller Schuss Sperma und ein wertloses Stückchen Erde am Ende der Welt.

Farley McLeod hatte seinen Kindern Mineralrechte auf Land hinterlassen, das er abgesteckt hatte. Sowohl Ruben wie Snook besaßen Proben, die reich an Diamant-Indikatormineralien waren, wahrscheinlich übergeben mit der Warnung, sie sollten sie hüten wie ihren Augapfel.

Die Proben stammten wahrscheinlich von dem Land, das McLeod abgesteckt hatte.

O Mann.

Beck und Ruben waren nicht wegen irgendwelcher Drogen getötet worden. Sie hatten Mineral-Claims besessen, die wahrscheinlich Millionen wert waren. Irgendjemand wollte diese Claims haben.

Aber wer?

Eine Gruppe angrenzender Quadrate leuchtete ebenso grün wie die im Besitz von Snook und ihren Geschwistern. Ich deutete darauf. »Sind die aktiv?«

»Sind sie. Sieht aus, als hätte sich jemand die Claims geschnappt, die McLeod hatte auslaufen lassen.« Rainwater klickte ein Quadrat an. Dann noch eins. »Alle im Besitz eines Gebildes mit dem Namen Fast Moving.« Er schnalzte mit der Zunge. »Aber der Laden ist alles andere als ein *Fast Mover*, im Gegenteil, er bewegt sich fast gar nicht. Alle Anforderungen für die Aufrechterhaltung des Claims sind erfüllt, aber sonst ist rein gar nichts passiert.«

»Ist das eine Körperschaft?«

Rainwater kicherte. »Tut mir leid, aber das ist nicht mein Fachgebiet.«

Mein Es lärmte schon wieder.

Fast Moving.

Der Name sagte mir gar nichts.

Während ich in meinem Unterbewusstsein stocherte, produzierte mein Cortex einen schrecklichen Gedanken: War Snook in Gefahr?

»Vielen, vielen Dank, Professor Rainwater.« Ich stand auf. »Das war sehr lehrreich.«

Rainwater ließ die Probe wieder in den Ketchupbehälter rieseln. Gab ihn mir. »Es war mir ein großes Vergnügen.«

Ich bugsierte mich um den Tisch herum. Ich war an der Tür, als Rainwater noch einmal sprach.

»Dr. Brennan?«

Ich drehte mich überrascht um, weil der alte Mann meinen Titel verwendet hatte.

»Ihr Geheimnis ist bei mir sicher.«

346

»Was?«

»Schnappen Sie die Mistkerle.«

37

Allmählich wurde ich zum Stammgast in der Ragged Ass. Trotzdem fühlte sich die Atmosphäre noch feinselig an.

Als ich mich auf meinen gewohnten Platz am Straßenrand stellte, fiel mir in Snooks Einfahrt ein grauer Pick-up auf. Er hatte einen verrosteten Auspuff und auf der Stoßstange einen Aufkleber mit dem Spruch *Give Wildlife a Brake*. Ich hatte ihn schon einmal gesehen, konnte mich aber nicht erinnern, wo. Rostige Pick-ups waren in Yellowknife die ganz große Mode.

Ich beschloss, sitzen zu bleiben.

Gute Entscheidung. Zehn Minuten später ging die Seitentür auf, und ein Mann trat in den Carport. Sein Gesicht blieb im Schatten, aber seine Figur kam mir bekannt vor.

Der Mann stieg ein und stieß rückwärts auf die Straße. Beim Gangwechsel schaute er in meine Richtung.

Wir sahen beide den Schock im Gesicht des anderen.

Horace Tyne.

Wortlos gab Tyne Gas und raste die Ragged Ass hinunter. Kies von seinen Reifen prasselte gegen meinen Camry.

Was hatte Horace Tyne mit Nellie Snook zu schaffen?

Ich stieg aus, ging zum Haus und klopfte an die Tür.

Snook öffnete sofort, mit einer Baseballkappe in der Hand.

»Keine Angst. Ich hab sie.«

Als sie sah, dass ich nicht Tyne war, runzelte sie die Stirn. »Sie sind wie ein lästiger Ausschlag. Sie kommen einfach immer wieder.«

»War das Horace Tyne?«

»Was wollen Sie?«

»Sie haben mir gesagt, Ihr Vater hat Ihnen und Ihrem Bruder Land hinterlassen.«

»Kann mich nicht erinnern, dass ich das gesagt habe, aber was soll's?«

»Hat Annaliese auch Land gehört?«

»Er hat's gegen sein schlechtes Gewissen getan, weil wir ihm ansonsten scheißegal waren. Das ist meine Meinung, und die werde ich auch nicht ändern.«

»Bitte überlegen Sie jetzt. Gehört Ihnen wirklich das Land oder nur die Mineral-Claims?«

Snooks Stirnrunzeln wurden tiefer. »Wo ist da der Unterschied?«

»Wo ist das Land?«

»Soweit ich weiß, nicht hier in Yellowknife. Ein Grundstück in der Stadt wäre vielleicht was wert. Aber das ist ein Stück so weit draußen in der Tundra, dass niemand es kaufen wollte.«

»Haben Sie versucht, es zu verkaufen?«

»O ja.« Sie schnaubte. »Habe ich. Jetzt, wo mir die Urkunden komplett gehören, werd ich alles der Wohltätigkeit geben. Ich habe keine Lust mehr, für uns alle drei zu blechen. Annaliese und Daryl hatten ja nie einen Cent dafür übrig.«

»Sie wollen den Besitz Horace Tyne stiften?«

»Ja?« Snook klang, als wollte sie sich rechtfertigen. »Ich unterschreibe ein paar Papiere, und die Steuern oder Gebühren oder was immer ich bezahlt habe, gehen mich nichts mehr an.«

»Für sein Reservat.«

»Wenn die neue Mine aufmacht, haben die Karibus keinen Platz mehr, wo sie hinkönnen. Ihre Wanderrouten sind dann unterbrochen.«

Eine kalte Faust umklammerte meine Eingeweide. »Welche neue Mine?«

»Gahcho Kué.«

Ich packte Snook bei den Oberarmen und schaute ihr tief in die Augen. Sie wurde starr, löste sich aber nicht aus meinem Griff.

»Nellie, versprechen Sie mir, dass Sie nichts tun werden, bis ich wieder mit Ihnen gesprochen habe.«

»Ich werde Ihnen gar nichts –«

»Sie besitzen Mineral-Claims, kein Land. Die Claims könnten sehr viel Geld wert sein. Jemand will sie Ihnen abnehmen. Es kann sein, dass diese Person Daryl und Annaliese umgebracht hat.«

Sie schaute mich an, als bräuchte ich dringend eine Dosis Prozac.

»Wer?« Kaum hörbar.

»Ich weiß es nicht. Aber wir werden es herausfinden.«

Ich spürte einen misstrauischen Blick im Rücken, als ich zum Auto rannte.

Im Camry drückte ich eine Nummer in meiner Kurzwahlliste.

Komm schon. Komm schon.

»Hey, Zuckerschnäuzchen. Bist du wieder in Charlotte?«

»Pete, hör mir zu.«

Zwanzig Jahre Ehe hatten meinen Ex für jede Nuance in meiner Stimme sensibilisiert. Er merkte die Anspannung sofort. »Was ist los?«

»Du bist Anwalt. Du weißt doch, wie man sich über Körperschaften informiert, oder?«

»Weiß ich.«

»Auch in Kanada?«

»*Mäh wie.*«

»Sprich nie wieder französisch, Pete.«

»Notiert.«

»Wie lange würde das dauern?«

»Was brauchst du?«

»Nur die Namen der Eigentümer oder Vorsitzenden oder was immer das sind.«

»Wahrscheinlich nicht lange.«

»Du würdest es also tun?«

»Du schuldest mir was, Honigkuchen.«

»Ich backe dir eine große Tüte Plätzchen —«

»Wie heißt die Körperschaft?«

»Fast Moving.«

»*Oh là là.* Gefällt mir.«

»Ist nicht so, wie du denkst.«

»Weißt du, ob Fast Moving eine Partnerschaft, eine Körperschaft oder nur ein von einer Einzelperson angenommener Name ist?«

»Nein.«

»Das macht es schwierig. Weißt du, wo die registriert sind?«

»Nein.«

»Das macht es noch schwieriger.«

»Fang mit Alberta an.«

Ollie kam eben aus der Zentrale der G Division, als ich vorfuhr. Der Parkplatz war klein, und ich hätte ihn beinahe überfahren.

Mit hoch erhobenen Händen kam er zur Fahrerseite des Camry. Ich ließ das Fenster herunter. »Entschuldigung.«

»Langsam, Schwester, sonst muss ich dich aufschreiben.«

»Du kannst mich nicht aufschreiben. Du bist hier nicht zuständig.«

Ollie zielte mit einer Fingerpistole auf mich.

»Habe dich seit Freitag nicht gesehen«, sagte ich.

»Glaub mir.« Er drehte den Kopf zu dem Gebäude. »Ich wäre lieber bei dir als bei diesen Trotteln.«

»Was ist los?«

»Unka wird bald über Scarborough auspacken. Egal. War alles gelaufen, als sein Kumpel ihn an die Wand genagelt hat.«

»Also hat Scar Castain umgebracht, und Unka Scar.«

»Billige Methode, um das Viertel sauber zu kriegen, was?«

»Was ist mit Ruben?«

»Das will keiner getan haben.«

»Ist Ryan noch drin?«

»Er und Rainwater werden noch eine Weile dran sein.«

»Er hat gesagt, dass du vielleicht wegmusst.«

»Der Flieger geht in zwei Stunden.« Ollie grinste, aber der angespannte Unterkiefer verriet seine Unzufriedenheit. »Danke, dass du hier rausgekommen bist. Tut mir leid, dass wir die Sache mit Ruben noch nicht klären konnten. Aber es wird alles rauskommen.«

»Ich glaube, der Mord an ihr hat mit Castain und Scarborough nichts zu tun.«

»Was meinst du damit?«

Ich erklärte ihm meine Theorie.

»Wen hältst du für den Täter?«

»Ich weiß es nicht. Aber Tyne hat Snook eingeredet, dass ihr« – ich malte Anführungszeichen in die Luft- »›Land‹ sehr wichtig ist für sein Karibu-Reservat. Dass die Eröffnung der Gahcho-Kué-Mine die Herden bedroht. Und jetzt kommt's.

Snooks Mineral-Claims liegen weit drüben am Ekati. Die sind nicht einmal in der Nähe von Gahcho Kué.«

»Was hast du vor?«

»Ich warte auf Informationen über den Besitzer der Claims, die an Snooks angrenzen. Und derweil werde ich Tyne ein bisschen ausleuchten.«

»Viel Glück.«

Einen Augenblick lang schauten wir uns in die Augen. Dann streckte Ollie die Hand durchs Fenster und strich mir mit dem Zeigefingerknöchel über die Wange. »Glaubst du immer noch, ich bin das wunderbarste Wesen, das dir je über den Weg gelaufen ist?«

»Ich glaube, du bist eine narzisstische Nervensäge«, erwiderte ich grinsend.

»Vielleicht rufe ich dich wieder öfter an.«

»Vergiss aber nicht, dass die Stalking-Gesetze verschärft worden sind.«

Ollie lachte und trat einen Schritt zurück.

In meinem Zimmer im Explorer fuhr ich meinen Laptop hoch und gab den Namen Horace Tyne ein.

Google schickte mir ein Foto eines Second Lieutenant Horace Algar in Zusammenhang mit der Tyne Electrical Branch der Royal Engineers in irgendeiner alten Zeitung.

Ich versuchte es mit detaillierteren Suchbegriffen. Horace Tyne. Karibu. Alberta. So kam ich auf einen Link zu den Freunden der Tundra. Ryan hatte recht. Die Site war primitiv.

Ich entschied mich für eine andere Herangehensweise. Die Fünfte Gewalt.

Ich fing mit dem *Yellowknifer* an, fand aber keinen Link zu dessen Archiv. Die *Deh Cho Drum. Inuvik Drum. Nunavut*

News, Kivalliq News. Alle boten interessante Schlagzeilen und bunte Fotos an. Aber keine ihr Archiv.

Frustriert kehrte ich zum *Yellowknifer* zurück und klickte mich willkürlich durchs Angebot. Das brachte mich zur Präsentation der Sammlerausgabe zum fünfundsiebzigsten Jubiläum der Zeitung.

Das Titelblatt zeigte das Schwarz-Weiß-Foto eines Mannes in Overall und Schutzhelm. Ich klickte darauf und lud die angebotene PDF-Datei herunter.

Ich betrachtete eben ein Foto der Con-Mine von etwa 1937, als mein Handy klingelte.

»Ich glaube, das ist viel mehr wert als Plätzchen.«

»Was hast du rausgefunden, Pete?«

»Sahnetorte vielleicht?«

»Jaja.«

Während ich zuhörte, klickte ich mich zu einem Artikel mit dem Titel »Die Goldene Zeit der Fünfziger und Sechziger«.

»Fast Moving ist eine LLP, eine Limited Liability Partnership, also in etwa eine Personengesellschaft mit beschränkter Haftung. Sie ist in Quebec registriert. Da wir es mit einer Personengesellschaft und nicht mit einer Körperschaft zu tun haben, kann das ein bisschen länger dauern.«

»Okay.«

Ich klickte mich durch ein paar Anzeigen zu einem Farbfoto des Old Stope Hotel, das 1969 niederbrannte. Dem Besuch von Prinz Charles 1975. Einem Protestmarsch von Streikenden 1992.

Ich klickte weiter.

Mein Blick fiel auf ein Foto.

Ungläubig starrte ich darauf.

Die Welt um mich herum schrumpfte zusammen. Nichts existierte mehr außer dem Foto auf dem Monitor.

Der Artikel dazu trug den Titel »Ice Road Trucker«. Die Schwarz-Weiß-Aufnahme zeigte vier Männer, alle in Parkas, pelzbesetzten Kappen und Sicherheitswesten.

Drei der Männer grinsten mit zusammengekniffenen Augen, als würden sie in die Sonne schauen. Ich erkannte zwei davon.

Der vierte Mann hatte das Gesicht von der Kamera abgewandt. Sein Gesicht konnte ich nicht sehen, aber seine Gestalt kam mir bekannt vor.

»Bist du noch dran?«

»Ja, Pete.« Den Hörer zwischen Ohr und Schulter geklemmt. »Das hilft mir unglaublich weiter.«

»Bist du okay?«

»Mir geht's gut.«

»Du klingst aber nicht so.«

»Wirklich. Du bist unglaublich.«

»Ich weiß.«

»Ich muss jetzt weg, also könntest du mir die Namen der Partner mailen, wenn du sie gefunden hast?«

»Mache ich. Was ist mit Katys Neuigkeiten?«

»Darüber reden wir später.«

»Ziemlich mutiger Schritt.«

»Ich muss los, Pete.«

Ich schaltete ab, überflog den Artikel und starrte dann das Foto wieder an. Die Bildunterschrift identifizierte die drei, die in die Kamera schauten: Farley McLeod, Horace Tyne und Zeb Chalker.

In meinem Kopf explodierten Fakten wie Popcorn.

Charles Fipke hatte in den Neunzigern in Kanada Diamanten entdeckt und damit einen Claim-Rausch ausgelöst. McLeod und Tyne hatten beide für Fipke gearbeitet.

McLeod hatte während des Rausches Claims abgesteckt. Er hatte seine Nachkommen – Nellie Snook, Daryl Beck und Annaliese Ruben – als Mitbesitzer eintragen lassen.

Snook und Ruben besaßen beide Proben mit einem sehr hohen Gehalt an Diamant-Indikatoren. DIMs deuten auf Kimberlit hin. Eine Kimberlite-Pipe ist gleich Diamanten. Diamanten ist gleich Millionen, ja Milliarden Dollar.

Inzwischen besaß Snook alle aktiven Claims von Farley McLeod.

Horace Tyne hatte Snook mit viel Gequassel so verwirrt, dass sie glaubte, sie besitze Land. Er hatte sie überredet, das Land für ein Karibu-Reservat zu stiften. Ein Reservat, das wegen der bevorstehenden Eröffnung der Gahcho-Kué-Mine nötig sei. Aber Snooks Claims lagen nicht einmal in der Nähe von Gahcho Kué.

Meine halb gare Idee konkretisierte sich allmählich.

Mit hämmerndem Herzen starrte ich das Foto an.

McLeod. Tyne. Chalker.

Zeb Chalker hatte mich hinter Snooks Haus mit einer Bola von den Füßen gerissen. Hatte mich abblitzen lassen, als ich den Mord an Ruben meldete. Hatte Gerüchte über meinen Alkoholkonsum verbreitet.

Hatte Chalker mich in Verruf gebracht, um den Verdacht von sich und seinen Kumpanen abzulenken?

McLeod. Tyne. Chalker.

McLeod kam bei einem Flugzeugabsturz ums Leben.

Tyne. Chalker.

Einer dieser Männer wollte McLeods Claims haben. Vielleicht beide.

Ruben und Beck waren tot. Snook, die einzige Überlebende, war leicht zu beeinflussen.

War das die Strategie gewesen? Beck umbringen, Ruben nach Montreal scheuchen und sie nach sieben Jahren für tot erklären lassen? Dann Snook dazu bringen, die Claims zu überschreiben? Hatte Rubens plötzliches Wiederauftauchen eine Änderung der Pläne erfordert?

Wen hatte ich im Wald gesehen, als Ruben erschossen wurde? Wer hatte sich mit ihrer Leiche aus dem Staub gemacht?

Plötzlich hatte ich das Gefühl zu fallen.

Ich hatte Snook gesagt, sie solle nichts tun. Keine Papiere unterzeichnen.

»Nein. O Gott, nein.«

Ich war schuld an Rubens Tod. Hatte ich Snook jetzt auch in Gefahr gebracht?

Ich schaute auf die Uhr.

Zehn nach sieben. Ollie war bereits am Flughafen.

Ich packte mein Handy.

Voicemail.

Zur Hölle mit Unka. Ich musste mit Ryan reden.

Ich steckte mein iPhone in die Hosentasche, knallte den Deckel meines Mac zu und lief hinaus.

Ich schloss eben den Camry auf, als ich hinter mir etwas spürte. Bevor ich mich umdrehen konnte, drückte eine Waffenmündung gegen meine Schläfe.

Ein Arm legte sich um meinen Hals und zog mich in die Höhe.

Ich konnte mich weder bewegen noch sprechen.

»Keinen Ton.« Männlich. Hatte ich die Stimme schon einmal gehört? Tyne? Chalker?

Ich überlegte, mich schnell fallen zu lassen und unter das Auto zu rollen. Doch was würde das bringen? Mein Angreifer hatte eine Waffe. Er würde sich hinkauern und mich erschießen.

Der Druck um meinen Hals verstärkte sich und drehte meinen Körper nach rechts. »Bewegung.«

Wahrscheinlich um keine Aufmerksamkeit zu erregen, nahm der Mann den Arm von meinem Hals, ließ auch die Waffe sinken und drückte sie mir in den Rücken.

Auf gummiweichen Beinen machte ich ein paar sehr kleine Schritte.

»Der Pick-up.«

Ich zögerte. Jeder Polizist, den ich kenne, sagt: *Wenn man gefangen genommen wird, nie in ein Auto steigen. Ist man erst mal drin, sind die Fluchtchancen gleich null.*

Die Mündung bohrte sich fester in mein Rückgrat. »Keine Spielchen.«

Ich ging so langsam, wie ich mich traute. Nach einem guten halben Meter blieb ich stehen.

Ich spürte, dass die Waffenhand des Kerls sich anspannte. Ich stellte mir den langen, dunklen Tunnel vor, die Kugel, die durch meine Knochen, mein Herz, meine Lunge raste.

Stattdessen stieß mich mein Angreifer nach vorne an die Flanke des Pick-ups. Als dann die Waffe wieder in meinen Rücken drückte, riss er mir die Handtasche von der Schulter. »Einsteigen.«

Ich rührte mich nicht.

»Ich sagte, einsteigen, verdammt noch mal.«

Vielleicht war es die Angst. Vielleicht der Mut der Verzweiflung. Ich war mir sicher, dass er mich erschießen würde, blieb aber trotzdem wie erstarrt stehen.

Ich spürte, wie sein Körper sich bewegte. Sah aus dem Augenwinkel heraus eine Bewegung.

Ein Schatten wanderte über mein Gesicht.

Ich hörte ein Geräusch wie das Reißen einer Klaviersaite.

Die Welt zerplatzte in Millionen weißer Partikel.

Wurde schwarz.

Ich war am Grund einer tiefen, dunklen Grube, versuchte herauszukommen, kam aber nirgendwohin. Eine Motte, die sich in Baumharz bewegt, das langsam zu Bernstein wird.

Die Grube bewegte sich.

Weit über mir sah ich ein stecknadelkopfgroßes Licht.

Ich versuchte es zu erreichen.

Trieb langsam nach oben.

Ins Bewusstsein.

Der Raum, in dem ich war, klang hohl.

Ich roch Feuchtigkeit. Uraltes Gestein und Erde. Einen beißenden Geruch, den ich nicht kannte.

Die Welt machte einen Satz.

Mein Körper bewegte sich.

Ich lag zusammengerollt auf einer kalten, rauen Oberfläche.

Ich horchte.

Hörte das Knirschen von Gummi auf Kies. Ein leises Brummen.

Ich war in einem Fahrzeug. Aber nicht in einem Auto. Der Motor klang anders.

Ein Bild blitzte auf. Der Parkplatz. Der SUV.

Die Waffe!

Ich hob den Kopf.

Hätte beinahe aufgeschrien.

Ich legte mich wieder hin, bis Schmerz und Benommenheit nachließen.

Der Druck auf meinen Körper veränderte sich. Das Fahrzeug bewegte sich hügelabwärts.

Ich versuchte, mich auf den Rücken zu drehen.

Meine Arme bewegten sich nicht. Meine Beine bewegten sich nicht.

O Gott. Ich bin gelähmt!

Mein Herzschlag beschleunigte sich.

Das Adrenalin half.

Langsam bekam ich wieder ein Gefühl.

Ich spürte ein Kribbeln in Wangen und Fingerspitzen. Trockenheit im Mund, in den Augen.

Ich versuchte zu schlucken. Brachte aber nicht genug Speichel zusammen.

Ich versuchte, die Augen zu öffnen. Sie waren verkrustet. Ich blinzelte sie auf.

Tintige Schwärze.

Das Fahrzeug hielt an. Der Motor wurde abgestellt.

Ich hielt den Atem an.

Stimmen. Männlich. Nahe, überall. Wie viele?

Tröpfelndes Wasser. Ein Wasserhahn? Ein Bach?

Stiefel auf Kies. Ein Paar links, das andere rechts. Kamen sie näher? Gingen sie weg?

Jedes Geräusch hallte nach. Nichts war klar.

Die Stimmen wurden lauter. Schnellten wild hin und her. Zwei? Drei?

Klopfen.

Wieder Stimmen.

Schritte.

Ich erstarrte.

Die Schritte stapften auf mich zu.

Gingen vorbei.

Verklangen.

Das Hämmern in meiner Brust war überschallschnell.

Ich musste etwas tun.

Ohne auf die feurigen Pfeile zu achten, die mir durchs Hirn schossen, drehte ich den Hals und schaute mich um.

Ich war im Gepäckfach eines Golfkarrens.

Mit behutsamen Bewegungen umklammerte ich den Sicherheitsbügel auf der einen Seite und spähte hinaus.

Gut drei Meter rechts vor mir durchschnitt ein Strahl die Dunkelheit. Dahinter konnte ich eine Gestalt erkennen, die eine Art Helm trug. Dampf wirbelte in dem klar umrissenen Lichtzylinder, der von seiner Vorderseite ausging.

Einen knappen Meter beiderseits des Strahls war die Szenerie in einem milchig weißen Nebel zu erkennen. Die Konturen eines Tunnels. Sich schlängelnde Rohre. Gelbe und orangefarbene Ziffern und Buchstaben, die mit der Hand auf Fels gemalt waren. Jenseits davon schwarze Leere.

Mein Blick folgte dem Strahl zu einer Reihe gelber Fässer. Auf jedes war in Rot ein einziges Wort gepinselt: *Arsen.*

Mein Verstand registrierte. Analysierte.

Unterirdischer Schacht. Bergmannshelm. Arsen. Horace Tyne.

Mein Blut erstarrte zu Eis.

Ich wusste, wo ich war.

Die Giant-Goldmine.

Grundgütiger. Wie weit unter der Erde?

Tyne hatte mich hierhergebracht, um mich umzubringen. Meine Leiche zu verstecken.

Wie er es mit Annaliese Ruben getan hatte.

Ich musste raus. Oder Hilfe rufen.

Bitte.

Mit verstohlenen Bewegungen tastete ich nach meiner Hosentasche.

Ja!

Ich zog mein Handy heraus und hielt die Hand über das Display.

Kein Signal. Zu tief unter der Erde.

Denk nach!

Eine E-Mail würde automatisch abgehen, sobald das Gerät wieder Verbindung mit einem Funkmast hatte.

Ich ging auf E-Mail. Schickte meinen Aufenthaltsort an Ryan.

Entdeckte eine SMS von Pete. Warum nicht? Welches Medium auch immer als Erstes funktionierte.

Petes Nachricht war kurz: *Fast Moving aktiver Partner Philippe Fast.*

Ich schickte eine Antwort: *Giant-Goldmine. Ruf Ryan an.*

War ich verrückt? Hier E-Mails und SMS zu lesen? Ich musste weg von hier.

Mit hämmerndem Puls steckte ich das Handy wieder in die Tasche, zog ein Knie an und stemmte den Fuß gegen den Boden.

Wartete.

Mit angehaltenem Atem zog ich das andere Knie an.

Stemmte den anderen Fuß auf.

Wartete.

Ein tiefer Atemzug, dann spannte ich die Muskeln für den Sprung.

Ein Turnschuh rutschte weg.

Kies knirschte zwischen Gummi und Metall.

Das Geräusch klang wie ein Kreischen in der Stille.

Der Strahl der Helmlampe schnellte in meine Richtung.

Ich erhaschte einen kurzen Blick auf das Gesicht darunter.

Scheinbar unvereinbare Tatsachen fügten sich zu einem Bild zusammen.

Eine SMS-Nachricht.

Ein Foto.

Teile. Mitspieler. Züge. Strategien.

Plötzlich sah ich das ganze Spielbrett vor mir.

39

Es machte Klick. Das Detail, das nicht zum Rest des Fotos passte. Die Parkas, die Westen, drei Trucker, die in die Sonne blinzelten.

Ein vierter Trucker, das Gesicht abgewandt, eine weiße Strähne in den Haaren unter einer pelzgefütterten Kappe.

Phil sieht aus wie ein Stinktier.

Eine Broschüre, die Ralph Trees' Schwager am Steuer eines Lasters zeigte.

Haben Sie's hier? Wollen Sie's dort? Wir bewegen es schnell.

Schnell bewegen. *Fast Moving.*

Farley McLeod hatte einige seiner Mineral-Claims auslaufen lassen. Ein Konstrukt namens Fast Moving hatte diese Claims übernommen.

Philippe Fast war der aktive Partner dieses Konstrukts.

Es war nicht Tyne gewesen, der mich mit der Waffe bedroht hatte.

Sondern Philippe Fast.

Wer war sein Partner? Tyne? Chalker? Wohin war er verschwunden? Für wie lange?

Egal. Eine andere Chance hatte ich nicht.

Ich warf die Beine über den Sicherheitsbügel und ließ mich zu Boden gleiten. Meine Knie gaben nach, doch ich blieb auf den Beinen.

»Sofort stehen bleiben!« Der gebellte Befehl hallte vom Fels wider und wanderte den Schacht hinunter.

Um mich herum nichts als Schwärze. Ich nahm an, dass wir eine Rampe heruntergefahren waren, hatte aber keine Ahnung, wo sie lag.

Fast kam näher, das Licht auf seinem Helm direkt auf den Karren gerichtet.

Ich war leichte Beute.

Als Fasts Strahl die Fässer traf, entdeckte ich einen Spaten, der dahinter lehnte.

Ich tauchte in die Dunkelheit, kroch hinter die Fässer, kauerte mich hin und spähte durch eine Lücke.

Fasts Licht schwenkte nach links, als würde er etwas suchen. Dann kam es wieder in meine Richtung. »Komm raus. Du schiebst nur das Unvermeidliche auf.«

Halt ihn hin.

»Fünf Silben. Beeindruckend.« Mein Blut rauschte. Ich klang viel ruhiger, als ich mich fühlte. »Rocky hat schon gesagt, dass Sie gut sind mit Worten.«

Fast bewegte die Füße, blieb aber, wo er war.

»Fast Moving. Der Doppelsinn gefällt mir, Phil.« Meine

Worte überschlugen sich, als würden sie gleichzeitig aus allen Richtungen kommen.

»Du bist tot, du Schlampe.«

»Oje. Jetzt bin ich aber enttäuscht.«

Ich tastete nach dem Spaten und redete dabei, um jedes Geräusch zu überdecken, das ich vielleicht machte. »Haben Sie Beck umgebracht?« Ich legte die Finger um den Spatenstiel. »Oder haben Sie das Ihren Kumpel tun lassen?« Höhnisch, um ihn näher an mich heranzulocken. »Oder verwechsle ich da was? Ist er das Hirn und Sie die Muskeln?«

Fast kam ein paar zögernde Schritte auf mich zu, seine Waffe zielte in meine Richtung. »Halt dein Maul.«

»Ich kann ja verstehen, warum Sie Beck eliminieren mussten.« Behutsam zog ich den Spaten von der Wand weg. »Aber warum Eric Skipper töten?«

Fast schaute wieder nach links, kam dann näher an die Fässer heran. Ich spürte, dass er ebenfalls Zeit gewinnen wollte. Warum? Wohin war der andere Mann verschwunden? Was wollte er tun? Oder holen?

»Also kommen Sie, Phil. Offensichtlich hat es da eine Panne gegeben. Wo wir uns schon mal unterhalten, während Sie darauf warten, dass Ihr Kumpel zurückkommt, damit ihr beide mich umbringen könnt, warum erzählen Sie mir nicht einfach, wie alles abgelaufen ist?«

Mit zitternden Armen senkte ich den Spaten. »Okay. Ich erzähle Ihnen meine Version. Sie brauchen dann nur zu nicken oder den Kopf zu schütteln, ja oder nein.«

»Wie wär's, wenn du die Schnauze hältst?«

Fast war jetzt so nahe, dass ich sein Gesicht sehen konnte. Im Licht seiner Helmlampe wirkte es leichenblass. Ein paar Locken glänzten weiß auf seiner Stirn.

»Sie erfahren, dass Farley McLeod eine reiche Kimberlit-Pipe entdeckt hat. Vielleicht von Fipke, vielleicht selbstständig. Sie und McLeod und Tyne sind Kumpel. Waren mal gemeinsam Eisstraßentrucker. Sie wissen alles über McLeods Mineral-Claim.«

Fast hob die Waffenhand. Ich stellte mir vor, dass sich sein Finger um den Abzug spannte.

»Sie verschaffen sich die Claims, die McLeod hat auslaufen lassen. Aber die drei, von denen er sich großen Ertrag verspricht, hält er aktiv. Und die hat er im Namen seiner Kinder registrieren lassen. Wie mache ich mich bis jetzt?«

Mit ganz langsamen Bewegungen legte ich mir den Spaten über die Knie.

»McLeod stürzt mit seiner Cessna ab, jetzt sind also nur noch seine drei Bambinos da.«

Fast bewegte die Waffe vor der Fassreihe hin und her, er konnte nicht genau feststellen, wo ich mich befand.

»Sie und Tyne fabrizieren diesen Betrug mit den Freunden der Tundra, damit Sie McLeods Kinder dazu bringen können, Ihnen zu überschreiben, was sie für wertloses Land halten, um das Karibu zu retten. Tyne ist der Mann im Vordergrund. Mineralrechte erwähnt er mit keinem Wort. Eric Skipper findet heraus, dass das Karibu-Reservat nur ein Vorwand ist, und stellt Tyne zur Rede. Ich nehme an, dass er Beck auch einen Tipp gibt. Wie auch immer. Beck will nicht mitspielen, also bringen Sie ihn um. Skipper muss auch weg. Wenn er den Betrug aufdeckt, stiftet Nellie ihr Land nicht mehr.«

Ich stachelte ihn weiter auf.

»Sehr clever, Ihr Plan für Ruben. Sie wissen, dass sie nicht in der Lage ist, irgendetwas zu überschreiben, also verstecken Sie sie unter einem Decknamen in der Prostituiertenszene in

Montreal, um sie später für tot erklären zu lassen. Der Claim geht dann an die süße, formbare Nellie Snook, die das Karibu liebt. Ist das alles so weit richtig?«

Fast war jetzt einen guten halben Meter von den Fässern entfernt. Ich hörte seinen Atem durch die Nasenlöcher rasseln. Sah, dass die Beretta in seiner Hand zitterte.

»Als Tyne Ihnen erzählt, dass Ruben wieder in Yellowknife ist, flitzen Sie aus Quebec hierher. Zeit, den Einsatz auf die kleine Annaliese zu erhöhen. Wir wissen, wie diese Geschichte ausgeht, nicht, Phil?«

Mit eisigen Fingern tastete ich den Boden um mich herum ab. Fand, was sich anfühlte wie ein alter Gummihandschuh.

»Haben Sie die Babys auch umgebracht? Tickt so ein großer, böser Eisstraßentrucker?«

Ein Schuss krachte und donnerte durch den Tunnel.

Der Fels neben mir sprühte Funken.

Ich spürte ein Prasseln auf meiner Wange.

Jetzt!

Tief geduckt warf ich den Handschuh ans andere Ende der Fassreihe.

Fast bewegte sich nach links. Wieder krachte ein Schuss aus der Beretta.

Ich sprang hinter meinem Ende der Reihe hervor und schwang, den Spatenstiel fest umklammert, mit aller Kraft seitlich aus, um das bleiche Stück Fleisch zwischen Fasts Kragen und dem Helm zu treffen.

Das Blatt traf den Hals mit einem grässlichen Geräusch.

Fast torkelte mit staksenden Beinen nach vorne. Da er keinen Halt fand, fiel er auf die Knie. Die Beretta flog ihm aus der Hand. Sein Schwung jagte ihn gegen das letzte der Fässer. Der Helm segelte vom Kopf.

Das Fass torkelte, prallte von einer Wand ab, kippte um, rollte ein Stück und stieß wieder gegen einen Felsen.

Der Deckel löste sich vom Fass. Von Fasts jetzt leicht nach oben gerichtetem Strahl wie von einem Spotlight beleuchtet, ergoss sich eine giftige Mischung aus Schlamm, schalem Wasser und arsenverseuchtem Dreck über den Boden. Aus dieser Mixtur schälte sich eine Gestalt.

Annaliese Ruben lag auf der Seite, die langen, dunklen Haare ans Gesicht geklebt, die Gesichtszüge blau und gummiartig im grellen Licht. Beine und Arme waren eng an den Körper gepresst. Unter ihrem Kinn ruhte eine leblose Hand auf ihrer Brust, durchscheinende Haut löste sich von den Fingerspitzen.

Mein Schmerz wich einer Woge des Mitleids.

Annaliese ähnelte dem Kind, das sie unter dem Waschbecken im Bad versteckt hatte.

Das Geräusch hektischer Bewegungen riss mich in die Gegenwart zurück.

Mit einem gutturalen Knurren sprang Fast auf die Füße, den Kopf in einem unnatürlichen Winkel auf dem Hals.

Ich fasste den Spaten fester. Der Puls pochte mir in den Ohren. Blut rauschte in meiner Kehle.

Noch einmal zuschlagen? Die Waffen schnappen?

Diese Sekunde des Zögerns gab meinem Gegner den Vorteil, den er brauchte.

Mit einer überraschend schnellen Bewegung trat Fast mir den Spaten aus den Händen und einen guten Meter von mir weg. Dann ließ er sich auf alle viere fallen und tastete nach der Beretta.

Ich hörte den Spaten in der Dunkelheit klappern und machte einen Satz, um ihn mir wiederzuholen.

Zu langsam!

Mit einem animalischen Fauchen packte Fast mich an den Haaren und hielt mir die Waffe an den Kopf. »Jetzt stirbst du!«

Er drehte mich herum und drückte mir die Beretta an den Hinterkopf.

Gegen meinen Willen schrie ich auf. Einen Augenblick war alles still bis auf das leise Wassertröpfeln.

Dann ein Rascheln.

Wo? Links? Rechts?

Oder hatte ich es mir nur eingebildet?

Fast drückte mir die Mündung tiefer in die Schwarte. Ich roch seinen Schweiß und seine Pomade. Sollte das das Letzte sein, was mein Gehirn noch verarbeiten konnte?

Vor meinem geistigen Auge sah ich Katy, Pete, Ryan, Birdie. Tränen strömten mir aus den Augenwinkeln. Ich machte mich auf die Kugel gefasst.

Dann ein Kratzen. Wie von einem Fuß, der vorsichtig aufgestellt wird.

Fast schrak hoch und richtete die Waffe in die Richtung des Geräuschs.

Wieder feuerte die Beretta mit einem donnernden Krachen.

Eine Lokomotive raste rechts an mir vorbei. Mein Körper segelte durch die Luft, landete hart auf dem Boden. Im selben Augenblick hörte ich noch einen Schuss.

Während meine krampfende Lunge um Atem rang, versuchte ich zu begreifen, was passiert war.

Blut und Knochen schossen aus Fasts Schulter und spritzten auf die Felswand hinter ihm. Er jaulte einmal kläglich auf, sackte dann zusammen mit einem Geräusch wie Fleisch, das auf Holz klatscht.

Im rauchigen Dunst von Fasts Helmlampe sah ich drei Gestalten. Eine kauerte neben mir. Die beiden anderen duckten sich hinter den Karren.

Alle drei hatten Waffen auf meinen Möchtegern-Henker gerichtet.

40

Zwei Uhr nachmittags. Dienstag. Die Sonne, die durch mein Fenster schien, hing wie eine harte, weiße Scheibe in einem vollkommenen blauen Himmel. Die Bucht wirkte glasig und still.

Nach dem Tauchgang im Koi-Teich, der Fahrt in dem schmutzigen Golfkarren und den Gesteinssplittern, die ich Fasts Kugel verdankte, sah mein Gesicht aus wie ein Truppenübungsgelände. Und mir taten Stellen weh, von denen ich gar nicht gewusst hatte, dass ich sie hatte.

Trotzdem war ich bester Laune. Ich packte meine Sachen, um nach Hause zu fliegen.

Meine Entführung am Sonntagabend hatte zu Abschürfungen und einer möglichen Gehirnerschütterung geführt. Letztere hatte einen vierundzwanzigstündigen Krankenhausaufenthalt nötig gemacht.

Während ich, an Schläuchen hängend und sehr gereizt, unter Beobachtung stand, hatte ich die Geschichte in kleinen Häppchen gehört. Hauptsächlich von Ryan.

Eine Heldin der Geschichte war Nora, die verschwörerische Rezeptionistin. Durch den Haupteingang des Hotels hatte sie beobachtet, wie ein Mann mich an einen Pick-up drückte und mir die Handtasche von der Schulter riss. Da sie dachte, sie sei Zeugin eines Raubüberfalls, und immer noch im Dick-Tracy-Modus war, hatte sie sich das Kennzeichen notiert und die Polizei angerufen.

Als sich herausstellte, dass das Kennzeichen Horace Tyne gehörte, meldete es irgendjemand Rainwater. Und Rainwater sagte es Ryan.

Während ihrer langen gemeinsamen Stunden hatten Itchy und Scratchy über meine Theorie des doppelten Motivs diskutiert und sie für durchaus erwägenswert befunden. Und sie dachten sich, dass ich in Gefahr sein könnte.

Ungefähr zu der Zeit, als Nora zum Hörer griff, hatte Ollie die G Division angerufen. Auch er hatte sich überlegt, dass ich recht haben könnte. Und deshalb in Gefahr war.

Die Jungs haben schnell reagiert, das muss ich zugeben. Rainwater setzte sich mit Corporal Schultz in Behchoko in Verbindung. Er überprüfte Tynes Haus, meldete, dass kein Pick-up in der Einfahrt stand.

Ryan fiel Tynes Teilzeitjob als Wachmann in der Giant-Goldmine wieder ein. Rainwater erinnerte sich an die Fässer mit Arsen, die dort unterirdisch gelagert wurden. Beide waren übereinstimmend der Meinung, dass das nichts Gutes bedeutete. Sagten es Ollie.

Ollie nahm sich einen Leihwagen und raste vom Flughafen los. Ryan lieh sich Chalker als Fahrer aus, und die beiden rasten von der Zentrale los.

Das Trio traf gleichzeitig vor der Giant-Mine ein. Im selben Augenblick, als Tyne mit einem Brecheisen und einem Remington-700-Repetiergewehr in den Schacht zurückkehrte.

Die Lokomotive, die mich überfuhr, war Chalker. Er hatte mich zur Seite geschubst, damit Ollie freie Schussbahn auf Fast hatte. Wie sich dabei zeigte, war der Kerl grundanständig.

Er machte einfach nur seinen Job als Polizist gut und war Mitglied von Snooks immer größer werdender Familie.

Zwei Krankenwagen kamen gleichzeitig am Stanton Territorial Hospital an. Fast blieb dort. Tyne saß in einer Zelle in der G Division.

Und ich war jetzt im Explorer und warf Slips und Socken in meinen Rollkoffer. Ich hatte Constable Chalker angerufen, um ihm zu danken, weil er sich in die Schusslinie geworfen hatte, um mich beiseitezustoßen. Er meinte nur, nichts zu danken.

Ich sammelte im Bad eben meine Toilettensachen zusammen, als ich ein Klopfen hörte. Da ich Ryan erwartete, lief ich zur Tür.

In der Tür stand Ollie, eine Pralinenschachtel von Whitman's in der Hand. »Dachte mir, dass Blumen vielleicht nicht so gut kommen.« Er hielt mir sein Mitbringsel entgegen. »Leider nicht von Godiva, aber die Auswahl hier ist einfach scheiße.«

»Pralinen sind immer gut.« Ich nahm ihm die Schachtel ab.

»Alles okay mit dir?«

»Ja.«

»Du siehst aus, als hätten sie dir die lebenserhaltenden Systeme abgestellt.«

»Vielen Dank.«

Ollie schaute an mir vorbei ins Zimmer.

»Willst du reinkommen?« Ich trat einen Schritt zurück.

Ollie kam herein und setzte sich in einen Sessel.

»Hast du herausgefunden, wie Scar so schnell nach Yellowknife gekommen ist?« Nicht wichtig. Aber dieses Detail hatte mir keine Ruhe gelassen.

»Hatte einen Freund, der Buschpilot ist. Der Kerl hat ihn hergeflogen.«

»Was passiert mit Unka?«

»Mit dem sind wir durch. Der ist fertig.«

»Fast?«

»Hat ein Stück Schulter verloren, aber er wird's überleben.«

»Ist er schon bei Bewusstsein?«

»O ja. Er und Tyne liefern sich ein Wettrennen, wer schneller gestehen kann.«

»Sie schieben sich gegenseitig die Schuld zu?«

»Die Jungs wollen beide was aushandeln. Eins muss man dir lassen, Tempe. Du hast den Nagel auf den Kopf getroffen. Ruben hatte mit den Drogengeschichten nichts zu tun.«

»Was sagen Fast und Tyne?«

»Anscheinend waren ursprünglich gar keine Morde geplant. Sie wollten einfach McLeods Kindern mit ihrer Masche ›Rettet das Karibu‹ die Mineralrechte abluchsen. Snook würde bereitwillig stiften, und Beck konnte während einer seiner Drogen- oder Alkoholexzesse dazu überredet werden. Das größere Problem war Ruben. Da sie geistig nicht in der Lage war, irgendetwas zu überschreiben, musste sie so lange verschwinden, bis man sie für tot erklären lassen konnte, damit ihr Besitz an die beiden anderen überging.

Der Plan lief aus dem Ruder, als dieser Skipper auftauchte, um vor dem Gremium zu lamentieren. Er hatte herausgefunden, dass zu Tynes diversen Aktivitäten auch das Sammeln von Claims gehörte. Er stellte Tyne zur Rede, und sie gerieten in Streit. Offensichtlich erfuhr Skipper auch, dass Beck zu den Leuten gehörte, die angesprochen worden waren, und ging zu ihm. Irgendjemand folgte ihm, erschoss ihn und Beck und zündete das Haus an. Aufgrund schlechter Spurensuche am Tatort wurden weder die Schießerei noch das Vorhandensein von zwei Opfern ermittelt.«

»Aber die beiden hatten das Ruder wieder in der Hand.«

Ollie nickte. »Fast und Tyne mussten jetzt einfach nur noch die restliche Zeit abwarten, bis Ruben für tot erklärt werden konnte, und sich dann die Mineralrechte von Snook besorgen. Als Ruben in Yellowknife auftauchte, mussten sie sie dazu bringen, wieder zu verschwinden. Und sie machten sich Sorgen darüber, was sie dir erzählen würde.«

Wieder dieses schlechte Gewissen, das entsteht, wenn meine Nachforschungen zum Tod eines Menschen führen. Ich schob es beiseite.

»Ich verstehe immer noch nicht, wie sie den Tatort so gründlich säubern konnten.«

»Der Regen und wilde Tiere haben das für sie übernommen. Tyne gibt an, nachdem sie Ruben zu einem Transporter getragen hatten, hätten sie alles eingesammelt, was sie an Indizien finden konnten, ein paar Armvoll Nadeln drübergestreut und sich dann aus dem Staub gemacht, um Ruben in Arsensuppe zu verwandeln.«

»Die Trottel dachten, Arsen würde die Verwesung beschleunigen.«

»Tut es das nicht?«

»Vom Bürgerkrieg bis etwa 1910 war Arsen der Hauptbestandteil von Einbalsamierungsflüssigkeiten, die in Nordamerika verwendet wurden. Tatsächlich konserviert das Zeug Gewebe, indem es die Mikroorganismen abtötet, die die Verwesung verursachen. Es fiel nur in Ungnade, weil es so giftig ist. Und dauerhaft. Elementares Arsen zerfällt nie in harmlose Nebenprodukte.«

»Deshalb diese irrsinnige Entsorgungsaktion in der Giant.«

»Genau. Die Mine enthält über zweihunderttausend Tonnen Arsentrioxid, ein Staub, der beim Goldgewinnungsprozess entsteht.«

»Schlechte Nachrichten.«

»Sehr. Der Staub ist wasserlöslich und enthält etwa sechzig Prozent Arsen. Längerfristige Lagerung erfordert ein dauerhaftes Einfrieren in Lagerkammern.« Ich hatte das während meiner medizinischen Gefangenschaft gelesen.

»Was kostet das uns arme Steuerzahler?«

»Über vierhundert Millionen. Tyne und Fast dachten, sie würden was für ihr Geld bekommen, indem sie Ruben und mich in Fässer stopfen und in einer der Kühlkammern verstecken.«

»Wie kaltherzig.«

»Sehr witzig.« Ich verdrehte die Augen. Es fühlte sich nicht gut an. »Weißt du eigentlich, was für eine Panne da unten in der Mine passiert ist?«

»Das wird dir gefallen. Die Trottel haben vergessen, einen Schlüssel mitzubringen, um dein Fass zu öffnen.«

»Im Ernst?«

Ollie nickte.

»Ich habe da noch was, das mir nicht aus dem Kopf geht«, sagte ich. »Snooks Haus stand doch unter Beobachtung. Wie konnte Ruben sich in dieser Nacht rausschleichen, ohne gesehen zu werden?«

»Rainwater ließ den Streifenwagen zwischen der Ragged Ass, Unka und Castain hin und her fahren.«

Ich überlegte einen Augenblick. »Hat Fast gesagt, warum er gerade jetzt hierhergekommen ist?«

»Kannst du dich noch an den Zeitungsartikel über Rubens tote Babys erinnern?«

White. Der Journalist, der den ME in Edmonton angerufen hatte. Und der seinen Tipp von Aurora Devereaux erhalten hatte.

Ich nickte.

»Fast hat den Artikel gelesen und ganz aufgeregt Tyne angerufen, als Tyne eben ihn anrufen wollte. Als Tyne erzählt hat, Ruben sei wieder in Yellowknife, hat Fast erkannt, dass der Plan wieder aus dem Ruder läuft.«

»Wer hatte eigentlich als Erster die Idee?«

»Fast behauptet, die Betrugsmasche sei Tynes Idee gewesen. Behauptet, er hätte überhaupt nicht mitgemacht, wenn er gedacht hätte, dass irgendjemand was passieren könnte.«

»Mr. Tyne gibt eine andere Version zum Besten.«

»In verschiedenen Punkten. Fast sagt, Tyne hätte Skipper und Beck umgebracht und dann das Haus angezündet. Tyne schiebt die Schießerei und das Feuer natürlich Fast in die Schuhe.«

»Ganovenehre.«

»Ich habe noch eine Frage.« Ollie stellte die Ellbogen auf die Knie und stützte sein Gewicht darauf. »Wie kam McLeod überhaupt zu diesen Claims?«

Ich überlegte kurz. »Vielleicht hat das mit eurem legendären Charles Fipke zu tun.«

»Der Kerl, der Diamanten in Kanada entdeckt hat?«

»Anfangs brauchte Fipke verzweifelt Geld und bezahlte seine Angestellten manchmal auf merkwürdige Art. Außer als Lastwagenfahrer arbeitete McLeod für Fipke auch als Pilot. Vielleicht war das ihre Abmachung. Vielleicht erkannte McLeod den Wert der Stätten aber auch selber. Die Antwort dürften wir nie erfahren.«

»Glaubst du, dass McLeod wirklich eine Kimberlit-Pipe gefunden hat?«

»Snook lässt jetzt Experten daran arbeiten.«

»Das heißt, sie hat gute Berater?«

»Rainwater und sein Onkel haben ihr die entsprechenden Kontakte vermittelt.«

Ich zweifelte nicht an der Existenz der Pipe. Rainwaters Onkel war fast durchgedreht beim Anblick der Probe aus Snooks Goldfischglas. Ich war mir sicher, dass der Inhalt von Rubens kleinem Beutel bei ihm ebenfalls die Glocken klingen lassen würde. McLeod hatte das gewusst. Und seinen Töchtern gesagt, sie sollten gut auf die Beweise aufpassen.

»Okay, du Genie. Erklär mir, wie du Fast mit Tyne in Verbindung gebracht hast.«

»Erinnerst du dich an Ralph ›Rocky‹ Trees?«

»Der Kerl, der Ruben in Saint-Hyacinthe gebumst hat?«

Ich erzählte ihm von der Werbebroschüre für Fast Moving. Von dem Foto im *Yellowknifer*. »Annaliese Ruben hatte eine Verbindung zu Trees. Trees ist Fasts Schwager. Das Foto verbindet Fast mit McLeod und Tyne.«

»Gute Arbeit.«

Mir fiel noch eine andere Frage ein. »Hast du Fast gefragt, ob er der Stecher war, mit dem Ruben sich an dem Abend traf, als sie Edmonton verließ?«

»Der flüchtige Mr. Smith.« Ollie schnaubte verächtlich. »Fast gibt zu, Ruben nach Montreal gefahren und ihr in Saint-Hyacinthe eine Unterkunft verschafft zu haben. Sagt, sie wollte weg. Wer weiß, was der Wichser ihr versprochen hat.«

»Wer hat ihre Rechnungen bezahlt?«

»Fast hat sie ermutigt, in, sagen wir mal, häuslicher Unterhaltung zu machen. Und ihr Kunden geschickt. Wenn ihr Einkommen nicht gereicht hat, sind er und Tyne für den Rest geradegestanden. Haben das als Geschäftsausgabe betrachtet. Sobald aber Rubens Claim an Snook übergangen wäre und die alles Tynes Stiftung überschrieben hätte, wäre Ruben auf sich allein gestellt gewesen. Oder noch schlimmer.«

»Diese herzlosen Mistkerle.«

»Was Neues über die Vaterschaften bezüglich der Babys?«, fragte Ollie.

»Ja.« Ich hatte den Anruf während meiner Entlassung aus dem Krankenhaus heute Morgen erhalten. »Rocky hat das Baby unter dem Waschbecken im Bad gezeugt. Weil die anderen mumifiziert oder skelettiert sind, ist ihre DNS degradiert, das heißt, die Untersuchung wird länger dauern. Und vielleicht nie zu einem eindeutigen Ergebnis kommen.«

»Weißt du, was Fast ihr gesagt hat?«

Ich schüttelte knapp den Kopf.

»Allem Anschein nach war das erste Kind eine Totgeburt. Fast behauptet übrigens, Tyne könnte der Vater dieses Babys sein. Da er sich nicht mit den Unannehmlichkeiten wie Ärzten oder Geburtenkontrolle herumschlagen wollte, hat er Ruben erzählt, sie hätte einen genetischen Defekt und alle ihre Babys würden sterben. Falls sie je noch eins bekommen würde, sollte sie es einfach ignorieren und dann die Leiche verstecken, damit sie nicht gefunden würde.«

Ein emotionales Chaos lähmte meine Zunge. Wut. Kummer. Schuldbewusstsein. Andere Gefühle konnte ich nicht einmal benennen.

Ich schluckte.

»Ryan und ich gehen Mittag essen. Willst du mitkommen?«

»Du und Detective Du-mich-auch, seid ihr –« Er zuckte die Achseln. »Du weißt schon.«

»Nein«, sagte ich.

Einen Augenblick schienen Ollies Augen in meinen Schädel schauen zu wollen. Dann klatschte er sich auf die Knie und stand auf. »Lieber nicht.«

Ich brachte ihn zur Tür. »Danke, dass du dageblieben bist, Ollie. Wirklich. Das bedeutet mir sehr viel.«

»Konnte doch nicht zulassen, dass Detective Du-mich-auch die Verhaftung vermasselt.«

»Du und Detective Du-mich-auch, ihr würdet ein verdammt gutes Team abgeben.«

»Such dir den Namen aus. Ich höre das ziemlich oft.«

Ich stellte mich auf Zehenspitzen und küsste Ollie auf die Wange. Er versuchte, mich in den Arm zu nehmen, aber ich wich ihm aus.

»Du weißt, ich würde mein linkes Ei für eine Einladung nach Charlotte hergeben.«

»Sergeant Hasty, ich kann Ihnen versichern, Ihr Ei ist nicht in Gefahr.«

Als Ollie gegangen war, packte ich zu Ende, rollte meinen Koffer nach unten und hinaus zum Camry und gab dann meinen Zimmerschlüssel ab.

Ryan saß an unserem gewohnten Tisch am Fenster.

Ich bestellte mir ein Clubsandwich. Ryan einen Cheeseburger.

Wir aßen schweigend. In gutem Schweigen. Ungezwungen. Hin und wieder nahm ich mir eine von Ryans Fritten. Er schnappte sich was von meinen Pickles.

Ich fragte ihn nicht nach Lily. Ryan sollte hier das Tempo bestimmen, reden, wann *er* wollte. Ich würde zuhören.

Während seiner Besuche im Krankenhaus hatten Ryan und ich jeden Aspekt der Ereignisse der letzten Woche seziert. Jetzt hatten wir beide nicht das Bedürfnis, das alles noch einmal aufzuwärmen.

Ich schaute zum Fenster hinaus. So viel war passiert. War es wirklich gestern vor einer Woche gewesen, dass wir uns in Saint-Hyacinthe getroffen hatten?

Ich tauchte eben eine geklaute Fritte ins Ketchup, als eine Bewegung im Garten meine Aufmerksamkeit erregte.

Eine Mülltonne fiel um. Unrat quoll heraus.

Ich schaute etwas gelangweilt zu, dachte, ich würde gleich einen Waschbären beim Mittagessen sehen.

Dürre Beine entfernten sich rücklings von der umgestürzten Tonne, im Maul eine Beute, die ich nicht sehen konnte.

Ich spürte ein Summen, das mir das Blut ins Gesicht jagte.

»Wir treffen uns am Camry.«

Bevor Ryan etwas sagen konnte, schnappte ich mir den gebratenen Speck von meinem Sandwich und rannte hinaus.

Die einzige Überlebende einer sehr merkwürdigen Familie stand allein in der Sonne auf einem sanft geschwungenen Hügel. Insekten umschwirrten sie.

Maureen King hatte mir gesagt, wo ich nach Nellie Snook suchen sollte. Und dass sie vorhatte, ihre Verwandtschaft zu beerdigen.

Daryl Beck. Alice Ruben. Ronald Scarborough. Ich fragte mich, welche Inschrift das Gemeinschaftsgrab der namenlosen Kinder tragen würde.

Als Ryan und ich den Friedhof durchquerten, löste der Geruch von Gras und frisch aufgeworfener Erde Erinnerungen an meinen früheren Lakeview-Besuch aus.

Snook drehte sich um, als sie uns kommen hörte. Erwartete uns in stoischem Schweigen.

»Wie geht es Ihnen?«

»Okay.«

»Detective Ryan und ich wollen Ihnen sagen, wie sehr uns Ihr Verlust leidtut.«

Snook betrachtete uns mit resignierter Miene. Wieder einmal hatte das Leben nicht ihren Erwartungen entsprochen. Oder zu genau.

»Das ist eine sehr großzügige Geste.« Ich bewegte die Hand über die Gräber.

»Blut ist dicker als Wasser.«

»Wann werden Sie die Beerdigungen abhalten können?«

»Ms. King gibt mir Bescheid.«

»Bitte lassen Sie mich wissen, wenn ich in irgendeiner Weise helfen kann. Sie haben meine Nummer.«

»Danke.«

»Ich meine das ernst.«

Sie nickte. Wir wussten beide, dass sie diese Nummer nie wählen würde.

»Nellie«, sagte ich sanft. »Ich habe was für Sie.«

Ich zog den Reißverschluss meiner Windjacke auf.

Ein Kopf lugte heraus, das Fell strähnig und schmutzverklebt.

Snook riss die Augen auf. »Tank?«

Die Schnauze des Hunds schnellte in Snooks Richtung. Mit einem Jaulen drückte er sich von meiner Brust ab, landete auf dem Boden und wackelte mit der gesamten hinteren Körperhälfte.

»Komm her, Junge.« Snook breitete die Arme aus.

Tank wuselte zu ihr und sprang hoch.

Snook fing den Hund und drückte ihre Nase in sein Fell.

Eine weiche, rosige Zunge leckte Nellie über die Wange.

Ein Augenblick verging.

Die Wangen feucht vor Speichel und Tränen schaute Snook mich an. »Vielen Dank.«

»Es war mir eine große Freude.«

Snook lächelte. Es war das erste Mal, dass ich das sah.

Mir wurde das Herz schwer, als wir zum Auto zurückgingen.

Ich spürte Ryans Arm um meine Schultern. Ich schaute zu ihm hoch.

»Ms. Snook wird eine sehr wohlhabende Frau sein«, sagte er sanft.

»Kann noch so viel Geld ihre Sicht auf die Welt ändern?«

»Es kann ihr Leben ändern.«

Ich schaute ihn fragend an.

»Sie kann damit ihr geliebtes Karibu retten.«

Ich legte Ryan den Arm um die Taille.

»Aufs Karibu«, sagte ich.

Gemeinsam gingen wir Arm in Arm unter einem makellos blauen Himmel an diesem sonnigen Frühlingstag.

Danksagungen

Ich möchte Gilles Ethier, Chief Deputy Coroner von Quebec, für seine Informationen zu Gesetzen über die Bestattung von toten Kleinkindern in der Provinz danken. Dr. Robert Dorion, Dr. Michael Baden und Dr. Bill Rodriguez halfen mir bei Aspekten der forensischen Wissenschaft außerhalb meines Spezialgebiets.

Srgt. Valerie Lehaie und Cpl. Leander Turner von der RCMP informierten mich über das Project KARE und das Alberta Missing Persons und Unidentified Human Remains Project. John Yee vermittelte mir wertvolle Kontakte. Judy Jasper beantwortete mir Myriaden von Fragen.

Tara Kramers, Environmental Scientist, und Ben Nordahn, Mine Systems Officer, führten mich auf einer Wahnsinnstour tief in den Untergrund der Giant-Goldmine. Tara stellte sich anschließend meinen vielen Fragen.

Cathie Bolstad von De Beers Canada antwortete auf meine Anfrage zur Erkundung und dem Abstecken von Claims. Gladys King nahm meinen Anruf beim Mining Records Office in Yellowknife entgegen.

Mike Warns und Ronnie Harrison halfen mir bei unzähligen kniffeligen, kleinen Details.

Kevin Hanson und Amy Cormier von Simon and Schuster Canada ermöglichten meine Reise nach Yellowknife. Judith und Ian Drinnan, Annaliese Poole, Larry Adamson, Jamie

383

Bastedo und Colin Henderson waren warmherzige und großzügige Gastgeber beim North Words Literary Festival.

Die anhaltende Unterstützung von Chancellor Philip L. Dubois von der University of North Carolina weiß ich wie immer sehr zu schätzen.

Aufrichtiger Dank an meine Agentin Jennifer Rudolph Walsh und meine Lektorinnen Nan Graham und Susan Sandon. Dankend erwähnen will ich auch alle, die mir zuliebe so unglaublich hart arbeiten, darunter Lauren Lavelle, Paul Whitlatch, Rex Bonomelli, Daniel Burgess, Simon Littlewood, Tim Vanderpump, Emma Finnigan, Rob Waddington, Glenn O'Neill, Kathleen Nishimoto, Caitlin Moore, Tracy Fisher, Michelle Freehan, Cathryn Summerhayes, Raffaella de Angelis und die gesamte kanadische Truppe.

Meiner Familie bin ich dankbar, weil sie meine Launen und meine Abwesenheiten erträgt. Paul Reichs las und kommentierte das Manuskript, obwohl er doch eigentlich seinen Ruhestand genießen wollte.

Nützliche Quellen waren die folgenden Bücher: Vernon Frolick, *Fire into Ice: Charles Fipke and the Great Diamond Hunt Under the Tundra,* Raincoast Books, 2002, und L.D. Cross, *Treasure Under the Tundra: Canada's Arctic Diamonds,* Heritage House, 2011.

Vor allem aber geht ein großes Dankeschön an meine Leser. Ich freue mich sehr, dass ihr über Tempe lest, zu meinen Diskussionen und Signierstunden kommt, meine Website (KathyReichs.com) besucht und wir über Facebook und Twitter in Verbindung bleiben. Ich liebe euch alle.

Falls ich jemanden vergessen habe, tut mir das wirklich sehr leid. Falls ich Fehler gemacht habe, sind sie allein meine Schuld.

Werkverzeichnis der von Kathy Reichs erschienenen Titel

1 Über die Autorin 3
2 Die Tempe-Brennan-Reihe 6
3 Die Virals-Reihe 14

1 Über die Autorin

Himmel oder Hölle? Wiedergeburt oder ein großes Nichts? Wie das Leben nach dem Tod aussieht, darüber kursieren viele Gerüchte. Kathy Reichs kann uns zumindest den Anfang ein wenig detaillierter beschreiben – er sieht in etwa so aus: CCCC-2006020277. Jegliche Art von sterblichen Überresten, die in ihrem Labor landen, bekommt zuallererst eine solche Fallnummer. Kathy Reichs ist als forensische Anthropologin für rechtsmedizinische Institute tätig – das eine in Montreal, Kanada, das andere in Charlotte, North Carolina. Was heißt das? »Pathologen sind Spezialisten, die weiches Gewebe – Fleisch, Muskeln, Organe – bearbeiten«, erklärt Reichs. Quincy also, und Boerne. »Anthropologen sind auf die Knochen spezialisiert. Gerade Verstorbene oder relativ intakte Leichen kommen zum Pathologen – ein Skelett in einem flachen Grab, ein verkohlter Körper in einem Fass, Knochenfragmente in einer Häckselmaschine, ein mumifiziertes Baby in einem Koffer auf dem Dachboden zum Anthropologen.«
Mit vielen Fragen, die danach beantwortet werden müssen, hat sich Reichs schon während des Archäologiestudiums beschäftigt. Wer ist gestorben, wie und wann? Ein unauslöschliches Erlebnis machte aus der Feldforscherin eine Kriminaltechnikerin. »Zur forensischen Anthropologie kam ich, weil mich Ermittler, die einen Kindsmord untersuchten, um Mithilfe baten. Ein fünfjähriges Mädchen, das man entführt, ermordet und in einem Wald in der Nähe von Charlotte verscharrt hatte.

Der Mörder wurde nie gefunden. Die Ungerechtigkeit und die Brutalität dieses Falles veränderten mein Leben. Das Leben eines kleinen Mädchens war mit heimtückischer Gleichgültigkeit beendet worden. Ich verabschiedete mich von den uralten Knochen, wechselte zur Forensik und habe das nie bereut.«

Und wann immer sie Zeit hatte, schrieb sie. Ihre Romanreihe um die forensische Anthropologin Tempe Brennan – der erste erhielt 1997 den Arthur Ellis Award for Best First Novel – erscheint heute in über 30 Ländern, Gesamtauflage 120 Millionen. In der Fernsehserie BONES – Die Knochenjägerin, von Reichs kreiert und mitproduziert, geht Tempe Brennan ebenfalls auf Verbrecherjagd. Zusammen mit Patricia Cornwell hat Reichs die forensische Anthropologie von einer Nischendisziplin zu einem weltweiten Phänomen geschrieben. Ein Brennan-Roman im Jahr, seit Kurzem auch einer für die Jugendbuchreihe VIRALS, Lesereisen, Drehbücher studieren – die Fiktion hat sich für Reichs zur Vollzeitbeschäftigung ausgewachsen. Trotzdem unterrichtet sie weiterhin Studenten an der University of North Carolina, sie berät das FBI in Sachen Spurenerkennung und -sammlung sowie die Royal Canadian Mounted Police in Kanada. Als Reichs ihren neuen Beruf antrat, waren nicht mehr als fünfzig zertifizierte forensische Anthropologen in Kanada und den USA tätig. Inzwischen zählen die Kollegen immerhin knapp an die achtzig. Kathy Reichs legt großen Wert darauf, dass ihr Ziel – den Toten Gerechtigkeit widerfahren zu lassen – auch in ihren Werken nicht zur pathetischen Selbstbeweihräucherung oder zum actionüberfrachteten Hokuspokus verkommt. »Ich wollte keine Superheldin zeigen«, so Reichs über ihr Alter Ego Tempe Brennan. »Ich wollte eine Figur schaffen, die Schwächen und Fehler hat und die sich im Alltag mit Neonlicht, Formularen und Überstunden herumschlägt.«

»Ich möchte wissen, wie die letzten Stunden des Opfers verlaufen sind.« So das nüchterne Motto, das Kathy Reichs ihrer wissenschaftlichen Arbeit voranstellt. Vieles, was sie in ihrem Labor erlebt, findet den Weg in die Fiktion. Echte Fälle – ob gewöhnlich oder bizarr – dienen als Inspiration, manchmal auch als Thema. In »Knochenlese« beispielsweise reist Tempe Brennan nach Guatemala, um dabei zu helfen, vom Militärregime in Massengräbern verscharrte zivile Opfer zu identifizieren – so wie Kathy Reichs im Jahr zuvor. Und manchmal wird umgekehrt die Fiktion von der Realität eingeholt. Im Jahr 2001 lieferte Reichs das Manuskript zu ihrem Roman »Durch Mark und Bein« ab. Am Anfang wird Tempe Brennan zur Absturzstelle eines Passagierflugzeugs gerufen, um als Teil eines Desaster Response Teams die Trümmer nach den weit verstreuten Leichen und Körperteilen abzusuchen. Wenige Wochen später rasten zwei Flugzeuge in die Türme des World Trade Center, und Kathy Reichs wurde nach New York gerufen, um menschliche Überreste vom Ground Zero zu bergen und identifizieren. Gerechtigkeit für die Toten. Die Vorstellung, vielleicht einmal als Nummer auf einem Formular zu enden, beunruhigt. Gut zu wissen, dass das Leben nach dem Tod noch nicht ganz vorbei ist.

2 Die Tempe-Brennan-Reihe

Tote lügen nicht

Tempe Brennan ist forensische Anthropologin in Montreal. Skelette und verweste Körperteile gehören zu ihrem Alltag. Als die 23jährige Isabelle missbraucht, erdrosselt und zerstückelt in Müllsäcken aufgefunden wird, erinnert sich Tempe an einen Fall ein Jahr zuvor. Sie versucht, die beiden Verbrechen mit drei weiteren Leichen in Verbindung zu bringen.

Knochenarbeit

Grauenvolles erwartet Tempe Brennan, als sie in den kleinen Ort St. Jovice gerufen wird: ein niedergebranntes Haus mit sieben Leichen, zwei davon Babys, denen das Herz fehlt. Nur zu gern widmet sie sich deshalb ihrem anderen Auftrag – der Exhumierung der Ordensschwester Elisabeth Nicolet zwecks postumer Heiligsprechung. Doch erst liegt die Nonne in einem falschen Grab, und dann entdeckt Tempe gemeinsam mit Detective Ryan eine entsetzliche Parallele zu dem Fall von St. Jovice.

Lasst Knochen sprechen

Ein ermordetes Mädchen, die Überreste zweier Motorradfahrer nach einem
Bombenanschlag und der ausgegrabene
Schädel einer jungen Frau - damit hat
Tempe Brennan im wahrsten Sinne des
Wortes alle Hände voll zu tun. Doch
als sie einen brisanten Zusammenhang
zwischen den Toten und zwei verfein-
deten Motorrad-Banden erahnt, gerät
nicht nur Tempe in Lebensgefahr. Leider entwickelt auch ihr
Neffe Kit ein verhängnisvolles Faible Motorräder...

Durch Mark und Bein

Flug 228 der TransSouth Air ist über
Swain County, North Carolina, abgestürzt. Man betraut Tempe Brennan mit
der Identifikation der Opfer, die zum
Großteil sehr jung waren: Mitglieder
und Fans eines College-Fußballteams.
Bei Nachforschungen zu einem zusätz-
lichen grausigen Fund in der Nähe des
Unglücksortes, einem einzelnen Fuß,
der auf Grund seiner Verwesung und seines Alters nicht von
einem der Passagiere stammen kann, wird Tempe von höchster
Stelle behindert.

Knochenlese

Ein kleines Dorf in Guatemala: Als Tempe Brennan in den Brunnenschacht hinabsteigt, ahnt sie, dass sie am Grund ein grausiger Fund erwartet. Hier wurden vor Jahrzehnten die Leichen von über zwanzig Bewohnern eines kleinen Dorfes verscharrt, Frauen und Kinder, die ein Militärkommando kaltblütig hingerichtet hatte. Noch während die Opfer des Massakers geborgen werden, bekommt Brennan zu spüren, dass die Machthaber in Guatemala, damals wie heute, ein schreckliches Geheimnis hüten.

Mit Haut und Haar

Der Sommer ist brütend heiß in Charlotte, North Carolina. Gerade will Tempe Brennan vor der Hitze in den wohlverdienten Urlaub fliehen, als auf einer verlassenen Farm Überreste von brutal abgeschlachteten Schwarzbären gefunden werden. Doch das ist noch nicht alles. Zwischen den skelettierten Pranken stößt Tempe auf menschliche Knochen und damit auf die Spur von Schmugglern, die mit dem Töten von Wildtieren blutiges Geld verdienen. Wer ihnen zu nahe kommt, muss um sein Leben fürchten. Tempe ermittelt.

Totenmontag

Was könnte frostiger sein als ein kanadischer Dezembersturm? Tempe Brennan wird an einem tristen Montagmorgen zu einem Fundort in Montreal gerufen, der ihr das Blut in den Adern gefrieren lässt. Verscharrt in einem Kellergewölbe liegen die Leichen dreier junger Frauen. Nicht eine Gewebefaser, kein Fetzen Kleidung geben Aufschluss darüber, wann und warum diese Mädchen sterben mussten. Dank akribischer Ermittlungen und weiblicher Intuition kommt Tempe einem Verdächtigen auf die Spur. Doch sie muss auf alles gefasst sein, denn ihr Gegner ist an Kaltblütigkeit nicht zu übertreffen.

Totgeglaubte leben länger

Die Leiche eines zwielichtigen Importeurs beschert Tempe Brennan Überstunden im Labor. Die Schusswunde am Kopf deutet auf Selbstmord hin, doch die Gerichtsmedizinerin kann ein Gewaltverbrechen nicht ausschließen. Ihre Untersuchungen nehmen eine unerwartete Wendung, als ein Fremder ihr das Foto eines uralten Skeletts aus Israel zusteckt und beteuert, es sei der Schlüssel zum Tod des streng religiösen Mannes. So stößt Tempe auf ein Geheimnis, das älter ist als die Bibel ...

Hals über Kopf

Was wie ein harmloser Exkurs auf eine idyllische Ferien-
insel beginnt, endet für Tempe Brennan in einem Albtraum.
Archäologische Grabungen im Sand von Dewees Island, South
Carolina, fördern nicht nur bestattete Ureinwohner zutage,
sondern auch eine Leiche, die erst vor wenigen Jahren am
Strand verscharrt worden sein kann. Damit nicht genug: In
einem Sumpfgebiet auf dem Festland werden kurz darauf die
Überreste eines vermeintlichen Selbstmörders entdeckt. Ei-
genartige Einkerbungen an den Halswirbeln der Toten sagen
Tempe, dass eine makabre Verbindung zwischen den beiden
Fällen bestehen muss.

Knochen zu Asche

Eines Tages war sie verschwunden –
ohne ein Wort des Abschieds. Als junges
Mädchen musste Tempe Brennan erle-
ben, wie ihre beste Freundin Evangeli-
ne unter mysteriösen Umständen zum
Vermisstenfall wurde. Dreißig Jahre
später reißt ein Skelettfund im kanadischen Neuschottland alte Wunden auf.
Hängen diese Knochen mit Evangeli-
nes Verschwinden zusammen? Ein kleines vergilbtes Versbuch,
das Tempe entdeckt, könnte die Antwort verraten.

Der Tod kommt wie gerufen

Ein verlassenes Haus in Charlotte, North Carolina, ein neuer Einsatz für Tempe Brennan: Neben Kupferkesseln, einem toten Huhn und seltsamen Artefakten liegt der abgetrennte Kopf eines Mädchens. Blitzartig geht ein Gerücht um: Ritualmord! Ein bibelfester Politiker auf Stimmenfang verdächtigt okkulte Kreise und ruft nach Vergeltung. Noch während Tempe den Tatort untersucht, bahnt sich in Charlotte eine gnadenlose Hexenjagd an.

Das Grab ist erst der Anfang

Tempe Brennan ermittelt bei einer Reihe seltsamer Todesfälle: Drei Frauen wurden ermordet, alle auf grausame, aber verschiedene Weise. Doch Tempe kann schließlich die Handschrift eines Serienkillers erkennen. Umso schockierter ist sie, als man ihr vorwirft, sie habe eine Autopsie manipuliert und ein Verbrechen vertuscht. Was Tempe nicht weiß: Ihre Arbeit wird sabotiert. Von jemandem, der sie um jeden Preis scheitern sehen will ...

Blut vergisst nicht

Ein Mann, der nicht ein-, sondern gleich zweimal den Tod gefunden zu haben scheint, gibt Tempe Brennan Rätsel auf. Seine Spur führt nach Hawaii. Hier wird Tempe prompt mit den von Haien verunstalteten, seltsam tätowierten Überresten eines Kleindealers konfrontiert. Das Inselparadies wird für Tempe schnell zum heißen Pflaster. Denn die örtlichen Drogenhändler reagieren auf neugierige Ermittlerinnen so instinktiv wie Haie auf einen blutigen Köder.

Fahr zur Hölle

In Charlotte, Tempe Brennans Heimatstadt, ist die Hölle los. 200.000 NASCAR-Fans sind auf dem Weg zum Charlotte Motor Speedway und dem großen Rennwochenende. Auf einer Müllhalde nahe der Anlage wird in einem Teerfass eine Leiche gefunden. Ist es die lange vermisste Cindi? Ihre Ermittlungen führen Tempe ins Fadenkreuz einer Verschwörung. Sie arbeitet fieberhaft daran, den Fall schnell aufzuklären. Doch sie weiß: Das Böse holt dich immer ein.

Knochenjagd

Tempes neuester Fall beginnt wie ein Albtraum: In einer verlassenen Wohnung liegt, eingewickelt in ein Handtuch, die Leiche eines Neugeborenen. Und bald tauchen noch zwei weitere tote Babys auf. Die fieberhafte Jagd nach der Mutter beginnt. Ist sie überhaupt die Mörderin? Ihre Spur führt Brennan und ihren Kollegen Ryan tief in die kanadische Einöde – und in das Revier eines eiskalten Killers ...

Totengeld

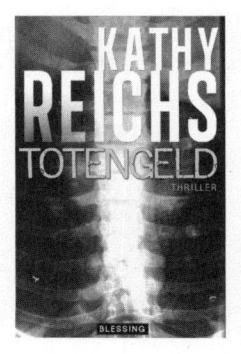

Der Tod einer jungen Frau, deren Leiche achtlos am Straßenrand deponiert wurde, bereitet Tempe Brennan schlaflose Nächte. Der Teenager könnte ohne Papiere ins Land gereist sein, eine Spur, die Tempe zu dem Geschäftsmann John-Henry Story führt. Doch der starb Monate zuvor bei einem mysteriösen Brand. Und dann ist da noch der Fall eines Schmugglers, der kuriose mumifizierte Artefakte in die USA schleust. Besteht eine Verbindung zwischen dem toten Mädchen und dem lukrativen illegalen Handel? An Tempes neustem Fall ist nichts so, wie es zunächst scheint. Nur auf eines kann die Todesermittlerin sich verlassen: Die Knochen kennen die Wahrheit.

3 Die VIRALS-Reihe

Tote können nicht mehr reden

Die vierzehnjährige Tory Brennan ist die Nichte der berühmten forensischen Anthropologin Tempe Brennan. Mit ihr teilt sie zwei Dinge: den Instinkt für Verbrechen – und den unbedingten Willen, diese aufzuklären …

Auf einer einsamen Insel findet Tory die vergrabenen Knochen eines vor etwa 30 Jahren verstorbenen jungen Mädchens. Torys Versuch, gemeinsam mit ihren Freunden die Identität des Mädchens zu lüften, erweist sich als gefährlicher als erwartet: Bei der Toten handelt es sich um die damals sechzehnjährige Katherine Heaton, deren Verschwinden nie aufgeklärt wurde. Die Spuren des Verbrechens reichen bis in die Gegenwart, bis in ein Labor, in dem wissenschaftliche Experimente mit dem gefährlichen Parvovirus vorgenommen werden.

Nur die Tote kennt die Wahrheit

Das Forschungslabor, in dem Tory Brennans Vater arbeitet, soll geschlossen werden. Tory weiß: Will sie nicht umziehen und von ihren Freunden getrennt werden, muss sie Geld beschaffen – und zwar eine beträchtliche Summe, um das Labor vor dem Aus zu retten. Wie der Zufall es will, stößt Tory in dieser Situation auf geheime Dokumente, die auf den legendären Piratenschatz der Anne Bonny hinweisen. Tory beschließt, das Unmögliche zu versuchen, und den jahrhundertealten Spuren zu folgen. Doch auch andere sind hinter dem Erbe der Piratin her. Ihre Gegner sind skrupellos, hoch gefährlich und zu allem bereit, um selbst an den Schatz zu kommen ...

Jeder Tote hütet ein Geheimnis

Tory und ihre Freunde Shelton, Ben und Hi entdecken einen Geocache, in dem eine wunderschön verzierte Schatulle steckt. In ihr befindet sich ein geheimer Code, den Shelton mithilfe seiner Superkräfte knackt. Es ist ein Hinweis von dem mysteriösen Spielleiter, der die Virals herausfordert, die Suche fortzusetzen und einen noch wertvolleren Schatz zu finden. Die Freunde stellen sich der Herausforderung – und finden eine täuschend echte Bombenattrappe und eine mehr als düstere Nachricht des Spielleiters. Denn für ihn beginnt das richtige Spiel erst jetzt – irgendwo da draußen ist eine weitere Bombe versteckt. Und die ist echt. Die Zeit läuft und nur die Virals können das Schlimmste verhindern ...